군터의 겨울

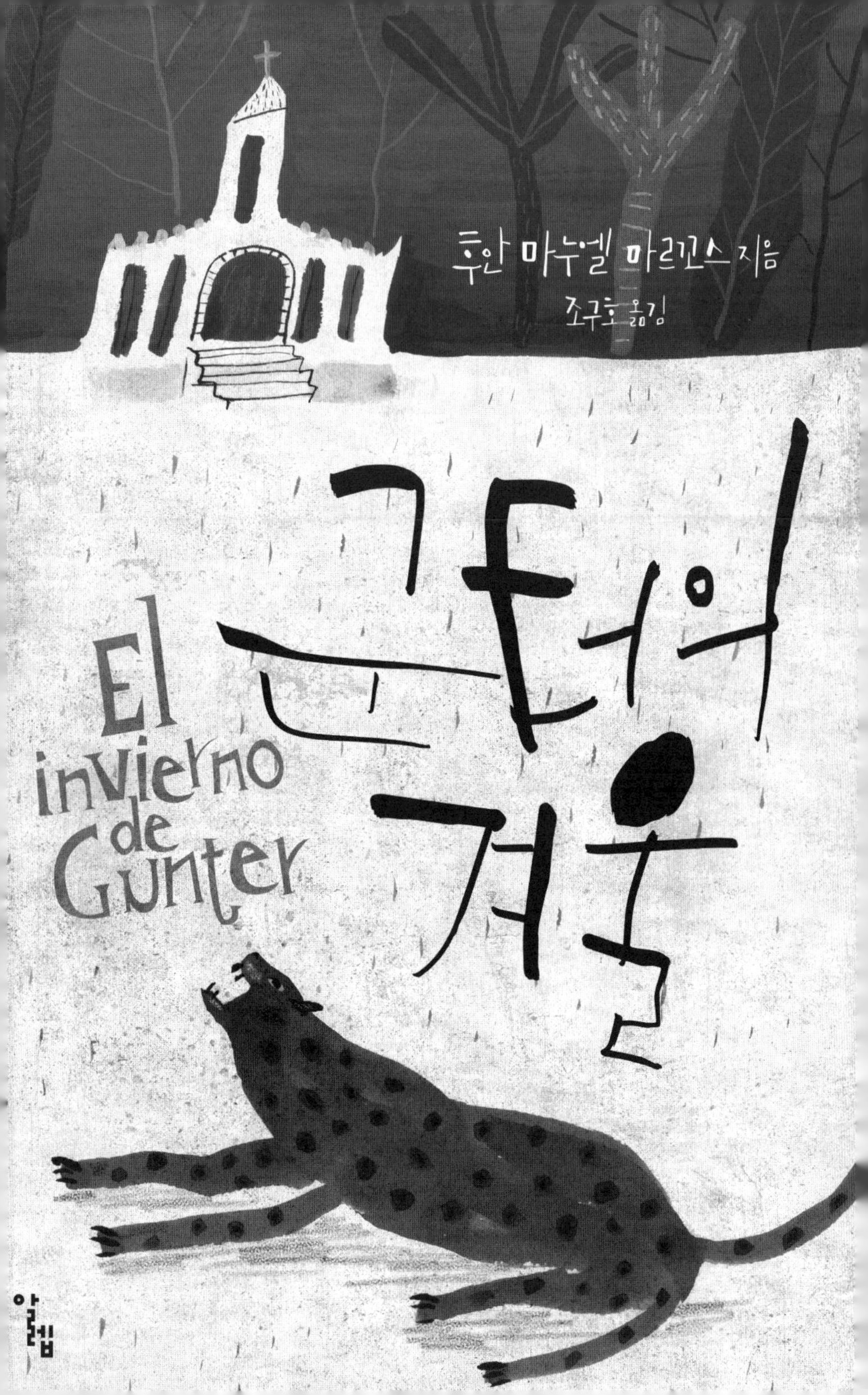
후안 마누엘 마르코스 지음
조구호 옮김
군터의 겨울
El invierno de Gunter
알렙

제1부

제1장

또또 아수아가는 꼬리엔떼스행 비행기를 타기 조금 전까지 오클라호마에서 가을 학기의 마지막 강의를 했다. 'Cathedral of learning(배움의 전당)'[1] 13층의 작은 '세미나 룸'에서는 무뚝뚝한 대학원생들이 눈을 깜박거리고 있었다. 아수아가는 그칠 줄 모르고 쏟아지는 묵직한 눈[雪]에 염려스러운 시선을 던지고 나서는 목을 틔우기 위해 늘 그렇듯이 헛기침을 하고 다음과 같이 시작했다.

"남아메리카 대륙의 모든 원시 사회에서처럼, 뚜삐[2]-구아라니[3]

1 '배움의 전당'은 미국 피츠버그 대학교에 있다.
2 뚜삐(Tupí)는 남아메리카의 중요한 원주민(언어) 집단 가운데 하나로, 구아라니와 밀접하게 연관되어 있다.
3 구아라니(Guaraní)는 파라과이의 원주민(언어) 집단으로, 언어는 에스파냐어와 더불어 파라과이의 공용어일 뿐 아니라, 파라과이 인근의 아르헨티나, 브라질, 볼리비아 등지에서도 사용한다.

족의 종교적인 삶은 샤머니즘에 집중되어 있습니다. 병을 치료하는 샤먼인 빠예들은 여타 지역에서 이루어지는 것과 같은 임무를 수행하고, 그들의 제의적 삶은 항상 사회적 유대를 보장하는 규범, 즉 문화적인 영웅들(해, 달 등)이나 신화적인 선조들이 인간에게 부여한 삶의 법칙에 따라 이루어집니다. 따라서 여기까지는 뚜삐-구아라니 족 사회와 여타 밀림 지대 사회 사이에 차이가 전혀 없습니다. 그럼에도 프랑스, 포르투갈, 에스파냐 여행자들이 쓴 연대기들은 뚜삐-구아라니 족을 남아메리카 야만인들 중에서 가장 독창적인 위치에 있게 하는 아주 중요한 차이에 대한 증거를 제시합니다. 그게 무슨 말일까요? 유럽인들은 이들 부족 사이에 끊임없이 벌어지는 전쟁에서, 그리고 그들의 종교적인 현상들에서 이교적 표현과 사탄의 손만을 볼 수 있었을 뿐입니다. 뚜삐-구아라니 족의 특이한 예언자적 성향은 수많은 해석의 오류를 유발했습니다. 불과 얼마 전까지만 해도 그것은 위기의 시대에 나타나는 전형적인 메시아주의, 즉 서양 문명의 급습에 대한 어떤 반작용이라고 믿어졌습니다. 그럼에도 그들의 성향은 백인들이 도착하기 훨씬 전에 나타났는데, 아마도 15세기 중반이었을 겁니다. 비록 첫 번째 연대기 작가들이 그 현상을 이해하지 못했다고 할지라도, 샤먼과 일부 불가사의한 인물들, 즉 카라이[1] 족을 혼동하지 않는

---

1 카라이(karai)는 세상의 종말을 예언했던 편력 예언자들이다. 현대 구아라니 어에서 이 어휘는 '존경' 또는 '친애'의 의미로 사용된다.

법은 알았습니다. 카라이 족은 빠예 족이 보유하고 있던 치유 의식과는 전혀 관계가 없었습니다. 그들은 종교적인 의식을 주관하는 사람들도 아니었습니다. 카라이 족이 샤먼도 사제도 아니었다면, 그들은 과연 어떤 사람들이었을까요? 그들이 했던 것이라고는 말을 하는 것뿐이었습니다. 그들은 자신들의 임무가 어디서든 말을 하는 것이라고 했습니다. 자신들의 공동체뿐 아니라 모든 곳에서 말을 하는 것이었죠. 카라이 족은 한 마을에서 다른 마을로 끊임없이 옮겨 다니면서 열변을 토했습니다. 카라이 족은 전쟁 상태에 있는 여러 부족 사이를 무사히 순회했는데, 어떤 위험에도 처하지 않았고, 오히려 열광적인 환영을 받았습니다. 이들 부족 사람들은 자신들의 마을로 카라이 족이 들어올 때 길바닥에 나무 잎사귀를 양탄자처럼 깔아놓을 정도였습니다.

("You really are horny. I can see that by the size of your prick(당신은 진정 색골이야. 당신의 물건 크기를 보면 그걸 알 수 있어.)" 엘리사는 이렇게 말했었다.)

카라이 족은 결코 적으로 취급되지 않았습니다. 어떻게 해서 그게 가능했을까요? 원시 사회에서 개인은 자신의 친척 관계와 자신이 특정 지역 공동체의 구성원이라는 사실을 통해 규정됩니다. 개인은 특정한 혈통과 특정한 동맹자들의 그물에 속해 있습니다. 뚜삐-구아라니 족은 부계 혈통 문화를 갖고 있었기 때문에 가계가 부계로 이어졌습니다. 그럼에도 여기서 우리는 카라이 족의 특이한 언술을 볼 수 있습니다. 그들은 자신들이 아버지가 없고, 대신 어느 여자와 어느 신의 자식이라고 주장했던 것입니다. 예언자들이 스스로를 신격화하도록 유도하는 그 과대망상증적 환상은 이제 중요하지 않습니다. 중요한 것은 그렇게 아버지가 부재하다는 것, 그런 식으로 아버지를 거부한다는 것입니다. 아버지가 없으면 혈통이 없으니까요. 이런 언술은 혈연에 기반한 원시 사회의 구조 자체를 전복시킵니다. 따라서 카라이 족의 방랑 생활은 자신들의 환상 때문이거나 여행을 좋아하는 습성 때문이 아니라 자신들을 특정 공동체와 분리하기 위해서입니다. 그들은 어느 집단에도 속해 있지 않았고, 그 누구의 적도 아니었습니다. 아무도 그들을 적대시하지도, 그들이 미쳤다고 생각하지도 않았습니다. 그들은 누구와도 잘 어울리는 사람들이었습니다. 그렇다면 카라이 족은 무슨 말을 했을까요? 그들은 모든 담론을 넘어서는 어떤 담론을 말했습니다. 그들은 전통적인 담론과는 다른 담론으로 인디오 대중을 매료시켰습니다. 그들의 담론은 신들과 신화적인 선조들이 물려주고 가르쳐 준 옛 규범과 가치 체계 밖에서 발달했습니다. 여기에 커다란 미스터리가 있습니다. 자신들의 옛 가치를 결연히, 보수적으로 유지하는 데 고집을 부린 어느 원시 사회가 법칙들과 그 법칙들에 종속되어 있는 세상의 종말을 선언하는 이들 불가사의한 사람들을 허용한 이유가 무엇이었을까요? 카라이 족의 예언적인 담론은 어느 주장과 어느 약속으로 요약될 수 있는데, 그들은 한편으로는 세상의 심각하게 해로운 특성을 끊임없이 확언하고, 다른 한편으로는 선한 세상이 악한 세상을 정복할 수 있다는 확신을 표현합니다.

("Darling, I don't know what got into me(자기야, 내가 왜 그랬는지 모르겠어요)"- 엘리사가 그에게 말했었다. — "if somebody had told me this morning that I was going to do something like this, I'd have told them they were crazy(만약 오늘 아침에 누군가가 내가 이것과 비슷한 뭔가를 할 작정이었다고 내게 말했다면, 나는 그렇게 말한 사람보고 당신 미쳤다고 말했을 거예요.)")

그들은 이렇게 확언합니다. "세상은 악해요! 지구는 추해요! 우리, 지구를 버립시다!" 그리고 세상에 대해 극도로 비관적인 그들의 묘사는 자신들의 말을 들었던 인디오들의 전반적인 동의에서 메아리를 찾았습니다. 인디오들에게는 그 담화가 병적이라거나 정신착란으로 보이지 않았으니까요. 그저 뚜삐-구아라니 사회가 다양한 압력을 받음으로써 어떤 원시적인 사회, 즉 변화를 거부하는 사회에서 탈피하는 과정에 있었을 뿐이라는 거죠. 카라이 족의 담론은 그 사회의 죽음을 증명했습니다. 인구의 급증, 사람들이 흔하게 발생하는 이산(離散) 과정을 겪지 않고 오히려 큰 마을에 집중하는 경향, 그리고 권력자들의 등장은 혁신 가운데 가장 결정적인 혁신을 이루는 버팀목이 되었습니다. 사회적 분화와 불평등이 있었던 거지요. 심각한 불안감이 이들 부족을 동요시키고 있었는데, 카라이 족은 그런 불안감을 인지하고서, 불안감은 세상의 악함과 추함과 거짓이 드러남으로써 생긴 것이라고 알렸습니다. 그들은 다른 부족들보다 당시에 이루어지던 변화에 더 민감했으며, 예언자들은 그 밖의 모든 사람이 혼란스럽게 느끼던 것을 맨처음 공표했습니다. 이렇게 해서 인디오들과 '세상을 바꿀 필요가 있습니다'라고 인디오들에게 말하던 예언자들 사이에 충분한 동의가 이루어졌지요.

("Come on and fuck me, oh, baby, slam it home. Drive it in my mound. Darling, of, fuck my box. Give me a good screw(이리 와서 나와 붙어 봐요. 오, 베이비, 홈으로 들어와 봐요. 물건을 내 음문으로 밀어 넣어 보라니까요. 달링, 내 구멍에 집어넣어 줘요. 섹스 한 번 재미나게 해주라고요.)" 엘리사가 말했었다.)

카라이 족이 어떤 대책을 제시했을까요? 그들은 인디오들더러 악의 땅을 버리고 '악이 없는 땅'으로 가도록 권고했습니다. 악이 없는 땅은 실제로 화살이 저절로 사냥감을 향해 똑바로 날아가는 곳이고, 옥수수가 보살핌을 받지 않은 상태에서도 발아하는 곳이고, 모든 소외가 없는 완벽한 영토고, 노아의 대홍수로 첫 번째 인류가 파괴되기 전에 인간과 신이 공유하던 영토입니다. 이는 신화적인 과거로 회귀하는 것일까요? 인습을 타파하려는 그들의 욕망이 지닌 과격성은 걱정 없는 어느 세상을 약속하는 것에 한정되지 않았죠. 그들은 자신들의 담론에서 구질서를 총체적으로 파괴해 버리자고 역설했어요. 그들은 그 어떤 규범도 용서하지 않았고, 심지어는 사회의 궁극적인 토대, 즉 여자의 교환에 관한 법조차도 허용하지 않았습니다. 이제 여자들에게는 주인이 없습니다!라고 카라이 족은 말했습니다.

("Fuck me, fuck me, fuck me, oh, Toto, come on and fuck me(섹스해 줘요, 섹스해 줘요, 섹스해 줘요, 오, 또또, 이리 와서 섹스해 주라고요.)" 엘리사가 이렇게 말했다).

'악이 없는 땅'은 어디에 있었을까요? 카라이 족의 신비주의는 전통적인 한계를 넘었습니다. 지상 낙원의 신화는 거의 모든 문화에 공통적으로 존재하는 것인데, 인간은 죽은 뒤에야 비로소 그 낙원에 도달할 수 있습니다. 그럼에도 카라이 족에게 '악이 없는 땅'은 실재하고, 구체적이고, 'hic et nunc(여기, 현재)' 도달할 수 있는 장소, 다시 말해 죽음이라는 시험을 통과하지 않고서도 도달할 수 있는 장소였습니다. 신화에 따르면, 그곳은 일반적으로 태양이 떠오르는 곳인 동쪽에 위치해 있었습니다. 뚜삐-구아라니 족은 '악이 없는 땅'을 찾기 위해 15세기 말부터 대규모로 종교적인 이주를 했습니다. 수많은 인디오들이 마을과 농작물을 버리고 다시 방랑자가 되어 끊임없이 굶고 춤을 추면서 신들의 나라를 찾아 동쪽으로 길을 떠났습니다. 그들은 커다란 장애물, 즉 바다와 맞닥뜨렸는데, 그 바다 너머에 '악이 없는 땅'이 있는 것이 확실했습니다. 일부 부족은 반대로 해가 지는 쪽으로 가면 그 땅을 찾을 수 있을 거라고 생각했습니다. 10만 명이 넘는 인디오 이주민이 16세기 초에 아마존 강 어귀를 떠났습니다. 10년 후, 약 300명의 인디오만이 당시 에스파냐인들이 점유하고 있던 페루에 도착했습니다. 그 밖의 모든 사람은 물자 부족, 굶주림, 피로의 희생자가 되어 죽었습니다. 카라이 족의 예언을 믿는 전통이 그들을 집단 죽음의 위험으로 이끌었던 것입니다. 예언을 믿는 그런 전통이 해변에 살던 뚜삐 족 사람들에게서 사라지지 않았던 것입니다. 실제로 그 전통은 파라과이의 구아라니 족 사람들에게 유지되어 왔는데, 그들이 '악이 없는 땅'을 찾아 마지막으로 이동한 것은 1947년으로, 당시 음비아[1] 인디오 수십 명이 브라질의 산또스 지역으로 이동했습니다. 현재의 구아라니 족은 이제 그렇게 떼를 지어 이동하는 행위를 하지 않는다고 할지라도 그들의 신비주의적 천성은 카라이 족 인디오들에게 계속해서 영감을 주고 있습니다. 카라이 족 인디오들은 자신들이 사람들을 '악이 없는 땅'으로 인도할 힘을 박탈당했다는 사실을 인식했음에도 정신적인 여행을 멈추지 않는데, 그런 여행은 그들을 자신들의 고유 신화에 대한 성찰의 길, 그리고 여러 텍스트와 여전히 그들의 입을 통해 들을 수 있는 성스러운 노래들이 증명하듯이, 아주 형이상학적인 사색의 길로 인도하고 있습니다. 그들은 5세기 전 자신들의 조상과 마찬가지로 세상이 악하다는 사실을 알고 세상의 종말을 기다리고 있습니다. 그 세상은 불과 거대한 하늘색 재규어[2]에 파괴될 것이고, 오직 구아라니 족 인디오들만 살아남게 되리라는 겁니다. 그들의 그런 한없는 감상적인 자부심 때문에 자신들이 선택받은 사람들로서 조만간에 신들이 자신들을 초대해 신들과 함께 있게 할 것이라는 확신

---

1 음비아(Mbya)는 구아라니어를 말하는 원주민 집단이다.

2 구아라니 신화에 따르면, '거대한 하늘색 재규어'는 세상이 끝날 때 인류를 먹어치우는 동물이다.

을 유지하고 있습니다. 세상의 종말에 관한 그런 종말론적인 기대
감에 젖어 있는 구아라니 족 인디오들은 그때가 되면 자신들의 왕
국이 도래하고 '악이 없는 땅'이 결국 자신들의 진정한 거주지가
될 것이라 알고 있습니다."[1]

---

1 이 글은 피에르 클라스트르(Pierre Clastres)의 에세이 "남아메리카 인디오들
의 신화와 의례", 니카라과(마나과) 4(1981), 149~154쪽에 기반해 꾸며졌다.(작
가 주)

제2장

　새벽녘의 조용한 애틀랜타 공항은 평소보다 더 커 보인다. 또또 아수아가는 환승 통로 B의 셀 수도 없이 많은 탑승 대기실에서 혼자 담배를 피운다. 레이건 시대의 뚱뚱한 관광객 한 쌍이 그의 앞에 있는 버거킹에서 잡담을 하고 있는데, 버거킹은 이제 일요일이기 때문에 맥주를 팔 수 없다. 빨간 머리 노인이 지나가다가 옆에 있는 바로 들어가 잠시 얼쩡거리는데, 바가 문을 닫으려는 참이라 드라이 마티니 한 잔을 마실 수 없게 되자, 바에서 물러나와 그 날이 일요일인 것이 마치 아수아가 탓이나 된다는 듯이 화난 눈으로 그를 째려보더니 투덜거리면서 멀어져 간다. 아수아가는 헤밍웨이의 멋진 단편소설, 「A clean, well-lighted place(깨끗하고 불빛 환한 곳)」을 감상에 젖어 떠올리고, 마드리드에서 사람들이 술을 가장 많이 마시는 날은 일요일이라는 사실을 기억해 본다. 그는 께베도 광장 근처에 있는 작은 바를 기억하고는, "그런 게 바로 문명인 거지, 까불지 마."라고 정겹게 생각한다. 그는 구김이 잡히고 색이 바랜 파란 외투로 몸을 감싼 상태였는데, 외투가 이스턴 항공사의 소박한 회색과 잘 어울렸고, 빗지 않은 머리, 면도를 하지 않은 얼굴, 울적해 보이는 담배, 빈정거리는 두 눈 사이에 있는 짧은 코를 보면, 그 누구도 그를 예순 살이라고 생각하지 않을 것이다. 어느 날 밤 맨해튼에서 엘리사는 어느 속물적인 여자에게 그를 "딜레탕트[1]한 앵글로색슨 색정광(色情狂) 백작부인의 투박하고 부지런할 것 같은 라틴아메리카 출신 애인이지만, 평범하고 교활하고, 왕족은 아닌 남자"라며 소개했다. 그는 오클라호마에서 남쪽을 향해 비행기를 타야 할 때마다 애틀랜타 공항의 그 긴 환승을 피해 보려고 애를 쓴다. 그 도시는 어떨까? 그 도시가 그에게 스칼렛 오하라와 카터 대통령을 희미하게 상기시켜 준다. 둘 다 호감이 가는 사람들이다. 그 도시 또한 그럴 것이다. 그는 그 거대한 공항에 수도 없이 있어 보았지만 그 도시는 단 한 번도 구경한 적이 없었다. 이번에는 눈이 온 데다 수많은 비행기가 연발하는 바람에 그 비행기에 좌석을 구하는 행운을 얻게 되었다. 그는 마이애미에서 파라과이 항공 비행기를 타야 한다.

---

1 딜레탕트는 문학·예술·학술 등의 아마추어 애호가, 특히 미술 애호가를 가리키고, 어설픈 지식을 지닌 사람을 가리키기도 한다.

"와인 좀 드릴까요, 승객님?"

조용하고 단조롭게 윙윙거리는 비행기 엔진소리 때문에 께느른해지고 졸린 가운데 그가 눈꺼풀을 벌린다. 일등석에서 들리는 대화 소리, 여승무원들이 구아라니어로 부산하게 속삭이는 소리, 그녀들의 신중하고 친절한 목소리가 멀리서 들리는 메아리처럼 잦아든다. 그는 와인 잔을 받아든다.

"고마워요, 카린."

한 모금을 마신다. 운두라가 와인 맛이 아주 좋다. 입술로 잔 테두리를 부드럽게 핥는다. 눈을 반쯤 감는다. 동틀 녘의 소심한 빛이 파란색을 띠며 기억처럼 들어오고 있다…… 7번가와 52번가가 만나는 곳에 있는 쉐라톤 호텔 천장 밑의 트램펄린에서 뛰고 있는 엘리사. 독특한 비키니, 보티첼리가 그린 것 같은 젖가슴, 햇볕에 태워져 초콜릿 색깔을 띤 몸, 우연히 맞이한 그 황금빛 여름.

"난 학회에 참석하고 있어요, 그래요, 초청을 받았거든요…… 경비 전액을 지원받지 않았더라면 내가 여기 있을 수 없겠지요, 남편은 땡전 한 푼 없는 시인이에요. 내 이름은 엘리사인데요, 하지만 당신은 나를 리사라 불러도 돼요."

뛰어들고 있다. 미지근한 풀장.

"당신 나랑 자고 싶죠, 그렇죠?"

안경을 끼지 않는 그녀의 키스. 사랑이 끝난 다음에 샤워를 하는 엘리사.

"그러니까, 당신은 책 한 권을 쓰고 있는 거로군요. 아하, 구겐하임 미술관."

둥그런 갈색 젖가슴 위로 쏟아지는 샤워기의 물. 오렌지색 수건.

"수건으로 내 몸 좀 문질러 줘요…… 아아, 좋아. 이봐요, 더 세게요!"

발기한 그의 성기를 만지는 그녀의 손.

"당신 성기에 작별인사를 하도록 해 줘요."

연구 결과 발표. 폐회식 만찬에 참석한 엘리사. 그녀의 원숭이 웃음. 소동을 일으키는 그녀의 완벽한 이. 화가 난 원로 교수들.

"정말이지, 참을 수 없었어요! 그렇게 엄숙한 경우에는 진지하게 있을 수가 없다고요…… 우리 Village(빌리지)로 가요. 이럴 땐 건배를 해야 해요, 젠장! 내가 이런 늙은 천식 환자를 어느 박물관에서 가져왔을까? 당신은 단 한 번도 웃지 않아요!"

라사냐를 먹으면서 바라본 월드 트레이드 센터. 마티니 두 잔. 건배.

"좋아요. 그 지갑 좀 봐요, 당신 부인 사진 좀 보여 줘요, 아, 아주 뚱뚱하군요, 딸들이 참 예쁘네요…… 당신은 내가 건축가가 되고 싶어 했다는 걸 알아요?"

쓸쓸한 해변에 있는 엘리사. 뉴 저지의 조용한 저물녘.

"아뇨, 그리고 그런 건 내게 묻지 말아요, 난 결혼하고 싶지 않고요, 됐어요!"

그녀가 파도의 친밀한 물거품 속을 맨발로 걷는다. 추위와 쾌락으로 전율한다. 몸을 파르르 떨며 운다.

"왜 남자들은 늘 청혼을 하고 마는 거죠?"

그녀가 술을 홀짝거린다. 초록색 하늘이 반사된 반투명한 눈. 검은색 피부, 에메랄드 빛 시선, 카니발, 도서관. 눈물 사이로 미소를 짓는다. 바다…… 침대에서 담배를 피우는 엘리사. 남자 냄새.

"이봐요. 당신 나이가 몇이에요? 실제 나이 말이에요! 한물간 여배우들처럼 나이는 깎지 말아요. 그렇게 많이 먹었어요?"

빨개진 얼굴.

"무례한 남자군요! 좋아요, 그것 좀 줘 봐요……."

담배 한 모금.

"당신이 피우는 이 검은 담배는 냄새가 좋지 않아요!"

다른 연구 발표를 하기 위해 라구아르디아에 있는 엘리사. 립스틱.

"좋아요, 그 손거울 좀 들어 줘요, 아니, 조금 더 위로, 그래요. 당신 이제 내게 키스 안 해 줘요, 예?"

유혹. 범죄.

"바보 같은 남자!"

다시 립스틱을 바르고 손거울을 쳐다본다.

다른 연구 발표에 참석했다 돌아와 워싱턴 덜레스 공항에 있는 엘리사. 택시.

"아이쿠, 매번 에스파냐어로 말을 하게 해서 죽을 지경이에요……. 하지만 펜 애버뉴의 해산물은 참 좋아요……."

그의 손.

"당신 가만히 좀 있지 못해요? 잠시 기다려요……."

백미러에 비치는 택시 기사의 눈.

"아유 창피해!"

승객 여러분, 잠시 후…….

엘리사, 여자. 함께.

"또또……."

그의 털북숭이 가슴 위에 놓인 그녀의 아프리카식 머리, 가을의 뜨거운 나선(螺線).

"당신에게 할 말이 있어요……."

파르르 떨리는 두꺼운 입술.

…… 우리는 아순시온[1] 국제공항에 도착합니다.

"아니에요, 그게 아니라고요. 당신은 내가 뭘 하고 있는지 나 자신이 모른다고 생각하는 거예요?"

그의 텁수룩한 턱 밑에 있는, 촉촉하게 젖은 사나운 눈길.

"내가 임신한 게 아니라는 말을 당신에게 하고 있는 거라고요. 제기랄, 나는 딸 하나를 '입양했어요'. ……내가 당신에게 그 얘기 좀 하면 안 될까요?"

…… 승객 여러분 안전벨트를 착용해 주시기 바랍니다…….

자기 집 현관문에 서 있는 엘리사. 노커 위로 또또가 흥분한 손으로 움켜쥐고 있는 색깔 풍선 두 개.

"쉬…… 문 천천히 열어요! 내 집 당신 맘에 들어요? 아, 현재 내 남편은 부자거든요. 쉬, 저기 오네요!"

---

1 아순시온(Asunción)은 파라과이의 수도다.

백인 유모와 함께 있는 흑인 소녀.

"네 살이에요."

미소.

"아가야, 여기 계신 분은 엄마 친구야. 자, 악수하렴. 그래, 아주 잘했어."

천진난만한 어색함, 파란 풍선, 아님 초록색 풍선?

…… 저희 항공사는 다음 비행에도 승객 여러분을 모실 수 있길 바랍니다…….

곤혹스러움, 파란 풍선, 아님 초록색 풍선? 침묵. 꼼짝도 하지 않는 소녀.

…… 현지 기온은 39도입니다…….

파란 풍선, 아니면……?

"빌어먹을, 아무거나 줘버려요! 얘가 시각장애아인 게 안 보여요?"

…… 꼬리엔떼스[1]행 비행기는 6번 탑승구에서 출발합니다…….

---

1 꼬리엔떼스(Corrientes)는 아르헨티나의 북동부에 있는 도시로, 빠라나 (Paraná) 강 건너편에 있다. 파라과이로 이주한 많은 사람들의 고향이다.

제3장

"저는 아버지가 암으로 돌아가시던 날 종교에 관해, 또는 죽음에 관해 아주 조금 생각하기 시작했어요. 하지만 꼬리엔떼스의 대주교님을 만나게 될지는 꿈도 꾸어 본 적이 없어요." 엘리사가 말했다.

몬시뇰이 그녀에게 차 한 잔을 더 따르면서 미소를 머금었다. 그가 그녀에게 김이 모락모락 피어오르는 잔을 건넸다. 책상 위에는 빼빼 마른 그리스도가 그녀에게 필사적으로 알루미늄 팔을 벌리고 있었다. 독일 성을 지닌 젊은 사제가 그들에게 은 찻주전자를 갖다 주었다. 하지만 까세레스 대주교는 차꼬[1] 전쟁 당시 군종

---

1 차꼬(Chaco)는 남아메리카의 중앙에 위치한 건조지대다. 차꼬전쟁 (1932~1935)에서 파라과이가 볼리비아에게 승리했다.

신부였을 때 막사에서 사용하던 아주 오래된 싸구려 자기(瓷器) 찻주전자를 사용하겠노라고 그에게 말했다.

"자매님 가족은 프로테스탄트인가요?" 몬시뇰이 아주 부드러운 목소리로 물었다.

"저희는 곤궁한 성공회 신자들이었어요. 성공회는 부자 백인들의 종파죠. 그래서 조금 창피했어요."

"자매님은 모로차[1]인데 눈은 초록색이군요. 나는 성공회 신자이면서 아주 착한 기독교인들을 알고 있답니다."

"아, 그러세요? 저는, 아니에요. 제 친구들이 무슨 종교를 믿냐고요? 친구들에게 그걸 한 번도 물어보지 않았어요. 저는 반세기 전부터 참석하지 않았어요. 미사 말이에요." 엘리사가 얼굴을 붉혔다. "사실 저는 보기보다 나이가 많아요."

"당신들은 미국에 사는 영국 국교도죠. 성공회 신부들이 많아요. 그들은 국경 지역에서 활동하죠. 미국으로 밀입국하는 사람들의 등을 닦아 줘요."

"흥미롭군요. 남부에는 있어 본 적이 없어서요. 거기에 남자 친구가 있어요. 이름이 또또예요. 아마도 그가 저를 보러 올 거예요…… 어찌 되었든, 그런 걸 알게 돼서 즐겁네요."

"자매님은 여전히 성공회 신자인가요?"

"이제는 아니에요. 결혼도 기독교식으로 하지 않은걸요. 제 말

---

1 모로차(morocha)는 검은(갈색) 머리에 하얀 피부를 지닌 사람을 가리킨다.

은, 아무 교회에서도 안 했다는 거예요. 빤초[1]는 파라과이 출신이
지만 프로테스탄트예요."

"그 친구 보수적인 독일인이에요. 그러니까, 냉담한 자라는 거죠."

"그런데, 제가 알기로 빤초의 누이 아마뽈라는 아마 독실한 가
톨릭 신자일 거예요."

"압니다."

"대주교님을 뵈러 온 건 빤초의 생각이 아니라 제 생각이었어
요. 대주교님의 영향력이 세다고들 하더군요."

"그렇다면 좋겠지만, 썩 그렇지도 않습니다, 군터 부인." 대주교
가 애처로운 미소를 머금었다.

"어찌 되었든, 저는 학교에서 영어를 가르치고 싶습니다. 소녀
들을 더 가까이서 알고 싶거든요. 제가 현재 쓰고 있는 책을 위해
서 말이죠."

"물론, 불가능하지는 않습니다. 차를 좀 더 드릴까요?"

"감사합니다만, 됐습니다."

"4년 전에 아버님이 돌아가셨죠?"

"오, 오래전입니다. 우리가 부쿠레슈티로 떠나기 전이었어요."

"아버님 곁에서 머물 수 있었나요?"

"예, 잠시 동안. 아빠는 피츠버그에 살고 계셨어요. 집에서 그리
멀지 않은 곳이었죠. 암에 걸려서 채 1년도 못 사셨어요. 가끔 아

---

1 빤초(Pancho)는 엘리사의 남편인 군터(Gunter)의 애칭이다.

빠를 뵈었죠. 하지만 임종은 못했어요."

"당시 자매님이 죽음을 걱정했다고 말하는데, 그 이유는 뭡니까?"

"그토록 가까운 가족이 죽어가고 있었던 게 처음이었거든요. 잘 모르겠어요…… 언젠가는 제게도 같은 일이 일어날 거라고 생각했어요."

"그런 게 자매님 삶을 바꾸었나요?"

"그리 많이 바꾸지는 않았어요. 아마도 제 삶을 더 슬프게 만들었을 거예요. 가끔씩 생각하죠……. 엄청난 경쟁, 긴급을 요하는 각종 사안, 학회, 학교의 직급, 출판물, '데드라인'으로 이루어진 삶은 의미가 없잖아요! '데드라인'이 무슨 의미인지 아셔요?"

"승진 서열을 그렇게 부르잖아요."

"그게 저를 'frantic'하게 만들어 버린다니까요!"

"……?"

"그러니까, 미치게 만든다는 겁니다."

"자매님은 아주 만족스러워해야 할 것 같은데요, 건강하고, 미인이고, 교양 있고, 이런 돈을 지불할 수 있는 남편까지 있잖아요."

"물론이죠. 그런데 사람은 가끔 자신이 어디로 가고 있는지 모르잖아요?"

"자식들은 있나요?"

"자식이 있는 것처럼 보이죠……." 그녀가 나직하게 말했다. "하지만 저는 자식을 가질 수 없답니다."

"그런데, 입양은 하지 않았나요?"

그녀가 침묵을 지켰다. 까세레스 대주교가 자리에서 일어나 만(灣) 쪽에 나 있는 창을 향해 몇 걸음 옮겼다. 그는 큰 키, 갈색 피부, 백발, 커다란 손을 지닌 여든 살 정도 되어 보이는 남자로, 만년에 이른 시골사람 같은 모습에, 세월에 상관없는 활력, 떡 벌어진 어깨에 지방질 없는 농부의 몸매를 유지하고, 거친 손가락에는 커다란 루비 반지를 끼고 있었다. 그녀는 외투로 몸을 감싼 채 계속해서 앉아 있었다. 상대 남자가 하얀 턱수염으로부터 그녀를 쳐다보고 있었나.

"나 또한 죽음을 두려워한다는 사실을 자매님은 알고 있나요?"

가끔 엘리사는 자기 삶의 어떤 상황은 소설들을 너무 표절한 것이라고 직감했다. 지금처럼, 그런 불안한 권태, 우나무노[1]의 것을 복사한 듯한 그런 대화들.

"몬시뇰? 몬시뇰께서는 하늘나라에 가실 거라 생각하세요?"

"잘 몰라요. 어찌 되었든, 때가 되기 전에 가고 싶지는 않아요."

"삶은 아름답죠, 그렇죠?"

"반드시 그렇지만은 않아요. 난 죽음이 무서워요. 자매님처럼."

"인간은." 그녀가 장갑으로 자신의 하품을 가렸다. "암을 낫게 할 줄은 모르지만, 신이 무엇인지는 안다고 생각하죠."

---

1 우나무노(Miguel de Unamuno, 1864~1936)는 에스파냐의 철학자, 시인, 소설가, 에세이스트로, 다양한 작품을 통해 인간의 도덕성에 관한 철학적인 문제를 다루었다.

"내가 바보 같은 말을 하고 있는 것 같군요."

"바보 같은 말이 아니에요…… 아빠는 죽음을 두려워하셨지만, 신심이 깊었어요. 대주교님 말씀대로 독실한 신자였어요, 그렇죠? 성공회 신자들은 하늘나라에 가나요?"

"물론이죠."

"결국, 문제는 시간이군요…… 문학의 큰 주제예요! 제가 문학을 강의한다는 걸 아세요?"

"신문을 읽어 알고 있어요."

"제 책 한 권 드리겠습니다. 안또니오 마차도[1]의 시에 나타난 시간을 다룬 겁니다."

"정말 고맙군요."

"이제는 제가 바보 같은 말을 하는군요."

"아녜요. 난 전혀 바보 같은 말이 아니라고 생각해요. 마차도는 진정한 시인이죠."

"저는 어째서 몇몇 사람이 안또니오 마차도의 시를 구어체적이라고 보는지 이해를 못하겠어요. 주교님은 시를 읽으시나요?"

"좋아요, 복음서들은 시죠."

"제 말씀은, 시…… 조금 더 세속적인 시 말이에요."

"물론이죠. 네루다[2]가 죽었을 때 내가 저기 저 앞에서 위령 미사

---

1 안또니오 마차도(Antonio Machado, 1875~1939)는 에스파냐의 시인이다.
2 네루다(Pablo Neruda, 1904~1973)는 칠레의 시인이다.

를 올렸어요. 아옌데[1]의 친구였던 칠레 영사의 요청으로요. 그런데 내가 보기에 네루다는 무신론자였던 것 같아요."

"저는 잘 모릅니다. 그럴 수도 있다고 생각해요. 그런데, 실제로는 그처럼 격렬하게 사랑할 힘을 가진 사람은 무신론자가 될 수 없어요."

"자매님 말이 맞아요. 내면적으로 보면 무신론자는 아무도 없지요."

"저는 무신론자가 아닙니다."

"물론, 자매님은 무신론자가 아니죠. 그런데, 남편 군터는요?"

"그는 경제학자예요."

"그럼 그의 조카딸 솔레닷 사나브리아는요?"

"잘 모르겠어요. 하지만 솔레닷은 가톨릭 학교에서 공부하고 있어요, 그렇죠? 저는 정부가 솔레닷더러 공산주의자라고 했다는 걸 이미 알고 있어요. 하지만 조카딸 솔레닷의 어머니는 독실한 가톨릭 신자예요. 틀림없이 조카딸도 독실한 가톨릭 신자일 거예요."

"미국인들의 단순한 사고방식은 참 멋져요. 군터의 조카딸과 학교 친구인 베로니까 사리아가 레이건 대통령의 특사인 알렉산더 헤이그 장군의 방문에 대한 항의로 6월에 학생 시위를 주동했어요. 학생들은 레이건이 말비나스[2] 문제에서 영국을 지지하는 걸 좋아하지 않거든요."

---

1 아옌데(Salvador Allende, 1908~1973)는 칠레의 대통령이다(1970~1973).
2 말비나스(Malvinas)는 영국령 포클랜드(Folkland)를 가리킨다.

"그건 저도 압니다만, 제 말씀은 까르데날¹ 신부님의 스타일에 따르면 솔레닷이 가톨릭 신자거나 신자쯤 된다는 거지요. 까르데날의 시를 읽어 보셨나요?"

"예."

"맘에 들던가요?"

"까르데날은 내가 좋아하는 시인이 아니긴 합니다만, 충분히 맘에 들었습니다."

"몬시뇰님, 이제 차 한 잔 더 주신다면 마시겠습니다."

까세레스는 생각에 잠긴 채 자기 책상 뒤에 있는 선반으로 다가가 파란색 가죽 장정을 한 두꺼운 책 한 권을 꺼냈다. 몇 쪽을 대충 훑어보더니 목차를 보고 나서 책을 뺐던 자리에 다시 꽂았다.

"잘 모르겠군요, 시 한 편을 찾고 있었는데…… 자매님에게 그 시를 읽어 주려고요. 끈기 있게 찾아 봐야 하는데, 지금은 찾을 수가 없군요."

"어떤 시인데요?"

"후안 라몬 히메네스²의 「마지막 여행」입니다."

"하지만요." 엘리사가 웃었다. "몬시뇰님. 저 그 시 외울 줄 알아요."

---

1 까르데날(Ernesto Cardenal, 1925~)은 니카라과 출신 시인으로, 마르크스주의 혁명가이며 가톨릭 사제다.

2 후안 라몬 히메네스(Juan Ramón Jiménez, 1881~1958)는 에스파냐의 시인이다. 그의 시 「마지막 여행(El viaje definitivo)」은 시인이 떠나간 뒤에 노래를 부르는 새의 이미지로 시작되어 끝난다.

대주교 또한 더 편안한 마음으로 웃었다.

"그러니까, 대주교님은 새들이 노래를 하고 있을까 봐 불안하신 거로군요." 엘리사가 차를 마시면서 말했다.

"방사능 때문에 노래를 하지 않고 있는 게 더 나쁘죠. 자매님도 알잖아요." 대주교가 중얼거렸다. "그런데, 자매님은 사랑에 빠져 본 적이 한 번도 없나요?"

엘리사의 뺨이 빨개졌다.

"글쎄요…… 물론 계속해서 군터를 사랑하고 있어요."

"이제 자매님은 군터를 세례명으로 부르지 않는 거죠?"

"빤초나 군터나 똑같잖아요."

"자매님은 사랑의 모험을 충분히 해보았나요?"

"하지만, 몬시뇰님." 엘리사가 에스파냐식 아양을 떨어 양 어깨를 움직이면서 대답했다. "그런 건 묻지 않는 법이에요……. 사제들은 사알짝 종말론적이세요……."

"성 요한은 입속에 있는 칼이 양날을 가지고 있다는 말을 하기도 하고 안 하기도 하는데요, 나는 자매님에게 우리나라식 칼날을 사용해 물었던 겁니다."

그녀가 아연실색하며 대주교를 쳐다보았다.

"그래서 사람들이 대주교님더러 약간 바보 같다고 했군요."

까세레스가 그녀에게 오른손을 뻗었다.

"군터 부인, '좋은 아침'이라고 인사해야겠네요, 오, 이제 '좋은 오후'라고 인사해야 할 때가 거의 다 되었군요."

엘리사가 자리에서 일어났고, 두 사람은 돋을새김으로 꾸민 삼나무 문을 향해 옛 친구처럼 걸어갔다.

"또록스 수녀님을 만나세요. 자매님은 내일부터 시작할 수 있어요."

"신부님은 단 한 번도 사랑에 빠져 본 적이 없나요?"

꼬리엔떼스 가톨릭교회의 수장이 그녀를 부드럽게 현관 쪽으로 밀었다.

"물론 빠지지요, 자매님. 매일."

제4장

엘리사는 대주교와 대화를 나눈 뒤 외투 깃을 세우고, 주교좌 성당 앞 광장에서 빈 벤치를 찾아 앉은 뒤 마드리드를 회상했다. 그녀로부터 채 몇 걸음 떨어진 곳에서는 에스파냐 출신 어느 선장이 400년도 더 전에 엘 도라도[1] 루트를 따라 그 도시를 건설하도록 자신을 이끌었던 환상을 향해 돌칼을 겨냥하고 있었다. "그대의 시가 아침의 신경질적인 바람 속에 흩어진 내일이 되게 하라."(폴 베를렌)[2] 그 무중력 상태의 바닷물이 지닌 맑음 속에서, 상큼하게 쏟

---

1 엘 도라도(El Dorado)는 남아메리카에 있다고 여겨지던 '황금향'이다. 대항해 시대에 많은 정복자가 엘 도라도를 찾으려고 했으나 모두 실패했다. 그 때문에 학자들은 엘 도라도에 대해 현지 인디오의 거짓말이 보태졌다고 결론을 내린다. 하지만 잉카 제국은 피사로의 정복 당시 많은 금은을 보유하고 있었고, 대항해 시대가 끝난 뒤 남아메리카에서는 대규모 금광이 채굴되었다.

2 폴 베를렌(Paul Verlaine, 1844~1896)은 프랑스의 시인이다.

아내는 아침 햇살 속에서 나비와 램프 빛이 날개를 펄럭이며 이슬과 태양과 삶과 공기를 축하해 준다. 그녀는 별처럼 총총한 감송향(甘松香)에 취해 그곳에서 저녁 기도를 하면서 자신이 바이올린을 켜는 귀뚜라미, 촉촉한 눈동자를 지닌 성마른 하모니카, 은밀한 마드리갈[1]이 되고 싶다고 했다. 아몬드 나무, 소나무, 자라고 있는 사파이어, 발정난 비둘기 소리, 미풍, 빛의 반짝거림, 순간적으로 나타났다 사라지는 지네, 바쁜 매미가 그녀에게 길을 비춰 주고, 그녀의 피를 자극한다. 그때 그녀는 사랑에 빠져 음악이 흐르는 경쾌한 정오처럼 바람 속으로 뛰어든다. 그녀의 손은 푸른 향기 가득한 드넓은 빛의 강이다! 그리고 그녀의 입술은 말(語)의 송이들이다! 까스띠야[2] 사람들과 바스꼬[3] 사람들은 결코 삐사로의 광산들을 찾아내지 못했다. 하지만 그들은 더 남쪽에서 이중 피부, 이중 영혼, 이중 언어를 지닌, 얼굴이 두 개인 그 종족을 만들어 냈는데, 그녀의 남편, 즉 바이에른 혈통의 아버지와 어머니의 아들이 제아무리 신세계의 메소포타미아에서 태어났다 할지라도, 그의 정체성은 결코 그 종족과 동일시 되지 않을 것이다. 1950년 대에 엘리사가 군터를 만났을 때, 현학적인 그 금발 경제학자가 남아메리카 꼬노 수르[4]의 아들이라는 사실을 상상도 하지 못했을

---

1 마드리갈(madrigal)은 서정 단시, 짧은 연가를 일컫는다.
2 까스띠야(Castilla)는 현재 마드리드가 위치한 지방의 이름이다.
3 바스꼬(Vasco)는 에스빠냐 북부 지방의 이름으로, 흔히 '바스크'라 불린다.
4 꼬노 수르(Cono Sur)는 파라과이, 우루과이, 아르헨티나, 칠레를 가리킨다. 꼬

것이다. 물론 그녀는, 그가 눈에 보이지 않는 어느 강퍅한 문법 전문 여교사 앞에서 뉴 잉글랜드 억양을 끊임없이 모방하기라도 하듯, 그의 영어가 워낙 완벽하게 들렸기 때문에 그가 외국에서 태어난 사람이라고 의심했었다. 당시 군터는 서른여섯 살이고 그녀는 서른 살이었다.

메릴랜드에 위치한 그녀의 대학 학장 집에서 마르고 키 큰 남자가 셀러리 줄기를 2급 치즈와 함께 프로이센 스타일로 우적우적 씹어대면서 호감을 적극적으로 드러내는 시선을 그녀에게 던지고 있었다. 그가 그녀를 불안하게 만들었다. 그녀는 워싱턴의 관료들 사이에서 자신이 촉망받는 미혼자라고 자만하는 그 게르만 족 유형의 사내가 침대에서는 여자를 아주 지루하게 만들 것이라고, 게다가 입 냄새도 좋지 않을 것이라고 생각했다. 그 뚱보 사내가 그녀의 몸 위에서 셀러리 냄새 풍기는 혀를 그녀의 입속에 집어넣으려고 애쓰는 모습을 상상조차 할 수 없었다. 엘리사는 더 어렸을 때 생각도 하기 싫은 결혼 생활에 실패한 적이 있었다. 하지만 그녀는 이혼이 자신의 경력에 많은 도움을 주었다고 확신하고 있었다. 그녀는 에스파냐어 조교수 직에 만족한 상태였기 때문에 그 누구든, 심지어는 그녀가 몸담고 있는 대학 학장의 옛 동창들인 허영기 넘치는 경제학자들조차도 자신을 기죽이는 걸 용납하지

노 수르는 원뿔형 지역이라는 뜻인데, 이들 국가를 합쳐 놓은 지형이 원뿔형이라 그렇게 불린다.

않았다. 하지만 아일랜드계 눈에 재기 넘치는 화술을 지닌 매혹적인 흑인 여성, 결혼을 하고 싶어 하지 않았던 그 여성이 나중에 군터의 삶에 단 한 번뿐이었던 연정을 일깨워 버렸다. 보티첼리가 그린 것 같은 그녀의 젖가슴과 원숭이를 닮은 웃음이 그를 환장하게 만들었다. 그는 그녀에게 효율적으로, 참기 힘들게 구애를 했다. 그는 그녀가 미치광이와 적색 분자 ― 그녀가 앉아 있던 광장의 벤치, 즉 꼬리엔떼스의 엄숙한 군인들이 사용했던 안료를 칠한 가장 공적인 벤치처럼 빨간 ― 가 되도록 내버려두었다. 두 사람은 유월에 파리에서 첫 번째 허니문을 보냈다. 그 후 다른 허니문들은 오르가즘과 화학적으로 순수한 하품들 사이에서 왔다 갔다 하고, 서로 참고, 두 사람 다 직업적인 성취를 이루고, 엘리사는 몇 번 유산을 하면서, 삶은 스위스 시계 공장처럼 생산적으로 조직화되었다. 스위스적인 메타포를 사용해 보자면, 엘리사는 치즈보다 시계를 더 좋아했다. 치즈가 학장의 집에 있던 셀러리를 상기시켰기 때문이다. 군터는 양파도 씹었는데, 양파는 게르만식으로 만들어 낸 대포나 다름없었다. 그는 매일 맥주를 몇 갤런씩 마셔 댔지만(쉰 살이 되었을 때 맥주를 위스키로 바꾸었다), 아침마다 하던 승마 때문에 복부를 반반하고 탄탄하게 유지했는데, 엘리사는 그가 마치 깎은 당근에 고춧가루를 뿌려 놓은 상태나 되는 것처럼 그의 응석을 받아 주었다. 그녀는 사르트르적 림보[1]에 들어가는 순

---

1 림보(limbo)는 세례를 받지 못하고 죽은 유아의 경우처럼, 원죄 상태로 죽었으

간에 마드리드를 회상하는 습관이 생겼다. 그녀는 마드리드의 가을, 옛 종루들, 몬끌로아[1]의 활활 타는 듯한 수평선, 황금빛 미루나무들, 사방에 퍼져 있는 포플러 나무들을 안또니오 마차도에 관해 공부할 때 피츠버그의 자기 방에서 상상했던 것처럼 회상해 보았다. 가장 값싼 이베리아항공 비행기 안에서 그것들을 원했던 것처럼. 마드리드에서 그녀는 왜 마차도의 자줏빛 색조의 예술이 에스파냐 내전과 더불어 변했는지, 왜 바로 그 황금빛 시들이 죽음의 칼날에 영원히 분리된 에스파냐의 아르게예스[2]에 있는 그녀의 하숙집에 비친 석양빛의 금속성을 융해해 버렸는지 이해했다. 불행히도, 엘리사는 학살자들의 마드리드에서 살게 되었다. 하지만 다른 마드리드는 이미 존재하지 않았다. 프랑꼬[3]는 좋은 영화, 자유, 유럽, 비종교적인 책을 파는 서점, 외국 극장으로부터 에스파냐를 구해 냈다. 대학은 민간 경비대의 건물과 수도원으로 바뀌어 버렸다. 하지만 엘리사는 사람들이 좋았고, 그 어떤 독재도 결코 부패시킬 수 없었던 그 순수한 실체들이 좋았다. 추로스를 파는 여자, 우편배달부, 와인 판매업자, 수위, 청과물 장수 여자는 정부 문서

나 죄를 지은 적이 없는 사람들이 머무르는 곳으로, 고성소(古聖所)라고도 한다.

1 몬끌로아(Moncloa)는 마드리드 인근 지역으로, 많은 학생과 지식인이 거주한다.

2 아르게예스(Arguelles)는 마드리드 인근 지역이다.

3 프랑꼬(Francisco Franco, 1892~1975)는 에스파냐의 독재자다(1939~1975 재임).

에 들어 있는 거짓말을 폭로했고, 죽음의 계곡에 떨어진 자들[1]을 구했는데, 그 사람들은 모두 월트 휘트먼[2]이었다. 엘리사는 자신의 천직과 제2 언어를 정했다. 그녀는 자신이 좋아하던 안또니오 마차도를 학위 논문 주제로 선택했고, 그녀가 대주교에게 언급한 적이 있던 책을 쓰기 시작했는데, 현재 그 책은 세 개의 언어로 번역될 정도로 걸작이 되어 있다. 그녀는 더 본능적이지만 아주 시적인 강박관념에 사로잡혔다. 에스파냐 청년들은 더 길고, 더 굵고, 더 강한 물건을 가지고 있어! 그녀는 당시 거의 모든 무명 시인과 잠자리를 했다. 결혼한 뒤에까지도 그녀는 그 시인들 가운데 하나와 관계를 재개해 놓고는, 군터에게 "그리고 난 그 사람이 파릇파릇한 남자라 믿고서 그를 강으로 데려갔지만, 그는 과제를 제출해야 했어요."[3]라고 말했다. 성욕을 돋우는 와인, 그리고 탈취제를 쓰지 않는 조무래기 학생들. 그녀는 가끔은 군터를 놀리려고, 군터를 흥분시키려고 군터에게 소곤거렸다. "사실 후안 까를로스 왕처럼 훌륭한 수컷이 내 몸을 만지는 일은 단 한 번도 없었어요."

---

1 '죽음의 계곡에 떨어진 자들'은 에스파냐 내전에서 죽은 파시스트 당원들을 가리킨다.

2 월트 휘트먼(Walt Whitman, 1819~1892)은 미국의 시인, 수필가, 기자다. 그는 자유시의 일인자이자 창시자로 불렸으며, 서민의 희망 감회를 자유로운 수법으로 솔직히 노래했다.

3 큰따옴표 안에 든 문장은 에스파냐의 시인, 극작가인 페데리꼬 가르시아 로르까(Federico García Lorca, 1899~1936)의 시 「부정(不貞)한 부인(La casada infiel)」에 실린 시구를 패러디한 것이다.

평소 프랑꼬의 능력에 감탄하던 군터는 숨이 넘어갈 듯 웃어 댔고, 그렇게 해서 두 사람은 은혼에 이르러 갔다. 사람들이 군터에게 에스빠냐 사람들은 모두 바보라고 가르쳐 주었다. 문맹의 농부였던 군터의 부모는 볼리비아에서 정글로 이주했고, 인디오 언어는 배웠지만 에스빠냐어는 배우지 못했다. 군터는 수도 아순시온의 독일 학교에서 장학금을 받았다. 일찍이 그는 프랑스인 개인교사를 고용하는 부잣집 자식들과 친하게 지냈다. 하지만 그는 북쪽 대국의 영사관에서 제공하는 영어와 '뉴딜' 정책에 대한 무료 강좌를 진지하게 수상했는데, 학교에서 아주 가까운 곳에 위치한 영사관 건물은 치약을 발라 놓은 것처럼 하얀색이었다. 그렇게 해서 그는 1939년에 이미 고등학교를 수석으로 졸업했다. 불과 석 달 전에는 어느 특이한 장군이 대통령에 당선되었다.

농부 부모에게서 태어나 검약한 습관을 유지하던 그는 유럽에서 교육을 받고, 차꼬 전쟁에서 승리한 사령관이었으며, 자기 국민에게 무기를 겨누지 않은 장군이었다. 프랑스를 좋아하니 당연히 파시즘을 싫어했는데, 이 이야기는 알또스[1]에서 시작되고, 공중에 떠 있는 것처럼 높이 솟은 지역에서 화염에 휩싸인 최고사령관은 초록색 땅을 물화살처럼 오르고, 그는 자신의 부서진 날개를 지고서 그곳에 멈춘 게 아니라, 그가 겸손한 사람이라서 자신이 살아 있는지 죽

---

1 알또스(Altos)는 빠라과이의 꼬르디예라 주에 있는 지역인데, 차꼬 전쟁을 승리로 이끌고, 나중에 대통령이 된(1939~1940 재임) 에스띠가리비아(José Felix Estigarribia, 1888~1940)가 그 지역에서 비행기 충돌사고로 사망했다.

어 있는지 목소리를 높이는 걸 지금은 꺼리고 있다. 전쟁에서 승리하기 위해서는 큰소리로 신호를 해야 한다. 자신이 조국을 사랑하고, 또 영리하기만 하면 충분하다. 그렇게 그는 사람들보다 더 높은 수준으로 살기 위해, 프랑스어로, 구아라니어로, 그리고 강철의 언어로 대화하기 위해 알또스로 들어간다. 그가 전투를 하다 쉴 곳을 찾아서 해질 무렵 어느 별처럼 하늘을 나는 모습이 보였다. 그리고 그는 어느 순수한 별처럼 밤을 지새운다. 불굴의 도량에서 비롯되는 그의 태도는 그 누구도 갖지 못하고, 하늘의 독수리처럼 빛나는 통찰력은 그 누구도 갖지 못한다. 그리고 그의 호주머니처럼 텅 비어 있는 호주머니는 그 누구도 갖고 있지 않다. 투쟁은 지속되고, 이야기는 높은 곳에서 시작되고, 오늘은 9월 7일이며, 영원히 그는 저 높은 곳에서 사람들과 견고한 우정을 맺었다. 군터가 알고 있던 북유럽 사람들 가운데 하나가 파라과이의 젊은이들에게 주는 장학금을 군터에게 약속했다. 군터는 하버드 대학교에 입학하기로 되어 있었다. 하지만 부모가 반대했다. 외아들이었기 때문이다. 궁벽한 시골에 살던 아마뽈라는 군터에게 유익한 결혼 상대자로 적합해 보이지 않았다. 하지만 대통령이 항공사의 사보타주로 사망하고, 어느 우파 군인이 그의 뒤를 이었다. 군터의 가족은 추축국에 호의적이었으나 헤롯[1]의 히스테리에서 빤초를 구해 주기 위해 그 몇 년 동안 예

---

1 헤롯(Herod, 기원전 73~4)은 유대의 왕으로, 친로마 정책을 펼치면서 백성들에게 무거운 세금을 부과하고 폭정을 일삼았다.

일 대학교의 제의를 받아들였다. 군터에게 예일 대학교의 생활은 힘들었다. 그는 종종 던컨 호텔 옆에 있는 차펠 스트리트 길모퉁이를 돌아 뉴헤이븐에 2세기 동안 서 있는 올드 하이델베르크 지하층에서 팔고 있는 것들을 구경하러 갔는데, 그곳에서는 대합조개찜, 필스너 우르켈 맥주를 팔았지만, 모두 라틴아메리카 출신 학생이 받는 소액의 장학금으로는 엄두도 내지 못할 것들이었다. 그는 대학을 'cum laude(우등)'으로 졸업한 뒤, 1940년대 말에 차례로 석사학위와 박사학위를 받았다. 그의 부모는 40대에 암에 걸려 1년 간격으로 사망했다. 군터는 저축해 둔 돈으로 아버지의 장례식을 치렀으나 어머니가 사망했을 때는 돈이 없었다. 나중에 그는 좋은 관료직을 구했다. 그는 누이 아마뽈라가 사나브리아와 결혼한 뒤에도 아마뽈라를 도왔다. 아마뽈라의 딸 솔레닷이 영세를 받을 때는 대부가 되었다. 아이젠하워 밑에서 경제적인 기반을 탄탄하게 다졌고, 미국 여권을 받았으며, 1958년에는 보브 호프[1]는 아닐지라도 예일 대학교의 동문들 — 예를 들어, 엘리사가 재직하는 대학교의 학장 — 과 테니스를 쳤다. 참으로 많은 세월이 흘렀다! 그리고 엘리사는 다시 마드리드를 그리워했다. 그런데 왜 군터는 에스파냐 사람들을 바보라고 생각했을까? 에스파냐 사람들이 역사적으로 엄청난 노력을 기울였다는 것은 확실하고 이는 오웰[2] 때문이 아니

1 보브 호프(Bob Hope, 1903~2003)는 영국에서 태어난 미국의 희극 배우다.
2 오웰(George Orwell, 1903~1950)는 영국의 소설가, 에세이스트다.

다. 그렇게 해서 사르미엔또[1]가 도래했는데, 그는 양키를 좋아해 양키 문화를 흉내 낸 첫 아르헨티나 사람으로서, 잉글랜드는 무지 몽매한 자들을 가르치는 어머니이며 야만은 호랑이의 사생아라 고 선언한 뒤에 어느 오렌지 나무로 피신했다가 죽었다. 내성적이 고 부지런한 군터 부부는 딸 아마뽈라에게 집안 살림을 절도 있 게 하는 법을 가르쳤지만, 자신들의 첫아들에게는 카이저의 품위 를 가르쳤다. 엘리사는 처음에 그런 사실에 의구심을 표하지 않았 다. 그리고 현재는 비록 제인 폰다처럼 군살이 없고 역동적인 여 자라고 해도, 'damn it(젠장)!' 그녀의 55세라는 나이가 부담이었 다. 그녀는 그 열대성 지옥 한가운데서, 게다가 겨울에, 미래를 계 획하는 걸 즐겼다. 왜 군터는 에스파냐 사람들은 바보라고 생각했 을까? 그녀는 화가 나 있었다. 그녀는 그 술집들을, 아르게예스에 있는 작은 학생 식당들을, 침묵처럼 희미한 걸걸한 목소리가 들리 는 그런 시간들 속에서 창백한 혜성처럼 갑자기 나타나는 그런 삶 을 기억하고, 흐려진 눈들과 희미한 재[灰]와 기억 사이에서 어떤 비밀처럼 전율하면서 일어나지만 저쪽에서 일어나지 않으면 좋지 않기 때문에 저쪽에서 일어나는 그런 일들을 기억하고, 낮의 햇빛 으로부터, 충만한 정오로부터 새하얀 종이처럼 솟아나오는 물을 좋아하고, 밤에 빨간 꽃잎처럼 불타는 그 희미하고 말없는 미스터

---

1 도밍고 사르미엔또(Sarmiento, 1811~1888)는 아르헨티나의 에세이스트, 정치 가로 대통령을 역임했다(1868~1874 재임). 그는 라틴아메리카를 '문명'과 '야만' 이라는 이분법적 논리로 보았다.

리들을, 악천후 속에 있는 영혼에서 나오는 그 미세한 불덩이들을, 낮잠 자는 시각에 저 멀리서 달리는 화물열차 소리처럼 들리는 울부짖음을, 그 낡은 사물들 속에서, 즉 다른 세상의, 세상의 길 모퉁이들 속에서 소리 나는 돛대와 타오르는 불길처럼 들리는 울부짖음을 좋아하지 않는다. 그리고 헤라클레이토스가 말한, 끊임없이 변화하는 이 나날들에서 시간을 끌다가 자기 자신과 더불어, 향수와 더불어 비탈길을 산책한다. 다른 사람들은 그때 가을이 시작되고 있었다고 말하겠지만, 그녀는 이미 가을이 도래했으며, 어찌 되었든 내일은 다른 날이라는 사실을 알고 있다. 누군가가 그 풍요로운 텍스트들을, 주말이면 그녀와 소통하는 텍스트들을 그녀에게 구술하고 있었고, 그 사이에 그녀의 두 눈은 기억의 무대가 되는 학교의 소나무들을 빨아들이고, '빠이사헤' 또는 '마늘'은 있고 '나라'는 없지만 강처럼 긴 사람들의 행렬, 즉 시간으로 이루어진 '빠이사호'[1]를 빨아들이고, 남편이 절대 즐기지 않았을 대구 튀김을 먹으면서 불현듯 자신이 어느 유령 같은 사내 곁에서 이십 년을 잃어버렸다고 느꼈다. 그의 곁에서 내 주말은 참으로 우울했다! 예를 들어, 별이 빛나고 파란 빛들이 파르르 떠는 밤, 멋지고 괴상한 고문서 같은 것들로 치장되어 있고, 벽에 기사도 소설을 크게 확대한 쪽들이 붙어 있는 안드레스 메야도 가의 술집 아마디

---

1 여기서 작가가 구사한 언어의 유희를 볼 수 있다. '빠이사헤(paisaje)'는 '경치'를 의미하는데, 작가는 특이하게도 'paisaje'를 'paisajo(빠이사호)'로 바꾸어 버린다. 'paisajo'는 'país(나라)'와 'ajo(마늘)'의 합성어다.

스의 기름진 해산물을 기억하고, 더 선명하게 다른 술집, 즉 갈릴레오 가를 돌아 페르난도 엘 까똘리꼬 가에 있는 또뻬르를 기억하면서 보냈는데, 그곳에서는 발데뻬냐스 와인 한 잔이 1달러도 되지 않고, 두 번째 잔은, 호세 루이스와 이름은 기억나지 않는데, 계란과 밀가루에 버무린 강낭콩 튀김을 세상에서 가장 맛있게 하는 어느 아가씨의 딸인 헤마 — 태어난 지 1년 반이 된 눈이 파란 아기 — 에게 미소를 보내면 공짜로 주었다. 물론 누구나 여권을 소지하고 마드리드에 오지는 않을 것이다. 엘리사는 대규모로 이주해 온 식별이 불가능한 기식자들을 기억했다. 그들은 뱉어진 침처럼 아메리카에서 쫓겨난 사람들이고, 반(反)프랑꼬주의자들의 프랑꼬주의적 원한에 갇혀 연기를 내뿜는 상박골(上膊骨)[1]에 새겨진 사람들이었다. 반프랑꼬주의자들은 자신들이 폭군 프랑꼬로부터 결코 뽑아 낼 줄 몰랐고, 프랑코처럼 현재 세계의 천민들에게 주지 않았던 자유를 동방박사들의 날에 자신들의 신발 속에서 발견했다. 광장에는 해가 저물고 있다. 겨울이 그녀의 두 눈을 가로질렀고, 마른 소나무들의 울부짖음을 다시 앗아가 버렸다. 빠르게 지나가는 행인 하나. 누군가는 그 트렌치코트, 쓸쓸하고 차가운 담배, 까스띠야 지방의 허공으로부터 저 멀리 바다 위로 뻗친 그 시선을 우울한 마음으로 이해했다. 하지만 아무도 멈추지 않는다.

---

1 "연기를 내뿜는 상박골(húmeros de humo)"은 페루 출신 시인 세사르 바예호(César Vallejo)의 시 「어느 하얀 돌 위에 있는 검은 돌(Piedra negra sobre una piedra blanca)」의 "상박골(huesos húmeros)"을 비유한 것이다.

마드리드에 항상 눈이 오는 건 아닌데, 맞는 말이다. 그 남자는 자신이 사랑하는 사람들과의 마지막 포옹이 어떤 것이었는지도, 비행기의 색깔도, 그 긴급한 순간에 사람들의 얼굴이 정확히 어떠했는지도 기억하지 않는다. 그는 그들이 두 손을 편 채, 그날과 똑같은 시선을 유지한 채 저곳에서 기다리고 있다는 사실을 안다. 그의 담배꽁초가 잿빛 모래에 잊힌 채 놓여 있다. 이미 아주 많이 돌아다녔던 그의 신발이 그를 느릿느릿 집으로 데려갈 것이다. 하지만 그는 몸을 파르르 떨면서 여전히 그곳 광장에 머물러 있다. 하지만 그는 그 겨울도, 집도, 그 도시도, 그 바람도, 아무것도 선택하지 않았다. 어쨌든, 해가 저물어 갈 때, 우리가 측정할 수 없는 거리보다 더 먼 거리도, 더 슬픈 거리도 없다고 그는 생각한다. 우리 천치들은, 구라아니어에서처럼, '존재하다'라는 동사를 갖고 있지 않은데, 이는 틀림없이 사르미엔또의 과오 때문이라고 엘리사는 말했다. 군터는 소외된 남자지만 솔레닷의 삼촌이다. 엘리사는 워싱턴에 있는 자신들의 집에 머물렀던 솔레닷을 어렴풋이 기억했다. 엘리사는 세고비아 출신 까깜보가 가르쳐 준 방식대로 솔레닷에게 양고기 요리를 해주었다. 소녀는 고기를 먹으면서 손가락을 빨았다. 나중에 군터는 엘 살바도르 출신 가정부가 이미 잠들었기 때문에 솔레닷에게 설거지를 하라고 명령했다. 엘리사는 솔레닷을 좋아했는데, 그 이유는 자신과 솔레닷 사이의 특이한 유사성, 추억 어린 이데올로기적 유사성이 있기 때문일 것이다. 엘리사는 단순하게 생각했다. 그 어떤 좌파도 세상에서 가장 슬프고 아름다운 도시에 있는 알리-올레[1]를 즐길 수 있는데, 그 누구도 그것을 막을 권리가 없다는 것이다. 그리고 솔레닷은 새벽이 다 되었을 무렵에 언젠가 자신이 마드리드를 돌아다닐 생각이고, 엘리사가 살았던 집 앞에 포즈를 취하고, 수위 돈 앙헬 온따나르와 대화를 나누고, 엘리사가 마셨던 것과 똑같은 와인을 마시기 위해 그 집을 정확히 알고 싶다고 엘리사에게 말함으로써 엘리사의 마음을 완전히 사로잡아 버렸다. 엘리사는 차가운 양 요리를 내려다보며 바보같이 울기 시작했고, 시간이 흐름에 따라 그리고 사람을 흥분시키는 그런 것들 덕분에, 제기랄, 안또니오 마차도 옳았다는 사실을 느꼈다. 여기서 특이한 슬픔의 메아리가 들리기 시작하고 내 영혼의 창백한 계획들이 내 피 속에서 진동한다.(레네 다발로스,[2] 메나르의 버전[3]) 죽어가는 라일락의 고통스러운 향기, 상록떡갈나무의 믿을 만한 파괴들이 무한한 저물녘의 희미한 잿빛과 은밀한 틈새들과 정체된 대성당 안에 퍼진다. 졸음이 밀려오는데, 바람도,

<hr/>

1 알리-올레(ali-ole)는 찧은 고추와 기름으로 만든 소스로, 아히아세이떼(ajiaceite), 아호아세이떼(ajoaceite), 가스빠이나초(gaspainacho)라고도 부른다.

2 레네 다발로스(René Dávalos, 1945~1968)는 파라과이의 시인이다.

3 메나르의 버전(versión del Menard)은 아르헨티나의 작가 보르헤스(Jorge Luis Borges)의 단편소설 「피에르 메나르, 돈 끼호떼의 저자(Pierre Menard, autor del Quijote)」와 프랑스 시인 르네 메나르(René Menard)를 비유한 것이다. 본 문장은 르네 메나르의 것을 인용한 것인데, 이 소설의 작가 마르꼬스(Marcos)는 이 문장을 파라과이의 시인 레네 다발로스에게 헌사한다. 여기서 세 작가는 하나로 통합되는데, 이는 마르꼬스가 프랑스, 파라과이, 아르헨티나의 문학 전통을 한데로 합치려고 시도했다는 사실을 암시한다.

부적도, 몸을 가릴 만한 귀퉁이도 없는 상태에서 화급하게, 박자에 맞춰 쏟아지는 햇빛을 받으며 그녀는 광활하고 빈틈없는 공간의 외곽에서 몸을 숨긴 메뚜기처럼 주저하고 있다. 이런 방탄 상태 휴전의 축축한 압박감 속에서 몸짓들, 실루엣들, 메아리들, 염천(炎天), 글을 읽고 쓸 줄 아는 밤나무, 공원들의 무수한 잉걸불빛이 그녀를 폭력적이고 무도한 삶으로 이끌고 있다. 권태, 무기력, 습관. 나날들이 태고의 사분의(四分儀) 속에서 그녀를 천천히, 불길하게 파괴해 버린다. 레띠로 공원의 무한한 고독 속에서 그녀는 자신으로부터 멀어진 상태로, 자신의 훼손되지 않은 희망들을 정화시킨다.

제5장

블라인드가 반쯤 쳐져 있는데도 더위가 지속되고 있다. 건장한 운동선수 같은 몸의 윤곽이 두껍고 울퉁불퉁한 벽 중앙에 우뚝 서 있다. 그 거대한 운동선수는 우리에 갇힌 재규어처럼 홀로 몸을 흔들어 대고 있다. 가로등의 강력한 불빛이 그의 은빛 수염에 쨍 하고 반사된다. 그는 공기가 답답한 주교용 침실에서 숨을 헐떡거리며 땀에 전 침대 위로 몽유병자처럼 셔츠를 벗어 던진다. 천장에 달린 선풍기를 신경질적으로 튼다.

"이 빌어먹을 물건 때문에 내 목이 아프다니까."

공기의 밀도가 완화된다. 이제 동이 트고 있다. 지난밤에 또 잠을 제대로 자지 못했다.

"Aña'rakó peguaré(씨팔), 커피 한 잔 더 마셔야겠어." 그가 거친 목소리로 투덜거린다. 불을 켠다. 아주 높다랗고 축축한 천장에서는 엉성한 형광색 관 두 개가 깜박거린다. 낡아 빠진 커다란 나무 책장이 벽 전체를 가리고 있다. 책장에는 책, 도자기, 음반, 잡지, 치약, 탈취제, 전기면도기, 진흙으로 만든 서진(書鎭), 성인상 등이 있다. 성처녀 마리아 상에는 지저분한 셔츠가 걸려 있다. 다른 벽 들에는 어린이들이 그려진 수채화들, 압정으로 고정시킨 여자를 그린 판화들, 「게르니카」 복제품이 걸려 있다. 제인 폰다의 포스터 두 개가 있는데, 하나는 벌거벗은 전신 포스터고, 다른 것은 하노 이에서 너덜너덜한 베레모를 쓴 얼굴 포스터다. 두 포스터 사이에 는 니스를 칠한 나무 북주가 성금요일 의식에 사용하는 투박한 못 에 걸려 있다. 수염이 하얀 그 거인이 책상 앞에 앉는다. 원고지들, 컵들, 거의 비어 있는 푼다도르 브랜디 병 하나, 열쇠고리 두 개, 디지털 시계 하나, 빗 하나, 연필들, 공책들, 빨간색 잉크로 휘갈겨 쓴 시험지, 육중한 청동 십자고상 하나, 그리고 전기 커피포트 하나 가 있다. 우락부락한 털북숭이 손이 커피를 데운다. 그가 실눈을 뜨 고서 알쏭달쏭한 표정으로 차가운 십자고상을 뜯어본다. 그의 사무 실에 있는 것과 유사하게 빼빼 마른 체격에 기절한 듯 축 늘어진 그 리스도가 고문당한 자의 긴 팔을 그에게 벌린다.

"불멸은 오늘밤과 같을 거야." 그는 반세기 전에 차꼬 전쟁의 희미한 메아리, 즉 띄엄띄엄 들리는 폭발음, 멀리서 들리는 총성 등이 자신들의 방언을 가끔은 횡설수설, 가끔은 적절하게 뱉어 내 는 동안에 한편으로는 혼란스러워하며 다른 한편으로는 향수를 가지고 이런 생각을 하고 있었다. 한 번의 휴전. 상상 속의 무단

이탈. 추억 또는 꿈으로 이끄는 바람 한 점 없는 터널. 멀리서 들리는 폭발음, 꼬리를 물고 있는 독사 같은 형태로 대오를 이룬 병사들이 연신 내뿜는 섬광, 각종 신호들이 타오르는 음울하고 컴컴한 초원, 고통스러운 모욕을 주는 수풀에 포위된 비밀스러운 금속성 림보. 그는 꼼짝도 하지 않고 있다. 황야의 철야에서 무시간의 바위처럼, 늦게 시작된 찬송가(해질 무렵에 들리는 함성)처럼 무뚝뚝하게 멈춰 있다. 그는 벼락을 맞거나 인간의 도끼에 쓰러지고, 악천후 속에서 덩굴손과 침묵 때문에 부식된 어느 통나무의 무기력한 환대를 받으며, 자연에 대한 푸른 비가(悲歌)처럼 꼼짝도 하지 않고 있었는데, 마치 가정으로, 땅으로, 씨앗으로 회귀한 것 같았다. 그에게 입대를 명령한 사람은 아무도 없었다. 그런 혼란스러운 전투에서 사제복이 그를 보호해 주었을 것이다. 하지만 그는 그곳에 있다. 불그스름한 이마 위의 밀 색깔 머리. 허리케인 같은 턱. 병사들의 선두에 선 그. 불같은 지도자, 중상을 당한 고집스러운 농민들로 이루어진 그 행렬의 순수한 분노, 근본적인 열정, 집중된 시선. 등불도 없다. 말도 없다. 물도 없다. 그는 명상을 한다. 여명 속에 홀로 있는 사제. 길모퉁이와 은폐물 속에 못 박힌 듯 있는 그. 게걸스럽게 책을 읽고 성경을 해독하던 그가 이제 어둠 속을 노려보고 있다. 루소, 입센, 아구스띤, 라라[1] 등과는 관계가 먼

---

1 라라(Mariano José de Larra, 1809~1837)는 에스빠냐의 에세이스트, 저널리스트다.

책들이다. 그의 강론은 장광설로 바뀌어 있다. 그는 반지 낀 약지에서 방아쇠를 당기는 검지로 관심을 이동시킨다. 그는 잠시 입게 된 해어진 제복을 입었다 벗었다 한다. 염소, 얼룩말, 코브라. 사수(射手)의 대수학. 반항도 기쁨도 없이 새장 같은 공간에 갇힌 그는 죽은 뒤에 사랑하는 방식으로 자신의 조국을 사랑하기 위해 야만스러운 용기를 갖고, 새롭게 원기를 회복하는 나무줄기다. 그는 제대로 보이지도 않는 북서쪽을 탐색한다. 용해된 하늘, 뭔가를 가득 품은 하늘이, 구름 속에서 재즈를 부르는 가수처럼, 검은 무(無) 속에 숨어 있는 쇠와 재가 수군거리는 소리 위로 눈꺼풀을 내린다. 그는 군종신부의 다 해어진 호주머니들에서 천천히 마지막 담배꽁초를 찾는다. 천천히, 맛있게 담배를 피운다. 그는 익명의 적대적인 독백에 빠진 상태로 끽연이라는 고독한 습관, 곧 사라지지만 설득력이 있는 그 연소를 되찾는데, 담배는 침묵 속에서 판단을 하게 한다. 불타오르는 위풍당당한 눈은 우연과 망각의 문턱에서 윙크를 하며 망설인다. 그들은 부상당한 뒤 야간 마술이라 할 수 있는 공동 휴식을 취하는데, 코코넛으로 갈증을 완화하는 것은 여자가 옆에 있는 것보다 좋다는 것을 그들은 알고 있다. 정부의 지침(指針)은 늘 그렇듯 엄정하다. 그 지침들은 그를 통해 수행되어 왔다. 그 지침들은 그의 책임 아래, 그의 기침 소리에 맞춰, 그의 제복 단춧구멍 속에서 진척된다. 그리고 그의 믿음(헤아릴 수 없는 것에 대한 그 충성심)은 누더기 차림에 피를 흘리는 그 수많은 사람들, 즉 그 창백한 메스띠소 무리, 그가 함께 행진하고, 그가 향해서 가는 말없는 민중, 가능성을 지닌 민중 속에서 되살아난다. 확실한 암호. 따라서 죽이는 것은 죄가 되지 않는 유일한 것이다. 그가 피를 흘린다. 그들이 그의 다른 쪽 뺨에 갑자기 키스를 했다. 그는 자기 살에 난 그 구멍 말고 다른 유산은 남기고 싶어 하지 않는다. 어느 의무장교(애송이 의사)가 전투에서 받은 심리적인 충격이 가끔은 고통을 배가시킬 수 있고, 전사에게 자신의 힘보다 더 큰 저항력을 부여할 수 있다고 그에게 고백했다. 아마도 잡초 덤불 밑에 절단되어 있는 뱀, 두목이고 천사인 뱀이 그에게 신화적인 활력을 불어넣고 있을 것이다. 그는 그 승리가 전략가들의 죽음의 체스 판에 놓여 있는 비숍,[1] 최종적인 어느 장소, 평화에 대한 어느 약속이라고, 처녀 어머니처럼 놀람도 포기도 없이 상상한다.

"뭘 좀 읽어야겠군."

그는 서두르지 않고 책장으로 다가간다.

"샤르[2]를 읽을까 빠베세[3]를 읽을까?"

그가 군인의 서글픈 미소를 짓는다. 포켓북 형태의 자주색 가죽장정 성경을 빼낸다. 전축에 음반을 놓는다. 바그너의 음악을 연주하는 오케스트라의 포효가 터진다. 그가 깜짝 놀라며 전축의 볼륨을 낮춘다. 손에 성경을 든 채 의자로 돌아간다. 성경을 펼친다.

---

1 비숍(Bishop)은 체스의 피스 중 하나다.

2 샤르(René Char, 1907~1988)는 프랑스의 시인이다.

3 빠베세(Cesare Pavese, 1908~1950)는 이탈리아의 소설가, 시인, 번역가다.

어떤 사람이 아직 약혼하지 않은 처녀를 꾀어 범했을 경우에는 납폐금을 모두 지불하고 그 처녀를 아내로 맞아야 한다. 그 처녀의 아버지가 자기 딸을 그에게 절대로 못 주겠다고 하면 그는 처녀를 맞을 때 내는 납폐금과 맞먹는 금액을 물어야 한다.[1] …… 그는 성경에서 눈을 떼지 않은 채 손가락으로 탁자 위를 더듬거리더니 결국 병을 찾아 집는다. 몇 모금 마신다. 트림을 한다. 전축이 저 멀리서 내달린다. 천장에서 굼뜨게 돌아가는 선풍기 날개가 일으키는 후텁지근한 바람 아래서 털북숭이 강철 몸통이 여전히 땀을 흘리고 있다. 그는 성경을 편 상태로 탁자에 눕힌다. 고개를 뒤로 젖히고, 노곤한 몸으로 힘센 두 팔을 뻗고서 천천히 돌아가는 선풍기 날개와 날개가 그리는 부드러운 원들을 쳐다본다. 그의 이마를 뒤덮은 기다란 백발 사이로 깊은 주름살 두 개가 보인다. 빽빽하게 뒤엉킨 수염이 그의 몸을 더 덥게 만든다. 그는 씩 웃고는 졸음에 몸을 내맡긴다. 전화벨 소리가 그를 흔들어 깨운다. 그가 의자에서 튀듯 일어난다.

"이 시간에 누굴까?"

벨소리가 어딘지 모를 곳에 숨어 들릴락 말락 울리고 있다.

"내가 이 씨팔 것을 어디다 놨더라?" 그는 종이 몇 개를 들추고, 책장을 살펴보고, 서랍들을 열어보고, 반침을 빠르게 뒤진다. 어느 구석자리에서 무릎을 꿇은 채 전화선을 찾았고, 허겁지겁 전화선

---

1 「출애굽기」 22장 15~16절에 실려 있다.

을 따라가 본다. 너저분한 침대에서 묵직한 베개를 들어 올린다.

"여보세요, 네, 까세레스입니다." 그가 침대에 앉는다. "물론이죠, 친구, 나라니까요, 아뇨, 감기에 걸려서요, 목이 아프군요." 그가 목이 잠기는지 헛기침을 하면서 침을 삼킨다. "……그걸 기다리고 있었어요, 지금 당장 나갈게요…… 그래요, 아이 참, 이미 알고 있다고요."

그가 거칠게 전화기를 내려놓는다. 그 순간 누군가 문을 두드리는 소리가 들린다.

"몬시뇰 까세레스?" 노파의 작은 목소리가 읊조린다. 그가 문을 연다. 대머리에 키가 난쟁이처럼 작은 수녀가 베일을 쓴 채 서 있는데 베일이 흔들거린다. "마르셀린 신부님이 오늘 새벽녘에 자신의 영혼을 바치시려고 합니다." 그녀가 재미있다는 듯이 읊조린다.

"의사가 이미 내게 그렇게 말했다고요!" 털보 남자가 으르렁거리듯이 내뱉고는 그녀의 면전에서 문을 닫는다. 그러고서 번갯불처럼 옷을 입는다. 단번에 책상 위에 앉는다. 강철 같은 손으로 성경을 움켜쥔다. 그의 눈이 펼쳐진 책 위에서 순간적으로 번쩍이다가 갑자기 감기더니 티끌 하나 없는 검은색 재킷 호주머니로 옮겨져 고정된다. 그는 지옥의 천사들에게 쫓기는 것처럼 도로를 나는 듯이 달리면서 마지막 순간에 읽었던 보랏빛 작은 책자의 문장을 재구성하며 전율한다. 너는 무당을 살려 두지 말라.[1]

---

1 「출애굽기」 22장 18절에 실려 있다.

이른 새벽에 검은색 메르세데스 벤츠의 번쩍거리는 범퍼 양쪽에서 아르헨티나와 바티칸의 국기가 요란하게 펄럭인다.

그는 신학교 시절의 격정적인 철야에서, 끝에서 세 번째 음절에 악센트가 있는 단어들과 이중모음들 사이에서 고뇌하는 여정, 갈망으로 가득 찬 삶의 시기로부터 '말씀'을 탐색하는 여정, 암호를 해석하는 업무를 참으로 오랫동안 해왔다. 그는 자신의 비밀스러운 도전들(다른 사람들의 목소리 공격을 받는), 문법의 속임수들, 사전의 겸손, 원고에 난 잉크 자국의 순결성, 그리고 마지막으로는 문법적으로 엉망인 상태로 조잡하게 인쇄된 라틴어의 복종, 잉크 냄새 풍기는 그 형용사, 식자공이 혼수상태에서 식자한 그 중요한 콤마, 교구에서 발행한 책자의 맨 앞 장에 묻은 시골의 먼지, 본당 고양이 등을 기억한다. 밤(표시 없는 시간, 그 어떤 것도 늦지 않고 모든 것이 현재도 아닌, 아마도 지금인, 파편화된 시간)에는 쓰여 있지 않은 부호들만 읽을 수 있고, 달이 뜨지 않는 밤에 식초 한 잔을 마시고 고독 속에서 담배 연기를 내뿜으며 새겨져 있지 않은 문신만 읽을 수 있다. 어찌 되었든 이제 그는 늙은 몸이고, 로마는 낮의 은유였고, 해질 무렵에는 그 담배와 헤레스[1]에 대한 그리움, 샤갈의 청록색에 대한 그의 사랑(몬시뇰은 늘 하얀색 칼라가 달린 옷을 입었다)만을 이야기한다.[2] 그리고 이제는 밀림과 전쟁을 할퀴는 그

---

1 헤레스(Jerez)는 에스파냐의 헤레스 델 라 프론떼라(Jerez de la Frontera)에서 생산되는 질 좋은 백포도주다.

2 마르크 샤갈(Marc Chagall, 1887~1985)은 러시아-프랑스의 화가인데, 청록색

초록색 분노가 불길한 지렁이처럼 그를 물어뜯는다. 그는 자신의 영혼 속에 길게 놓여 있는 그 고목에 앉아 자신의 손가락 사이에서 은혜를 모른 채 타고 있는 담배의 미세한 찌꺼기를 피곤한 상태에서 관찰하고 있었다. 피로에 지친 그의 가슴은 역시 광활한 밤공기에 한없이 넓게 퍼지고 있었다. 그의 부하들은 비탄과 갈증에 쫓기는 상태였기 때문에 잠이 고통을 막아 줄 수도 없고, 걷는 동안 갈기갈기 찢긴 힘을 복구할 수도 없을 것이다. 그가 새벽에 어떻게 부하들을 깨울 수 있었을까? 아침은 어떤 예술일까? 나는 폭풍우가 몰아치는 가운데 점호를 할 것이다. 필요하다면 총살을 할 것이다. 내가 아는 병사들이 돌아오길 바란다. 꾸아띠 상사, 레알 뻬뢰 상사, 로만 중위, 로메로 중위, 리오스 중위. 예전의 군인이지만, 이 전투는 지금 이루어져! 당시의 물탱크들, 이 갈증은 영원해! 리바롤라여, 번개를 타고 돌아오라! 그리고 파리나여, 비밀스러운 피의 강을 통해 돌아오라! 딸라베라여, 그대의 가시 알파벳, 그대의 영원한 코드, 그대의 무자비한 침, 그대의 시 또는 그대의 죽음(이것들은 존재방식이거나 피할 수 없는 우화다)을 가져오라! 영원한 존재들이여, 다시 죽으러 오라! 꼬임브라[1]의 전선(戰船)들,

을 즐겨 사용했다. 여기서 청록색은 하늘색 재규어(이 소설에 등장하는 '거대한 하늘색 재규어')에 관한 구아라니 신화와 연계되고, 대주교의 근엄한 하얀색 칼라와 대비된다.

1 꼬임브라(Coimbra)는 삼국동맹 전쟁(Guerra de la Triple Alianza, 1864~1870. 브라질, 아르헨티나, 우루과이가 동맹을 맺어 파라과이를 침공한 전쟁)에서 1864년에 파라과이 군대가 점령한 브라질 땅이다.

바도[1]의 칼 찌르기들, 우마이따[2]에서의 사격, 그리고 라모나 마르띠네스[3]여, 시간을 거슬러 오르라! 넝마를 입은 사람들, 티눈들, 마체떼,[4] 총검들, 영혼, '오, 여왕이여',[5] 여름, 분노, 장티푸스, 전갈, 매독, 키스, 추억, 샤먼들, 가수들, 하프, 구아라니아,[6] 꼬레아,[7] 말(語)이 다시 우리의 방어물이 될지어다! 기억, 집단적인 분화구가 어둠을, 유령들을 비추고, 신병들, 여단들, 배낭병들, 상처를 입고 땅속에 묻혀 광물처럼 딱딱해져 버린 보병부대 하나, 뽐베로[8]의 전쟁에 관한 묵시록, 분노의 힘든 반복, 성체(聖體) 같은 아지랑이 속에서 공포에 전 채 무의식적으로 저항하는 여러 장의 손수건, 용기의 흉갑, 존재의 의지, 삶의 성벽을 꿈꾼다. 안떼께라[9]가 리마의

1 바도(José Matías Bado, 1868~ ?)는 삼국동맹 전쟁에 참여했던 파라과이의 영웅이다. 그가 사용하던 무기는 보통 것보다 더 길어서 칼이 장착된 총으로 찌르면 치명상을 입혔다고 한다.

2 우마이따(Humaita)는 삼국동맹 전쟁 당시 파라과이 군대가 거의 3년 동안 영웅적으로 방어한 포구다.

3 라모나 마르띠네스(Ramona Martínez)는 삼국동맹 전쟁 당시 이따-이바떼(Itá-Ybaté) 전투(1868)에서 싸운 15세 소녀 영웅이다.

4 마체떼(Machete)는 풀이나 잡목을 벨 때 사용하는 넓고 긴 칼이다.

5 '오, 여왕이여(Che la Reina)'는 차꼬 전쟁 당시 파라과이 군인들이 부른 민요다. '여왕'은 전장으로 떠나는 병사들의 애인을 가리킨다.

6 구아라니아(guarania)는 파라과이의 민요다.

7 꼬레아(Julio Correa, 1890~1953)는 파라과이의 시인, 작가, 극작가다. 그의 작품은 구아라니어로 공연되기도 했다. 그의 대표작 가운데 일부가 차꼬 전쟁을 다루었다.

8 뽐베로(pombero)는 구아라니어 민간 전설에 등장하는 심술궂은 정령이다.

9 안떼께라(José de Antequera y Castro, 1689~1731)는 파나마 출신으로 파라과

감옥에서 시 한 편을 쓴다. 아니면, 모닥불 옆에서 명상을 하는 것은 그의 실루엣인가? 안떼께라는 소란스러운 운명의 글을 다듬고 (우리는 그것을 역사 또는 13일의 화요일이라 부른다), 자유의 응고물을 강조하기 위해 빨간색 잉크로 밑줄을 긋는다. 그의 변연정맥(邊緣靜脈)들이 시간의 유한성을 거부하고, 그의 먼지 낀 땀구멍들이 유일한 권력에 반대하는 투표를 하고, 그는 음유시인들, 자급자족 경제, 전신(電信)들, 옴 치료를 위한 부적들을 분배하고, 거리들과 위성도시들이 그의 성(姓)을, 그가 박은 말뚝 소리의 메아리를, 곤봉으로 뚫은 구멍을, 울에 갇힌 께베도 풍의 소네트를, 자신의 종말의 시작을 많이 모방할 것이라고 예견한다. 만고레[1]는 존 윌리엄스[2]의 기타를 조율하고, 미뉴에트, 마주르카, 마드리갈, 여행들을 대위시키고, 음악의 공통 키, 밀림과 샘의 축축한 류트들, 자신의 슬픔의 유랑을 조율하고, 벌의 끝없는 우울, 원숭이들의 시끄러운 정확성, 월계수의 향기로운 확신을 측정한다. 시와 음악으로 이루어진 이 포(砲)와 더불어, 온갖 비유(比喩)로 이루어진 이 부대(部隊)와 더불어, 바다로부터 추방된 평범한 순교자들에 관한 이런 탐색, 이 단순한 작업들과 더불어, 나는 그대, 위험에 처

이 독립에 기여했다. 페루의 리마에서 투옥되어 처형되었다.

1 만고레(Nitsuga Mangoré)는 파라과이 음악가 아구스띤 바리오스(Agustín Barrios)의 별명이다. 'Nitsuga'는 'Agustín'을 거꾸로 쓴 것이다. 만고레는 16세기 띰부 인디오 족장의 이름인데, 그는 에스파냐 정복자의 부인을 짝사랑했다는 이유로 공격을 당해 죽었다고 한다.

2 존 윌리엄스(John Williams, 1941~)는 오스트레일리아의 기타리스트다.

한 옛 조국, 옛 여전우를 향해 가고, 갈증, 피로, 졸음을 느끼는데, 밤에는 비천한 사람들이 격해진다.

그러고서야 비로소 그 군종신부는 담배를 껐다.

제6장

11월의 작렬하는 태양이 그녀들을 휘감는다. 그녀들은 학교에서 사용하던 책을 껴안고 기진맥진한 상태로 천천히 걷는다.

"우리가 헤겔에 관한 숙제를 하는 데 시간이 얼마나 걸릴 것 같아?"솔레닷이 묻는다. 분필처럼 하얀 보도에서 반사된 햇빛에 눈이 부신다.

"채 두 시간도 안 걸릴 거야." 뼈가 공부보다는 승마와 요트에 더 익숙한 베로니까가 대답한다. "너랑 간식 먹으려고 왔는데, 우리 간식 먹고 숙제 끝내 버리자."

오렌지나무 아래서 한 무리의 소년들이 E. T.로 변장한 소년과 우주복을 입고 더위에 푹 쩌지고 있는 소년을 에워싼 채 떠들어 댄다.

"햇빛 한번 엄청 뜨겁네!" 베로니까가 씩씩거리며 말한다. 베로니까는 손바닥으로 뜨거워진 머리를 매만진다. 솔레닷은 자신의 오른손 약지에서 반짝거리는 것을 보고 말한다. "이거 엄마의 부적이야. 오늘 아침 엄마가 나더러 시험 잘 보라며 줬어. 우리 엄마가 반쯤 미쳤다는 건 너도 알잖아. 언젠가 널 우리 집에 데려갈 텐데, 그때 엄마를 만나 봐. 내 오빠 알베르또도 만날 수 있을 거야. 근데 아빠는 내가 가난한 집 딸들과 어울리는 걸 좋아하지 않아."

"반지 참 예쁘구나." 솔레닷이 한숨을 내쉰다.

소녀들은 예전에는 하얀색이었으나 현재는 이끼가 끼고 덩굴풀이 뒤덮은 작은 집에 도착한다. 도스토예프스키를 읽다가 지쳤다는 듯이 문지방에 묶여 있는 개의 힘없는 두 눈이 향수에 젖은 듯 길거리를 감시한다. 솔레닷이 다섯시에 기다리겠노라고 베로니까에게 말하고, 마당의 철문을 열고, 복도의 삐걱거리는 발판들에는 신경을 쓰지 않은 채 집 안으로 들어간다.

베로니까는 모과나무들이 빈약한 그늘을 만들어 주는 비좁은 길을 따라 같은 걸음걸이로 걸어간다. 목장 트럭들과 먼지 낀 버스들이 있는 대로로 들어선다. 근처 공항으로 향하는 작은 비행기에는 신경을 쓰지 않는다. 저쪽에 드넓은 개인 정원으로 둘러싸인 더 오래되고 접근이 금지된 집들이 보인다. 베로니까는 그 정원들 가운데 하나를 가로지른다. 문양이 새겨진 육중한 삼나무 문의 상인방에는 시든 겨우살이 가지가 걸려 있다. 문을 닫았을 때 문에 달린 반투명 유리가 무기력하게 딸랑거렸다. 색깔이 흐릿해진 청동 콘솔 위에 책을 던지듯 내려놓는다. 거미줄이 칭칭 감긴 축 늘어진 샹들리에 밑에서 여러 해 동안 펼쳐져 있는 페르시아 산 양탄자에 베로니까의 발소리가 묻힌다. 그녀가 분필처럼 하얗고 웅대한 석고 계단 발치에서 멈춘다. 황금빛 털이 살짝 덮은 건장한 가슴의 청년이 메뚜기처럼 계단을 내려온다.

"옆에 있는 수영장에서 5분 동안 몸 좀 담글게." 청년이 빠른 소리로 외치며 베로니까 앞을 지나간다. 베로니까가 계단을 올라간다. 청년이 자기 방문을 열어 놓은 채 나갔기 때문에 베로니까는 방에 있는 스포츠 페넌트, 포르노 포스터, 어질러진 침대, 문이 활짝 열린 옷장, 담배꽁초에 탄 자국들이 있는 양탄자에 흩어진 음반들을 엿본다. 베로니까는 자기 방으로 가서 열쇠로 문을 열고 침대에 드러눕는다. 손가락으로 침대 옆 테이블 위에 있는 라디오 시계를 더듬어 재즈 음악을 듣는다. 블라우스의 단추를 풀고 모카신을 벗고 치마를 벗는다. 알몸이 되어 화장실로 가서 샤워기를 튼다. 그 순간 삼나무 문이 딸랑거리는 소리와 아래서 그녀의 오빠를 부르는 아버지의 목소리가 들린다. 호화로운 계단의 초록색 난간 위로 어깨에 청록색 가운을 걸친 베로니카의 초록색 살과 초록색 머리카락이 나타난다.[1]

"방금 전에 나가는 걸 보았는데, 어디로 갔는진 몰라요." 그녀가

---

1 가르시아 로르까(García Lorca)의 시 「몽유병 연가(Romance sonámbulo)」에 실린 "초록 나는 그대를 사랑해. / 푸른 바람, 푸른 가지들"을 패러디한 것이다.

소리친다.

에바리스또 사리아-끼로가가 아래서 얼굴을 붉히며 투덜거린다.

베로니까가 화장실로 돌아가 샤워기 아래로 가서 손가락 끝으로 클리토리스를 애무한다. 그녀의 마노(瑪瑙)색 눈동자가 벽에 부착된 확대 거울을 천천히 훑는데, 예전에 그녀가 부착해 놓은 거울이 흡사 문 뒤에 찰싹 붙어 있는 고양이 같다.

샤워를 끝내고 점심을 먹으러 아래층으로 내려간다. 집사가 그녀에게 돋을새김 무늬가 있는 가죽의자를 권한다. 그녀는 의자에 앉은 뒤 꼬리엔떼스 지역의 활활 타오르는 것 같은, 가을에는 전혀 안 어울리는 수루비¹ 요리 한 그릇을 먹고, 알베르또가 이웃의 유대인들과 어울려 수영을 한다고 나무라는 돈 에바리스또의 말을 듣는다.

"새로 온 간호사의 이름이 뭐예요?" 베로니까가 묻는다.

"이런 몰상식한 짓거리들이 나를 짜증나게 한다니까……. 너희는 대체 뭐가 되려고 이렇게 내 속을 썩히는 거니?"

"새로 온 그 간호사의 이름이 뭐냐니까요?" 베로니까가 어스름한 주방의 눅눅한 공기에 숨이 막히는 상태에서 채근한다.

"비올레따야." 노인이 잠시 말을 중단한다. "하지만 그녀는 아직 아무것도 이해하지 못해. 가죽 무두질 공장이 있는 에스딴시

---

1 수루비(surubí)는 거대한 민물 생선이다.

아[1] 사람들이 내게 보내 줬어. 가련한 네 엄마가 「제국의 비올레따들」[2]의 주인공 이름 까르멘 세비야를 그녀에게 붙여 주었지. 사랑하는 딸아, 비올레따에게 음식 좀 올려다 줄래?"

"그럴게요, 아빠."

알베르또가 라이스 푸딩을 다 먹고 나서 은밀하게 자리에서 일어난다.

"얘야, 센터 사람들이 징병 서류를 달라고 하더라." 돈 에바리스또가 알베로또에게 말한다. "너 헌병과 어울려 다니지 말아라. 우리에게 필요한 건 너를 말비나스로 보내 버리는 것뿐이야."

---

1 에스딴시아(estancia)는 대농장을 가리킨다.

2 「제국의 비올레따들(Violetas imperiales)」은 1953년에 개봉한 영화로, 에스파냐의 여배우 까르멘 세비야(Carmen Sevilla)가 주연(비올레따 역)을 맡았다.

제7장

베로니까가 어머니를 깨우러 2층으로 올라갔다.

"엄마?" 반쯤 열려 있는 문에서 그녀의 목소리가 들린다(그녀가 빼꼼하게 열린 문에서 엄마를 부른다). 방 안은 희미한 형체들만 겨우 분간할 정도로 어둡다. 두꺼운 휘장이 하나밖에 없는 창을 가리고 있다. 베로니까가 선반의 모서리, 촛대 하나, 표지를 비닐로 싼 책들, 도자기 항아리들을 더듬거린다. 전기 스위치의 파르스름한 빛이 어느 구석에서 깜박거린다. 베로니까가 스위치 쪽으로 다가가다가 흔들의자에 부딪치고, 결국 스위치를 찾는다. 방이 희미한 빛으로 채워진다. 그녀의 어머니는 머리판이 높은 자작나무 침대에서 자고 있다.

"엄마가 나보다 더 예뻐." 베로니까가 중얼거린다. 긴 혼수상태에서 깨어나는 것처럼 보이는 여자가 졸린 손으로 자기 얼굴을 쓰다듬고 기지개를 켜고 평온하게 몸을 비튼다. 베로니까는 어머니가 억누르면서 뀌는 방귀 소리를 듣는다.

"엄마, 식사 갖고 올라올게요, 정오가 지났어요."

"그렇게 해주겠니?" 그녀의 낮고 탁한 목소리가 다정하게 들린다. 베로니까는 어머니가 일어나 앉는 것을 돕고 나서 어머니 곁에 앉는다. 어머니의 나이트가운 속으로 여전히 탄력 있는 젖가슴이 비친다. 어머니가 커다랗고 파란 눈으로 최면에 걸린 듯 베로니까를 쳐다본다. "중상모략이오, 그녀가 그 파란 눈으로 어떻게 유대인의 피를 가질 수 있겠소." 언젠가 돈 에바리스또가 그녀에게 말했었다. 그러자 베로니까는 돈 에바리스또에게 바브라 스트라이샌드, 모세, 예수 그리스도, 그리고 데밀[1]의 영화에 등장하는 그 밖의 모든 인물을 상기시켰다.

"아빠가 새 간호사와 계약했지만 그 간호사는 아직 실무 경험이 없대요……."

베로니까는 자신의 넓적다리에서 뜨거운 손 하나를 느낀다. 여자가 뒤엉킨 긴 머리카락 사이로 베로니까에게 미소를 짓는다. 베로니까가 땀에 젖어 짭조름한 그녀의 이마에 입을 맞춘다. 그녀의 어머니가 천식성 기침을 한다.

---

1 데밀(Cecil B. DeMille, 1881~1959)은 「십계」, 「삼손과 들릴라」, 「왕중왕」 등을 제작한 미국의 영화감독이다.

그날 오후 베로니까는 솔레닷의 집에서 함께 간식을 먹으며 공부하려고 늦지 않게 도착했다. 베로니까는 덤불과 집 뒷마당의 쓰레기를 피해 가며 지름길로 왔는데, 뒷마당에서는 낡고 녹슨 해먹이 후텁지근한 여름 바람에 삐걱거리는 소리를 내며 힘없이 흔들거리고 있었다. 베로니까는 유행에 뒤진 가톨릭 수녀학교 교복을 벗고 하얀색 반바지와 몸에 꽉 끼고 배꼽이 드러난 밝은색 배꼽티로 갈아입은 상태였다. 숨이 막힐 것 같은 더위 속에서 그녀들은 여러 노트와 책을 복습하고, 카드에 요점을 정리했다.

헤겔은 사고(思考)를 고정되고 불변하는 원초적 본질이 아니라 지식의 지속적인 발달 과정이라 고찰했다……. 그리고 태양을 향해 열려 있는 창문 밖 나무들의 녹음, 오후의 자유롭고 화창한 정적, 아래층 마당의 무한한 거리감. 『정신현상학』의 제1부에서 헤겔은 의식과 대상 사이의 관계들을 분석하고, 대상은 대상의 본질이 정신적이고 논리적인 특성을 지닐 때만 인식할 수 있다는 결론에 도달한다…….

"담배 피울래?" 베로니까가 말했다. "나 담배 있는데."

솔레닷이 동의했다.

베로니까가 문을 잠갔다. 습기와 담배 연기가 그녀들에게 자신들의 유두가 잘 읽은 포도 같다는 느낌을 주었고, 그녀들이 소파에 드러누워 쭉 뻗은 다리를 어질러진 책상 위에 걸쳐 놓은 자세로 담배를 뻑뻑 빨아대자 나선형으로 피어오른 연기가 방의 타는 듯한 뜨거운 공기 중에 멈춰 있었다. 감각적인 인식은 우리의 감각에 작용하는 대상과 직접적인 연계를 통해 이루어진다…… 몸이 뜨겹게 달아오른 상태에서 그녀들은 피부의 액체성 온기를 느끼는데, 뜨거워진 한 손으로는 책 한 페이지를 살짝 문지르고, 혀를 널름거리는 불길 같은 손가락으로는 빨간색 옷감에 둘러싸여 발기된 조약돌 크기의 유두 사이로 연필을 비스듬하게 미끄러뜨린다.

"지독하게 더운데 우리 셔츠 벗어 버릴까?" 베로니까가 말했다.

솔레닷이 잠시 머뭇거리더니 자신의 피부에서 옷을 벗겨 아무데나 휙 던져 버렸다. 솔레닷의 커다란 메스띠소[1] 유방이 신선한 한숨을 내쉬며 베로니까의 눈앞에서 폭발하듯 드러났다. 사고의 변증법, 개념들 상호관계의 변증법에 관한 헤겔의 학설은 실제 과정들의 전개 내용과 법칙들이, 헤겔 자체의 학설에 반해, 우리의 지식과 별개로 존재한다는 사실을 에둘러 보여 주는데, 그 지식은 새들이 포위하며 빠르게 지저귀는 소리들, 가까운 땀에서 풍기는 반짝거리는 향기, 버드나무 위로 깔리는 석양의 단순한 아름다움에 관한 것이다.

"개떡 같은 책이군." 엘리사가 말한다. "『Madame Lynch and Friend: a True Account of an Irish Adventuress and the Dictator of Paraguay, Who Destroyed that American Nation(마담 린치[2]와 친

---

1 메스띠소(mestizo)는 백인과 인디오의 혼혈이다. 여기서는 유방의 색깔이 혼혈색 즉, '갈색'이라는 의미다.
2 린치(Eliza Lynch, 1835~1886)는 아일랜드 출신으로, 파라과이의 제2대 대통령을 역임한 정치 지도자 프란시스꼬 솔라노 로뻬스(Francisco Solano López, 1827~1870)의 애인이다.

구. 아일랜드의 여류 모험가와 파라과이 독재자에 관한 진실한 이야기. 누가 그 아메리카의 국가를 파괴했는가)』[1]의 작가가 모르는 사실은 말이야, 그가 린치 부인을 비난하면 할수록 그녀를 더욱더⋯⋯ 또또, 'extols'를 뭐라고 말하죠?"

"전혀 모르겠는데요."

"To glorify, to exalt⋯⋯."

"아하, 찬양하다, 뭐 그런 뜻이군요⋯⋯."

"그건 그렇다 치고. 작가가 린치 가문 사람들 중에서 린치의 태생을 폄하하면 할수록, 그녀가 전형적인 아일랜드 숙녀로서 영국을 떠나게 하면 할수록, 그녀가 로뻬스를 만나기 전에 파리에서 창녀처럼 살았다고 그리면 그릴수록, 그녀를 더 훌륭한 인물로 만들어 버려요."

"하지만, 여보⋯⋯ 흥분하지 말아요. 무엇하러 당신 책에 그 모든 것을 넣으려 하는 거요? 사람들은 과거사에 관심이 없어요. 현재 자신들에게 일어나는 것만 읽고 싶어 한다고요."

"⋯⋯."

"당신 같은 여자를 린치라 부른다고 해서 그게 당신에게 뭐 그리 중요해요? 사방에 린치가 있다고요. 체[2]까지도 린치라 불렸어요. 에르네스또 게바라 린치."

---

1 이 책은 미국 작가 에일린 브로드스키(Alyn Brodsky)가 1975년에 출간했다.
2 여기서 '체(Che)'는 체 게바라(Che Guevara)를 지칭한다.

"그 역시 내 친척이었을 거예요."

"농담하지 말아요."

"아일랜드 쪽으로는 진짜 그렇다니까요, 또또……. 마담 린치는 내 친척이었고, 체 역시 마찬가지라고요."

"당신처럼 혈통을 따지는 양키 여자는 난생 처음 보오."

"……링컨의 으스대는 태도를 공격할 때 혈통을 따지죠."

"언젠가 게바라 성을 지닌 까사블랑까 출신의 성가신 여자가 장관이던 체에게 편지를 썼어요. 체가 뭐라고 답장했는지 알아요? '사실 나는 내 가족이 에스파냐의 어느 지역 출신인지 정확히는 모릅니다. 물론, 내 조상들은 오래전에 한 손은 앞으로, 한 손은 뒤로 한 채 그곳을 떠나왔는데요, 현재 내가 손을 그런 식으로 유지하지 않는 이유는 자세가 불편하기 때문이지요…….' 그리고 이렇게 끝냈어요. '우리가 가까운 친척이라고는 생각하지 않습니다만, 당신이 세상에 부당한 일이 생길 때마다 분개해서 몸서리를 친다면 우리는 동지인데, 그것이 더 중요합니다.'"

"난 그가 내 친척이라고 확신해요."

"짜증나는 아일랜드 사람들."

대리석 계단 위에서 베로니까는 깡마르고 등이 굽은 소년을 굽어보았는데, 소년의 피 속에서는 견장들에 대한 추억과 외환을 무지하게 밀반출한 목록이 수치심을 느끼고 있었다.

"어떻게 지내, 치삐?" 그녀가 몹시 위선적인 미소를 머금고 팔을 내뻗으며 그에게 인사했다.

"안녕!" 그가 코맹맹이 소리로 말했다.

"들어와." 베로니까가 명령했다. 치뻬가 초록색 벨벳 소파 끝 부분에 소심한 태도로 엉덩이를 걸쳤다.

"메이크업이 아주 잘 되었구나. 올리비아 뉴튼 존 같아."

"올리비아를 네 수컷 삼으면 되겠다. 근데 내가 솔레의 집에서 돌아왔을 때, 얼간이 알베르또가 샤워를 하러 들어가더니 몇 시인지도 모르고 자신이 빠라나 강의 주인이라도 되는 듯이 목이 터져라 노래를 부르더라니까."

"참 대단하군!" 치뻬가 말을 더듬었다.

"내 생각에 넌 박서 트렁크를 입고 수영을 할 것 같은데."

"그래……." 그가 얼굴을 붉혔다.

"어쨌든, 넌 씻어 낼 근육도 없잖아…… 넌 몸 어디에 맨 먼저 비누칠을 하니?"

"글쎄……." 치뻬가 높은 소리로 중얼거렸다. "그건 약간 사적인 건데……." 그는 입에서 침이 흘러나오는 것을 느끼고, 입천장에 닿는 혀가 고통스럽게 말라 있다는 것을 느꼈다. 그가 불안하게 눈을 깜박거렸다. 금방이라도 울 것 같았다. 베로니까는 그의 옆, 자수를 놓은 소파 팔걸이에 앉았다.

"내 카보샤[1] 맘에 들어?" 베로니까가 자신의 가슴을 그의 코 쪽으로 숙이면서 쌀쌀맞은 어조로 물었다. 치뻬는 그녀가 브래지어

---

1 카보샤(Cabouchard)는 향수의 이름이다.

를 차지 않았다는 사실을 깨닫고, 코를 찌르는 축축한 냄새를 맡았다. 그는 거칠게 숨을 쉬면서 땀을 흘렸고, 창백한 얼굴은 우스꽝스럽게 일그러졌다.

"맘에 들어, 맘에 드냐니까?" 베로니까는 돌처럼 단단한 손으로 그의 목 뒷덜미를 잡더니 서아시아 사람 피가 섞인 그의 얼굴을 자신의 향수 뿌린 가슴에 박았다.

"베로니까와 알베르또가 자신들의 일을 하는 동안, 에바리스또는 구메르신도 라라인이라고 하는 중앙아메리카 출신의 뚱보 여단장과 체스를 하면서 밤을 보냈죠." 엘리사가 말한다.

결국 체스의 '나이트'는 그곳에 있었다. 그는 매 첫 수, 매 변수를 세심하게 탐구했다.

"박사님 차례시죠?" 그는 여단장이 예의 그 군대식 경의를 표하며 하는 말을 들었다.

"지금 생각 중입니다."

서두르지 않아야 한다. 몇 분 동안 전략적인 숙고를 한다면 게임에서 이길 것이다. 공들여 깎은 상아 말들이 빈정거리며 그를 관찰하는 것처럼 보였다. 여단장이 묵직하게 자리에서 일어났다. 커다란 초록색 체크무늬 피에르 카르뎅 셔츠의 단추 사이로 질식할 것 같은 털북숭이 배가 삐어져 나왔다. 그는 바까지 천천히 걸었다. 그랑 마니에르 한 잔을 선택했다. 그는 손에 가느다란 컵을 든 채, 조용하고 호화로운 살롱을 미끄러지듯 돌아다니면서 여전히 체스 판에 사로잡혀 있는 상대의 빨간색 눈을 신중하게 염탐

했다. 그는 자신이 상대방을 꼼짝달싹 못하게 만들어 놓고 있다고 확신했다. 그는 자신이 유일하게 이긴 전투가 벌어지던 그 게임에서 실속 없는 대수학을 즐기고 있었다. 확실하게 결정을 하지 못한 사리아-끼로가는 복잡하게 뒤얽힌 머릿속으로 말을 어떻게 움직이는 게 좋을지 불안하게 탐색하고 있었는데, 머릿속은 정신과 의사들이 욕지기를 참았던, 귀신이 씐 어느 침실에서 부부가 꽥꽥 질러 대는 소리 때문에 탁해져 있었다. 그는 과거의 효율적인 규칙들이 느슨해졌다는 흐릿한 확신에 휩싸여 있었다. 베로니까는 혼자 나가고 있었는데, 그가 그녀를 어떻게 가로막을 수 있었겠는가? 그리고 알베르또는…… 위엄도 용기도 물려받지 못했고, 인종과 성(姓)을 구분하는 법도 배우지 않은 알베르또는 비참하게 살아가는 것이 분명한, 축 늘어진 장발의 무명 청년들에 둘러싸여 있었는데, 그는 항구 짐꾼들의 언어를 모방하고, 빈민가에서 불리는 노래를 휘파람으로 불어대고, 자신의 방을 싸구려 헤픈 여자들 사진으로 도배하고, 자기 시중을 들기 위해 지난겨울 에스딴시아에서 겨울을 보낸 열두 살짜리 건강한 가정부와 함께 있어 본 적도 없어……. 그런 식으로 나가다간 걔는 결국 동성애자가 되어 버릴 거야! 지난여름에 괜히 생돈을 써 가며 하버드에 보냈어!

"지금 싸우고 있는 사람 죽지 않았습니다." 여단장이 승리자의 미소를 머금으면서 꽃무늬 소파에 깊숙이 눌러앉았다.

"미리 승리의 노래를 부를 필요는 없어요." 사리아-끼로가가 자신의 나이트를 옮기면서 중얼거렸다. 여단장이 절망감에 젖은 눈을 치떴다. 싸움으로 피로해진 수탉들처럼 두 사람은 여전히 서로 존댓말을 써가며 대화를 하고 있었다.

"라라인은 전쟁의 상처들을 주무르지 않고 돈을 주물렀어요." 엘리사가 씩 웃었는데, 반은 슬프고 반은 화난 미소였기 때문에 그녀에게 키스를 해주고 싶은 마음이 생겼다. "그는 홀아비가 된 뒤로 정직한 대리인들과 함께 튼실한 매춘 조직망을 관리하고 있었죠⋯⋯. 하지만 당신도 알다시피, 낭비를 즐기지 않고 술을 홀짝거리는 걸 즐기고, 체스를 즐겼어요. 어찌 되었든, 그는 사리아와 뭔가 닮은 점이 있는 사람이었죠."

제8장

"극장에서는 음식 먹지 마, 교양 없는 짓이야." 베로니까가 말한다.

"먹는 게 아니라 씹고 있잖아."

"그것 역시 싫단 말이야."

"좋아." 치삐가 자신이 앉아 있는 의자 밑에 껌을 붙인다.

"구역질 나는……."

"영화가 맘에 들지 않니?"

"맘에 안 들어, 지루해."

"나가고 싶어?"

"아니, 밖은 더우니까 여기서 에어컨이나 이용하자, 이미 돈을 냈잖아."

"돈은 '내'가 지불했어."

"너는 그것밖에 할 줄 몰라."

치뻬가 침을 삼킨다.

"넌 게이야."

"제발, 베로니까." 그가 그녀의 손을 잡자 번개처럼 손을 뺀다. "네가 말을 너무 많이 하는데, 이러다가는 사람들이 불평하겠다."

"난 사람들을 경멸해."

"차라리 날 경멸해."

"그래 널 경멸해."

치뻬는 화면을 봄으로써 그녀를 무시하려고 한다.

"불쌍한 악마 같은 자식!" 그녀의 눈에서 불꽃이 튄다. "넌 틀림 없이 숫총각이야."

그가 작은 소리로 헛기침을 한다.

그는 꼼짝도 하지 않은 채 미광을 내뿜는 창백한 화면에 눈을 고정시키고 있는데, 그의 목만이 경련을 일으키면서 숨이 막힌 듯 침을 삼킨다.

"네 방에 보관하고 있는 《Interviú(인터뷰)》 잡지들은 왜 내게 보여 주지 않는 거야? 내가 그걸 모르고 있다고 생각하는 거야? 그 잡지들은 뭐든 다 보여 주는 거지? 뭐든 다 하는 거지?"

치뻬가 유리처럼 투명한 눈을 깜박거리자 눈물이 고인다.

"너 그 잡지는 몇 시에 보니? 방문은 잠가야 하지, 응? 왜냐하면 네 어머니가 불쑥 방에 들어올 때…… 응?"

치뻬가 흐느낀다.

"자위쟁이!"

옆 좌석에 앉아 있던 사람들이 성급한 불쾌감 또는 조롱 섞인 호기심을 드러내며 그들을 바라보기 시작한다.

"게이 자위쟁이!"

치뻬가 딸꾹질을 하면서 화장실에 가도 되겠냐고 청한다.

"어서 꺼져 버려!"

베로니까는 양탄자가 깔린 어두운 통로에서 그가 비틀거리며 손수건을 꺼내는 것을 지켜본다.

"대실 해밋[1]은 it is the beginning of the end when you discover you have style(당신이 스스로를 품격 있는 사람이라고 생각하는 순간 끝이 시작되는 것이다)라고 말했어요."엘리사가 말한다. "사실 미국에서 우리는 우연적으로 영어를 말하고, 반면에 당신들은 라틴아메리카에서 숙명처럼 에스빠냐어를 말하죠."

"자기, 들어오지 않을 거야?"나무 대문에서 여자들 가운데 하나가 야옹거린다. 야한 붉은 불빛이 그녀들의 형체를 왜곡시킨다. "저 여자들은 입 냄새가 고약해."알베르또가 밤의 어둠 속에서 외로운 핸들을 움켜쥔 채 중얼거린다. "입 냄새가 고약한 게 확실해."

---

1 대실 해밋(Samuel Dashiell Hammett, 1894~1961)은 하드보일드 탐정 소설과 단편작품을 쓴 미국의 소설가다.

"자기야, 무서워하지 말고, 잠시 내려 봐."

"우리 대화 좀 하자!" 발정난 까마귀의 너털웃음 소리가 그의 귀에 들린다. 그의 가장 친한 친구들은 그를 따라가기를 거절했었다. "언젠가는 우리가 겪어 봐야 해." 그가 친구들에게 열변을 토했다. "난 이미 가 봤으니 이번에는 네 차례야." 누군가 거짓말을 했다. "내가 병에 걸리면, 우리 집 노인네가 날 죽일 거야." 다른 친구가 실토했다. "언젠가는 겪어 봐야 한다니까." 알베르또가 이를 앙다물고 다시 으르렁거린다.

그가 차에서 내린 뒤 차 문을 잠그고 거리를 건너는데, 진한 기름기로 번들거리는 입술들, 측정할 수 없이 깊은 검은 시선들, 싸구려 광택제를 뿌린 머리카락들, 가는 목들, 입으로 깨문 손톱들, 주름이 깊게 파인 얼굴들에 가까이 다가갈수록 그의 다리가 후들거린다. 여자 둘이 그의 팔을 붙잡는다. 그는 그녀들을 뿌리치고 안으로 들어간다. 마당 앞 처마 밑에 누런 달력들이 걸려 있는 어느 벽에 붙은 철제 벤치에서 남녀 몇 쌍이 손으로 서로의 몸을 더듬고 있다. 안의 어스름 속에서는 대머리 사내 둘이 고리버들로 만든 바 위에 술잔을 놓는다. 홀의 뒷문으로 스며들어온 달이 벽돌 바닥 위로 비파나무들의 실루엣을 고문하듯 늘여 놓는다.

"자기 너무 쓸쓸해 보인다!" 그는 등 뒤에서 나는 소리를 듣는다. 난쟁이 여자가 금니를 드러내며 그에게 어머니 같은 미소를 보낸다. 그는 욕지기가 난다는 태도로 그녀를 밀쳐 버린다. 다른 여자가 자신의 파트너를 어느 구석자리에서 끌어당기고, 두 사람은 절망스러울 정도로 외로운 사람들인 것처럼 빨리또 오르떼가 이 가셋[1]의 닳아빠진 음반에서 흘러나오는 음악에 맞춰 춤을 춘다. 알베르또는 그들을 피해 바에서 맥주 한 잔을 시킨다. 지방질이 많은 손 하나가 어둠 속에서 그에게 캔 맥주를 내민다. 알베르또는 맥주를 마시다 뱉어 낸다. 미지근하다. 고액권 지폐 한 장을 카운터에 놓는다.

"아가씨들은 이게 다인가요?"

"최상급 여자들은 일을 하고 있으니 잠시만 기다려 주세요, 사장님."

그는 구역질이 나오려는 걸 억누르며 시큼한 입술을 손수건으로 닦는다. 께느른한 바람 한 줄기가 비파나무들이 있는 마당에서 불어와 실내의 축축한 공기에 약간의 청량감을 준다. 어느 방에서 뚱뚱한 사내가 셔츠 단추를 잠그면서 나온다. 사내 뒤로 세면기를 든 짧은 머리의 어린 여자가 힐끗 보인다.

"마르시아나, 물 좀 가져와, 부탁해."

여자 하나가 자리에서 일어나 세면기를 가져간다. 다시 문이 닫힌다. 뚱보 사내가 카운터에서 돈을 지불한다. 알베르또는 사내의 땀 냄새, 싸구려 헤어크림, 땀방울이 맺혀 흔들거리는 콧수염, 익

---

1 빨리또 오르떼가 이 가셋(Palito Ortega y Gassett)은 아르헨티나의 감상적인 대중가요 가수인 빨리또 오르떼가(Palito Ortega, 1941~)와 에스빠냐의 철학자 호세 오르떼가 이 가셋(José Ortega y Gassett, 1883~1955)을 이 소설의 작가가 유머러스하게 합쳐 놓은 이름이다.

살맞게 찌푸린 얼굴이 풍기는 악취, 여전히 헐떡거리는 숨 냄새를 맡는다. 뚱보 사내가 알베르또는 모르는 메스띠소 언어로 작별 인사를 하고, 문에서 계속 밖을 주시하고 있는 여자들의 엉덩이를 주물럭거린다. 통속적인 탱고 한 곡을 휘파람으로 부는 소리가 알베르또의 귀에 들리는데, 그 소리는 서서히 사라져 간다.

"이봐요, 이 아가씨는 선약이 없나요?"

"네, 사장님. 옷을 다 입으면 방에서 나올 겁니다."

마르시아나가 깨끗한 물을 가지고 돌아와 손가락 마디로 문을 두드린다. 문이 열린다.

"고마워, 자기. 새 시트 좀 가져와."

알베르또는 자신이 본 영화에서 말론 브란도가 하던 것처럼 바에 등을 기대고 서 있다. 대머리 사내 둘이 그 곁에서 조용히 담배를 피우고 있다.

잠시 후 어린 여자가 손가락으로 짧은 머리를 매만지며 방에서 나온다. 알베르또가 그녀에게 다가간다.

"우리 앉아요." 그녀가 말한다. 벤치에 앉자 그녀가 그를 얼싸안더니 목에 입을 맞춘다. '입 냄새가 나쁘지 않군.' 알베르또는 이렇게 생각하고, 그녀의 이빨이 그의 목에 살짝 부딪친다고 느낀다.

"자기 이름이 뭐예요?"

"알베르또, 당신은?"

"말레나예요."

"마리아 엘레나나 막달레나의 약칭인가요?"

"그냥 말레나예요."

"몇 살이에요?"

그녀가 그의 셔츠 단추를 끄르고, 가슴에 입을 맞춘다.

"자기, 너무 많은 걸 묻지 마요. 방으로 들어갈 거예요?"

"그래요, 몇 살이에요?"

"열일곱." 그녀가 그의 입술 위로 속삭인다. 알베르또가 몸을 파르르 떤다.

"내 여동생과 같은 나이잖아!"

그녀가 쉬지 않고 그의 배를 애무하면서 미소를 머금은 채 처음으로 그의 눈을 똑바로 쳐다본다.

"사실 말레나는 내 이름이 아니에요. 학비를 벌기 위해 여기에 왔어요."

알베르또는 그녀의 혀와 뒤엉킨 자신의 혀를 이용해 말을 하려고 시도한다.

"좋아요, 아가씨가 내게 병을 옮기지 않는다면 나는 더 자주 올 수 있어요."

"난 월요일, 수요일, 금요일에 여기 와요." 그녀가 말한다.

"나 표시 나니?" 핸들을 움켜 쥔 치삐가 번쩍거리는 가로등 불빛으로 고랑이 진 것처럼 보이는 아스팔트 도로에서 나오는 현기증 나는 반사광에 시선을 고정시킨 채 말한다.

"뭐가?"

"내가 울었다는 표시 나냐고?"

베로니까가 그를 쳐다보았다.

"아니, 표시 안 나. 더 천천히 운전해."

"우리 지금 시속 100킬로미터도 안 되게 달리고 있어."

"더 천천히 가."

그가 액셀러레이터에서 발을 살짝 뗐다. 속도계의 바늘이 왼쪽으로 움직인다. 베로니까가 연한 가죽으로 만든 부드러운 시트에서 기지개를 켰고, 열린 차창으로 들어온 바람에 머리카락이 요란스럽게 흩날렸다.

"이미 날 집으로 데려가고 있다고 말하지는 마!"

"그럼 어디로 데려가길 원하는데?"

베로니까가 그 깡마른 얼굴을 말없이 힐끗 쳐다보았다.

"강으로 가자!" 그녀가 갑자기 소리쳤다.

"너, 미쳤어!"

"수영하러 강으로 가자니까!"

"베로니까, 너 완전히 미쳤어, 난 수영복도 안 가져 왔어!"

"나도 안 가져 왔어, 이 머저리야. 우리 강으로 가자고 말했잖아!"

"그런데, 우리에게 신분증을 요구하면?"

"날 강으로 데려가 주지 않으면, 차에서 내려 혼자 갈래."

"어떻게 수영할 건데? 벌거벗은 상태로?"

"내 마음대로 할 거야. 가자!"

"베로니까, 다른 날 가자…… 게다가 나는 배가 고프단 말이야."

"차 멈춰."

"뭐라고?"

"바로 여기서 멈춰."

"웃기지 마!"

"나 바로 여기서 내린다고 했다!"

"핸들에서 손 떼!"

"멈추라고, 이 바보야!"

"베로니까, 이러다가 우리 충돌하겠다!"

"그게 나랑 무슨 상관이야!"

치삐가 브레이크를 밟아 도로 가에 차를 세웠다. 그 어느 때보다 더 검게 보이는 베로니까의 눈이 불꽃을 뿜어내고 있었다. 그런 그녀의 모습이 치삐에게는 더 없이 아름답게 보였다.

"마지막으로, 너를 재밌게 해주겠어."

"좋아, 출발해, 우리 빨리 가자!"

"하지만 너도 나를 즐겁게 해주어야 해."

"나를 겁탈하고 싶다는 말은 하지 마."

치삐가 얼굴을 붉혔다.

"……내게 키스해 주면 좋겠어."

"돈 줘도 안 해! 넌 너무 못생겼거든."

"베로니까…… 딱 한 번만……."

베로니까가 잠시 그를 쳐다보았다. 그리고 눈을 감았다.

"좋아. 빨리 해, 바보야!"

치뻬가 부드럽게 그녀를 향해 상체를 숙이고, 떨리는 입술을 그녀의 입술에 포갰다. 베로니까가 몸을 부르르 떨었다.

"됐어! 이제 우리 강으로 가자."

자동차가 움직이기 시작해 속도를 회복했고, 침묵의 몇 분이 흐른 뒤 두 사람은 어느 계곡에 도착했다.

"여기서 왼쪽으로 들어가."

전용 도로를 벗어난 자동차가 제방 도로로 접어들어 돌멩이와 관목을 치면서 달렸다.

"베로니까, 이런 거 정말 싫다."

"게이처럼 굴지 마."

"진짜야, 차가 긁힐 수도 있단 말이야."

"이제 거의 다 왔어. 물의 신선한 기운이 느껴지지 않니? 정말 좋아." 그녀가 너무 좋아서 몸을 비틀어댔다. 두 사람은 나무들 사이에서 멈추었다.

"라이트 꺼."

치뻬가 그녀의 말에 따랐다. 그녀가 차에서 내려 우윳빛 하늘을 향해 두 팔을 뻗었다.

"이리 와, 우리 물에 들어가자."

"베로니까, 나 정말로 지금 입고 있는 팬티밖에 없다니까."

"신발 벗어, 내 신발에는 모래가 가득 차 있어, 받아, 차 안에 넣어 둬."

그녀가 신발을 치뻬에게 던졌다. 치뻬는 그녀가 민소매 셔츠를 벗는 것을 차 문에서 보았다. 그는 자신이 참을 수 없을 정도로 흥분하고 있다고 느꼈다.

"넌 물에 안 들어갈 거니?"

"……아직은 안 들어갈래."

베로니까가 어깨를 움츠렸다. 사위가 고요한 가운데 졸졸졸 흐르는 거무스름한 물결을 향해 달려가서 몸을 부르르 떨며 흐르는 물에 다리를 집어넣었다.

"물이 차가워." 베로니까가 소리쳤다. 심호흡을 하고 물에 몸을 담갔다. "야, 바보야, 이리 와, 물이 정말 차갑단 말이야!"

그녀는 부드러운 물결에 몸을 맡긴 채 즐거움에 겨워 소리를 지르며 자꾸 벗겨지려는 팬티를 붙잡은 채 회오리바람처럼 경쾌하고 시끄럽게 물속으로 들어갔다가 솟아올랐다. 치삐는 어안이 벙벙해지고, 얼이 빠진 상태로 옷을 다 벗은 뒤에 엉겅퀴와 야생 가시나무 나무를 밟고서 우스꽝스럽게 펄쩍펄쩍 뛰면서 물가로 달려갔다. 차가운 물에 몸을 부르르 떨면서 물이 허리에 찰 때까지 들어갔다.

"야, 온몸을 다 담그란 말이야!"

물에 온몸을 담근 치삐는 얼음 같은 에너지가 폐를 채운다고 느꼈고, 머리를 물속에 집어넣었다가 물을 줄줄 흘리며 머리를 흔들어 댔다.

"정말 환상적이군!" 그가 웃음 사이로 신음소리를 내뱉었다.

"이제 알았지?" 베로니까가 그를 끌어당겼다. "이리 와, 더 깊은 곳으로 들어가자."

"위험하지 않을까?"

"아하, 여긴 훨씬 더 차가워, 정말 좋아, 그렇지? 어때? 움직여 봐!"

"베로니까, 바닥에 발이 닿지 않는단 말이야."

"아이, 겁쟁이! 걱정 말거라, 'sweetheart(애기야)'. 엄마가 입으로 인공호흡을 해줄게. 알았어?"

치삐는 시꺼먼 물을 꼴깍꼴깍 마시면서 얼굴을 붉혔다. 두 사람은 오랫동안 서로의 몸은 만지지 않은 채 즐겁게 장난을 쳐댔고, 마침내 봄의 희미한 첫 태양빛이 배어나오기 시작하고 있었다.

"좋아, 나 이제 나갈래." 베로니까가 갑자기 말했다. 치삐는 베로니까가 물에서 튀어나와 물가에서 몸을 비틀어 대는 것을 보았다. 그는 여전히 강 속에서 몇 걸음을 떼었으나 베로니까의 목소리가 그를 제지했다. "기다려, 보지 마."

그녀는 몸에 걸치고 있던 유일한 옷을 천천히 벗었다. 치삐의 눈이 동틀 녘의 어스름 속에서 휘둥그레졌다. 베로니까가 몸을 비틀어 대고, 뱅글 돌고, 허벅지를 문지르고, 젖가슴을 꼭 끌어안았다. 물속에 있던 치삐는 자신의 성기가 격렬하게 발기되는 경험을 했다. 그의 얼굴이 화끈 달아올랐다.

"나오지 않을 거야?"

"그래…… 금방 나갈게, 그런데 말이야…… 팬티가 벗겨져서 지금 찾고 있는 중이야."

"아이, 소심하긴. 나는 말이야, 이렇게, 홀랑 벗은 채로, 하지만 몸을 말린 뒤에 돌아갈 생각이야."

"잠깐만 기다려."

베로니까는 벌거벗은 상태로 계속해서 몸을 비틀어 대면서 그에게 자신의 배를 보여주고 있었다.

"이를 어째……." 치뻬가 딱딱 소리가 나게 이를 부딪치고 갈수록 더 단단하게 발기된 상태로 중얼거렸다.

"너 발딱 섰다!" 베로니까가 쉼 없이 움직이면서 갑자기 말했다.

"뭐라고?"

"너 발따 섰잖아!" 베로니까가 소리를 질렀다. 치뻬의 얼굴이 다시 화끈 달아올랐다.

"괜찮아."

"뭐라고?"

"괜찮다고 말했잖아, 이리 와, 그거 보고 싶어. 내가 그거 만져주길 원하니?"

치뻬는 몸을 부르르 떨기 시작했다. 여전히 허리까지 물에 잠긴 상태에서 물가를 향해 한 걸음을 떼었다.

"아냐!" 베로니까가 소리쳤다. "그렇게 하지 마. 팬티 내게 던져."

"뭐라고?"

"나한테 팬티 던지라니까! 넌 그렇게 벌거벗은 상태로 나오는 게 더 멋져."

"베로니까, 너 미쳤구나." 치뻬의 목이 신음하는 수탉처럼 울부짖었다.

"팬티 던지면, 내가 주물러 줄게."

치뻬는 나무 잎사귀처럼 파르르 떨고 있었다.

"잠깐만 기다려." 치뻬가 말을 더듬거렸다. 물속에서 팬티를 벗어 물가로 던졌다. 베로니까가 팬티를 주워들었다. 그는 베로니까가 여전히 엉덩이를 요염하게 씰룩거리며 차가 있는 곳을 향해 걸어서 마침내 제방 위로 사라지는 것을 보았다.

"이를 어째……." 치뻬는 쉼 없이 몸을 부르르 떨면서 되뇌고 있었다. 어렵사리 물에서 나왔다. 갑자기 자동차 엔진 소리가 들렸다. 그는 엉겅퀴가 뒤엉켜 있는 풀밭을 불알이 딸랑거릴 정도로 뛰어서 숨을 헐떡거리며 나무들이 있는 곳에 도달했다. 절망적이게도, 그는 동틀 녘의 여명 속에서 저 멀리 사라져 가는 차가운 오렌지 빛 라이트를 보았다.

제9장

　그녀들은 유황을 태웠다. 뼈가 앙상한 가지 촛대에 꽂힌 일곱 개의 죽어 가는 촛불에서 역겨운 냄새가 진하게 발산되고 있었다. 파르스름한 빛이 동그란 탁자를 둘러싸고 모여 앉아 웅성거리는 여자들의 주름살을 부식시키고 있었는데, 쭈글쭈글한 망토를 입은 여자들은 망토의 술 장식이 서글픈 비명을 질러 대는 가운데 피를 흘린 황갈색 독수리, 잿빛 짐꾸러미, 고무로 만들어 불안하게 움직이는 무정형의 양서류 같았다. 습기를 머금어 눅눅하고 음침한 휘파람소리가 들리는 가운데 누렇고 흐릿한 얼굴이 순식간에 스르르 사라졌고, 반역의 칼이 내뿜는 섬광, 어느 불륜의 너털웃음이 밤의 차가운 메아리를 만들어 내고 있었다.

　"나는 내가 누구인지 잊은 적이 있어요." 그 유령들 가운데 몇이 고통스러운 복화술로 신음소리를 내뱉었다. "위대한 빠남비[1]를 만나러 갈 거예요. 나는 장님이지만 종다리가 지저귀는 소리, 내 피부에 이슬이 맺히는 소리, 내 발 아래 있는 조약돌의 소리를 들어요."

모든 여자가 레이스 위에 손을 모아 놓고 있었는데, 어느 여자가 레이스 위에 악취 나는 구토를 하자 그녀들이 돌려 보고 있던 노트에 토사물이 튀었다.

"이처럼 호젓한 시각에 나를 찾아온 이유가 뭐죠? 아하, 그러니까 내가 그대의 소심하고 격정적인 폭력을 원하고 있는 거로군요……."

노파가 한 번 울부짖으며 실신했다. 그 밖의 여자들은 쉼 없이 트림을 하면서 노파를 무시했다. 그녀들은 계속해서 유황을 태웠다. 기침을 해댔다. '원더우먼 모양의 문신'이 새겨지고 핏줄이 드러난 손 하나가 자신이 휘갈겨 쓴 글자 위에서 경련을 일으켰다.

"그 남자들이야! 그들이 지금 여기 있어! 난 그들의 광포한 고함 소리를 듣고 있는데, 그들은 폭풍의 이빨로 구름을 물어뜯어 물리치면서 오고 있어! 그 누구도 살아날 수 없어, 최후의 천재지변이야! 두 번째 재건이라고!"

새로운 냄새가 찐득찐득한 침묵 속으로 퍼졌다. 어느 여자가 똥

---

1 빠남비(Panambi)는 구아라니어로 '나비'를 의미한다. 이 이미지는 파라과이의 구아라니 시인 마누엘 오르띠스 게레로(Manuel Ortiz Guerrero)의 시 「빠남비는 볼 것이다(Panambi verá)」에 실린 "거기서 나비는 범신론적 영혼처럼 나타난다."를 암시한 것이다.

을 싼 것이다. 말이 울부짖는 것 같은 흥분된 고함소리가 혼수상태에 있던 여자들 사이로 길게 이어졌다. 촛불들이 상체를 구부린 채 날뛰고 있는 그녀들의 관능적인 몸을 음탕하게 핥고 있었다. 그녀는 숨을 헐떡이고, 그녀의 술에 취한 혀는 입 속의 말라 가는 뜨거운 침 속에서 빙빙 돌고 있었다. 부풀어 오른 유두에서부터 사타구니의 부드럽고 좁은 통로를 따라 성기가 악취를 풍기는 뜨거운 불두덩 틈새까지 곡선을 그리며 흥분 상태로 미끄러져 내려가던 손에서 땀이 반짝이고 있었다.

"내 몸은 옥, 이끼, 상아로 만든 것이야." 갓난아기가 숨이 넘어갈 정도로 울어 대는 가운데 그녀가 소곤거렸다. "나는 처녀 표범처럼 아름다운 여자고, 재스민과 우박을 위해, 나환자와 사춘기 소년을 위해, 금속과 신선한 물을 위해, 거세된 남자와 독거미를 위해 존재하지."

그녀가 사납게 찡그린 얼굴로 화산처럼 분출하는 무지개 빛깔 목소리는 수류탄 파편 같았는데, 목소리가 그녀의 가슴에서 나오지 않는 것처럼 보였다.

"다들 선인장 꽃을 든 채 내게 침을 뱉어요!"

늙은 마녀들은 고약한 냄새가 나는 어스름 속에서 서로를 쳐다보았다. 몇이 자리에서 일어났다. 각자 포크를 가져왔다. 그녀들은 암쥐처럼 찍찍거리면서 처음에는 마지못해 나중에는 분노에 젖어 포크로 그녀를 찔러 댔다. 그녀는 미소를 머금은 채 피를 흘리고 있었고, 그녀의 팽팽하게 부풀어 오른 육체가 은색 실크 나이트가운의 찢어진 조각 사이에서 드러나 나체로 추면서 뒤틀리고 있었다.

"아이, 예수님…… 저는 용 한 마리가 필요합니다."

늙은 마녀들이 그녀를 촛불들 가까이에 놓고 그녀의 손을 어느 촛불에 갖다 댔다. 살이 타는 냄새가 나기 시작했다.

"나는 제비다……." 그녀가 실오라기처럼 가는 목소리로 노래했다. "그 어떤 것도 내게 고통을 줄 수 없어. 추위도, 슬픔도. 우리 마십시다. 성배(聖杯)는 어디 있죠?"

늙은 마녀들 가운데 하나가 그녀에게 요강을 갖다 주었다. 그녀는 단숨에 요강에 든 것을 마셨다.

"내 여자들이여, 지금 모두 술을 마시라…… 프리지아 모자를!"[1]

그녀가 상처 난 두 손으로 악취 나는 요강을 머리 위로 들어 올렸다. 자기 몸에 그 진하고 누런 액체를 쏟아 부으면서 깔깔 웃고 있었다. 형체가 일그러진 짐꾸러미 같은 늙은 마녀들은 검은 토끼처럼 자기 몸을 비벼 댔다. 갑자기 그녀가 입을 닫았다. 그녀의 떨리는 숨소리만 들릴 뿐이었다. 그녀가 입으로 마른 바람을 획 불어 촛불들을 껐다. 몸을 일으켰다. 응혈이 묻어 있는 그녀의 가슴이 새벽 공기를 들이마시고 있었다.

저 아래, 집 현관문에 달린 종소리가 새벽의 어스름을, 유리를 조각내듯 산산조각 내버렸다. 현관에서 흠뻑 젖은 머리에 옷이 여

---

1 '프라지아 모자'는 프랑스혁명 때 쓰던 자유의 상징인 원뿔꼴 모자로, '자유의 모자'라는 의미다.

전히 몸에 착 달라붙은 상태로 육중한 삼목 나무문에 달린 노커를 잡고 있던 베로니카는 위층 어머니 침실에서 내려오는 희미한 유황 냄새를 맡고 몸서리를 쳤는데, 갑자기 악몽을 꾼 것 같은 비명 소리가 온 집안에 울려 퍼졌다.

"내 분화구 안에 우주 형상을 한 전갈이 들어 있노라!"

"제가 복수할 기회를 주지 않으실 겁니까?"

"다음에요, 여단장님. 지금 동이 트려 하고 있습니다."

"한 잔 더 하시겠습니까?"

"고맙습니다만, 정말 됐습니다."

"박사님…… 가정사는 집안에서 처리해야 한다는 사실을 저는 이미 알고 있습니다만, 박사님께 뭔가 걱정거리가 있는 것처럼 보입니다…… 제가 도와드릴 수 있다면 좋겠습니다. 우리는 오래전부터 친구니까요."

사리아-끼로가가 말없이 눈을 껌벅거린다. 동료의 입에서 풍기는 그랑 마니에르의 냄새를 느끼는데, 그 냄새가 그를 졸리게 만든다. 뚱보 사내는 사리아의 여전히 날씬한 어깨를, 무성한 구레나룻을, 창백하고 가는 입술을, 도전적인 코를, 단단한 턱을 덤덤하게 쳐다본다. 그의 회색 눈동자들은 여단장의 말에도 변하지 않았으나, 권 단위가 아니라 미터 단위로 사들인 아길라르 클래식[1]

---

1 아길라르 클래식(Clasicos Aguilar)은 다양한 작가의 다양한 작품을 모아 놓은 것이다.

으로 채워진 서재의 희미한 어느 귀퉁이를 멍하게 쳐다본다.

"제 아내가 이제 나를 두고 떠나 버렸는데, 평화롭게 잠들기를 바라야죠……." 여단장이 강조한다. "저는 홀로 남겨졌는데, 우리가 박사님께 무엇을 하겠습니까……? 하지만 저는 결혼한 친구들을 늘 이해합니다, 제게는…… 뭐라 할까요? 자발적인 봉사 의지가 있습니다."

"저 역시도 혼자예요." 마침내 사리아가 말한다. "제 아버지는 제게 말을 걸지 않으시고, 그저 당신의 제라늄만 보살피시죠. 제 아버지 아시죠, 예?"

"대령님 말인가요? 물론 압니다. 돈 알레한드리노는 나무랄 데 없는 대장부이자 조국의 영웅이시죠."

"늙으실 줄 모르는 분이라고 생각해요…… 저는 아버지가 무슨 이유로 베로니까와 그토록 잘 통하는지 모르겠습니다. 지난 유월에 길거리에서 일어난 아이그 장군에 반대하는 그 수치스러운 짓에 베로니까가 참여했을 때 그 아이를 지원하시기까지 했다니까요. 생각해 보세요! 좋은 집안에서 태어난 아가씨들이 경비대원들에게 몽둥이질을 당하는 걸! 사실 그 아가씨들은 사주를 받고 그렇게 하는 거예요!"

"공산주의자들은 멈추지 않습니다."

"그리고 제 아버지는 그 아이를 격려하신다고요! 그걸 믿으실 수 있겠습니까? 그리고 알베르또하고도 충분히 잘 통하신답니다. 비록 알베르또가 여동생보다 더 얌전하지만요. 결국 설상가상으로 마르셀린 신부님의 병은…… 그 신부님 아시죠? 그분은 저의 고해신부신데요, 현존하는 몇 안 되는 진정한 신부님들 가운데 한 분이죠."

"사람들은 그분이 반은 자유당[1]파라고 하더군요. 그래요, 중상모략임에 틀림없어요."

"제 아내가 신경 조절 능력을 상실했을 때, 저는 아들 알베르또의 영성 교육을 마르셀린 신부님에게 간청했습니다……. 하지만 그 불쌍한 분이 병에 걸려 버리셨어요. 사람들은 신부님이 곧 돌아가실 상황이라고 하더군요. 저처럼 심장이……."

"하지만 당신은 황소처럼 강하시잖아요!"

"결국…… 마르셀린 신부님이 안 계시면 이제 그 학교가 어떻게 될지 모르겠습니다……. 그 파라과이 주교인 까세레스하고는!"

"그 털보 노인에 관해 사람들이 제게 얘기해 주더군요. 약간 볼셰비키주의자인 것 같아요. 에스파냐의 바스꼬 출신이죠."

"늙었지만, 그렇게 보이지는 않아요. 제 아버지처럼 차꼬 전쟁에 참전했던 역전의 용사예요."

"볼셰비키주의자처럼 보여요."

"불쌍한 마르셀린 신부님…… 그분은 라틴어와 그리스어를 모국어처럼 구사하시고, 게다가 성자시죠. 아주 불안해하시고, 늘 아주 신경질적이시죠. 제가 신부님이 심장을 조심하지 않으신다고

---

1 자유당(Liberal)은 파라과이의 두 주요 정당 가운데 하나다.

신부님께 말씀 드려요…… 그러면 신부님은 자신이 의사들과 친한 적이 결코 없다고 말씀하시면서, 친애하는 에바리스또여, 나는 가브리엘 천사의 수중에 있으니 걱정 말아요라고 말씀하시죠. 신부님은 가브리엘 천사에 대한 신앙심이 아주 깊은 분인데, 혹 가브리엘 천사에 대해 아세요?"

"예, 마리아에게 수태를 고지한 천사인데요, 우리는 모임에서 늘 그분께 기도해요."

제10장

몬시뇰 시몬 까세레스는 불안한 태도로 시계를 보았다. 세 시간
이나 늦었군! 꼬리엔떼스 시의 작은 공항에 있는 칙칙한 레스토랑
의 그가 앉은 쓸쓸한 탁자 위에는 빈 커피 잔 네 개가 흩어져 있었
다. 읽을 게 전혀 없어 심심했다. 자주색 가죽 장정 성경을 메르세
데스 벤츠에 놓고 와 버린 것이다. 그는 막 떠오르기 시작한 태양
이 부드럽고 불그스레한 빛을 격렬하게 쏘아 대는 가운데 바람을
거슬러 시속 150킬로미터로 달려 왔다. 이제 태양 광선이 레스토
랑의 두꺼운 베이지색 커튼을 환하게 만들면서 스며들고 있었다.
마침내 아순시온 발 아르헨티나 항공사의 제트비행기가 연착하고
있다는 방송이 나왔다. 몬시뇰은 탁자에 지폐 몇 장을 놔두고는
털북숭이 몸을 화산이 폭발하듯 일으켜 세웠다. 아이들이 가득 찬

테라스에서 그는 아주 커다란 손으로 얼굴에 비치는 햇빛을 가렸다. 저 멀리 구름이 덮은 지평선으로부터 윙윙거리는 엔진 소리가 가까워지고 있었다. 사람들은 안도의 환호 소리로 707기의 출현을 반겼다. 육중한 철문이 트랩을 통해 첫 탑승객을 내보냈다. 잠시 후 또또 아수아가의 졸리는 듯한 파란색 외투, 꾸깃꾸깃 무질서하게 주름이 잡힌 꾀죄죄한 외투가 가방을 질질 끌면서 세관에서 나왔다. 까세레스는 그에게 다가가 넘어지듯 그를 부둥켜안았다.

"로베르또 아수아가 박사시군요." 까세레스가 그에게 말했다. 주름진 외투를 입은 사내는 얼떨결에 고개를 끄덕였다. 그 백발 거인이 아수아가의 가방을 깃털이나 된다는 듯이 움켜들었다. 두 사람은 말없이 티 하나 없이 깨끗한 검은색 세단까지 걸어갔다. "덥네요, 그렇죠? 외투 벗으세요."

차가 달리기 시작했다. 아수아가가 담배에 불을 붙였다.

"선생께서도 학교에서 가르치시나요?" 그가 열려 있는 차창 밖으로 담배 연기 한 모금을 빨리 내뱉으며 말했다.

"아니에요." 까세레스가 담박하게 말했다. "나는 대주교예요."

아수아가가 놀랐다는 듯이 그를 처다보았다.

"그런데…… 어떻습니까?" 잠시 후 아수아가가 물었다.

"무엇 말인가요?"

"대주교님의 교구 말입니다…… 그걸 교구라고 부르지요, 안 그런가요?"

신부는 생각에 잠겼다.

'우리는 전쟁으로 파산했는데, 나는 남아 있는 재산을 조국에 바치기로 작정했다.'고 프란시스코 솔라노 로뻬스가 썼다.

"……몇 가지 문제가 있다고 생각합니다. 무엇보다도 6월에 학생시위가 일어난 뒤에 말이에요. 나는 정부의 간섭을 피하기 위해 학교를 떠맡아야 했지요. 대주교구 일은 쉽지 않아요. 그 어떤 대주교구도 쉽지 않다고요."

메르세데스 벤츠는 도로를 날듯이 달리고 있었다. 아수아가는 앉은 자리에서 불안하게 몸의 자세를 바꾸어 펄럭거리는 바티칸 깃발을 향해 담배를 던지고, 차창을 반쯤 올렸다.

"그런데 어떻게 해서 꼬리엔떼스의 대주교님이 몸소 저를 마중하러 공항까지 나오시게 되었습니까?"

까세레스가 미소를 지었다.

"군터 부인이 내게 부탁했어요. 부인은 지금 미시오네스[1]에 있어요. 식민지 시대의 바로크 양식에 관한 연구를 수행하고 있지요. 아마도 모레 돌아올 겁니다. 오늘은 비행편이 없었거든요."

"나는 그녀가 수녀 학교에서 영어를 가르치고 있었다고 생각했습니다. 그녀가 제게 보낸 최근 편지에 그렇게 썼더군요."

"그래요, 그렇게 해야 꼬리엔떼스 사람들의 특이한 기질을 더잘 알 수 있을 거라고 말했죠. 하지만 수업은 이미 끝났어요. 지금

---

1 미시오네스(Misiones)는 아르헨티나 꼬리엔떼스(Corrientes) 주의 북동부 지방이다.

은 자기 책을 서둘러 탈고하느라 바쁘지요."

"엘리사는 늘 바쁩니다."

"엘리사는 미국에서 유명한 교수일 것 같아요. 혹은 적어도 아주 잘 알려진 교수이거나. 엘리사가 파라과이 남자와 결혼했다고 해서 엘리사를 칭찬하려는 건 아니에요."

"아닙니다, 사실입니다. 유명하다는 말이 정확한 형용사지요. 자기 전공 분야에서 가장 유명한 교수입니다."

"이렇게 알게 되어 반갑군요." 까세레스가 급커브 길을 시속 100킬로미터로 침착하게 달리면서 언급했다.

"그러니까 몬시뇰님은 파라과이 출신이시군요…… 몬시뇰님은 어느 교파에 속해 계십니까?"

"예수회 소속이에요."

'만약 브라질이 언젠가 파라과이를 흡수하게 된다면, 이웃 국가들의 정치적 균형은 심각한 위험에 빠지게 될 것이다.'라고 프란시스꼬 솔라노 로뻬스가 썼다.

아수아가는 주교가 농담을 하고 있는지 묻는 것처럼 주교를 빤히 쳐다보았다.

까세레스가 다시 미소를 머금었다.

"미안해요. 그건 내가 군터 부인을 처음 만난 날 부인이 내게 해준 농담이에요. 군터 부인이 학교에서 영어 강의를 할 수 있게 해 달라고 부탁하려고 내 사무실로 찾아 왔어요. 내가 남편 종교가 뭐냐고 물어 보니까 경제학자라고 말하더군요."

"푸하, 군터는 프로테스탄트인데요. 대주교님은 군터를 아세요?"

"아뇨."

"모르는 게 더 낫습니다. 어찌 되었든, 대주교님께서 번거롭게 저를 마중해 주셔서 정말 감사합니다."

"천만예요, 아수아가 씨. 사실 난 오늘 새벽에 선종하신 우리 교단 신부님의 종부성사를 집전하러 이쪽으로 와야 했어요. 신부님의 상태가 아주 위급해서 우리는 신부님을 여기 피정의 집에 모셔 두고 있었지요. 공기가 더 신선하거든요. 게다가 의사들이 이미 면회를 일절 금해 놓았어요. 저기 저 북동쪽에 있는 다리 보입니까? 피정의 집이 저기예요."

"그 신부님, 바스크-프랑스인이 아니었던가요?"

"맞아요. 마르셀린 신부님. 학교에서 가르치셨죠."

"엘리사가 제게 신부님에 관해 말해 주었어요. 아주 교양 있는 분이지만 대단히 반동주의적인 분이라고 말입니다."

'파라과이와 동맹을 맺는 것은 아르헨티나가 추구한 자유의 전통들 가운데 하나라 말할 수 있다.'고 후안 바우띠스따 알베르디[1]가 썼다.

"그런데 말이에요, 그 수녀 학교가 약간 엘리트주의적이고요, 마르셀린 신부님은 영향력이 가장 센 가문들과 친하게 지냈어요."

"사리아-끼로가 가문처럼요." 아수아가가 말했다. 까세레스는

---

1 후안 바우띠스따 알베르디(Juan Bautista Alberdi, 1810~1884)는 아르헨티나의 변호사, 경제학자, 정치가, 통계학자, 외교관, 작가, 음악가로, 1853년 헌법을 기초했다. 삼국동맹 전쟁 때 파라과이를 지지했다.

동요하는 기색을 내비치지 않았다.

"제대로 알고 있는 것 같군요." 까세레스 주교가 담담한 어조로 말했다.

"아닙니다. 그런데 말입니다, 엘리사 말로는 사리아-끼로가 부인이 환각에 빠진다고 하던데, 정말인가요?"

"그래요."

"엘리사는 사리아-끼로가 부인의 딸이자 자신의 제자인 베로니까를 통해 우연히 부인을 알게 되었답니다. 엘리사는 그 노부인이 자신을 지난 세기 파라과이의 독재자 솔라노 로뻬스의 애인이었던 아일랜드 출신 창녀 마담 린치라고 믿는다는 사실을 알고서 매료되었답니다."

"아일랜드 출신은 맞지만 창녀는 아니에요." 까세레스가 단호한 어조로 말했다.

"좋습니다, 어찌 되었든, 엘리사의 이름도 엘리사 린치예요. 우연의 일치라고 생각하세요? 리사는 매료당해 있습니다."

"그녀의 부모들이 파라과이 역사를 좀 알았나요?"

"아닙니다. 바랄 걸 바라야죠. 아버지는 아일랜드 출신 미치광이고요, 어머니는 무식한 흑인입니다."

까세레스는 운전에 집중해 있는 것처럼 보였다. 그들은 쥐똥나무 담장으로 둘러싸인 호화로운 저택들 사이로 난 넓은 대로로 접어들고 있었다. 먼지가 많고 시끄러운 도로에서 차가 밀렸기 때문에 신호등 앞에서 자주 지체되고, 덜컹거리는 버스들이 내뿜는 검은 매연을 견디는 수밖에 없었다. 까세레스가 차창을 닫고 에어컨을 작동시켰다.

"몬시뇰께서는 어디 출신이세요?" 아수아가가 물었다

"아순시온이죠. 부모님은 빰쁠로나¹ 출신이고요."

"아하, 마르셸린 신부님처럼 바스꼬 출신이시군요."

"나바라² 지방 출신이에요."

"제 부모님도 그곳 출신이에요." 아수아가가 앉은 자리에서 자세를 더 편하게 잡으면서 말했다. "산딴데르³ 지역이죠. 두 분은 차스꼬무스⁴에서 잡화점을 운영하셨어요. 우리는 서로 편지를 거의 쓰지 않았죠. 저는 모든 공부를 미국에서 했습니다. 그래서 제가 부모님을 찾아갔을 때는 사건이 벌어졌죠. 아버지가 저를 위해 차가운 돈뻬뻬⁵ 하나를 주신 거예요. 그거 아세요? 아버지는 제가 어렸을 때 가끔 그걸 주셨어요."

"……."

"아버지는 자주 오징어튀김을 만들어 주셨어요. 오징어 좋아하세요?"

---

1 빰쁠로나(Pamplona)는 에스빠냐 북부에 위치한 나바라(Navarra) 주의 수도다.
2 나바라 주는 에스빠냐의 자치주다. 공식적으로는 '꼬무니닷 포랄 데 나바라(Comunidad Foral de Navarra)'라고 불린다.
3 산딴데르(Santander)는 에스빠냐 북부 해변에 있다.
4 차스꼬무스(Chascomus)는 부에노스 아이레스 북동부에 위치한 지역이다.
5 돈 뻬뻬(Don Pepe)는 아이스크림 이름이다.

"산 세바스띠안[1] 식을 좋아하죠, 하지만 토마토 없이 먹는 걸 좋아해요."

'전쟁은 자신의 사악한 깃발을 든 채 사방을 돌아다녔고, 비밀스러운 연합들과 외교적인 제안들이 혐오스러운 이익을 추구하는 불길한 동맹 하나를 만들어 냈다……. 아메리카에서 일어난 영광스러운 혁명의 완성은 솔라노 로뻬스의 파라과이, 즉 내일 옛 제국주의적 목표들을 저지하는 데 소용될 수 있었을 단 하나의 강력한 요소인 파라과이를 파괴하는 데 있지 않았다는 것이 확실했다……. 미뜨레[2] 장군은 당시 자신이 아메리카보다 유럽에 더 강하게 결속되어 있다고 믿었다. 그렇다면, 오늘날 그가 자신의 조국보다 브라질에 더 강하게 결속되어 있다고 믿는다는 게 정말 특이하지 않은가?'라고 호세 에르난데스[3]가 썼다.

"몬시뇰께서는 헤레스를 좋아하십니까?"

"띠오 뻬뻬는 좋은 술이지만 나는 늘 꼬냑을 더 좋아해요……. 그리고 보르헤스[4]가 말했듯이, 커피 맛을 좋아해요."

"아하, 저는 꼬냑도 좋아합니다. 예를 들어 엘 푼다도르 같은 거."

---

1 산 세바스띠안(San Sebastian)은 에스파냐 북부에 위치한 도시다.
2 미뜨레(Bartolomé Mitre, 1821~1906)는 삼각동맹 전쟁 당시 파라과이에 반대한 아르헨티나의 장군으로, 나중에 아르헨티나 대통령을 역임했다(1862년과 1868년).
3 호세 에르난데스(José Hernandez, 1834~1886)는 아르헨티나의 시인, 저널리스트, 에세이스트다.
4 보르헤스(Jorge Luis Borges, 1899~1986)는 아르헨티나의 단편소설 작가, 시인이다.

"선생님 부모님께서는 에스빠냐로 돌아가셨나요?"

"네, 프랑꼬가 죽은 뒤에 연로하신 상태에서. 하지만 두 분은 자신들이 실제로 에스빠냐보다는 차스꼬무스를 더 그리워했다는 사실을 깨달았기 때문에 아르헨티나로 돌아가셨어요. 그래요, 저의 미혼 누이는 마드리드에 남았습니다."

"그런데 군터 부인은 어떻게 만나게 되었나요?"

"오호, 수십 년 전이죠! 뉴욕 대학교에서 열린 교수들 학술대회에서 처음으로 만났습니다. 그녀는 피츠버그에서 근무하는데, 워싱턴에서 살고 있습니다. 사방에서 그녀에게 교수직을 제안했지만, 군터가 은행장이어서 그 지역을 떠날 수가 없기 때문에 지금 메릴랜드에서 가르치고 있습니다. 그녀는 저의 가장 친한 친구죠. 우리는 가끔 학술대회에서 만납니다. 늘 그래 왔으니까요."

"군터 부인은 딸이 하나 있다고 내게 말했어요."

"입양한 딸입니다. 그 딸도 엄마처럼 물라따[1]예요."

"시각장애인."

"그렇습니다, 시각장애인이나 다름없지요. 하지만 부모는 딸을 과잉보호하지는 않습니다. 딸이 지극히 정상이거든요. 지금 열네 살인데, 애인도 있고, 뭐든 다하죠."

"딸이 아빠와 함께 미국에 머물렀나요?"

"아닙니다. 군터는 결코 시간이 나지 않습니다. 딸은 피츠버그

---

1 물라따(mulata)는 흑인과 백인의 혼혈 여성이다.

에서 할머니랑 함께 삽니다."

"사리아-끼로가의 딸인 베로니까는 군터 부인을 아주 좋아했고, 그래서 자신이 그녀의 시각장애인 딸을 수술해 시력을 되찾게 해주려고 의학을 공부하겠다고 그녀에게 말했죠."

"대단한 허풍이군요." 아수아가가 말했다.

'당신은 우리가 파라과이에 대항해 싸우도록 우리를 부릅니다. 하지만 장군님, 우리는 결코 싸우지 않습니다. 그 나라는 우리의 친구입니다. 우리가 부에노스 아이레스 사람들, 브라질 사람들과 싸우도록 우리를 부르십시오. 우리는 그럴 준비가 되어 있습니다. 그들은 우리의 적입니다. 우리는 여전히 빠이산두[1]의 대포 소리를 듣습니다. 나는 엔뜨레 리오스[2] 사람들의 진정한 느낌을 믿고 있습니다.'라고 리까르도 로뻬스 호르단[3]이 썼다.

"당신도 문학을 가르치나요, 아수아가?"

"네. 하지만 저는 진지하게 가르칩니다. 엘리사는 실제로 소설가가 되고 싶어 했죠. 저는 늘 엘리사에게 말합니다. '당신은 전기작가나 스토리텔러는 되지 못할 거요, 바흐찐[4]에게는 다 똑같은 거요, 플루타르크와 그 모든 것에 대해 당신은 알잖아요, 심지어

---

1 빠이산두(Paysandú)는 1864년에 브라질이 점령했던 우루과이의 도시다.
2 엔뜨레 리오스(Entre Rios)는 파라과이와 가까운 아르헨티나의 지방이다.
3 리까르도 로뻬스 호르단(Ricardo López Jordán, 1822~1888)은 아르헨티나 엔뜨레 리오스 지방의 정치 군사 지도자다.
4 바흐찐(Mikhail Bakhtin, 1895~1975)은 러시아의 문학비평가, 철학자다.

당신은 당신 자신과, 당신 혼자와, 다시 말해 다른 당신과 맞서고 있는 거요'라고요."

"그토록 사실주의적이고, 인간의 고독의 실재와 그토록 가까운 이런 실제 같은 소설을 영어로 픽션이라고 부르다니 참 특이하죠?"

"신부님들은 고독에 대해 많이 아시잖아요."

"신학자들이 알죠."

"저는 오클라호마에서 가끔 아주 뜨거운 감자튀김을 씹는데요, 라바예 거리[1]에서 파는 것 같은 거요…… 특히 눈이 올 때면."

"그런데, 엘리사가 쓰고 싶어 했던 게 뭐죠?"

"제가 이미 말씀드렸다시피, 마담 린치의 이야기랍니다. 예를 들어, 엘리사가 단편소설 한 편을 써서 뿌렸지요. 그 단편소설에서는 린치와 로뻬스가 런던에 있는데, 조지 엘리엇이 로뻬스를 막스에게 소개해 줍니다. 로뻬스는 1844년도에 쓰인 원고들을 읽은 적이 있어요."

"하지만 그 원고들은 아직 출간되지 않았잖아요."

"좋습니다, 신부님. 그냥 상상을 조금 해보세요. 막스가 연극이 끝난 뒤 그들에게 박물관 옆에 있는 식당에서 제가 생각하기에는 아주 뜨겁고 기름진 닭고기 수프를 대접한다고 해보죠. 로뻬스는 그 수프를 아주 좋아하죠. 갑자기 막스가 11월의 차가운 공기 속에서 수프 접시에서 올라오는 김 사이로 시선을 들어 엘리사에게

---

1 라바예(Lavalle)는 부에노스 아이레스의 거리 이름이다.

말합니다. '당신이 파라과이 아이들을 낳을 텐데요, 당신은 그걸 알아야 해요. 미래에는 모든 라틴아메리카가 사회주의가 될 거라 는 거죠.' 리사에 따르면 과거에 약간은 생시몽주의자[1]였던 로뻬 스가 얼굴을 찡그리죠. 그러자 막스가 로뻬스의 마음을 진정시키 면서 로뻬스를 토닥여 주죠. 이렇게요, 보셨어요? 그리고 그에게 말해요. '어쨌든, 당신은 걱정하지 말아요. 스뜨로에스네르[2]보다 더 나쁠 게 뭐가 있겠어요?'"

'외국 차관에 의지하는 것은 파라과이 재정 시스템의 전통에 반하는 것이다.'라고 프란시스꼬 솔라노 로뻬스가 썼다.

"엘리사의 이야기를 제대로 이해하지 못하겠군요." 까세레스가 말했다.

"이 이야기를 들어 보셔요. 어느 날 린치와 그 파라과이 출신 미 치광이가 오페라를 보러 가는데, 극장이 파리에 있는 것인지 꼴론 극장[3]인지 알 수는 없습니다. 로뻬스가 그녀에게 말합니다. '당신 이 믿지 않을지라도, 뛰어난 부에노스 아이레스 사람은 많고 많을

---

1 생시몽(Claude Henri de Rouvroy, comte de Saint-Simon, 1760~1825)은 프랑 스의 사상가 경제학자다. '생시몽주의'는 공상적 사회주의, 즉 사랑과 협동으로 자본주의 사회의 모순을 극복하려 했던 사회주의의 초기 이론이다. 생시몽의 사상 은 마르크스와 엥겔스의 사회주의 이념과 존 스튜어트 밀의 사상에 영향을 주었다.
2 스뜨로에스네르(Alfredo Stroessner Matiauda, 1912~2006)는 파라과이의 군 인, 정치가, 독재자로, 대통령을 역임했다(1954~1989). 그의 통치 기간에 파라과 이의 인권이 철저하게 유린되었다. 라틴아메리카 최악의 독재자다.
3 꼴론 극장(Teatro Colón)은 부에노스 아이레스에 있다.

것이고, 이름값을 못하는 프랑스 사람은 많고 많을 것이오. 나는 부에노스 아이레스를 파리라고 부르는 것과 동일한 권리를 가지고 파리를 부에노스 아이레스라고 부르고 싶소.' 그러고서 두 사람은 시내로 들어가 서점에도 가고, 극장에도 가고, 맛있는 고기 냄새와 남아메리카의 최상급 와인 냄새가 나는 거리에도 갑니다. 그리고 그들은 잘 차려입고 오페라에 가서 마르가리트 고티에[1]가 괴로워하기 시작할 때 로뻬스가 그녀에게 상체를 기울여 말합니다. '엘리사, 사실은 말이오, 난 음악에 관해서는 완전히 젬병이지만, 내가 여기 앉아 있다는 것이 좋고요, 이 모든 개자식들이 당신의 아름다운 모습을 보고는 내게 질투심을 느끼는 것이 좋아요.'"

"참 멋진 이야기군요." 까세레스가 대주교궁의 주차장으로 메르세데스 벤츠를 몰고 가면서 말했다. "낭만적이네요."

"얘기가 아주 많습니다. 린치는 파라과이 전쟁이 끝난 뒤 파리에서 '떼레레'[2]에 대한 향수를 느끼는데요, 비록 그 차가운 파라과이의 차가 훨씬 더 나중인 차꼬 전쟁에서 발명되었다 해도 말이에요. 그녀는 문학이 뭣에 쓸 데가 있을지 자문해 보고, 스턴과 조이스 역시 아일랜드 사람이라는 사실을 기억하죠. 어린 로뻬스는 파

---

1 마르가리트 고티에(Marguerite Gautier)는 알렉상드르 뒤마(Alexandre Dumas)의 소설 『동백꽃 여인(*La Dame aux Camélias*)』의 주인공이다. 이 소설은 1852년에 연극으로 공연되었다.

2 떼레레(tereré)는 마테(mate) 차의 다른 이름이다.

라과이에 망명해 있던 우루과이의 늙은 애국자 아르띠가스[1]와 연방주의에 관해 얘기하는 동안에, 아르띠가스가 자신에게 마떼 차를 끓여 주는 원주민 여자의 엉덩이를 만지는 것을 봅니다."

"실례해요." 까세레스가 자동차 엔진을 끄면서 말했다. "여기에 주차를 합시다. 선생은 오늘 밤 내 손님이 되는 겁니다. 짐은 그냥 차에 놔두면 곧 사람들이 와서 찾아갈 거예요."

"오호, 정말 감사합니다." 아수아가가 말했는데, 그는 신경을 딴데 쓰고 있었거나 당황한 것처럼 보였다. 두 사람은 자동차에서 내려 반짝거리는 태양 아래서 대저택을 향해 걸어갔다.

"그 단편소설들이 약간은 투이[2]적 지성을 갖고 있군요." 까세레스가 정중하게 대화를 이어가면서 말했다. "하지만 아주 맘에 들어요. 어떤 수수한 영혼을 드러내는군요."

"어떤 지성을 말하는 겁니까?"

"투이의 지성. 프랑크푸르트 학파와 미국 재단들의 지원금을 받아 내기 위해 명예를 파는 지식인들에 관한 브레히트의 중국풍 소설이죠. 어느 부자 노인이 죽어요. 그는 세상이 겪는 고통을 동정

---

1 아르띠가스(José Gervasio Artigas, 1764~1850)는 우루과이 독립전쟁의 지도자다.

2 투이(Tui)는 자신의 재능과 견해를 상품처럼 시장에서 팔거나 강압적인 사회의 지배 이데올로기를 지탱하기 위해 그 재능과 견해를 이용하는 지식인이다. 투이는 독일의 극작가, 시인인 베르톨트 브레히트(Bertolt Brecht, 1898~1956)가 만든 개념이다. 1937년 10월에 그는 '투이 소설(Tui Roman)'을 집필하기 시작했으나 완성시키지 못했다.

하고서 자신의 유서에 빈곤의 원인을 연구하는 협회를 설립하기 위해서 거액을 남기는데요, 물론 그 자신도 그 빈곤의 원인이죠."

'미국이 파라과이에게 무엇을 요구하는지 우리가 아는 데 이제 그리 많은 시간이 걸리지 않을 것입니다. 나는 내가 우호적이고 명예로운 협정을 체결하기 위해 최선의 준비가 되어 있다는 점을 당신에게 확실하게 말할 수 있고요, 그래서 나는 그 강대국이 우리를 오만하게 대하고자 한다는 사실을 후회할 것이라고 당신에게 말할 수 있는데요, 그 이유는, 정의로운 국가가 자신의 대의를 가슴속에 고이 간직하고 있어서 그 어떤 협정도 어려워질 것이기 때문입니다. 자신들의 옛 체제에 충실한 양키들은 이성과 정의의 힘보다는 자신들의 힘을 느끼게 해주려고 항상 대포를 앞세웁니다.'라고 프란시스꼬 솔라노 로뻬스가 썼다.

"그래요, 이제 생각나네요." 아수아가가 말했다. "하지만 브레히트는 그 소설을 결코 끝내지 못했죠."

"미국인들은 자신들이 낙원에서 산다고 믿는 유일한 사람들이기 때문에 구제받기가 가장 어려운 민족이죠. 아하, 좋은 아침입니다, 또록스 수녀님! 이분은 로베르또 아수아가 박사님인데, 그 먼 오클라호마에서 방금 전에 도착하셨답니다."

늙은 수녀가 아수아가에게 악수를 청하고는 그가 머물 방이 이미 준비되어 있고, 옷장에 수건이 들어 있다고 알렸다. 그러고서 마르셀린 신부의 장례식은 오후 네시에 예정되어 있다고 대주교에게 알렸다.

"내 장례식은 다음 달인데요." 아수아가가 중얼거렸으나 아무도 그의 말에 신경을 쓰지 않았다.

까세레스는 서글픈 파란색 외투를 입은 사내가 늙고 몸집이 작은 수녀의 뒤를 따라 발을 질질 끌면서 멀어지고, 두 사람이 엘리베이터의 노란 목구멍 속으로 사라지는 것을 보았다. 이내 그는 자신이 성경을 차에 놔두고 왔다는 사실을 기억했다. 이미 충분히 피로한 몸을 이끌고 메르세데스 벤츠까지 걸어갔는데, 걸어가면서는 마르셀린이 숨을 거두기 전에 자신이 성유를 발라 주는 동안 마르셀린이 그의 귀에 중얼거린 문장을 되살리고 있었다. "너는 무당을 살려 두지 말라." 까세레스는 우연히 그날 새벽에 바로 그 문장을 성경에서 읽었다. 그는 그 생각에 몰두한 상태에서 기계적으로 차 문을 열어 자주색 가죽 장정 성경을 집어 들어 몽유병자처럼 「출애굽기」의 그 구절을 찾았다. 즉시 전기에 감전된 것처럼 느꼈다. 그는 그 문구가 실린 종이쪽이 마치 재규어가 송곳니로 물어뜯어 버린 것처럼 찢겨져 있고, 피와 격노로 얼룩진 푸르스름한 이빨 자국이 남아 있는 것을 공포에 사로잡힌 채 보았다.

마담 엘리사 알리시아 린치는 도서관으로 들어갔다. 젊은 남자 사서의 중국 사람 같은 눈꺼풀이 그녀에게 다정하게 미소를 머금고 있는 어느 책상으로 다가갔다. 녹음 테이프 두 개를 신청했다. 그리고 파리의 가을날 아침 풍경을 적나라하게 보여 주는 넓은 유리창 앞에 앉았다. 먼저 프랑스어로 녹음된 테이프를 삽입했다. 지중해의 눈부신 해변에 있는 하얀 대리석 유물을 프랑스어로 설명하고 있었다. 엘리사는 알제리를 생각했다. 녹음기 속의 목소리가 이렇게 말했던 것 같다. "Oui, il y a la beauté et il y a les humiliés, quels que soient mes défauts d'homme et d'écrivain, je voudrais n'avoir jamais été infidèle ni à l'une ni aux autres(예, 아름다움이 있고 모멸을 당한 자들이 있습니다. 인간과 작가로서의 내 결점이 어떤 것이든 간에, 아름다움과 모멸당한 자들 그 어느 쪽에 대해서도 내가 한 번도 불성실하지 않았기를 바랍니다)." 녹음기가 멈추자 마담은 테이프를 교체했다. 그녀는 늘 그렇듯이 봄부터 시작하고 싶지 않았다. 그녀에게 가을은 더 대칭적이고 덜 장중하게 보였다. 오만한 서양이 아폴로적인 충동에 사로잡혀 피로 물들였던 그 농민들의 나라에서 추방당한 그녀는 신비주의자이자 사랑이 넘치는 어느 이탈리아인이, 술에 취한 것처럼 또는 꿈을 꾸는 것처럼 패배하지 않는 일부 마을 사람들, 즉 아마도 파라과이나 아일랜드에서 영원히 잠들어 있을 그 마을 사람들을 위해, 음울한 '빛의 세기'는 상관하지 않은 채 멋지게 추었던 그 디오니소스적인 춤을 즐겼다. 한적한 도서관으로 비쳐 드는 아침의 청징한 파란색이 그녀의 투명한 눈에 넘쳐 흘렀다. 앞에 있는 광장에서 그녀는 서글픈 나뭇가지 사이로 솟아 있는 깃대를 보았다. 공화국의 위엄을 갖춘 채 사계절을 주재하며 부드럽게 펄럭이는 깃발을 보자 왠지 가슴이 찡해졌다. 프란시스꼬의 손에서 사멸해 버린 그 빨간색, 하얀색, 파란색과 같으면서도 뭔가는 다른 그 삼색은 그녀의 것이었다! 마담은 낡은 핸드백에서 초조한 태도로 손수건을 꺼내서는 하늘색과 붉은색 사이를 왔다 갔다 하던 확고한 자부심이 넘치는 눈동자로 그 아시아계 사서를 수줍은 태도로 흘끔 쳐다보면서 신이 그 깃발을 온전히, 덧없이 좋아했기 때문에 깃발이 자기 것이라 느꼈다는 사실을 이해했다. 그녀는, 만약 그 완강한 침묵, 압박감 밑에 있는 우아함, 생존하고자 하는 영웅적 자질, 즉 "불행"이나 "숙명"으로부터의 생존이 아니라 고문과 갑옷을 입은 적들로부터 생존하고자 하는 영웅적 자질이 없었다면 어떤 희망이 있었을까 자문하고 있었다. 대양에서 고독, 상어들과 싸웠던 늙은 어부처럼, 누군가는 경멸보다 감탄을 받을 만한 더 많은 사물을 사람들 사이에서 발견하게 될 것이다. 겨울바람이 송곳니를 번득이며 실내로 들어오고 있는 사이에 그녀의 영혼은 그런 확신으로 가득 차 있었다. 그녀에게 조국과 깃발을 돌려준 추방이 이루어진 뒤에, 그녀는 낙관론도 선지자들도 없는 그 기대감으로, 크리스마스 복권도, 흰눈 속의 캐럴도, 코코넛의 꽃도 없는 그 꿈으로, 그녀의 파라과이 자식들이 잠시 또는 평생 닻을 내리고, 어느 날 그녀가 별을 바라보게 될 그 육지에 전율하면서 다시 강해질 것이다. 사랑, 신, 죽음을 넘어서는 희망은 어느 도서관의 그 작은 의자, 그 적대적인 아침을 도전적인 불처럼 휘젓는 하늘과 피의 그 즐거움과 그 눈물이었다는 사실을 그녀는 이해하고 있었다. 그녀는 눈을 감고, 이를 앙다물고 중얼거렸다. 우리는 승리할 거야. 그녀가 녹음 테이프를 겨드랑이에 끼고 자리에서 일어나려고 했을 때, 그녀는 저 멀리서 에스파냐어를 말하지 않는 그 베트남 출신 청년이 깜짝 놀란 눈으로 쳐다보고 있다는 사실을 알아차렸다. 그때 마담이 결연한 표정을 지으며 그에게 미소를 머금고, 그의 언어로 말했다. 왜 그런 식으로 날 쳐다보는 거죠? 내가 한 말의 메아리를 들었나요?

제2부

제1장

여학생들이 '플로베르' 강의실에 있을 때, 작은 키에 등이 굽고, 나이를 헤아릴 수 없을 정도로 늙은 교장 수녀가 들어왔고, 그녀를 뒤따라 까세레스, 아수아가 그리고 부르주아 옷을 입은 '신출내기 사제'와 거대한 나무 책상을 등에 진 사환이 들어왔다. 졸고 있던 소녀들이 잠에서 깨어났고, 모든 여학생이 공부를 하고 있는 중에 깜짝 놀랐다는 듯이 자리에서 일어나 새로 도착한 남자를 호기심 어린 눈초리로 관찰했다. 아수아가는 수녀와 주교 사이에서 말없이 담배에 불을 붙이고 있었다. 교장 수녀는 권위적인 태도로 학생들에게 앉으라고 하더니 학생들을 바라보면서 목을 틔우기 위해 가볍게 기침을 한 뒤에 걸걸한 목소리로 말했다.

"에…… 마르셀린 신부님의 선종은 우리 학교를 슬프게 만들었습니다. 교사로서, 그리고 사제로서 신부님의 빈자리를 채우는 것은 아주 어려울 것입니다. 무엇보다도, 여학생 여러분은 헌신적인 선생님을 잃게 되어 상심이 클 것입니다."

교실 뒷자리에 앉아 있는 베로니까는 운동장의 텅 빈 녹음을 향해 열려 있는 커다란 창문 곁에서 그 말을 비꼬듯 슬그머니 상통을 찌푸렸다. 그녀가 움직이지 않고 있었기 때문에 거의 눈에 띄지 않았다. 이마 위 머리를 같은 길이로 가지런히 잘랐기 때문에 그녀는 작은 마을의 합창대 지휘자처럼 보이고, 거만하고 사색에 잠긴 인상을 풍겼다. 그녀는 넓은 어깨, 아마존 여전사 같은 앞가슴을 지녔기 때문에 그녀가 입은 황금색 단추 달린 파란색 코르덴 재킷이 몸에 꽉 조이게 보였고, 뙤약볕에서 말을 길들이느라 햇볕에 검게 타고 거칠어진 손, 기병 같은 손이 소맷부리 밖으로 나와 있었다. 꽉 조인 멜빵이 달린 회색 바지 밖으로 삐져나온 발에는 파란색 양말을 신고, 징들이 박히고 제대로 닦지 않아 윤이 나지 않은 투박한 구두를 신은 상태였다. 꽉 쥔 주먹 속에는 친구 솔레닷이 시를 적었다가 찢어서 책상 밑으로 건네준 노트의 종이를 둥글게 말아 놓은 것이 숨겨져 있었다. 가을의 그 색깔은 왜 시간을 가지고 있을까? 힘들고 지겹도록 고통스러운 이날의 카드를 누가 나누어 주었는가? 내 입술이 얼마나 많은 말과 입맞춤과 고통을 고대하고 있는지 나는 모른다. 하지만 나는 그것들과 더불어 노래한다. 여기 그대는 그 독재자에 항거하고 포도, 천진함, 삶에 호의적인 내 목소리를 갖고 있다. 이 일상의 말. 그 말을 사용하라, 그 말을 손에 쥐어라.

"나는 여러분의 조바심을 이해합니다." 교장 수녀가 말을 이었다. "몬시뇰께서는 오늘 여러분이 마르셀린 신부님 과목인 철학 시험을 보아야 한다고 알려주셨는데…… 여러분은 초조하게 문제를 기다리고 있을 것이라 생각합니다……. 그럼에도 나는 이번 학년도에 여러분이 이렇게 모여 있는 마지막 기회를 이용해 우리 영어 선생님인 엘리사 린치 데 군터 박사님의 좋은 친구분을 여러분께 소개하려 합니다. 여러분이 여기서 보고 있는 이 신사분, 로베르또 아수아가 박사님은 군터 박사님을 만나러 그 먼 오클라호마에서 방금 선에 도착하셨답니다. 나는 여러분이 지난 6월에 경찰들에게 쫓기게 되었던, 그런 망신스러운 짓을 하지 않기를 바랍니다!"

학생 몇이 숨죽여 킥킥 웃는 소리가 들렸다. 교장 수녀가 그 학생들에게 엄한 눈길을 보냈다.

"아수아가 박사님은 몬시뇰 까세레스를 도와 시험 채점을 해주시기로 정중하게 동의하실 겁니다. 아마도 나중에, 여러분은 학년 말에 여러분이 연극을 공연하는 데 박사님이 도와주시도록 설득할 수 있을 것입니다. 자 다들 앉아서 공부하세요!"

그녀가 자신의 장광설을 끝마치려고 입을 열었지만, 이베리아 반도 돼지 거세꾼의 '에스(S)' 소리[1]를 모방한 학생들의 제창 소리가 일제히 울려 퍼졌다.

---

1 돼지 거세꾼들이 자신들을 알리기 위해 가느다란 관을 모아 만든 호각을 부는데, 여기서는 이 소리를 가리킨다.

"각자는 자신을 위해, 신은 모두를 위해!"

교장 수녀는 학생들의 웃음소리에 얼굴을 붉히며 눈을 내리깔았고, 그녀의 눈이 부실 정도로 새하얀 옷을 호위하며 서 있는 높다란 검은 탑처럼 보이는 두 남자의 등을 수줍은 태도로 토닥거린 뒤 그곳을 떠났다. 아수아가는 장난기 넘치는 박수소리가 멈추기를 진득하게 기다렸다가 바닥에 깔린 팔각형 판석에 신중하게 담배꽁초를 눌러 껐다.

"좋아요……." 아수아가가 우울해 보이는 눈길을 들어올렸다. "수녀님께서 말씀하셨다시피……."

"또록스." 까세레스가 지적했다.

"……또록스 수녀님께서 말씀하셨다시피, 나는 우연히 이곳에 들러 잠시 머물 겁니다……. 사실 나는 중등학생들을 가르쳐 본 경험이 많지 않고, 아마도 중등교육에 필요한 교수 능력도 대단하지 않을 건데요, 이는, 틀림없이 대학에서 가르치는 것보다 훨씬 더 어려운 것입니다." 그가 헛기침을 했다. 담배 때문이었다. "좋아요, 어찌 되었든…… 나는 훈계를 하고 싶은 생각이 전혀 없습니다. 까세레스 몬시뇰님과 나는 이 시험이 여러분에게 적합하다고 생각합니다……. 우리는 시험 문제를 출제하느라 밤을 꼬박 샜습니다."

겁을 먹은 학생들이 소리 없는 신음을 내뱉었다. 아수아가가 따분하다는 듯이 씩 웃었다.

"부탁건대, 겁먹지 말아요……. 내 생각에는 문제가 까다롭지 않고, 아주 쉽습니다……. 질문 있습니까?"

침묵.

"좋아요, 어찌 되었든, 일단 문제지를 받으면, 시험지에 어떤 특별한 문제가 있는지 확인해 보세요. 여러분이 확인할 필요가 있는 사항은 기꺼이 해결해 주겠습니다."

까세레스가 슈퍼마켓에서 사용하는 봉지에서 피라미드처럼 두툼한 시험지를 꺼냈다. 그가 학생들 각자의 책상에 시험지를 나눠 주기 시작했다.

"먼저 이름을 쓰세요……." 그가 각 학생에게 속삭이듯 말했다.

"저희를 낙제시키지 말아 주세요, 신부님……." 학생 몇이 또뽀 지죠[1]처럼 눈을 깜박이며 신경질적인 털북숭이 노인에게 가르랑 거렸다. 아수아가는 이에 상관하지 않은 채 다시 담배에 불을 붙였다. 그가 창문 밖을 쳐다보았다. 테니스 코트와 육상 트랙이 보였다. '세븐 시스터즈'[2] 같은 소녀들이 손에 라켓을 든 채 엉덩이를 드러내며 공중뛰기를 하고 있었다. 덥지만 건조한 오후였다. 청명한 하늘에는 구름 한 점 없었다. 아수아가는 맛있게 담배 연기를 들이마시고 있었다. 불안정한 사춘기 소녀들로 이루어진 혼란스러운 집단은 그의 마음 깊은 곳에 불안감을 유발했다. 까세레스가

---

1 또뽀 지죠(Topo Gigio)는 어린이 텔레비전 프로그램에 등장하는 작은 꼭두각시다. '또뽀'는 이탈리아어로 '쥐'다.

2 세븐 시스터즈(Seven Sisters College)는 남자 중심의 아이비리그 대학에 발맞춰 미국 북동부 지역에 설립된 전통과 역사가 있는 일곱 개의 명문 여자 대학(리버럴 아츠 칼리지)을 일컫는다.

그녀들에게 다가갔다.

"시험 준비 완료." 그가 말했다.

"학생들이 어떤 설명을 필요로 하는지 물어보는 게 좋을 것 같습니다."

"그러죠." 예수회 주교는 이전에 교장 수녀가 하던 식으로 헛기침을 했다. 여학생들이 은밀하게 시선을 들어올렸다 "선생님께서는 이제 나더러 여러분의 질문을 받으라고 제안하십니다."

여러 학생이 손을 들었다. 거구의 신부가 침착하게 이 책상 저 책상으로 돌아다녔다. 아수아가는 어깨 위로 늘어뜨린 금발들 사이에서 움직이고 있는 주교가 입고 있는 재킷과 끝없이 긴 바지의 홈 하나 없는 선과 회색 글자들이 뒤죽박죽 뒤섞인 디자인이 들어 있는 검은색 피에르 카르뎅 넥타이를 따분한 표정으로 바라보고 있었다. 여학생들의 목소리가 저 멀리서 오는 단조로운 윙윙 소리처럼 들려왔다. 그는 여학생들의 얼굴, 과장된 몸짓, 각기 다른 몸들, 어리둥절해하는 얼굴들, 자신들만의 힘으로 또는 어느 공모자의 은밀한 도움으로 시험을 잘 보고자 하는 눈에 띄는 노력을 열의 없이 탐색하기 시작했다. 까세레스는 늘 명민하지만은 않은 질문들에 계속해서 성가셔 했는데, 그럼에도 자제력 있는 부지런함을 보이며 질문에 응답하고 있었다. 아수아가는 주교를 도와주어야겠다고 작정했다. 커다란 검은 눈을 지닌 예쁜 금발 여학생이 손을 들었다.

"어디 봅시다, 아가씨." 아수아가가 말했다.

"이……."

"말해 보세요. 나도 대답할 수 있고, 또 그렇게 함으로써 우리가 몬시뇰님의 부담을 조금 덜어 드립시다……."

베로니까가 자리에서 일어섰는데, 약간 당황하는 것 같았다.

"질문거리를 잊었나요?" 아수아가가 빈정대는 어조로 말했다. 베로니까가 뻬드로 데 멘도사[1]의 범선들과 더불어 대양을 가르며 달렸던 사리아-끼로가의 도전적인 턱을 치켜들었다. 그녀의 어조에는 4세기 전부터 내려온 힘이 넘쳤다.

"아니에요……. 실습 과제는 언제 제출해야 하는지 알고 싶어서요."

"뭘 말하는 거죠?"

"'페이퍼' 말이에요. 우리는 마르셀린 신부님이 내주신 '페이퍼' 숙제를 했습니다."

"아하, 그렇군요…… 무엇에 관한 과제였나요?"

"헤겔에 관한 거예요." 학생들이 제창으로 대답했다.

"아하, 아주 흥미롭군요." 아수아가가 말했다. "시험 답안지와 함께 제출할 수 있어요."

"감사합니다, 선생님." 베로니까가 말했다. 그리고 자리에 앉았다. 아수아가는 호기심 어린 눈으로 그녀를 계속해서 바라보았다. 시험지에 유혹당해 있는 그녀의 굳은 그 눈, 빠르게 움직이면서 답안을 썼다가 고쳐 쓰는 그 손가락들을 세밀하게 살폈다. 마침내

---

1 뻬드로 데 멘도사(Pedro de Mendoza, 1487~1537)는 부에노스 아이레스를 창건한 에스파냐의 탐험가다.

꼬리엔떼스의 가톨릭 교회 수장이 그에게 다가왔다.

"자리에 앉지 않으시겠습니까?" 그 거인이 말했다. 아수아가는 그의 제안을 선선히 받아들였다. 두 사람은 묵직한 교단으로 올라갔는데, 몸무게 때문에 교단이 삐걱거렸다. 연방[1] 시대의 반들반들한 교탁 뒤에 편안한 나일론 안락의자가 있었다.

까세레스가 교탁에 앉더니 커다란 루비 반지를 낀 손가락으로 아수아가에게 안락의자를 가리키며 앉으라고 했다. 여학생들은 열심히 답을 쓰거나 오랫동안 고생한 볼펜을 도톰한 입술 사이에 끼워 넣은 채 이리저리 시선을 돌렸다. 어느 구석에서 분명치 않은 속삭임이 들렸다.

"소녀들, 답은 각자 쓰세요." 주교가 타일렀다. 그의 곁에서는 고색창연한 가구에 지르퉁하게 팔꿈치를 괴고 앉은 아수아가가 숨 막히는 더위에 기진맥진한 상태로 땀을 흘리고 있었다. 그는 코르덴 재킷을 벗어 안락의자에 걸었다. 넥타이를 느슨하게 했다. 소녀 하나가 손을 들었다. 아수아가가 그녀에게 가까이 다가오라고 손짓을 했다. 그녀가 책걸상들 사이로 난 통로를 통해 다가왔다.

그녀는 근심거리를 가지고 있다. 열일곱 살짜리 소녀에게 학교는 하나의 긴 복도고, 계단들, 사이프러스 나무들, 코코넛 나무들, 치바또

---

1 연방(Confederación)은 아르헨티나가 에스파냐로부터 독립한 지 얼마 되지 않아 각 지방이 아직 부에노스 아이레스의 통제하에 있지 않고 연방 형태로 존재한 것을 가리킨다. 이들 지역은 부에노스 아이레스가 이들 지역에 대한 헤게모니를 주장한 1862년까지 파라과이와 친밀하게 지냈다.

나무들, 야자나무들, 소나무들, 양지바른 문지방들, 누르스름한 어느 책의 쪽들 사이에 잠들어 잊힌 꽃잎 같은, 확실하고 서글픈 비밀 같은 오래된 다정함이다. 그녀는 근심거리를 가지고 있다. 하지만 겨울바람은 여학생들의 얼굴을 때리고, 아침의 차가운 파란색 속에 위장한 목신(牧神) 같은 손으로, 그리고 수녀들의 질투심 어린 시선을 조롱했던 호색한 같은 손가락으로 그녀들의 목도리를 낚아채 가 버린다. 그녀는 근심거리를 가지고 있다. 열일곱 살짜리에게 삶은 뭔가 심각한 것이다. 그래서 그녀는 멍하게 창문 밖을 바라보고, 그녀의 눈은 역사 수업을 포기했고, 알렉산더는 이제 떠도는 그 구름이다. 그녀는 근심거리를 가지고 있다. 열일곱 번째 겨울 하늘은 아직 바뀌지 않았다.

"선생님……." 그 여학생이 교단에 다가와 죄인 같은 표정을 지으며 고양이 목소리로 말했다. "여기 제가 이해하지 못하는 문제가 하나 있어요……." 그녀가 아수아가에게 자신의 시험지를 보여 주었다. 문제의 지문은 다음과 같았다.

키케로의『호르텐시우스』는 어느 저명한 사상가의 철학적인 탄생에 기여했다. 그 사상가의 이름은 무엇인가? a. 흄, b. 아우구스티누스, c. 성 안셀모, d. 토마스 아퀴나스.

아수아가가 씩 웃었다. 그는 그녀가 마치 타인이라는 듯이, 그 헝클어진 머리카락이 저 멀리서, 다른 사람의 기다란 다리 사이에서 검게 변할 것이라는 듯이, 그녀를 뚫어지게 쳐다본다. 그녀가 밀 색깔의 긴 머리를 등 위로 넘겼고, 그는 그녀의 봉긋 솟은 젖가슴에 감탄하고 있었다. 그녀가 벌거벗은 채 거울 앞에 서자 거울 속 분홍색 피부의 그 소녀 역시 그녀를 발견하고, 두 소녀는 서로 수줍은 시선을 교환한다. 그녀는 방문을 잠갔다. 사람들은 그녀가 노트, 지도, 교재를 보며 공부하고 있으리라 생각할 것이다. 사람들은 그녀가 다소곳이 책상에 앉아 눈에 불을 켜고 공부에 몰입하고 있으리라 상상할 것이다. 사람들은 그녀가 그곳에서 창문을 통해 들어오는 밤처럼 타락해 있다는 것을 모른다. 그리고 그 협조적인 거울의 달 속에 들어 있는 달은 길모퉁이의 어느 가로등이다. 그리고 별들은 이슬비 속에서 줄을 선 채 자기 순서를 기다렸다가 결국 한 달 급료를 지불하고서 그녀를 향유하는 수많은 손님이다. 그것이 바로 삶인 게 확실하다. 하지만 내일은 월요일이다. 그리고 열일곱 살짜리에게 월요일은 싫다.

"그건 몬시뇰님께 여쭤 보지 그래?" 아수아가가 말했다. "나는 기독교 철학에 관해서는 아는 게 썩 많지 않아서……."

"성 아우구스티누스." 까세레스의 걸걸한 목소리가 무뚝뚝하게 울렸다.

"감사합니다, 몬시뇰." 그녀가 아첨하는 듯한 눈초리로 아수아가를 쳐다보면서 고분고분한 태도로 지저귀었다. "감사합니다, 선생님."

그녀는 복숭아 같은 엉덩이를 흔들어대면서 자기 자리로 돌아갔다. 자리에 앉은 그녀는 촉촉한 혀로 아랫입술을 핥고 나서 천천히 윗입술을 핥으면서 두 사람에게 다시 미소를 보냈다. 아수아가의 약간 서글퍼 보이는 얼굴이 그녀를 맥 풀리게 한 것처럼 보였다.

"저 학생 이름이 뭐죠?" 아수아가가 물었다. 까세레스가 마르셀린이 사용하던 꾸깃꾸깃한 서류철에 적혀 있는 이름을 손가락으로 가리켰다.

"솔레닷 몬또야 사나브리아 군터."

그녀는 밤을 거의 꼬박 샜다. 펼쳐진 책 위에서 잠시 졸았을 뿐이다. 오늘 아침 이를 닦을 때 눈꺼풀이 부어오르고 충혈된 눈이 거울을 슬프게 했다. 머리를 대충 매만졌다. 당기지 않는 아침식사를 했다. 버스를 기다리고 있을 때 심하게 졸린 상태에서 정리(定理)들을 기억해 보려 했다. 하지만 전혀 기억나지 않았다. 그래서 꼬박 날을 샜음에도 소리 없이 움직이는 그녀의 손은 단호하고 비밀스럽게, 책상 속으로 나아간다. 그녀의 손가락들이 길어지고, 더듬더듬 책들의 형태를 인식하고, 탐색하는 동작으로 노트를 펼친다. 하지만 그녀의 눈은 마치 가설들, 평행사변형들을 곰곰이 생각하고 있다는 듯이, 차분하게 창문을 맴돌고 있다. 선생님은 추호도 의심하지 않은 채 그녀를 쳐다본다. 그녀는 그 기술을 속속들이 안다. 노트가 자신의 방식으로 그녀의 기억을 상기시켜 주고, 그녀는 시험 답안을 써 가고 있다. 하지만 생각만큼 쉬운 일은 아니다. 그런 식으로 커닝을 하는 것은, 자칫하면 영점을 받고 창피를 당하는 위험을 무릅쓰면서 학교의 호된 실습을 통해 배우게 된 기술이다. 그럼에도 공리들을 읽고 또 읽는 동안에 그녀는 다음날 아침에 기억해 낼 것이라고 다짐했을 것이다.

"솔레닷 몬또야라고요?" 아수아가가 눈썹을 찌푸리며 되물었다. "로르까의 시에 나오는 이름과 같은 것 말인가요?"

"그래요. 하지만 몬또야는 저 학생의 성이 아니라 두 번째 이름이에요. 저 학생의 돌아가신 아버지는 낭만적인 이발사였죠. 저 학생은 엘리사의 시대 조카딸이에요. 6월에 아이그가 왔을 때 대규모 학생 시위를 조직했지요. 시를 쓰고 트로츠키를 읽어요."

그는 삐라구에[1]다. 그는 잔기침을 하는 개처럼 그곳에 서 있는 것 말고는 다른 일이 없고, 우유 배달원이 언제 오는지, 이웃 남자가 언제 우리를 찾아오는지 또는 우리가 언제 달을 쳐다보는지만 기록한다. 누군가가 그를 그 길모퉁이에 세워 놓았고, 그의 음험한 알파벳을 숨기기 위해 신문을 거꾸로 읽는 법을 그에게 가르쳐 주었어! 당신들이 길모퉁이를 지나갈 때 그에게 시각을 말해 주지도 말고 인사도 하지 말도록 나는 분노한 손가락 하나로 그를 가리켜 준다. 그는 가장 서글프게 숨을 쉬고 눈은 허영기로 가득 차 있다. 나는 그가 불쌍한 남자라는 사실을 안다. 하지만 그 같은 남자는 많고, 그들은 모든 사람과 더불어 세상을 사람이 살지 않는 곳으로 만들어 버렸다. 나는 그의 매독에 걸린 쥐 혈통을 저주하고, 맹세컨대 그에게는 바이올린을 결코 빌려 주지 않을 것이다.

"트로츠키 말입니까?" 아수아가가 빈정대며 말했다. "희한하군요."

"그래요. 언젠가 세로 꼬라[2]에서 죽은 로뻬스 원수(元帥)를 기리

---

1 삐라구에(pyragüe)는 '스파이', '밀정'을 의미하는 구아라니어다. 파라과이의 독재자 스뜨로에스네르(Stroessner) 정권(1954~1989 재임)이 시민을 감시하기 위해 채용했다. '발에 털난 자들(pies-mudos)'이라는 별명을 가지고 있다.
2 세로 꼬라(Cerro Corá)는 삼국동맹의 마지막 전쟁이 벌어진 곳으로, 여기서 솔라노 로뻬스가 전사했다.

기 위해 자신이 쓴 시를 내게 가져왔더군요. 일종의 애가(哀歌)라
고 말했어요."

"빅토르 위고 식이라는 생각이 드는군요. 올리아리[1] 식이거나
안드라데[2] 식이거나요."

"아뇨, 단 3행짜리였어요."

> 시인들이 이미 그대를 찬양했으니.
> 내가 다음 구절을 첨가하노라.
> 이제 그대는 우리다.

"음…… 나쁘지 않군요. 아주 에스파냐어적인 '그대'라는 어휘
를 사용하지만 않았더라면 전혀 나쁘지 않은 것 같아요."

"열여덟 살 정도 되었을 거예요…… 정서적 미성숙 때문에 초등
학교 어느 학년을 두 번 다녔던 것 같아요. 특이한 소녀죠. 그녀의
개 이름이 라스콜리니코프예요."

채 몇 개월이 되지 않아 몬시뇰 시몬 까세레스는 보라색 가죽으
로 장정한 책을 베개 밑에 보관해 둘 것이다. "너는 무당을 살려
두지 말라." 성경에서 라사로가 부활하는 구절을 그에게 읽어 준
사람이 바로 그녀였기 때문에 그 성경은 그녀의 것이었다. 솔레닷

---

1 올리아리(Juan O'Leary, 1879~1968)는 파라과이의 문인이다.

2 안드라데(Olegario Víctor Andrade, 1839~1882)는 아르헨티나의 시인, 저널
리스트로 삼국동맹 전쟁 당시 파라과이 편을 들었다.

이 감옥에 갇힌 지 얼마 되지 않았을 때 까세레스는 그녀가 종교를 가지고 자기를 귀찮게 했을 수도, 자기에게 복음서에 관해 이야기하려고 했을 수도, 재규어가 찢어 버린 그 작은 책을 가지고 자기를 짜증나게 했을 수도 있었을 것이라고 생각했을 것이다. 하지만 그녀가 단 한 번도 그것에 관해 그에게 말한 적이 없고, 복음서를 함께 읽자고 그에게 제안한 적은 더더욱 없었다는 사실에 그는 크게 감탄했다. 비록 그녀가 밤이 되면 다시 고문을 받는다 할지라도, 그녀도 감동하고 있을 것이다. 사실 그녀는 어느 정도는 행운아였는데, 그녀 스스로 놀랄 정도로 행복했다. 대주교는 새로운 삶이 자기에게 거저 주어지지 않았고, 따라서 새로운 삶이라는 것은 비싸게 사야 하며, 그 삶에 대한 대가는 나중에 위대한 공적을 통해 치러야 한다는 사실을 전혀 모르고 있었다. 하지만 여기서 새로운 이야기 하나가, 즉 군터라는 이름을 지닌 한 남자의 점진적인 변화에 관한 이야기, 그가 어느 세계에서 다른 세계로 점차 이동해 가는 이야기, 그때까지 완전히 무시되었던 새롭고 다른 현실을 알게 되는 이야기가 이제 시작되고 있다.

아수아가는 펼쳐져 있는 마르셀린의 서류철 위에 여전히 오른손을 얹어 놓고 있었다. 그는 턱을 쓰다듬으면서 여학생들의 명단을 쳐다보았다. 손가락으로 솔레닷이라는 이름을 가리키며 까세레스에게 물었다.

"이 여학생…… 제자로서는 어떻습니까?"

"잘 모르겠어요……. 이 학생들은 마르셀린 신부의 제자였으니까요……. 잠시만요."주교는 더 장중해 보이고, 표지를 마분지로 만든 다른 서류철을 열어 명단에 시선을 고정시켰는데, 놀라는 것처럼 보였다.

"왜 그러세요?"

"평점 A로군요."까세레스가 중얼거렸다. "마르셀린 신부에게는 썩 흔치 않은 경우예요. 그 노인 양반의 명단에는 또 다른 평점 A가 단 하나 있을 뿐이거든요."

"저 뒤쪽에 있는 금발 여학생."

까세레스가 의아한 태도로 그를 쳐다보았다. 베로니까는 쉬지 않고 열심히 답을 쓰고 있었다. 의기양양해진 아수아가는 비틀린 입술 사이에 차분하게 켄트 담배 한 개비를 갖다 댔다.

"그 학생이 바로 베로니까 사리아예요."거인이 말했다. "그런데 그걸 어떻게 알았어요?"

"대주교님께서 질문에 대답하고 계실 때 그 여학생이 손을 들었거든요. 마르셀린 신부님이 내주신 헤겔에 관한 에세이 제출 건에 관해 뭔가 알고 싶어 했잖아요. 그 여학생이 다른 여학생들에 대한 책임감을 느끼고 있었다는 인상을 받았는데, 이해하시겠어요? 마치 다른 여학생들을 보호하고 싶다는 듯이 말입니다."

아수아가는 사그라지고 있던 오후의 뜨거운 공기 속으로 흩어져 버리는 소용돌이 모양의 담배 연기를 흐뭇한 표정으로 관찰하고 있었다. 그들은 말없이 기다렸다. 시험 시간이 끝나자 까세레스가 학생들에게 답안지를 제출하라고 요구했다. 소녀들은 비교적 질서 있게 답안지를 제출하고 교실에서 나갔다. 까세레스는 잠시 위층으로 올라가 카페테리아에서 쟁반에 맥주 두 잔과 치킨 샌드위치 몇 개를 담아 왔다. 아수아가는 시장했노라고 말했지만 맥주를 받아들었다. 그들은 답안지 뭉치를 양분해 재빨리 채점하기 시작했다. 가끔 부드럽게 교실 문을 두드리는 소리와 자신의 점수를 문의하는 일부 여학생의 목소리가 들렸다. 까세레스는 다음날까지 채점을 완료할 테니 다들 집으로 돌아가라고 여학생들에게 성마른 목소리로 말했다. 결국 두 사람이 채점을 끝냈을 때 아수아가가 주교에게 자신은 엘리사를 마중하러 공항으로 가고 싶다고 말하면서 작별인사를 했다. 까세레스가 아수아가에게 자신의 차를 내주겠다고 했으나 아수아가는 택시를 타는 게 낫다고 말했다. 코르덴 재킷을 어깨에 걸친 아수아가가 벽에 각종 벽보와 상장이 붙어 있는 축축하고 어스름한 넓은 복도를 잰걸음으로 통과해 공원으로 나왔다. 밖에는 이미 해가 들어갔음에도 더위는 가시지 않은 상태였다. 그는 한숨을 내쉬었다. 재빨리 공원을 건넌 그는 맞은편에 있는 보도에서 택시를 찾으려고 했다. 단 한 대도 눈에 띄지 않았다. 그는 버스 정류장 기둥에 몸을 기댔다. 만원 버스 한 대가 지나갔다. 알파 로메오 컨버터블 한 대가 보도로 다가왔다.

"선생님, 우리가 모셔드려도 되겠습니까?"

그 순간 아수아가는 그녀들이 누구인지 제대로 분간할 수 없었지만 교복을 입은 여학생 둘임을 알아차릴 수 있었다.

"고맙지만 난 멀리 갑니다."

"상관없으니까, 타세요."

"공항에 간다니까요."

여학생들이 차 문을 열어 주었다. 아수아가는 잠시 머뭇거렸다. 시계를 쳐다보았다. 차에 탔다. 그러고서 그는 초저녁의 희미한 빛 속에서 그녀들을 알아보았다.

"이 친구는 솔레닷 사나브리아고, 저는 베로니까 사리아예요." 운전을 하고 있던 여학생이 말했다.

차가 시끄러운 소리를 내며 출발했다. 아수아가는 무의식적으로 가느다란 마리화나 갑을 꺼냈다. 두 여학생에게 권했다. 여학생들이 살짝 놀랐다. 그러다가 베로니까는 마리화나를 받아들이기로 작정했다.

"피우자, 솔레. 불 붙여서 한 개비 줘. 너도 피울래?"

솔레닷이 얼굴을 붉히며 마리화나 두 개비를 말았다. 아수아가가 불을 붙여 주었다. 베로니까가 즐거워하면서 신나게 빨았다.

"엘리사 선생 마중 나가세요, 선생님? 엘리사 선생이 오늘 미시오네스에서 돌아온다고 몬시뇰님이 말씀하셨거든요."

아수아가는 고개를 끄덕여 대답했으나 그녀가 엘리사를 허물없이 언급하는 태도에 살짝 놀랐다. 그들은 상당히 오랫동안 아무 말없이 달렸다. 베로니까의 기다란 밀색 머리카락이 바람결에 휘날렸는데, 반면에 약간 수줍어하는 솔레닷은 머리가 짧았다.

"시험 시간에 설명해 주셔서 감사합니다⋯⋯." 마침내 솔레닷이 소심한 태도로 속삭였다.

아수아가가 아무 말 없이 씩 웃었다.

"솔레닷은 선생님들에게 질문이 많은 아이예요, 선생님." 베로니까가 말했다. 아수아가가 다시 씩 웃었다.

"여러분은 아주 좋은 학생들이에요…… 마르셀린 신부님은 여간해서 평점 A를 주지 않는 분이잖아요."

"하지만 까세레스 몬시뇰님은 솔레에게 신경을 쓰지 않으셔요. 그래서 어제는 솔레가 말빗으로 몬시뇰님의 성경책을 박박 긁어 버렸는데, 빗이 어찌나 녹슬었던지 손가락을 베어 버렸다고요. 자, 솔레야, 네 손가락 선생님께 보여드려. 오전 내내 피가 나서 제가 손가락을 빨아 주고, 과산화수소를 발라 주어야 했어요."

아수아가는 적잖이 놀라며 그녀들을 쳐다보았다. 솔레닷이 다시 얼굴을 붉혔고, 자신의 다리와 아수아가의 다리 사이로 얌전하게 손을 집어넣어 감추려 애썼다.

"너무 밀착해 앉으시게 해서 미안합니다." 베로니까가 말했다. "이런 차는 원래 좌석이 하나밖에 없거든요……. 하지만 그게 더 나아요, 그렇죠?"

차가 재빠르게 달리고 있었다.

그녀는 나디아 코마네치[1]처럼 생겼지만, 금발만 닮았어요라고 엘리사가 말한 적이 있었다.

---

1 나디아 코마네치(Nadia Comaneci, 1961~)는 루마니아의 체조 선수로, 올림픽에서 여러 차례 금메달을 받았다.

제2장

"하지만 치삐는 짜증나는 애야." 솔레닷이 소리를 지른다.

"우리는 누군가와 함께 나가야 해." 베로니까는 이렇게 말할 것이다. 스위스 제 보일 천 커튼이 드리워지고 벽에서는 로버트 레드포드가 미소를 짓고 있는 그 방에서 솔레닷이 당황해하며 걷는 소리가 들린다. 은도금 테두리가 달린 거울은 솔레닷의 앵두 같은 입술이 씰룩거리는 것을 훔쳐보고, 베로니까의 뜨거운 시선이 솔레닷의 등에 술 취한 불길처럼 꽂힌다.

"깜짝이야! 개 방귀 소리는 비행기 경적 소리보다 더 시끄럽다니까." 솔레닷이 말을 잇는다. 그녀의 향수는 싸구려다. 하지만 그날 오후 그녀는 예쁘다.

"만약 개가 짜증나게 하면 차버리자."

"우리 일찍 돌아와야 해." 솔레닷이 위스키 봉봉 하나를 작은 입 속에 또 넣으면서 말한다.

"네 엄마 레시스뗀시아[1]에 가셨다고 말하지 않았니?"

"집에 아무도 없지만 옆집 여자, 그 잔소리쟁이 할망구가 내가 집에 돌아오는 시각을 늘 주시하거든."

"시장에서 폭리를 취하는 그 여자?"

아래층에서 에바리스또 사리아-끼로가 딸을 부르는 소리가 들린다. 베로니까가 현관 난간에 모습을 드러낼 것이다. 아버지가 딸의 오렌지색 민소매 셔츠를 보고는 네크라인이 현대식 디자인이라고, 다시 말해 앙가슴 부위를 너무 과도하게 팠다고 견해를 밝힌다. 그러고서 딸이 무엇을 하고 있는 건지 묻는다.

"학교 친구랑 함께 있어요. 우리 치뻐랑 외출하려고요."

"그래, 나는 라라인의 집에 가서 체스 한 판 두고 돌아올 거다. 너 나갈 때 까르멘 세비야를 엄마 곁에 두는 걸 잊지 말거라."

"그럴게요, 아빠."

신사가 대양을 건넌 그 턱을 쓰다듬으면서 다가온다.

"베로니까……."

그녀가 앙가슴이 과도하게 파인 옷을 입은 채 난간 위로 상체를 숙일 것이다.

"난 네가 늦게 돌아오지 않으면 좋겠다, 예쁜 딸……."

―――――――――――――――――――

1 레시스뗀시아(Resistencia)는 아르헨티나 북동부에 있는 도시다.

베로니까는 대리석 계단을 성큼성큼 뛰어 내려올 것이다. 아버지에게 다가갈 것이다. 그리고 아버지의 귀에 소곤거릴 것이다.

"아빠…… 제 생각엔 친구 집에서 자게 될 것 같아요. 친구 엄마가 레시스뗀시아에 가서서 나더러 함께 있어 달라고 부탁했거든요."

신사가 딸의 맨어깨를 쓰다듬으면서 다정하게 미소를 짓는다. 자신도 모르게 딸의 부드러운 말투를 따라한다.

"그렇게 하렴, 예쁜 딸아. 하지만 왜 그걸 그렇게 뭉그적거리며 얘기하는 거니?"

"그러니까, 걔가……."베로니까가 어리광을 부리며 눈을 내리깐다. "먼저 아빠에게 허락을 받아야 하기 때문에 아직 걔의 제안을 받아들이지는 않았어요."

베로니까는 자기 이마에서 아빠의 촉촉한 작별 입술을 느끼게 될 것이다. 설화석고 계단을 올라가면서 밖에서 닫히고 있던 현관문의 유리가 딸랑거리는 소리를 듣게 될 것이다. 자기 방으로 들어오자마자 못마땅한 표정에 빨간 입술을 뾰로통하게 내민 상태로 전당포에서 사온 시계를 초조하게 쳐다보고 있는 솔레닷을 보게 될 것이다.

"이 치뻐란 놈은 늘 늦는다니까."

"솔레, 네 머리 모양이 맘에 들지 않아. 이리 와봐, 다시 빗어 줄게."베로니까가 솔레닷의 짧은 포니테일을 풀어 준다. 솔레닷이 싫다 하지 않는다. 솔레닷이 고급 비단 쿠션에 앉자 베로니까의 능숙한 빗질, 맵시 좋은 손가락들이 솔레닷의 머리를 풀어서 갖고 논다. 머리카락이 목에, 목덜미에 따스하게 스치자 솔레닷이 쾌감으로 몸을 부르르 떤다.

"…… 이제…… 때가 지났는데." 솔레닷이 즐거운 듯 중얼거린다. "치뻬가 곧 도착할 텐데."

"그 게이 자식 기다리라고 해!" 베로니까가 이로 머리핀을 문채 씩씩거릴 것이다.

치뻬가 그 어떤 친구도 초대한 적이 없었기 때문에 살짝 불안했어요. 여자 둘이 그와 함께 외출한다는 것은 아주 무모한 일이었죠. 우리는 이제 열다섯 살이었어요. 하지만 그는 혼자 왔어요. 그래서 우리 둘은 차 앞좌석에 탔죠. 우리가 바짝 붙어 앉은 상태로 가고 있었기 때문에 치뻬가 만족해했던 것 같아요. 치뻬는 베로니까에게 매혹당해 있었기 때문에 자기 몸을 개의 몸에 밀착하는 것을 좋아했고, 그래서 기어를 변속할 때 자기 손이 개의 무릎에 닿는 것을 좋아했어요. 저는 차창을 통해 불빛을 쳐다보고 있었어요. 바람이 잔잔하게 불고 있었죠. 저는 드라이브하는 것을 좋아하거든요. 아빠가 돌아가신 이후로 엄마와 제게는 아무도 없었어요. 몬시뇰님은 제 말씀을 믿지 않으시겠지만 그 순간 저는 뭔가 특이한 것을 느끼고 있었어요. 저는 치뻬에게 왜 내 파트너 친구를 데려오지 않았는지 물었어요. 저는 괜히 들러리나 서는 걸 좋아하지 않거든요. 치뻬는 제가 하는 말을 알아듣지 못했다는 듯이 길만 쳐다보면서 짐짓 아무 말도 하지 않았어요. 베로니까가 전화로 자기 혼자 오라고 했다는 것이었어요. 그러자 베로니까가 무슨 말인가를 하려고 했어요, 이렇게……. 우리가 치삐와 함께 있을 때면 항상 하던 식으로요. 그러고 나서 말했어요. 우리가 뭐하러 다른 게이를 원해! 치삐가 얼굴을 붉혔어요. 몬시뇰님께서도 잘 아시다시피, 베로니까는 자신이 원할 때면, 무시무시한 애가 되어 버려요.

그들은 광장 옆에 주차를 한다. 산책로는 테이블에 앉은 쌍쌍의 남녀들, 미끄럼대에서 소란스럽게 노는 아이들, 석간신문을 사라며 소리를 질러 대는 신문팔이들로 북적인다.

"난 여기서 내릴 생각 없어!" 베로니까가 말할 것이다. 솔레닷은 시꺼먼 강 위에 떠 있는 보트들을 바라보고 있다.

"아이스크림 먹고 싶지 않니?" 치삐가 긴장된 손바닥으로 핸들을 감싼 채 소심하고 힘없는 목소리로 말한다.

"하지만 이런 북새통 속에서는 안 먹을래."

"어디로 가고 싶은데?"

"바보야, 펍으로 가야지."

치삐가 다시 출발한다.

"그리고 에어컨이 있는 곳이 좋아!"

그곳의 공기, 사람들, 풍습 등 모든 것이 그녀를 숨 막히게 할 것이다. 개성도 생각도 없는 그 뼈쩍 마른 소년. 그녀의 시선은 거리, 신호등, 길거리 가판대, 쇼윈도, 은밀한 실루엣들을 애써 무시할 것이다. 그녀의 눈은 자신의 작은 시계만을, 자기 친구만을, 뭔지도 모르는 것을 기대하면서 갖가지 색깔, 브레이크와 경적 소리로 이루어진 밤에 흠뻑 취해 있는 그 단순한 소녀만을 볼 것이다. 그녀는 어느 길모퉁이에서 친구의 손을 잡을 것이다.

"넋이 나간 것 같구나……."

솔레닷의 눈동자들이 깜짝 놀라며 차창에서 떨어지더니 조용히 웃음을 짓는다. 바람의 손길들이 그녀가 나름대로 멋을 부린 머리카락을 흩뜨린다. 솔레닷이 베로니까의 손 위에 손을 포개면서 부드럽게 실토한다.

"난 이 모든 것을 구경하는 것이 너무 좋아."

몬시뇰님께서는 항상 바쁘시다는 걸 이제 알았어요. 시간을 허비하게 해드리고 싶지 않아요. 그래요, 문제는 제가 그걸 그 누구에게도 말할 수 없었다는 거죠. 하지만 몬시뇰님은 저를 믿으시죠. 신부님들은 비밀을 유지할 의무를 갖고 계시죠, 그렇죠? 그래요, 우리가 펍에서 한 시간 또는 두 시간을 보냈는지는 잘 기억나지 않아요. 최신 유행의 호화로운 펍이었어요. 아마 몬시뇰님께서도 그곳에 가 보셨을 거예요. 작년에 엄마 생신 때 갔었죠. 아빠 이발소 고객인 곤살레스 장군이 엄마와 저를 초대해 샴페인과 아이스크림을 사 주셨어요. 하! 엄마가 샴페인을 많이 마시고는 아주 재미난 얘기를 해주었던 게 기억나네요. 몬시뇰님께서도 아시는 그 장군이 엄마를 진지하게 쳐다보고 있었는데, 아무 말도 하지 않으시더군요. 아주 신중한 분이죠. 어젯밤 저희는 아이스크림을 시켰고, 치삐는 위스키 한 잔을 시켰어요. 치삐는 술을 마실 줄 모르지만 베로니까를 감동시키고 싶어 했던 게 확실해요. 저는 어리둥절했어요. 베로니까와 치삐는 가끔 함께 외출하죠. 둘이서만. 제 말은 저 없이 그런단 거예요. 왜 그러는지는 모르겠어요. 베로니까는 이제 남자 대학생들을 좋아해요. 럭비 선수들과 데이트를 했죠. 몬시뇰님처럼 수염을 기른 대학생이 있어요. 베로니까는 그 남자에게 미쳐 있었죠. 몬시뇰님도 아실 거예요……. 제가 말씀을 제대로 드리고 있는지 모르겠네요. 하지만 제 생각에는…… 좋아요, 이건 그냥 추측일 뿐예요……. 몬시뇰님, 저는…… 베로니까가 이제 처녀가 아닐 거라고 믿어요.

"들어와, 솔레, 우리 화장실 가자."

솔레닷은 바나나 스플릿을 아직 다 먹지 않은 상태다.

"화장실에 가자고 했잖아!" 베로니까가 솔레닷의 손목을 잡아 끌 것이다. "네 머리가 엉망으로 헝클어졌어! 그리고 너, 게이, 계산해."

치삐는 두 소녀가 테이블 사이를 요리조리 걸어가는 모습을 본다. 그가 서둘러 시바스 리갈을 마신다. 종업원을 부른다.

"계산서 부탁해요." 그가 익살스러운 오페라에 등장하는 나폴리 담배팔이 같은 목소리로 계산서를 요청한다.

솔레닷이 아라베스크 문양으로 치장된 커다란 벽거울에 자기 모습을 비춰 본다.

"많이 헝클어지지도 않았구먼!"

"내가 네 머리를 손질했으니까 헝클어지지 않았다는 걸 난 이미 알고 있었어. 오늘 밤 네 집에서 지낼 거라는 얘기를 하고 싶었을 뿐이야."

"하지만 시험은 이미 끝났잖아!"

"네 집에서 잠시 얘기 좀 하고, 커피 한 잔 마시고 나서 따뜻하게 함께 자고 싶어. 집에는 이미 알렸어."

솔레닷은 살짝 동요되는 듯하다가 머리에 손을 갖다 댔다.

"좋아……. 하고 싶은 대로 해."

베로니까는 으리으리한 거울에 커다란 검은 눈을 근시처럼 가까이 한 채 입술에 립스틱을 바를 것이다.

"집에 아무도 없으니 그리 알아……." 솔레닷이 소심하게 중얼거린다. "엄마는 레시스뗀시아에 가셨어. 아침식사는 우리가 준비해야 할 거야."

베로니까가 솔레닷의 맨등을 부드럽게 밀 것이다.

"됐어, 가자!"

몬시뇰님, 저는 치삐가 집으로 돌아가는 길에 베로니까를 붙잡는 걸 베로니까가 원치 않을 것이라 생각했는데, 정말 그랬어요.

그들은 솔레닷의 작은 집 앞에서 멈추고, 치삐가 차에서 내린 뒤 차 앞으로 돌아가서 차 문을 열어 솔레닷이 차에서 내리는 것을 도와준다.

"여러 가지로 고마워, 치삐." 솔레닷이 치삐의 뺨에 입을 맞춘다. 치삐가 차 문을 닫으려고 하지만 베로니까가 발로 차 문이 닫히는 것을 저지할 것이다.

"기다려, 바보야! 나도 내린다는 걸 모르는 거니?"

치삐가 감정이 상하고 놀랐다는 표정을 억누른다.

"미안해, 잘 몰랐어……."

번개가 친다.

"좋아." 베로니까가 보도에 서서 말할 것이다. "우리는 비가 오기 전에 어서 들어가자. 치삐야, 잘 가."

베로니까는 재빨리 치삐와 악수를 할 것이다. 치삐는 그녀들이 현관문 여는 것을 아무 말 없이 지켜보고, 솔레닷의 개 라스콜리니코프가 지친 몸으로 그녀들의 냄새를 맡는 모습을 본다. 의기소침해진 치삐가 솔레닷의 작별인사에 손으로 답한다.

베로니까는 뒤로 고개를 돌리지 않은 채 집으로 들어갈 것이다. 집 안에서 자동차 엔진 소리가 멀어지는 소리를 들을 것이다. 솔레닷은 문을 닫고 열쇠고리를 문 옆에 건다. 베로니까를 향해 몸을 돌린다. 그녀는 베로니까가 땀에 젖은 멋진 팔을 자기에게 벌린 채 밤의 어둠에 휩싸인 작은 현관에 서 있는 모습을 발견하고 놀란다. 솔레닷은 진한 어스름 속에서, 벌겋게 달아오르고, 조바심에 사로잡혀 있고, 멋진 베로니까를 아마도 처음으로 본다. 그 모습에 도취된 솔레닷의 눈은 긴장되고, 조각 같고, 촉촉한 오렌지색 민소매 티셔츠가 화염에 휩싸인 다이아몬드처럼 둘러싸고 있는 베로니까의 몸을 훑어본다. 베로니까가 떨리는 손으로 말없이 솔레닷을 끌어안을 것이다. 욕망으로 빨갛게 달아오른 솔레닷의 작은 머리를 애무할 것이고, 갈구하는 손가락들을 이용해 그녀의 얼굴을 자신의 뜨거운 입술까지 부드럽게 들어 올릴 것이다. 베로니까는 애정과 현기증으로 몸을 부르르 떨면서 친구의 타버릴 것 같은 팔 역시 필사적으로 그녀를 꽉 껴안고 있다는 것을 느끼게 될 것이다.

몬시뇰님, 그게 죄가 되는지 제가 모르기 때문에 몬시뇰님께 이런 말씀을 드리는 거예요. 베로니까…… 그것을 시작한 사람은 바로 베로니까였다는 것이 확실한데요, 하지만…… 좋아요. 몬시뇰님 저 역시도 좋았어요……! 그건 아주 나쁜 짓이죠, 그렇죠? 부끄러워요, 이를 어째요!

밤의 북소리가 여름에 부는 거대한 폭풍우의 시끄러운 메아리 속에서 울려 퍼지는 사이에 번개들이 공중으로 찢어지는 격렬한 빛을 내뿜자 소름이 끼치게 만드는 순간적인 밝음이 아무것도 없는 방을 가득 채우고, 실루엣들이 음울한 전기적 윙크 속에서 곤두서고, 말레나는 나무 잎사귀처럼 벌벌 떨고, 알베르또…… 날 내버려 둬, 낡은 지붕이 무자비하게 때려 대는 비를 맞으며 신음 소리를 내도록, 사랑하는 그대여 울지 마오……. 청년의 벌거벗은 섬유질 몸은 부끄러운 눈물이 끊임없이 시끄럽게 터져 나오는 가운데 억제할 수 없을 정도로 떨리고, 비파나무들이 심어진 마당에서 새로운 폭발음 하나가 엄청나게 큰 마른 채찍질 소리처럼 집을 흔들어 대고, 벽들이 흔들리면서 날카로운 휘파람 하나를 만들어 내고, 휘파람이 폭풍우 몰아치는 어둠을 찢어 버리고, 빨간 거리에서 바람이 불어와 비, 모래, 우박의 일진광풍이 되고, 기름때 범벅의 매트리스 위에 추위로 몸이 얼어붙은 말레나는 여전히 무릎을 꿇은 상태로 돌처럼 굳은 입술 너머 경련하는 감옥에서 이빨 부딪치는 소리를 내고, 창백한 얼굴 위로 늘어뜨려진 그녀의 흐트러진 짧은 머리는 누르스름한 리넨 시트에 감싸여 있고, 차가운 공기가 예리한 칼처럼 격렬하게 시트를 통과해 몸을 물어뜯고, 구석에 꼼짝도 하지 않고 놓여 있는 그녀의 낡은 신발이 향수에 젖은 가죽 눈으로 그녀를 쳐다보고, 그녀는 그 자리에 없는 알베르또의 굽은 등에서 몸을 비비며 웅크리고 있고, 남쪽에서 불어오는 폭풍우의 차가운 빗방울과 술에 취해 날아다니는 진주들이 그녀의 머리카락을 적시고, 이제 너의 삶은 나아져 있고…… 굉음 같은 천둥소리 사이에서 넓은 가슴의 질식할 것 같은 호흡, 대지의 숨 막히는 첫 울음소리가 무시무시한 출산을 알리는 것처럼 번개로 혼란 상태에 빠진 그 공간을 향해 올라가고, 알베르또…… 그녀는 알베르또가 바람을 좋아했기 때문에 귀 뒤 목덜미에 바람을 불어넣듯 키스를 했고, 바람이 매춘부의 허술한 방을 점유했고, 무기력해진 알베르또는 눈길을 들고 힘들게 몸을 돌려 오랫동안 조용히 그녀를 응시하고, 그 거친 밤이 갑자기 폭발해 음울한 불꽃이 피어오르고, 떨리는 손 하나가 말레나의 뺨을 어루만지고, 그 청년의 숨결이 더 조용하게 느껴지고, 폭발음들이 쉴 없이 떨리고, 날카로운 소리를 내며 반짝거리는 빛과 전조들로 불타오르는 그 방의 엉성한 천장의 나무가 자신들의 길을 다시 발견하는 그 입술들 위에서, 합쳐진 그 몸들 위에서, 서로를 찾는 그 손가락들 위에서, 돈을 주고 키스를 하면서 가슴 아프게 나누는 침묵의 언어에서 할 말을 찾는 그 입들 위에서 삐걱거리고, 그 사이에 말레나의 손은 남자의 가랑이를 자극하고, 벌거벗은 창백한 몸에 작은 손을 지닌 그녀가 그를 향해 가고, 비둘기의 미소 같은 그녀의 서글픈 미소가 여전히 눈물이 고여 있는 그 눈에서, 유년 시절의 미로 같은 비밀을 모르는 그 입술들에서, 미숙한 운동선수 같은 그 가슴에서, 암캐의 부드러운 키스와 간결하고 소박한 포도 속에 들어 있는 불안정하고 공허한 그 팔들에서 떨어져 나가는데, 팔들은 소음과 광선 사이에서 애정의 문신과, 물의 칼에 영원히 상처를 입은 울적함의 암호들과, 천둥소리에 흔들리는 물방울들과, 그 치명적인 화톳불로 이루어진 밤의 취기와, 물에 젖은 거친 머리카락을 찾고, 두 사람은 아도비와 고인 우물로 이루어진 자신들의 연약한 뿌리로부터 몸을 부르르 떨면서 그 방의 어둠 속에서 서로를 껴안고, 알베르또의 혀는 그 다람쥐 같은 몸을, 미끄러지듯 빠져나가는 그 이구아나를 훑고, 그가 언젠가 어느 암컷의 몸이라는 진흙 속에 심었던 남성적인 사랑의 부속물은 이제 순수성과 희망을 찾기 시작하고, 오지에 불꽃이 일고, 천둥소리가 위압적인 싸움소리처럼 들리고, 그녀 역시 초조함에 사로잡혀 그 누구의 남자도 아니었던 그 남자의 살에 다급하게 끼어들고, 끊임없이 격정적인 간지럼을 먹이며 그의 몸 안으로 들어가고, 그녀의 혈관들이 터지고, 그녀가 화산 또는 호랑이처럼 숨을 헐떡거리고, 초록색 나무들이 침범해 와서 흥분한 상태로 그녀를 올라타고, 폭풍우

몰아치는 그 차가운 밤의 뒷면에 있던 구름 한 점과 제비 한 마리가 그 허술한 터널을 통해 태양과 상처들로 무장한 날[日]을 향해 가고, 한결같이 반복되지 않은 그 여름, 고독과 천둥의 시간이 하나의 방언, 피부와 불로 이루어진 말로 표현할 수 없는 단어를 소곤거리고, 신음소리처럼 내뱉고, 화염에 휩싸여 으르렁거리는 지평선, 대지의 축축한 포효, 최초의 균열, 마술적인 반지, 그 죽음의 분화구 속에 들어간 사랑의 기수(騎手), 모든 여자도 모르고, 전갈도 모르는, 그 친동생 같은 여자의 인두(咽頭)에서 나오는 용암과 죄, 사람의 손을 타지 않은 옥수수, 번갯불 하나, 너의 어머니, 그 마녀는 어디에 있는 거지? 너의 어머니가 너를 사랑한다는 것이 확실한가? 새까만 밤, 땀, 욕망 사이의 무시무시한 광선의 여정, 종이들, 종이들을 씹는 그 작은 입술, 징병, 조심해, 말비나스, 너의 아버지, 네가 아버지의 체스 게임에 매일 참여하는가? 전통, 알베르또, 관습, 그녀를 못 박아 버려, 혹시 너는 남자가 아니더냐? 밀어붙여, 너는 전혀 쓸모가 없고, 천장이 무너지고 있는데, 모든 게 다 그런단다, 내 딸아, 아하…… 밤에 엄청난 굉음을 내는 무시무시한 대형 권총, 죽음의 고통을 유발하는 전기불빛, 광선, 모든 것이 소리를 지르고, 진동하고, 부들부들 떨고, 씨앗이 없는 너의 몸, 너는 멈추지 말거라, 계속하라, 뒤처지지 말고 경쟁하라, 너는 마초가 아니더냐? 한 번 더 해봐, 알베르또, 너에게 소용되는 무언가를 위해 쉬지 말고 봉사해, 그 예속적인 계집 종을 이용해, 너는 그녀의 뼈 1그램마다, 머리카락 하나마다, 이빨 하나마다 값을 두 배로 지불했어, 지금 몇 시지? 그 노인은 그 이후로 더 이상 자지 않으니 네가…… 서두르렴, 너는 그의 불쾌한 목소리를 듣고 싶지 않아, 그가 눈살을 찌푸리고 있어, 그는 잠에서 결국 깨어나고, 그는 네가 창녀들, 마약꾼들과 함께 있었다고 생각할 것이고, 서둘러 네 눈을 뽑아 버릴 것이고, 너 알베르또가 일곱 개의 골을 넣은 사람이고, 무거운 바벨을 든 사람이라고 누가 생각할까, 조국의 친척이고, 길모퉁이에 사는 사람의 친척이고, 너에게 한 손을, 너의 자만심이 들어 있는 손을 아름답고 조용히 내밀게 될 더 멀리 사는 사람의 친척인 사리아-끼로가 가문 사람들의 기다란 행렬, 너는 거기서 과거에 배운 춤 스텝을 뽐내고, 그 밤과 그 문둥병에 걸린 사내가 토악질을 한 배설강에 침을 흘리면서 새처럼 가는 다리 사이에서 무엇을 하고 있는 거니, 옛 동네의 아주머니가 말했듯이 너는 몸이 가렵다는 것을 느끼지 못하는데, 그 아주머니는 얘야, 향수와 에이즈와 그 폭풍우의 끝없는 슬픔이 이제 너를 오염시키고 있으니까 네 몸을 만지지 말거라, 사랑하는 애야, 우리가 너와 함께 있으니 나와서 도망치고 달려라, 충고하노니, 천둥소리와 그 밤의 냄새 나는 구멍 사이에서 길을 잃어버리렴, 이제 너는 우리를 사랑하지 않아, 자 굳건한 손을 내밀렴, 네 머리카락이, 네 야성적인 가슴의 털이 참 잘 자라서 지금은 곱슬해져 있고, 사랑하는 애야, 네가 우리를 방치하고 있어, 천장이 삐걱거리고 있어, 알베르또야, 네가 내게 상처를 주고 있어…… 알베르또야, 넌 듣지 않고 있어……. 너는 그녀를 죽여야 할 거야, 그 광선이, 그 광적인 총싸움이 그녀를 죽일 거야, 물이 있어, 이 침대는 물웅덩이야, 이 침대는 하감(下疳)이야, 폭풍이 구멍을 뚫고 있고, 천장이 무너지면서 우리를 한쪽으로 밀어 가두고 있으니 내려와서 꺼져 버리렴, 털보야…… 불쌍한 것, 너는 자신이 지금 무엇을 하고 있는지 몰라, 너 때문에 내가 숨이 막혀 죽을 지경이야……. 너는 골수까지 젖어 있고, 졸려, 아, 아무런 부담 없이 그렇게 아침을 맞이하고 싶어, 혹시 이제 내가 떠나야 하는 거니……? 아마도 여름의 날개들이 어떤지, 어떻게 해서 곧 이슬이 내리고 날이 밝는지 아무도 조사하지 않을 거야, 그리고 날[日], 희미한 혜성들, 단순히 젊은이가 된다는 엄청나게 놀라운 사실, 생기 없는 평온이 아침을 경계하고, 성급하게 자란 독특한 콧수염, 지퍼, 땀에 젖은 바지, 시간 단위로 돈을 지불하고 이루어지는 의식(儀式), 끊임없는 굴종, 그 폭력적인 확신이 널리 퍼진 슬픔을 진저리치게 만들고, 결국, 너는 진저리친다고 느끼고, 그의 이름은 빠베세였고, 대략 하룻밤에 버는 몇 뻬소 때문에 여전히 분노가 창문을 때려 대고, 아 그 번개는 여전히 마지막 번개일 것이고, 소금도, 요오드도, 연기도 허망하게 단 한 번에 없어지지 않고, 너는 오후의 그 소식들의 이끼로 만들어진 여자고, 물, 그 바람은 네 것이 아니고, 세계는 그 누구의 것도 아니고, 그 축제에도 전야제에도 네 자리는 없는데, 가을이나 팔일 기도도 포기하지 말고 성호(聖號)를 그어라, 아득히 먼 곳에서 번쩍이는 그 광선은 어떻게 타오르는가, 사실 폭풍우가 멈추고, 그 허리케인, 그 다른 허리케인이 너의 팔 안에서 졸리는 휴전을 그에게 제안한다면, 네가 그에게 중요할 수 있으니 그가 어떻게 자는지 보라, 너는 잠을 자지 말고, 그가 자도록 내버려 두라, 너는 금지되어 있고, 너는 그 굴에서 수차례에 걸쳐 그 사실을 배웠고, 태양은 손도 없이, 자비심도 없이, 애정도 말도 없이 나오고 있다, 그를 흔들어 깨워야 할 거야, 알베르또야, 네집으로 가렴…… 그게 네 일이야, 세워진 그 동전, 그가 어떻게 자는지 보렴, 그가 밤을 향해 여행을 한 적도 없고, 군대용 시계 셀린느를 가진 적도 없어, 명령의 목소리가 상사에게도 그 매춘부에게도 도달하지 않을 거야, 알베르또…… 토요일의 그 빛이 청징하고 참으로 파랗구나, 친애하는 알베르또야…… 천장이 무너질 것 같은데, 그를 흔들어 깨우렴, 그는 벌거벗은 상태야, 그를 보렴, 알베르또야, 이제 날이 밝았어, 그의 구릿빛 피부, 유연한 몸, 잠자는 몸, 그의 성기 또한 자고 있어, 이웃 사람들이 보지 않도록 일어나 방에서 걸어 다니렴, 네가 손에 쥐고 있는 지폐가 네게는 중요해, 오늘 이웃 사람들이 너를 찾아올 수 있어, 하지만 그를 보렴, 그와 너는 발사된 총알들과 섬광들 사이에 맹수처럼 함께 있어, 너의 몸은 임대되어 있고, 그 누구도 친밀한 믿음을 강요하지 않았을 너의 친밀함은 번개도 뚫지 못했을 그 지하실들을 어둡게 만들었을 거야, 이제 아침을 맞이하렴, 위협을 하렴, 네가 사정(射精)도 하지 않고 돈도 지불하지 않은 채 네 몸을 바쳤음에도 너는 보상을 받지 못할 거야, 귀여운 알베르또야, 잠에서 깨어나거라……. 너는 행동하는 법을 알아야 해, 늦었으니 옷을 입으렴……. 머리를 빗고, 네 몸을 팔고, 고집하고, 그더러 일어나라고 그의 몸을 흔들렴, 그는 그렇게 잠을 자는 값을 지불하지 않았어, 네가 떠나지 않으면, 그가 잠을 자는 것은 공짜가 아니야, 그리고 너는 떠나고 싶어 하지 않아, 너는 그곳에 못 박힌 것처럼 서 있어, 너는 그를 애무할 의무가 없어, 네가 사르르 떨리는 그의 눈꺼풀 위에서 그 숨결과 그 애정을 불어 그에게 키스를 한다고 해도 그는 흥분하지 않아, 그는 반항적일 수 있어, 그는 눈을 뜨면서 네게 미소를 짓고, 네게 말레나야, 나와 결혼해 줘, 제발, 진심이야, 걱정 마, 내 여자친구는 하늘색 재규어라고 내가 아버지에게 말할 테니 걱정 마.

제3장

   그들은 후덥지근한 학교 극장의 먼지 낀 널빤지에 앉은 채, 위에서 걸어 내리는 무대의 비닐 배경화에 등을 기댄 채, 삐걱거리는 계단을 기어 올라가서 뭔가를 기대하는 태도로 껌을 씹고 있다. 케케묵은 교복 대신에 청바지를 입고 모카신을 신은 그들은 더 성숙해 보인다. 또또 아수아가는 두 손을 호주머니에 찔러넣은 채 조바심 때문에 잔뜩 상기된 다양한 표정을 천천히, 조용히 훑어본다. 베로니까는 무대 한구석 오빠 곁에 서서 코발트 빛 눈으로 아수아가를 관찰한다. 솔레닷은 연극에 출연하려고 자원한 학생들 사이에 있지 않다. 그 히스패닉 베테랑은 무슨 말인가를 찾으려는 듯이 널빤지들을 쳐다본다. 결국 입을 뗀다.

"「상복이 어울리는 엘렉트라」[1]" 그가 말한다.

시몬 까세레스가 그날 새벽 그에게 커피 한 잔을 더 건넸다.

"고맙습니다." 아수아가가 제2제국[2]풍의 안락의자에서 살짝 몸을 일으켜 세우며 자신들이 반시간 전에 비워 버린 거무스름한 꾸르부아지에 꼬냑 병을 흘끔 쳐다보면서 말했다. 주교가 기침을 했다.

"천장에 달린 이 빌어먹을 선풍기 때문에 내 목이 아프다니까." 뻣뻣한 수염이 뜨거운 열기로 촉촉하게 젖어 있는 까사레스가 투덜거렸다.

"해볼 만한 가치가 있는 작품일 겁니다……." 아수아가가 계속해서 말했다. 셔츠를 입고 있지 않았지만 빈약한 가슴에는 땀이 배어 있었다.

"여기서는 연극도 반체제적인 것으로 간주되죠. 독이 없는 뭔가를 선택해야 해요."

"물론 그렇습니다. 고전적인 작품 하나를 구상하고 있습니다. 저는 그들의 의식을 일깨우는 데는 전혀 관심이 없습니다. 저는 후기구조주의자거든요. 아무것도 믿지 않습니다. 제가 그 어떤 것

---

1 「상복이 어울리는 엘렉트라(Mourning Becomes Electra)」는 미국의 대표적인 극작가 유진 오닐이 아이스킬로스의 비극 『오레스테이아』를 미국을 배경으로 삼아 옮긴 3부작 드라마다.

2 프랑스 제2제국(1852~1870) 또는 제2제정은 나폴레옹 3세 통치 기간의 정부 체제로, 프랑스 최후의 군주정이다.

도 확신하고 있지 않은데, 그들의 머릿속에 뭘 집어넣을 수 있겠습니까? 니체는 사회의 최고 격률(格率)은 증오하고 두려워하는 것보다 두 번 죽는 것이 더 좋은 어느 날에 이루어질 것이라고 말했습니다. 제가 그들의 머릿속에 무슨 도그마를 집어넣을 수 있겠습니까?"

"그래요. 선생의 의구심. 의구심을 품는 건 위험해요."

"대주교님께 말씀드리는 건데요, 성가신 일에 얽히고 싶은 생각이 전혀 없습니다! 저는 파리 한 마리도 죽일 수 없습니다."

"선한 사람이 되는 건 위법이에요."

"사제들과 공산주의자들에 관한 한 저를 괴롭히는 것은 말입니다." 아수아가는 불안한 태도로 민트 커피를 홀짝였다. "그 사람들이 보편적인 도덕관념을 믿는다는 겁니다. 선한 사람도 악한 사람도 없습니다. 잘생긴 사람과 못생긴 사람만 있을 뿐인데, 이걸 다른 식으로 표현해 보자면, 우리 같은 사람들과 개새끼들이 있다는 겁니다. 하지만 제가 그런 것 때문에 잠을 못 자는 일은 전혀 없습니다."

"나는 차꼬 전쟁 이후로 불면증을 겪고 있어요……."

까세레스가 창턱에 앉아 다리를 흔들어 대며 어깨를 으쓱했다. 아수아가가 주교의 책상 위에서 담배 한 개비를 찾아 보았으나, 어수선하게 놓인 종이들 가운데에 있던 담배꽁초 가득한 재떨이 옆에서 짓뭉개진 빈 담뱃갑만 발견할 수 있었다.

"담배 더 없습니까?" 그가 그 거인에게 물었다.

"선생이 선생 담배 한 갑과 내 담배 한 갑을 다 피워 버렸어요."
까세레스가 쉬지 않고 다리를 흔들어 댔다.

아수아가가 불쾌하다는 듯이 상통을 찌푸렸다.

"차 갖고 있으시죠?"

"그래요."

"우리 담배 사러 가십시다! 그러면 기분 전환이 좀 될 겁니다."

"이제 동이 틀 거요. 난 여섯시에 미사가 있어요."

"이내 돌아올 겁니다!"

털보가 창틀에서 가뿐하게 뛰어내렸다. 그는 침대로 걸어가서
자기 셔츠를 집어 들고 다른 셔츠는 동료에게 던진 뒤 메르세데스
벤츠 승용차의 열쇠를 꺼내 얼굴 앞으로 들어 올려 생글거리며 딸
랑거리고 있었다. 아수아가가 셔츠를 입었다.

"하지만 좀 천천히 가세요!" 주교가 열어 주는 육중한 문을 지
나가기 전에 아수아가가 소리쳤다.

"그건 실제로 3부작입니다." 아수아가가 학생들 사이를 천천히
걷는다. "그러니까, 어느 정도는 고전적인 작품의 형식을 따른다는
거죠. 이 경우에는, 아이스킬로스의 『오레스테이아』 형식이에요."

베로니까가 직감적으로 고개를 끄덕였고, 알베르또가 그녀 곁
에서 비소(誹笑)를 흘렸다.

"제1부의 제목은 「귀향」인데요…… 그리스의 「아가멤논」과 유사하죠. 내 생각이 잘못되지 않았다면, 4막짜리일 겁니다. 좋아요, 그런 건 우리가 신경 쓸 거 없어요. 제2부는 「쫓기는 자들」인데, 「코이포로이」[1]에 해당하죠. 나는 제2부에 관심을 갖고 있어요. 그리고 제3부는 「에우메니데스」에 기반한 것인데, 특이한 이름을 가지고 있죠. 오닐이 만든 거의 모든 인물이 그 이름을 갖고 있다는 게 확실해요. 바로 「신들린 자들」이죠."

그는 기대감이 잔뜩 밴 청소년들의 얼굴을 뜯어보면서 마른기침을 했다.

"여러분은 올해 오닐을 공부했나요?"

"예." 학생 몇이 소리친다.

"어떤 작품들이었나요?"

"「황제 존스」만 했어요."

"좋아요" 아수아가가 계속했다. "그렇다면 이 작품에 관해 몇 가지만 얘기할게요. 이 작품은 1931년에 초연되었고……."

방금 전에 말을 한 소녀가 손을 든다.

"선생님…… 저는 저희가 「황제 존스」를 극작품으로 공부한 게 아니라는 사실을 선생님께 얘기하고 싶었을 뿐이에요. 엘리사 선생님은 저희더러 그걸 비교문학적 관점에서 공부해야 한다고 하

---

1 「코이포로이(Choêphoroi)」의 영어 제목은 *The Libation Bearers*이다. '제주를 바치는 여인들'로 번역된다.

셨어요."

"그래요?"

"좋아요, 그렇다면 그 작품을 『지상의 왕국』[1]과 비교해 봅시다."

아수아가는 미소를 머금으며 여학생에게 고마움을 표시한다. 여학생은 다시 무대에 앉는다. 아수아가는 계속 왔다 갔다 하고, 몸짓을 하면서 설명한다.

"이 삼부작은 뉴잉글랜드에서 일어난 얘기예요. 해변에 있는 작은 마을에서요. 여러분도 이미 알다시피 남북전쟁이 일어난 지 얼마 뒤인 1865년, 1866년…… 물론 여기서는 한 가족이 등장하죠. 마논 가족이에요. 오늘의 아가멤논에 해당하는 그 가장의 이름은 에즈라예요. 에즈라 마논. 그가 집에 없을 때 그의 부인인 크리스티나는, 아이스킬로스의 클뤼타임네스트라에 상응하는 인물인데요, 남편을 배신하고 브랜트 대위와 정을 통하죠……. 그래요, 그는 실질적으로는 아이기스토스에 해당하는 인물이에요. 오닐은 그에게 기묘한 이름을 붙였어요. 아담. 아담 브랜트."

알베르또는 창문 너머 화사한 아침을 물끄러미 응시하고 있다. 베로니까가 그더러 선생님의 설명을 잘 들으라며 팔꿈치로 툭 친다.

"마논의 자식들인 라비니아와 오린은 엘렉트라 및 오레스테스

---

1 『지상의 왕국(*El reino de este mundo*)』은 쿠바 작가 알레호 까르뻰띠에르(Alejo Carpentier, 1904~1980)의 소설이다.

와 아주 정확히 일치하죠. 따라서 극의 줄거리는 예상할 수 있어요. 브랜트는 크리스티나와 공모해서 마논 노인을 죽입니다. 내가 여러분에게 소개해 주고 싶은 「쫓기는 자들」에서 라비니아는 남동생 오린에게 복수를 사주합니다. 오린이 브랜트를 죽이고, 크리스티나는 자살하죠. 좋아요, 그게 다예요. 「신들린 자들」은 우리의 관심사가 아니에요."

그가 두 손을 허리춤에 올려놓는다.

그 시각에 두 사람은 장사를 하는 가판대를 찾기 위해 시내까지 차를 몰아야 했다. 까세레스는 어느 극장 앞에 검은색 메르세데스 벤츠를 세우고 나서 차창 밖으로 백발이 성성한 큰 머리통을 내밀었다.

"밀수 담배 두 갑 주세요. 순한 걸로요."

두 사람은 자동차의 에어컨을 켰다. 그리고 나는 듯이 돌아왔다.

"아직 미사 시각이 되지 않았군요……" 아수아가가 중얼거렸다.

까세레스가 아수아가에게 자신의 백금 라이터를 내밀었다.

"어떤 작품들을 생각하고 있는 겁니까?" 털보가 곁눈질로 아수아가를 보면서 물었다.

"좋아요, 제가 주교님께 말씀드렸다시피 뭔가 고전적인 것입니다. 예를 들어, 「엘렉트라」죠."

"……"

"물론, 에우리피데스 것이죠. 그 영화 보셨나요?"

"그래요. 이레네 빠빠스와 함께 봤던 것 같아요."

"글쎄요…… 더 현대적인 것으로 할 수도 있겠지요, 「파리떼」[1]나 브레히트의 「안티고네」 같은 것 말이에요."

"생각도 말아요!"

"왜죠?"

"공산주의자들…… 사르트르와 동료들, 그들은 모두 당국이 금지해 놓고 있어요. 게다가 영어로 쓰인 것이어야 해요."

"뭐라고요?"

"그렇다니까요, 학교는 두 개 언어를 병용하고, 학부모들이……."

"하지만 관객의 반은 작품을 전혀 이해하지 못할 겁니다."

"채 반도 이해하지 못할 테지만 학부모들은 자기 딸이 영어를 연습하길 바라죠. 우리가 아메리칸 스쿨 남학생들을 불러 남성 역할을 맡겨야 할 겁니다."

아수아가가 고개를 끄덕이며 담배에 불을 붙였다.

"경찰의 허가도 받아야 할 것이라 생각되는데요!"

"그 고문자들은 나중에 올 거요. 우리가 실수를 하면." 까세레스가 말했다.

아수아가의 두 눈은 배우가 되고 싶어 하는 남녀 학생 무리를 구슬프게 훑고 있는데, 학생들은 조바심 어린 태도로 대본 복사본

1 「파리떼(Les Mouches)」는 사르트르의 작품이다. 그리스 신화에 바탕한 오닐의 「상복이 어울리는 엘렉트라」 같은 작품을 리메이크한 것이다.

을 나누고 있다.

"질문 더 있습니까?"

웅성거리는 학생들 사이에서 여학생 하나가 손을 든다. 아수아가는 여학생을 즉각 알아본다.

"라비니아 역은 누가 맡습니까?" 베로니까가 말한다.

제4장

"앉으렴."

"예, 아빠."

"베르따는 신경쓰지 말거라. 베르따가 우리에게 커피를 가져오지는 않을 거다. 우리가 서재에 있을 때면 베르따가 늘 커피 내오는 일을 맡으려고 하지. 이번에는 우리를 방해하지 말아 달라고 내가 미리 말해 두었다."

"……."

"에스딴시아에서 무전이 오지 않는 한 내게 그 어떤 전갈도 전하지 말라고 베르따에게 말해 두었다. 아마도 오늘 오후에는 그 어떤 연락도 오지 않을 거다."

"……."

"좋아, 애야 말해 보거라! 내게 하고 싶은 말이 뭐니?"

"아빠, 저 결혼하고 싶어요."

"그래?"

"정말이에요, 아빠!"

"반대하지 않으마. 안 해. 반대하지 않는다고."

"……아빠께 이런 말씀 드리기가 힘드네요."

"아이 참, 알베르토! 나는 뭔가 더 중요한 문제 때문일 거라고 생각했다! 공부는 어떻게 되어 가니?"

"시험은 이미 치렀어요."

"그런데?"

"모든 과목을 통과했어요."

"'통과했다고!' 모든 과목을 '통과'만 해서는 안 된다. 나는 내 학과목들을 결코 그냥 '통과'만 하지는 않았다. 아주 우수한 성적으로 통과했다는 말이다! 네 여동생에게서 좀 배우지 그러니?

"걔는 커닝을 해요."

"뭐라고?"

"시험에서 커닝을 한다고요. 커닝할 내용을 죄다 다리에 써 놓아요. 커닝 페이퍼를 브래지어 속에 넣어 둔다고요. 그렇게 해서 좋은 성적을 받아요."

"터무니없는 소리 말아라."

"걔한테 직접 물어보세요."

"그런 식으로 말하지 말아라!"

"아빠는 제 말을 듣지 않으세요……."

"내 어찌 네 말을 듣지 않는다는 거냐? 말해라! 누가 네 말을 막니?"

"아빠가 화제를 다른 데로 돌리시잖아요. 그런 게 저를 더 힘들게 만든다고요."

"알베르또야, 난 네 애비다."

"좋아요, 결혼하고 싶다고 말씀드렸잖아요!"

"내가 네 나이 때는 오직 공부 생각만 했다……. 나는 네가 포부를 펼칠 빙도를 찾아야 한다고…… 생각한다. 네 격에 적당히 맞게. 맘에 드는 아가씨를 만난 거냐? 유대인이냐?"

"아닌데요."

"좋았어! 아가씨를 집으로 데려오너라!"

"저는 걔를 데려오고 싶지 않아요. 걔랑 결혼하고 싶다고요."

"같은 학교 다니니?"

"아뇨."

"베로니까의 친구니?"

"그런 건 아니에요."

"클럽에서 만난 거니?"

"아뇨."

"제기랄!"

"제 생각에는…… 아빠는 걔를 모르세요."

"내가 아는 사람의 딸이니?"

"아뇨."

"성이 뭐니?"

"사나브리아인가 뭐 그래요."

"사나브리아?"

"예, 사나브리아."

"사나브리아라는 성은 까살 가문 호세의 성[1] 말고는 결코 들어본 적이 없는데, 그것도 아주 오래전 일이다…… 어찌 되었든, 그 아가씨는 언제 안 거냐?"

"약 한 달 전이에요."

"이것 참, 첫눈에 반했구나! 알베르또, 내 생각에는 네가 시간을 허비하고 있는 것 같다."

"I just wanted to be nice with you(저는 오로지 아빠께 좋은 아들이고 싶었다고요)."

"난 네가 그렇게 빈정거리는 게 싫다. 아메리칸 스쿨은 너희에게 그런 걸 가르치니?"

"좋아요, 제 말을 듣고 싶지 않으시다면…… 저 갈 겁니다."

"앉아라! 내 말 아직 끝나지 않았다."

"그 밖에 뭘 더 알고 싶으신데요?"

"그 아가씨에 관해 얘기해 보아라. 이름을 알고 싶다. 무슨 일을

---

1 호세 델 까살 이 사나브리아(José del Casal y Sanabria)는 식민지 시대에 파라과이의 유력 가문이었다.

하는지. 모두 말해."

"이름은 말레나예요. 가족은 없어요. 엄마밖에 없다고요."

"말레나라고! 나는 그런 이름은 결코 들어 본 적이 없다."

"……"

"가족이 없다고 말했니? 어떻게 그런 일이? 고아원에서 자란 게냐?"

"아버지가 일찍 돌아가셨대요."

"아가씨 나이가 몇인데?"

"열일곱이에요."

"열일곱이라고! 후견인이 누군데? 누구와 함께 사는데?"

"엄마랑 살아요. 작은 집에서요."

"누가 부양해 주는데?"

"걔가 일을 해요."

"그 나이에 할 수 있는 일이라고는 가정부 일뿐이다. 가정부냐?"

"사우나에서 일해요."

"사우나라고? 난 그런 곳은 평판이 좋지 않다는 느낌을 갖고 있다."

"저는 걔에게 만족해요."

"안마사라! 넌 마치 네 할아버지가 제라늄을 대하는 것 같은 태도를 보이는구나!"

"제가 걔보다 한 살 더 많아요."

"그래서?"

"아빠, 장담컨대 걔 좋은 애예요."

"알베르또야, 넌 경험이 아주 일천하다…… 이제 나는 아주 오래 살았고…… 반란을 진압하는 전쟁도 했고…… 근본이 어딘지 잘 모르는 사람은 믿지 말거라."

"하지만 저는 말레나와 많은 얘기를 나누었어요. 난 걔를 잘 안다고요. 게다가, 걔는 우리가 결혼하게 되면 안마 일을 그만 두겠다고 약속했어요."

"물론 그래야지! 그 아가씨는 내가 너희 둘을 부양해 줄 거라고 생각할 수 있어."

"전혀 그렇지 않아요. 걔는 다른 일을 계속할 생각이에요. 필요하다면 우리가 서로 조정을 할 거예요. 제가 일자리를 즉시 구하지 못하면 걔가 제 학비를 댈 거라고요."

"진짜 걱정이 되기 시작하는구나. 그 아가씨가 널 완전히 속였어! 그 여자는 내가 떠맡아야겠다! 너, 그 여자가 가족도 없다고 했지……!"

"저는 아빠가 그런 태도로 걔를 대하는 게 맘에 들지 않아요."

"애야. 넌 그 여자가 자기…… 사우나 일을 그만 두고, 다른 일자리를 찾아 보겠다고 말했다. 그렇지?"

"그래요."

"어떤 일자리?"

"전 잘 몰라요, 어느 가게……."

"학교는 어디까지 다녔니?"

"잘 몰라요."

"가난한 사람들이 다 그렇듯 고집이 센 여자일 거다. 그렇게 태어났다는 것이 아니라 제대로 키워지지 못했다는 거지, 알겠니?"

"아주 영리해요."

"기름진 요리가 뇌에 영향을 미치는 법이다."

"하지만 걔는 영리하다고요."

"그 여자가 널 속인 거야, 알베르또. 그 여자는 네가 돈이 있다는 걸 알아. 그게 그 여자가 안마 일을 그만 둘 수 있는 유일한 방법이지. 사우나라니……!"

"걔는 영어를 배울 거예요. 또또에게 미국 여자 친구가 있고, 그래서……."

"또또라! 그…… 또또라는 사람이 누군데?"

"또또 아수아가요."

"난 그런 이름은 결코 들어보지 못했다."

"베로니까의 학교에서 철학인가 뭔가를 가르치는 선생님이에요."

"철학은 마르셀린 신부가 맡지 않았니?"

"그랬죠. 하지만 이제는 그 사람이 철학 교사로 온 것 같아요."

"그 털보가 그를 데려온 게 확실하군! 외국인일 거야."

"그래요. 미국에서 왔어요……."

"상상해 봐라! 대통령이 자기 아들더러 발레 댄서가 되라고 허용해 주는 나라야."

"하지만 또또는 차스꼬무스…… 아니면 산딴데르! 출신이에요.

글쎄 잘 모르겠어요.”

“그게 더 나빠. 에스파냐는 이제 에스파냐가 아니야.”

“그런데 까세레스 주교가 그를 데려온 게 아니에요. 그는 지금 방문차 와 있을 뿐이에요. 미국에서 유명한 사람이에요.”

“정말 놀랄 만한 일이군. 그런데 누구를 찾아 여기로 왔다니?”

“엘리사, 베로니까의 미국 여선생이에요.”

“라빈차![1] 그 흑인 여자 말이군!”

“…….”

“아마 이혼녀일 건데, 그래야 그림이 되지.”

“아녜요, 남편이 있어요, 군터라는 사람이에요.”

“아수아가라는 사람은 몇 살이니?”

“잘 모르겠지만 마흔댓 살 정도로 보여요…….”

“그러면 그렇지! 그 나이에는 그 누구도 유명해질 수 없어!”

“전 그저 엘리사가 말레나에게 영어를 가르칠 거라는 말만 아빠에게 하고 싶었다고요. 엘리사는 말레나가 일자리를 구하는 걸 도우려고 해요. 제가 엘레사에게 그렇게 해달라고 부탁을 했어요.”

“하지만, 네 어찌 그녀를 엘리사라고만 부르는 거냐? 선생님을 이름만 불러도 되는 거냐?”

“엘리사가 우리더러 그런 식으로 부르라고 했거든요.”

---

1 라빈차(Lavincha)는 솔라노 로뻬스가 간통한 엘리사 린치(Eliza Lynch)를 경멸적으로 부르는 이름이다.

"이런 무지막지한! 네가 허물없이 말을 놓아도 된다고 했다는 말이지?"

"그래요."

"아하! 이제 알겠다. 그녀 또한 너희에게 말을 놓는다고 생각되는데, 그렇지?

"물론이죠."

"그리고 다른 선생님도 너희에게 말을 놓니?"

"그래요······."

"그 선생이 베로니까에게도 말을 놓니?"

"물론이죠."

"내일 당장 또록스 수녀에게 말해야겠다! 이건 듣도 보도 못한 일이야!"

"아빠, 진정하세요."

"입 다물어! 넌 그런 바보 짓거리들로 나를 피곤하게 만들어! 네가 이미 학교를 졸업한 것이 그나마 다행이다!"

"아직은 아니에요."

"그게 무슨 말이냐?"

"우린 졸업식 때 공연할 연극을 연습하고 있어요."

"너도?"

"네, 아메리칸 스쿨의 남학생들이 많이 참여해요."

"그런데 베로니까는?"

"베로니까도요. 주요 배역을 맡았어요."

"오호, 좋은 일이군!"

"게다가, 작품이 영어예요. 아빠는 늘 연극은 영어로 해야 한다고 말하시잖아요."

"제목이 뭔데?"

"「상복이 어울리는 엘렉트라」예요."

"포르노 같은 거로군! 누가 그걸 선택했지?"

"또또요."

"그런 어리석은 인간!"

"아빠, 그 선생님은 철학 박사라고 말했잖아요."

"그래서 어쨌다는 건데? 마르크스도 학식이 높은 사람이었다."

"하지만 또또는 마르크스주의자가 아니에요……."

"푸, 다들 그렇게 얘기하지! 자기 제자들더러 말을 놓게 하고 프로이트를 선전하는 인간은 상스러워. 그래서 이 나라에 강력한 법과 질서가 필요한 거야! 이 군인들은 겁쟁이들이야! 왜들 삐노체뜨[1]에게서 배우지 않는 거지?"

"아빠…… 연극을 영어로 한다니까요. 아무도 제대로 이해하지 못해요."

"……그 라빈차가 미국인이라 그랬구먼. 나는 아프리카 여자라고 생각했다."

---

1 삐노체뜨(Augusto Pinochet, 1915~2006)는 군부 쿠데타로 살바도르 아옌데(Salvador Allende) 정권을 전복한 칠레의 독재자다(1973~1990 재임).

"아녜요. 워싱턴에서 살고 있을 거예요."

"미국 여자들은 죄다 매춘부야."

"그게 무슨 말인지 모르겠군요."

"너완 상관없어."

"좋아요. 제가 아빠께 하고 싶은 말은 말레나와 결혼하고 싶다는 거라고요. 저는 말레나와 '결혼할 거예요.'"

"이제 그 문제에 관해 얘기해 보자."

"저는 오래 기다릴 준비가 되어 있지 않다고요."

"왜지? 네가 경솔한 짓을…… 한 거니?"

"제가 걔에게 임신을 시켰다는 거예요?"

"망측한지고! 좋아, 그러니까…… 에헴…… 말하자면 그런 비슷한 것."

"아니라고요. 걔는 예방 조치를 잘해요."

"참 무지막지하군! 열여덟 살에!"

"열일곱 살이에요."

"입 다물어! 넌 네가 무슨 짓을 했는지 몰라! 넌 왜 다른 아가씨들과 어울리지 않는 거냐? 왜 아가씨들을 길거리에서 찾는 거야? 왜 클럽에 가지 않는 거지?"

"항상 가는데요."

"그런데 맘에 드는 아가씨는 단 한 명도 만나지 못했니?"

"저는 말레나가 좋아요."

"말레나! 참 웃기는 이름이군! 내 장담컨대 그 여자는 단 한 번도 클럽에 발을 들여놓지 않았을 거야.”

“제가 단 한 번도 데려가지 않았어요. 걔가 클럽을 불편하게 여길 거라 생각했거든요.”

“물론이지! 나 또한 그런 여자 곁에 있으면 편하게 느끼지 않았을 거다······! 그 여자 성이 뭐라고 했지?”

“사나브리아예요.”

“그 여자가 자기 성을 바꾸지 않았을까? 유대인들은 늘 기독교적인 이름을 붙이니까.”

“아니에요. 걔는 유대인이 아니라고 말했잖아요.”

“사우나! 내가 그런 장소들 가운데 일부에 관해 들은 얘기가 어떤 건지 너는 상상도 못 할 거다! 모든 사람이 안마만 받으러 그런 곳에 가는 건 아니야! 알겠니?”

“······.”

“그런데 어떻게 해서 거기서 일하게 되었는데?”

“어떤 사람이 소개해 주었대요.”

“누가?”

“모르겠어요, 어느 장군인 것 같아요.”

“대부나 뭐 그런 비슷한 사람이니?”

“잘 모르겠어요.”

“얘, 알베르또야, 우리에겐 늘 네 엄마의 문제가 있다는 걸······ 너는 알고 있지. 내 장담컨대, 네가 그런 계층의 여자들과 어울려 다니는 걸 네 엄마는 좋아하지 않을 거야.”

"저는 그렇게 생각하지 않는데요."

"뭐라고?"

"저는 엄마를 아빠보다 더 잘 알아요."

"네가 어떻게 감히!"

"……."

"얘, 아들아. 아마도 네가 돈이 조금 필요한 것 같구나. 새 옷을 사서 입고 네 럭비 친구들과 함께 클럽에 가렴. 네 성을 듣고 즐거워할 아가씨들이 수천 명이야! 너는 매력적이고, 지적이고, 집안 좋은 청년이야. 네가 원한나면 맘껏 즐겨라! 그런 하찮은 여자는 잊어버려."

"아니에요. 걔도 날 사랑하고 나도 걜 사랑해요. 클럽에 있는 여자애들은 겉치레와 돈만 밝혀요."

"사랑하는 아들 알베르또야, 이런 단어를 사용해 미안하다…… 너도 알다시피 난 절대 상스러운 단어는 사용하지 않잖아…… 하지만 네 걱정이 된다. 얘야, 난 네가 어느…… 창부의 손아귀에 잡혀 버렸다고 생각한다."

"그 단어의 뜻이 뭐예요?"

"그러니까…… 내 말은, 품행이 좋지 못한 여자라는 거지, 이해하겠니?"

"아빠의 말은……."

"제발!"

"아니에요, 아빠. 장담컨대 말레나는 그런 여자가 아니라고요."

"걔가 네게…… 나쁜 영향을 미친 건 아닌 거지, 정말이지?"

"제발요, 아빠! 걔는 입 냄새도 풍기지 않는다고요!"

제5장

"좋은 아침이에요, 아가씨. 아빠 계세요?"

"고마워요."

"안녕, 아빠? 사무실로 전화해서 죄송해요."

"고마워요, 아빠."

"예, 아빠와 상의하고 싶은 게 있어서요."

"하! 걱정 마세요. 제가 알베르또 오빠와 다르다는 걸 아빠는 이미 알고 계시잖아요."

"물론이죠, 오빠는 그럴 나이잖아요, 아빠!"

"아니에요. 뭐라고요?"

"말레나요? 아뇨, 모르는 여잔데요."

"좋아요, 제 친구 솔레닷에 관해 말씀드리고 싶었을 뿐이에요.

아마도 솔레닷에 관해서는 아빠께 이미 말씀드렸을 거예요. 가난하지만 정숙한 애예요."

"그래요. 우리가 어렸을 때부터죠."

난 네게 직접 말할 용기가 없어서 이 편지를 쓰기로 작정했어. 베로[1] 난 네가 화를 많이 낼 거라 생각해. 그리고 난 네가 나를 싫어하는 걸 원치 않아. 하지만 난 너와 함께 살러 갈 수가 없을 거야. 집에 엄마를 혼자 남겨 둘 수 없거든. 게다가 만약 사람들이 우리 얘기를 하기 시작한다면 아주 두려울 것 같아, 베로니까. 내가 하는 말은 진심이야! 어떻게 해야 좋을지 모르겠어, 베로!

"고마워요, 아빠. 제가 솔레닷에게 그걸 말하기 전에 아빠와 상의하고 싶었을 뿐이에요."

"고마워요."

"아뇨, 걔 아버지는 돌아가셨어요. 엄마와 단 둘이 살아요."

"……제 생각에 걔 엄마는 어느 관공서나 법원 같은 데서 일하시는 것 같아요. 늘 퇴직 얘기를 하셔요."

"물론이죠. 사람은 다 그렇잖아요."

"거의 없어요. 삼촌 한 분만 계셔요. 외국에 사시죠."

"아뇨. 전 그 삼촌을 한 번도 본 적이 없어요. 삼촌이 가끔 솔레닷과 어머니를 찾아오세요. 삼촌에겐 맹인 딸이 하나 있어요. 솔레닷이 그 아이의 대모예요."

---

1 베로(Vero)는 베로니까(Veronica)의 애칭이다.

"물론이죠."

"아뇨, 셋집이에요. 가난하지만 정숙한 여자들이에요."

"물론, 제가 솔레닷을 도우면 좋겠죠!"

"아, 멋져요! 그렇게 우리가 대학에서 함께 계속해서 공부할 수 있게 되는군요!"

"건축학. 그래, 둘이서요. 솔레닷은 사회학을 공부하고 싶어 했지만, 제가 걔를 설득했어요."

"반가운 일이네요."

"좋아요, 그렇다면 솔레닷이 오는 데 문제가 없겠죠?"

"뭐라고요?"

우리가 함께 있는 걸 내가 아주 좋아한다는 걸 넌 이미 알고 있어. 하지만 정말 부끄러워. 베로! 무슨 일인지 모르겠어! 정신을 집중하는 게 확실히 쉽지 않아. 우리가 함께 공부를 하면서 네가 큰 소리로 책을 읽을 때도 똑같아. 난 항상 정신이 산만해. 난 네가 내게 아주 좋은 친구라는 걸 알아, 베로니까. 모든 사람이 좋지. 그리고 네 아빠가 내 학비를 대 주실 테지! 난 사회학을 공부하고 싶어 했지만, 네 아빠는 건축학을 더 좋아하셔서, 좋아. 그 모든 것에 대한 고마움을 네게 어떻게 표해야 할지 모르겠어, 베로. 하지만 난 너와 함께 살러 갈 수가 없어.

"그리고…… 제 생각에는 혼자 사시게 될 것 같아요."

"아녜요, 그 집은 가정부도 없어요. 실은, 파출부도 전혀 쓰지 않아요."

"예, 가난한 사람들이라니까요. 제가 이미 말씀드렸잖아요."

"좋아요, 저는 그게 걔의 문제라고 생각해요."

"물론이죠."

"확실히 걘 운이 좋았어요!"

"그리고…… 제게 단지 그런 생각이 들었다니까요."

"아녜요, 아빠, 아빠는 저랑 많이 함께해 주시잖아요. 하지만 솔레닷은 저의 자매나 마찬가지예요, 이해하시겠어요?"

"물론 아니죠. 피를 나눈 건 아니에요."

"그렇죠, 자선을 베푸는 거죠."

"기독교인이에요. 맞아요."

"아빠 생각에는 언제가 좋을 것 같아요?"

엄마와 난 항상 아주 친하게 지냈어, 베로니까, 특히 아빠가 돌아가신 뒤로. 넌 내가 엄마를 도와 집을 정리하고, 빨래를 하고, 음식을 만든다는 걸 알고 있어. 내가 엄마를 혼자 있게 하면 그 모든 일은 누가 하겠니? 엄마는 가정부를 들일 수가 없어. 엄마 봉급은 우리 생활비 대기에도 빠듯하니까. 그리고 난 가끔 이런저런 아르바이트를 구해. 나는 아주 적은 수입으로 살고 있어. 하지만 학교 강의 시간표가 나더러 일을 할 수 있게 해줄지는 모르겠어. 대학에서는 요구하는 게 많다고들 하던데. 현재 다들 건축가나 엔지니어가 되고 싶어 하니까. 베로, 난 걱정이 많아. 네가 날 이해해 주면 좋겠어. 그렇게 해줄 거지, 사랑하는 친구야?

"저는 오늘 당장이라고 생각하고 있었어요."

"아뇨. 걔가 가까이 산다니까요."

"비교적, 그래요. 걔가 오늘 가방 하나 들고 올 수 있고요, 필요한 것이 있으면 나중에 가져올 거예요."

"하, 제 옷장이 엄청 크잖아요!"

"확실해요."

"실제로 저는 걔가 오늘 밤에 당장 오는 게 더 좋아요. 진심이에요."

"애가 타요, 그래요."

"왜 그런지는 잘 모르겠어요."

"그리고…… 그냥 그런 생각이 들었어요."

"예, 저는 항상 걔의 집에 있어요."

"하지만 차이가 있죠."

"잘 모르겠어요…… 제 생각에는 우리가 함께 자면 더 친해질 것 같아요."

"그래요, 우정이죠. 그게 제가 하고 싶은 말이에요. 우리는 더 늦게까지 공부할 수 있어요."

"좋아요, 뭐라고 말씀하셨어요?

"아뇨, 지금 바로 그걸 제게 말해 주시면 좋겠어요."

"원하신다면, 제가 아빠를 직접 만나 얘기하러 갈게요."

"좋아요, 그럼 대답을 주세요."

"이제 알았어요, 하지만 저는 오늘 밤에 그걸 원해요."

"아빠를 당혹스럽게 만드는 게 뭔데요?"

난 너의 키스를 결코 잊을 수가 없어, 베로. 내가 네 키스를 내 입에 달고 다니는 것 같고, 사람들이 나를 쳐다보는 것 같고⋯⋯ 엄마도 눈치를 챈 것 같아. 오늘 아침 우리가 아침밥을 먹고 있을 때 엄마가 아주 특이한 눈빛으로 내 입술을 쳐다보셨어. 날 너무 세게 물지 말아 줘, 베로니까.

"나중에 아빠가 제게 그 어떤 즐거움도 주시지 않는다면, 제가 뭐하러 좋은 성적을 받으려고 하겠어요?"

"아니에요! 아빠께 나중에 전화하고 싶지 않아요!"

"커닝이라고요? 누가 아빠께 그런 얘길 하던가요?"

"알베르또 오빠 제정신이 아니군요!"

"예."

"주연 여배우예요."

"제 영어가 무슨 문제인가요?"

"월말에요."

"물론 그걸 암기하고 있죠."

"오늘 밤이에요!"

"전 아빠가 고집쟁이라고 생각해요."

"아뇨. 사과하지 않을 거예요."

"고집쟁이!"

"전 상관없어요. 막말이 나오려고 하네요."

"전 아주 슬프단 말이에요."

"좋아요, 빌어먹을! 들려요? 빌어먹을, 빌어먹을, 빌어먹을! 솔레닷이 오늘 밤 저랑 자러 오면 좋겠다고요!"

"내일 말고! 오늘!"

"아빠 사무실로 가서 아빠 여비서 앞에서 아빠께 '빌어먹을'이라고 소리를 지를 거라고요!"

"아빠 말 듣고 있다고요, 예……."

좋아, 사랑하는 친구야, 그게 내가 네게 말하고 싶었던 모든 거야. 나 역시 네 집으로 옮기고 싶어 죽을 지경이야. 너랑 함께 있고 싶어 미치겠어, 베로. 하지만 엄마를 혼자 놔둘 수가 없어. 게다가, 뭐라 말할까, 아주 부끄럽단 말이야! 사람들이 알까 봐 두려워. 사람들이 내 개인사를 알지 못하게 하느라 내가 얼마나 힘든지 넌 상상도 못 할 거야. 무엇보다도, 엄마가 모르시게 하는 게 힘들어. 엄마는 내가 마르쿠제,[1] 마리아떼기[2] 같은 책을 읽는 문제로 이미 걱정이 태산이야. 네게 빌려 준 그 뻬론[3]에 관한 책까지도 엄마를 놀라게 해. 내게는 말을 하지 않으실 테지만, 난 엄마가 걱정을 많이 하신다는 걸 알고 있어. 엄마는 내가 아메리칸 스쿨 출신 남자와 결혼하기를 바라고 계셔. 엄마의 우상은 미국에서 유명해진 빤초 삼촌이라는 걸 너도 이미 알잖아. 아빠가 돌아가신 뒤로 내 학교 뒷바라지를 하시느라 엄마의 희생이 얼마나 컸는지 넌 모를 거

---

1 마르쿠제(Herbert Marcuse, 1898~1979)는 독일 출신의 미국 사회철학자다.

2 마리아떼기(José Mariátegui, 1894~1930)는 페루의 마르크스주의자이자 에세이스트다.

3 뻬론(Juan Perón, 1895~1974)은 아르헨티나의 대통령이다(1946~1955, 1973~1974 재임).

야! 그래서 내가 이런저런 아르바이트를 하기 시작한 거야. 하지만 엄마는 당신 물건은 절대 사지 않으셔, 베로. 모든 건 나를 위한 거야. 게다가, 삼촌이 계시는데, 아주 엄격하셔. 내가 결혼을 하지 않으면 삼촌이 날 죽일 거야. 그리고 내가 엄마 곁을 떠나도 나를 죽일 거야. 그리고 만약 삼촌이 그걸 알게 되면…… 베로니까! 그땐 삼촌이 진짜로 나를 죽일 거라고!

"누구에게요? 화제 돌리지 마세요!"

"아, 아수아가요. 물론 그를 알죠. 그가 연극을 지도해요."

"그는 우리더러 말을 놓자고 했어요. 내게도 마찬가지고요."

"제가 뭘 알겠어요!"

"좋아요, 그 모든 건 제 관심 밖이에요, 아빠."

"그 누구도 내게 그 말을 가르쳐 준 적이 없어요!"

"아이디어요?"

"그건 연극 작품이에요, 그게 다라고요!"

"아뇨. 에스파냐어는 단 한마디도."

"그가 직접 연극 연습을 지도해요."

"또또예요."

"그 사람에 대한 호칭은 제가 하고 싶은 대로 할 거예요."

"아뇨. 저는 아빠의 애기도 아니고, 'honey(허니)'도 아니에요."

"아빠 보고 싶지 않다고요!"

"아뇨! 점심 먹으려고 아빠를 기다리지는 않을 거예요! 아빠가 결정하실 때까지 점심은 솔레닷과 함께 먹을 거라고요! 아빠가 결정하실 때까지 집에 들어가지 않을 거예요!"

"이제 그걸 알게 되실 거예요."

"아빠 사무실에는 가고 싶지 않아요. 지금 아빠의 대답을 원해요."

"그런 대답 말고요."

"불건전하다고요?"

좋아, 이제 이 편지를 끝낼게, 베로. 왜냐하면 네가 날 보기 전에 베르따 편에 이 편지를 네 집에 보내고 싶기 때문이야. 사랑하는 베로, 정말 미안하지만 엄마를 버릴 수가 없어. 핑계라고는 생각하지 마. 우리가 하고 있는 것 때문에 나 역시 아주 부끄럽다는 건 확실하고, 네가 날 정말 다정하게 대하는 게 좋다는 것도 확실해, 베로. 하지만, 사람들 때문에 두려워. 사람들이 알게 되면…… 난…… 자살할 생각이야. 진짜야, 베로니까.

"고마워요, 아빠."

"저 역시 아빠를 많이 사랑해요."

"그래요. 걔가 아주 만족할 거예요!"

"안녕."

그래서 내가 이 편지를 끝내고 싶어 하는 거야, 사랑하는 친구야. 왜냐하면 이제 여섯시고, 내가 여섯시 반에 가방을 들고 네 집에 도착하겠다고 네게 약속했기 때문이야. 그리고 나는 이 편지를 태워야 한다는 생각을 여전히 하고 있는데 말이야, 베로, 그런데 엄마가 종이 타는 냄새를 맡는 걸 난 원치 않아. 나는 네가 이 편지를 결코 읽지 않으리라는 것을 알고, 나는 내가 네게 편지를 썼다는 사실을 네게 결코 얘기하지 않을 거야. 하지만, 비록 이미 내 오른손에 성냥갑을 들고 있다 할지라도 나는 네가 받는 것처럼 편지에 서명을 할 거야. 베로, 사랑해, 난 아주 행복해, 베로.

제6장

여단장 구메르신도 라라인은 에바리스또 사리아-끼로가 박사를 몸소 맞이하러 밖으로 나왔다. 그는 사리아-끼로가 박사가 검은색 롤스로이스에서 천천히 내려 그를 향해 포치 계단을 올라오는 모습을 자신의 저택 현관문에서 보았다. 피곤하고 긴장한 기색의 그 호리호리한 신사는 창백한 얼굴이 풍기는 침착한 표정 이면에 어떤 초조함을 숨기고 있었다. 라라인은, 늘 그렇듯이, 그의 등을 다정하게 토닥였다. 돈 에바리스또는 군인의 입에서 풍기는 꼬냑 그랑 마니에르 냄새를 맡으며 가볍게 목례를 했다.

"안녕하세요, 여단장님…… 참으로 부적절한 시각에 제가 전화를 드린 것을 언짢게 해석하지 마시기 바랍니다."

"그래서 우린 친구잖아요! 우리 서재에서 얘기를 나누는 게 좋겠지요?"

신사가 가볍게 고개를 끄덕여 동의했다. 뚱보는 그가 자기(磁器)로 만든 것이나 된다는 듯 부드럽게 그의 팔을 잡아끌었고, 두 사람은 집 안으로 들어갔다. 두 사람은 황금 테를 두른 거울과 똘레도 산 태피스트리가 가득 찬 드넓은 현관을 통과해 어스름한 응접실에 앉았는데, 응접실은 인상주의 화풍으로 그려진 사과와 호박들, 대리석으로 만든 나폴레옹과 마돈나들, 그리고 사슴 가죽으로 장정한 브리태니커 백과사전으로 장식되어 있었다. 라라인이 초인종을 눌렀다. 즉시 집사가 나타났는데, 그는 냉소적인 콧수염 아래로 비굴한 미소를 머금는 수척한 노인이었다.

"뭘 드시겠습니까, 박사님?" 라라인이 물었다.

"글쎄요……." 사리아-끼로가 소심하게 피식 웃었다. "여단장님, 제가 여단장님을 놀라게 할 것 같은데요. 뭔가 강한 것이 필요하다는 생각입니다."

"문제없습니다! 함께해 드릴게요. 뭘 좋아하세요?"

"럼이요."

"코카콜라 조금 넣어 드릴까요?"

"'쿠바 리브레'라고 부르는 그 기괴한 칵테일 말씀하시는 거죠?"

당황한 라라인이 짐짓 헛기침을 했다.

"사람들이 그렇게 부르는 것 같습니다."

"그건 됐습니다. 스트레이트에 얼음 조금 넣어 주세요. 아마 레몬 즙 몇 방울 떨어뜨려 주시면 좋겠지요."

"좋아요. 이해했죠?" 라라인이 집사에게 말하자 집사가 진중하게 인사했다. "나는 소다 섞은 위스키를 줘요. 그리고 얼음 많이 넣고요. 아니, 얼음통을 따로 가져오는 게 낫겠어요."

집사가 다마스쿠스 융단 위에서 고양이처럼 다리를 끌며 물러났다. 라라인이 자리에서 일어나 황금색 칠을 한 콘솔로 가더니 황옥으로 상감한 은 담뱃갑을 꺼냈다. 담뱃갑을 열었다. 금속성 멜로디가 들렸다. 그가 그것을 친구에게 보여 주었다.

"고맙습니다만 담배를 피우지 않습니다." 사리아-끼로가가 예의 바른 태도로 말했다.

"박사님이 담배를 피우시지 않는다는 건 이미 알고 있습니다. 이 소리 들어 보라고 보여 드리는 겁니다. 이 음악 소리 들리나요? 담뱃갑을 열면 「라라의 테마」[1]가 들리지요. 일제(日製)예요! 그 사람들은 발명하지 못하는 게 없어요, 그렇죠?"

"그래요." 신사가 자신이 앉은 백조 털 소파에서 뭔가 불편한 것을 치우면서 나지막한 목소리로 대답했다.

"뭐라고 말씀하셨나요?" 군인이 구텐베르크 성경 한 권이 잠들어 있는 유리 상자 쪽으로 몬테크리스토 담배꽁초를 뱉어 내면서 투덜거리듯 말했다. 그는 신사의 대답에 신경을 쓰지 않았다. 호

---

1 「라라의 테마(Lara's Theme)」는 영화 「닥터 지바고」의 주제곡이다.

주머니에서 백금 카르티에 라이터를 꺼내더니 아바나 시가에 불을 붙이면서 짙은 연기 한 모금을 내뿜었다. "일본 사람들은 제법 대단해요. 그런 사람들이 어떻게 하다 전쟁에서 패배했는지 이해가 되지 않는다니까요!"

라라인이 사리아-끼로가 옆에 앉았다. 잠시 그를 주의 깊게 관찰했다.

"박사님은 전쟁에 관해 어떤 견해를 갖고 계십니까?"

"뭐라고요?"

"세계대전에 관해서요."

"아이고! 그거 아주 광범위한 테마인데, 그렇잖아요?"

"히틀러에 관해서는 어떻게 생각하세요?"

"히틀러라!"

"그가 미쳤다고 생각하세요?"

"그가 상당히 과도한 태도를 갖고 있었다는 건 의심할 여지가 없죠."

"그러니까 그가 뒤틀린 사람이었다고 생각하시는 거로군요."

"아마도."

"하지만, 박사님은 유대인들에 대해서도 관대하지 않으시죠."

"좋아요." 사리아-끼로가가 미소를 지었다. "아마도 그 말은 적합한 표현이 아닐 수도 있겠네요. 내가 길을 가고 있는데, 그 사람들이 내 앞을 가로막으면 마음에 들지 않는다는 것일 뿐이에요."

"박사님은 나치의 화장로를 비롯해 그 모든 것을 인정하지 않으시는군요."

"물론입니다."

"대단하군요!"

"왜죠?" 그 귀족이 놀라며 그를 쳐다보았다.

"가끔씩 저는 박사님을 이해하지 못하겠습니다, 친애하는 박사님. 어찌 되었든……." 그가 한숨을 내쉬었다. "우리는 민주주의 하에서 살고 있죠, 그렇잖습니까?"

사리아-끼로가가 살짝 당황하면서 다시 미소를 머금었다. 집사가 쟁반을 들고 돌아왔다.

"그거 다 테이블에 놓아요." 라라인이 말했다. "접대는 내가 할게요." 변호사는 하얀 턱시도를 입은 신비스러운 노인이 소리 없이 걷는 모습을 진기한 듯 다시 쳐다보았다. "뭐가 잘못 되었습니까?"

"아니, 아니에요." 사리아-끼로가가 고개를 가로저었다. "저 남자가 걷는 방식에 관심이 가서요……. 걸을 때 소리가 거의 안 나거든요.

"저 노인 말입니까? 불쌍한 사람이죠! 말년에 독일에서 왔어요. 몇 년 전부터 저와 함께 지내고 있습니다. 제 아내는 저 사람을 받아들이지 못했죠. 저 사람은 임신한 암고양이들을 가지고 실험하는 걸 즐기거든요. 박사님은 그가 생산해 내는 예쁜 고양이들을 보실 수도 있을 건데요, 눈이 파란 고양이, 눈이 검은 고양이죠! 저 불쌍한 노인은 과학을 좋아한답니다. 그런데, 박사님도 보다시피, 여전히 기력이 아주 좋습니다. 아마도 우리 두 사람보다 더 오래 살 겁니다……."

사리아-끼로가가 눈썹을 치켜떴다.

"제 말은 죽은 아내와 저보다 더 오래 살 거라는 겁니다." 라라인이 덧붙였다. 그가 잔 두 개에 술을 채웠다. 다른 남자는 피곤한 듯 한숨을 내쉬었다.

"여단장님, 저 사람이 저보다는 확실히 오래 살 겁니다. 놀라지는 마세요. 제 심장이 좋지 않다는 걸 이미 아시잖아요. 바로 그 문제에 관해 여단장님과 얘기를 하고 싶었습니다."

"듣고 있습니다." 라라인은 조니 워커 술잔을 손에 든 채 초초하게 담배를 씹으면서 소파에서 편한 자세를 취했다.

"여단장님은 아시게 될 겁니다. 제 유언 말입니다."

라라인은 전기에 감전이라도 된 듯 자리에서 튀어 올랐다.

"제 걱정거리들이 커지고 있습니다. 예를 들어, 오늘 오후에 아들 알베르또와 썩 유쾌하지 않은 대화를 나눴습니다. 제 아들을 기억하십니까? 아마도 제가 여단장님께 아들 얘기를 했을 겁니다."

뚱보는 눈도 깜박이지 않은 채 말없이 고개를 끄덕였다.

"어찌 되었든…… 보아 하니 그 아이가 어떤 인간관계…… 쉬운 인간관계를 가졌던 것 같습니다. 사귀는 아가씨가 열여덟 살이라고 얘기하더군요. 하지만 아가씨가 당연히 아들에게 거짓말을 했을 수 있지요. 제 아들은 아주 순진하고, 아주 낭만적인 아이거든요. 애기 때부터 제 엄마에게 찰싹 달라붙어 있었는데, 아내의 병이 아이에게 대단히 많은 영향을 미쳤다는 두려운 생각이 듭니다. 그럼에도 아들은 늘 고분고분했어요. 물론 아들이 'l'âge de la révolte(반항기)'에 있기 때문에 그 나이 특유의 반항적인 태도를 보여주고 있지만 제 화를 심하게 돋은 적은 결코 없지요. 하지만 오늘 오후에 아들이 뭔가 불안해한다는 느낌이 들더군요. 심지어는 그 여자와 결혼하고 싶다는 말까지 했다니까요."

"참 대단하군요!"

"물론 아들 말을 심각하게 받아들이지는 않았습니다. 문제는 제 아버지께서 개를 지나치게 과보호한다는 겁니다."

"성자 같은 분이죠."

"제 아버지를 아시나요?"

"조국의 자랑거리시잖아요."

"아니, 제 말은 제 아버지를 개인적으로 아시냐는 겁니다."

"아닙니다."

"그래요, 아버지는 사적인 삶에서도 그런 식이에요. 차꼬 전쟁이 끝난 뒤로 제라늄 키우는 일만 하세요. 제라늄을 키우고 제 딸과 더불어 시 얘기를 하시죠. 연금조차 타지 않으세요. 이게 온당한 처사라고 보세요?"

"이 세상의 기념비이자 명예시죠."

"그래서 어찌 되었든…… 다행스럽게도 알베르또는 전혀…… 감염되지 않았어요. 이런 길거리의 젊은 여자들은 늘 난잡하고 개인적인 위생에는 거의 신경 쓰지 않거든요. 하지만 알베르또가 나쁜 습관을 들일까 봐 걱정이 태산입니다. 저는 그 여자에 대해 더 많은 것을 알고 싶어요."

"지금 당장 우리가 그 여자의 손톱 몇 개를 뽑아 버릴 수도 있어요!"

"알베르또가 말레나인가 뭔가 하는…… 이름만 내게 말해 주었어요. 그런 이름 들어본 적 있으신가요?"

"……가끔씩."

"현대적인 이름 같아요. 저는 그런 이름은 들어 보지 못했습니다. 좋습니다. 그 여자가 알베르또를 속이고 있습니다……. 이름, 나이, 모든 걸 말이에요. 좋아요. 이제 제가 이 문제를 떠맡을 거예요. 여단장님이 제 아들의 보헤미안적인 성격을 이해하시는 게 중요합니다. 그 밖의 것은 사소하고요."

"알겠습니다."

"제 딸의 이름은 베로니까예요. 알베르또보다 한 살 어리죠."

"이제 어른이 다 되었겠군요. 따님이 기억나네요. 아주 매력적인 소녀였죠."

"그래요, 딸에게는 불만이 없습니다. 어른스럽고 책임감이 강하죠. 그 아이가 나쁜 영향을 받아서 지난 6월에 거리 시위에 참여했는데, 여단장님도 그걸 아시잖아요. 그럼에도 그 아이는 성품이 좋고 늘 우등생이었죠. 집에 머무는 시간은 적지만, 학교 친구 하나를 데려와 우리와 함께 살 생각이기 때문에 이제는 집에서 더 많은 시간을 보낼 겁니다. 딸의 친구 이름은 솔레닷이에요. 썩 점

잖치 않은 집안 출신이지만 혈통은 깨끗합니다. 제가 이해한 바로는 둘 다 대학에서 건축학을 공부할 계획을 갖고 있어요."

"두 사람이 고등학교를 마쳤나요?"

"예, 올해요."

"그럼 아들은요?"

"역시 졸업했습니다. 아메리칸 스쿨이죠."

"그럼 아들에게는 무엇을 전공하게 하실 건데요?"

"글쎄요, 지금 여단장님 말씀 듣고 보니, 아들에게 그걸 물어보지 않았네요! 결혼을 하겠다는 허무맹랑한 소리만 해댑니다……. 그 매춘부 같은 여자가 내 아들을 홀려 정신을 못 차리게 만들었다니까요."

"문제가 많은 아이군요!"

"그렇다니까요……." 사리아-끼로가가 럼을 홀짝였다.

"좋습니다, 박사님……." 라라인은 뭔가 조바심 어린 태도로 담배를 눌러 껐다. "제가 뭘 도와드릴 수 있겠습니까?"

"좋습니다. 미안하게 되었는데요, 제가 여단장님께 구체적인 말씀을 드리지 않은 것 같군요. 제가 처음에 말씀드린 바와 같이, 제 유언 문제입니다."

"하지만 박사님은 그런 문제를 생각하기에는 너무 젊으시잖아요!"

"그렇지 않습니다. 이젠 스무 살 청년처럼 팔팔하다는 느낌은 들지 않아요…… 건강 검진 결과는 그리 걱정스럽지 않지만 제 심장이 어떤 상태인지는 여단장님도 아시잖아요…… 다른 한편으로, 저는 앞으로 일어날 일을 예상하는 걸 좋아하거든요."

"선견지명이 있는 사람은 두 사람 몫을 하지요."

"좋아요, 여단장님이 허락하신다면, 함께 그 문제를 얘기하고 싶은데요."

"저를 믿어 주셔서 고맙습니다, 박사님."

"그런데요, 아내의 상태가 갈수록 나빠지고 있어서 아내가 자기 몸을 건사할 수 있을 거라는 희망이 없어요. 그래서 제 유산을 두 자식에게 공평하게 분배할 준비를 해놓고 있습니다. 물론 아내를 보살피기에 적합한 수입을 관리해 줄 유언집행인이 있지요."

"아주 신중한 처사처럼 보이는군요. 하지만 자녀들이 미성년 아닌가요?"

"맞습니다. 그래서 자식들을 돌보고, 기독교 교육을 시키고, 도덕적 품성을 함양하고, 자식들이 받은 유산을 관리하고 그 밖의 모든 일을 해주도록 자식들의 후견인 한 명을 지명하려고 합니다. 후견인은 선의를 베푼 대가로 제가 남긴 유산의 10퍼센트를 받게 될 겁니다."

"10퍼센트는 많은 돈이지요."

"저는 그게 정당하다고 생각합니다."

"……후견인 후보자는 생각해 놓으셨나요?"

"예, 여단장님. 제가 여단장님을 너무 허물없이 대하는 걸 용서해 주시기 바랍니다만, 저는 감히 여단장님을 후보로 생각해 두었습니다."

"박사님!"

"제발 부탁합니다, 라라인 장군."

"엄청난 책임감이 수반되는 일입니다!"

"부탁드립니다."

"잘 모르겠습니다, 박사님……. 제가 박사님의 부탁을 거절할 수 없다는 건 박사님도 아시지만 이건 아주 중요한 사안입니다! 박사님 자식들과 부인에 관한 문제라고요!"

"아직 먼 일입니다, 라라인 장군. 알베르또는 이제 열여덟 살이고, 베로니까는 열일곱 살이에요. 금방 성인이 될 겁니다……. 제가 내일 당장 죽지도 않고요."

"맞는 말입니다, 박사님."

"그럼, 제 제안을 받아들이시는 겁니까?"

"꽤나…… 어려운 문제입니다만, 조건을 한 가지 제안하고 싶습니다."

"말씀만 하시면 뭐든지 들어드리겠습니다."

"……저는 그 10퍼센트를 받아들일 수 없습니다, 박사님. 만약 불행한 일이 닥치게 된다면 제가 박사님 자식들을 제 자식처럼 대할 거라는 사실은 박사님도 아시잖아요."

"감사합니다, 라라인 장군. 제가 장군께 의지할 수 있을 거라는 사실을 저는 알고 있었습니다."

뚱보가 블랙 라벨 위스키 잔을 들어올렸다.

"장수를 위해!" 그가 소리쳤다.

제7장

"이 모든 것에 어떻게 감사드려야 할지 모르겠네요, 부인!"

"그건 쉬워요. 나를 '부인'이라고 부르지 않으면 다 되는 거지."

"그럼 어떻게 불러드릴까요?"

"엘리사."

"뭐라고요? 여기 전화가 소음이 심해서요."

"일-라이-사."

"일라이사라고요?"

"바로 그거야."

"……저 역시 말씀드릴 게 하나 있어요."

"무슨 문제가 있니?"

"그러니까…… 혹시 화를 내실 수도 있는 문제예요."

"좋아, 말레나, 잘 알다시피 난 바쁘게 사는 사람이야! 그러니까 빨리 말해!"

"그러니까 제가…… 알베르또와 결혼하는 데 확신이 서지 않아서요."

"그건 두 사람이 알아서 할 문제잖아."

"하지만 선생님은 알베르또의 친구여서 제게 영어를 가르쳐 주실 거잖아요……."

"나는 무슨 일을 우정으로 하지는 않아. 나는 호의를 베풀지도 받지도 않는다고."

"하지만 알베르또가 아수아가 박사님더러 선생님께 부탁해서 선생님이……."

"이봐. 나는 네가 알베르또와 결혼하든 말든 상관 안 해. 빌어먹을. 현재로서는 내가 네게 영어를 가르칠 시간이 있고, 가르치고 싶다는 거지. 내가 시간이 없고, 네게 영어를 가르치기 싫어지면 말할게. 말레나, 현재를 유익하게 사용하고 나머지는 잊어버리렴."

"그렇다면, 제가 알베르또와 깨진다 해도 선생님은 화를 내지 않으실 거죠?"

"Gosh darn! I'm all in!(제기랄, 완전히 돌아버리겠네!)"

"방금 제가 선생님을 짜증나게 하는 무슨 말을 했나요? 근데 그 말 영어인가요?"

"아니, 귀여운 아가씨. 그거 라틴어야. certum est quia

impossibile est.(그것은 불가능하기 때문에 확실하다)지. 에스파냐
어로는 ¡qué vaina tan arrecha!(아직도 이해가 안 돼!)라고.”

“무슨 말인지 도통 모르겠어요, 부인.”

“상관없어, 말레나. 노트 가지고 있니?”

“참 특이하신 분이세요, 부인, 아니 일라이사!”

“……”

“그런데 선생님은 아수아가 박사와 결혼할 생각이 없나요?”

“……”

“내 말 듣고 있어요, 일라이사?”

“응.”

“선생님은 참 예쁘세요, 일라이사……. 알베르토가 내게 선생님
은 푸른 눈에 머리가 검고 피부가 하얗다고 했어요…….”

“그건 네가 상관할 바 아니야, 말레나.”

“선생님은 전에 이미 결혼을 하셨죠, 그렇죠?”

“그래.”

“선생님께 시각장애인 딸이 있다고…… 알베르토가 말해 주었
거든요.”

“……”

“그런데 어떻게 해서 그 소녀를 갖게 되었어요?”

“제기랄, 넌 어떻게 해서 아이가 생기는지 모르니?”

“아수아가 박사님이 걔 아빠예요?”

“아니. 지금 노트 가지고 있어?”

"그럼 누구예요?"

"넌 모르는 사람이야. 뭐 때문에 알려고 하지?"

"왜 그 소녀의 아빠와 결혼하지 않았어요, 일라이사?"

"했어, 결혼했다고. 그 아이의 아빠와 결혼한 '상태'라고."

"그 사람 사랑하세요?"

"그래, 아주 많이 사랑해."

"아수아가 박사님보다 더 많이 사랑하세요?"

"또또는 내 친구고 군터는 내 남편이야. 다른 경우라고."

"남편 이름이 뭐예요, 일라이사?"

"군터."

"딸의 이름은 뭐예요?"

"얘…… 너무 개인적인 질문이라는 생각이 들지 않니?"

"딸의 이름이 뭐예요, 일라이사?"

"Shit!(염병할!)

"그게 그 소녀의 이름이에요?"

"아니."

"……."

"말이 잘 안 들려, 말레나. 더 크게 말해."

"군터가 다른 여자랑 결혼한 적이 있는지 물었던 거예요."

"염병할, 말레나! 이제 질문 좀 그만 해. 노트 갖고 있니?

"예."

"좋아, 네가 살 책과 사전 이름, 그리고 내 아파트 주소 적으렴."

"마지막 질문 하나 해도 되나요, 일라이사?"

"오케이, 마지막이다."

"첫 남편은 죽었나요?"

"내게 첫 남편이 있었다는 건 어떻게 알았어?"

"……."

"여보세요?"

"……저는 잘 몰라요, 일라이사. 전에 제게 말해 주셨잖아요…… 그분이 죽었나요? 비행기 조종사였어요?"

"왜 조종사여야 하는데?"

"조종사들은 빨리 죽잖아요. 말비나스의 그 사람들처럼 말이에요."

"……."

"엄마가 조종사들은 하늘나라에 더 빨리 간다고 말씀하셨거든요."

"하늘나라는 존재하지 않아."

"무신론자세요, 일라이사?"

"……."

"아무것도 믿지 않으세요?"

"물론 믿지. 나는 많은 것을 믿어."

"선생님은…… 공산주의자죠, 그렇죠?"

"하느님 맙소사, 말레나, 어서 노트 준비하고, 더 이상 귀찮게 하지 말아줘!"

"예, 부인."

"근데 뭣 때문에 웃는 거지?"

"······하느님 믿으세요? 방금 하느님이라고 말하셨잖아요."

"브레히트는 어떤 관습적인 상황은 예기치 않은 결과로 바뀔 수 있다고 가르쳤어요. 예를 들어 사리아-끼로가 자기 서재에서 서류를 검토하고, 자신의 유언장을 작성하고······ 그렇게 하는 것보다 더 관습적인 뭔가가 있을까요? 독자는 사리아-끼로가 라라인과 체스 게임을 한 번 더 하려고 곧 집에서 나올 것이라 기대할 수 있지요. 심지어, 우나무노를 모방했던 피란델로[1]의 코미디에서처럼 등장인물이 갑자기 반란을 일으킨다면, 그리고 그가 자신의 천박함과 자신의 1차원성 때문에 나를 공공연하게 비난한다면 크게 놀랄 만한 게 없을 겁니다. 상황이 Déjà Vu(데자뷰) 냄새를 풍길 겁니다. 하지만, 그렇지 않습니다. 사리아-끼로가는 곧 뭔가가 불타는 냄새를 맡게 될 겁니다. 그는 주의 깊게 냄새를 맡습니다. 냄새는 부엌에서 나는 것도 아니고 차고에서······ 나는 것도 아닙니다. 그렇다면 뭔가 불타는 냄새는 어디서 오는 걸까요? 위층에서 뭔가가 불타고 있어요! 그의 부인! 또 마녀집회 중인가? 그는 성큼성큼 위층으로 달려 올라가 안에서 잠겨 있는 침실 문을 두드리면서 소리를 지르죠.

---

1 피란델로(Luigi Pirandello, 1867~1936)는 이탈리아의 극작가, 소설가다.

이런 극적인 상황은 아랍인을 죽인 카뮈[1]의 경우처럼 무한한 가능성을 열죠. 가장 명백한 가능성은 집에 불이 났고, 뭔가 무시무시한 일이 일어날 수 있는데, 불이 났다는 증표라고는 약간의 연기밖에 없다는 것입니다! 그리고 이제는 쾅 하고 문이 열리는 소리가 나고, 연기에 가득 찬 침실이 사리아-끼로가의 초조한 눈앞에서 펼쳐지죠. 그의 부인이 말을 할까요? 투명한 나이트가운에 둘러싸인 채 죽어 있을까요? 그에게 편지 한 통을 남겼을까요?

『아마디스 데 가울라』[2]는 하품이 나오게 만드는 긴 모놀로그처럼 질질 늘어지고, 『돈 끼호떼』는 마리아의 처녀성과 펠리뻬 2세[3]의 종교재판에 반항하는 격렬한 너털웃음과 같죠. 연기를 휘저으며 침대로 접근하는 사리아-끼로가의 공포에는 부르주아적이지 않은 뭔가가 있는데요, 그는 아내의 몸을 더듬더듬 만지고서 무서워 벌벌 떨지요! 그 눈에 드러난 공포는 정말 생생하죠.

부인의 심장에 잔인하게 꽂힌 칼의 손잡이를 잡은 채 벌벌 떠는 사리아-끼로가의 손, 여전히 체온이 남아 있고 여전히 파르르 흔들리는 그 손잡이는 파르르 흔들리는 따끈따끈한 '단어들'만큼은 중요하지 않아요. 시인이 오늘 밤 가장 슬픈 시구를 쓸 수 있는 것

---

1 카뮈(Albert Camus, 1913~1960)는 프랑스의 소설가, 극작가, 저널리스트, 에세이스트다. 여기서 말하는 '아랍인'은 『이방인(L'étranger)』에서 뫼르소가 죽인 사람을 가리킨다.
2 『아마디스 데 가울라(Amadís de Gaula)』는 중세 에스파냐의 기사소설이다.
3 펠리뻬 2세(Pelipe II, 1527~1598)는 아메리카 식민지를 개척한 에스파냐의 왕이다.

은 그 시인이 오늘 밤 나는 가장 슬픈 시구를 쓸 수 있다[1]고 '말하는 것'만큼은 중요하지 않죠. 중요한 것은 살인범이 그 방에 있다는 겁니다! 중요한 것은 그 메스꺼운 검은 연기 속에 사리아-끼로가를 염탐하면서, 호시탐탐 노리면서, 염탐하면서, 호시탐탐 노리면서…… 매복해 있는 고양이 눈처럼 음험한 눈들이 있다는 겁니다.

사리아-끼로가의 눈은 이제 독자의 눈이고, 그의 귀는 독자의 귀고, 그가 맡는 냄새는 독자가 맡는 냄새인데, 헤밍웨이의 한계적인 상황에서처럼, 연기는 더 많은 연기고, 위험은 더 급박하며, 키스는 좀이 풍부한 사두죠. 사리아-끼로가는 고통에 전 눈, 이전에는 삶에 결코 더 가까이 다가가지 못했던 눈, 연기에 휩싸여 있는 눈으로 침대에서 벌벌 떠는 인물을 보고, 불타는 두꺼운 커튼을 뚫고 들어오는 죽음의 고통을 주는 그 빛을 보고, 살인자의 땀방울과 숨 냄새가 뒤섞인 냄새를 맡는데, 살인자는 커다란 초록색 체크무늬 피에르 카르뎅 옷을 입은 채 그에게 다가오고, 시커먼 앞발에 다른 비수를 들고 있죠……. 그 창백한 인물은 오늘은 오늘이 아니고 당신이 글을 읽고 있을 그날, 내가 이 장(章)을 아직 다 끝맺지 못했을 그날이라는 무익한 희망 이외에 다른 희망 없이 죽음의 언저리에서 벌벌 떨고 있죠……."

---

1 "오늘 밤 나는 가장 슬픈 시구를 쓸 수 있다(Puedo escribir los versos más tristes esta noche"는 빠블로 네루다의 시 「사랑의 시 스무 편과 절망의 노래 하나 (Veinte poemas de amor y una canción desesperada)」(1924)의 한 구절이다.

살아서는 농업협회장과 지방 최고법원장을 역임한 에바리스또 사리아-끼로가와 그의 부인이 오늘 새벽 이 수도에서 사망함으로써 공동체의 가슴에 깊은 비탄을 유발했다. 세상을 떠난 그 저명인은 우리 사회에서 가장 출중한 가문의 자손이자 훌륭한 돈 알레한드리노 사리아-끼로가 대령의 아들이었는데, 대령은 형제 국가 아르헨티나에서 전투의 나팔이 영웅적인 청년들더러 파라과이의 차꼬를 수호하는 전쟁에 참여하라고 요청했을 때 지칠 줄 모르고 전투에[1] 참여했던 영웅이다. 그 불행한 사망자는 온갖 자선 단체와 스포츠 단체를 주도했다. 그를 영영 잃어버린 것은, 그가 박식한 법률가, 공정한 논설위원, 그리고 사랑받는 가장으로서 자신의 사려 깊은 펜으로 이야기를 쓰는 명예를 누렸던 이 신문의 지면들 역시 몹시 슬프게 만든다. 우리의 일요판 부록은 그의 우아한 필체, 그의 서명이 지닌 권위, 그리고 그의 견해가 지닌 신중함이 없는 상태이기 때문에 이제는 예전 같지 않을 것이다. 화폐, 수표, 환어음, 동전, 금, 그리고 모든 종류의 해외 금융 서비스, 달러, 독일의 마르크, 우루과이의 뻬소, 구아라니의 끄루세이로, 영국의 파운드, 프랑스의 프랑, 스위스의 프랑, 뻬세따, 리라, 엔, 페루의 솔의 오늘 외환 시세를 알려주고, 두 번째 민사재판정에서 제1심 판사의 명령에 따라 10시에 이 도시의 거리에 있는 내 책상에 법원 통지서가 도착하고, 나는 자동차 등록증에 제조사 이름, 유형, 모델,

---

1 여기서 말하는 전쟁은 파라과이 전쟁, 즉 삼국동맹 전쟁이다.

엔진 번호, 차대 번호가 기입되어 있는 자동차 한 대를 최소 입찰가가 없는 공매에서 합법적으로 판매하려고 하는데, 구매자가 낙찰 비용으로 다음과 같이 보증금 10퍼센트를 즉시, 커미션 4퍼센트를 현금으로 지불하고, 책임 경매인은 자동차를 관심 있는 구매자들이 이용할 수 있도록 제조사의 공장에 놓아 두었다는 사실을 확인한다. 이 사진에서는 꼬리엔떼스 주의 건축학적 자부심이라고 할 수 있는 사리아-끼로가의 저택인 그 강고한 건축물에서 발생한 화재의 피해가 어느 정도인지 관찰할 수 있다. 우리의 사진기자는 직업적인 대담성과 사진학적 전문 기술을 자랑으로 여김으로써 일본제 망원 렌즈를 통해 화재의 선정적인 장면을 촬영할 수 있었는데, 이는 오늘날까지도 여전히 북동부 지역[1]의 여론과 유지들을 감동시키고 있고, 그 사회 내부에서 칼을 맞고 죽은 사람들은 그들이 입는 눈에 띄는 애국심과 속옷 때문에 대단한 호감을 받았고, 24시간 문을 여는 약국들은 성령 덕분에 은혜를 입었고, 외모가 뛰어난 부부는 집 주인이 부재중일 때 집 살림을 맡아 하고, 변호사, 경제, 민사, 상업, 퇴거, 이혼, 결혼 파기, 문서 청구, 상속, 재판권 밖에 있는 경영 관리, 채권자들의 공시, 파산, 더 많은 공공사업 개시, 대책 회람, 세탁소, 드라이클리닝, 증기 다리미질, 가정부 일, 당신의 아름다운 용모, 하얀색과 다양한 색깔의 욕실

---

1 꼬리엔떼스(Corrientes)가 아르헨티나의 북동부에 있기 때문에 '북동부 지역'이라고 한 것이다.

용품 세트, 수도꼭지와 배수 용품, 수조, 덮개, 도금 및 플라스틱 액세서리, 파란색 배수관, 구급약 상자, 모든 치수의 못, 모토는 뚱뚱해지지 않는 것, 매일 만드는 완전한 빵과 작은 빵, 차, 롤빵, 반달형 크림빵과 달콤한 우유 빵, 코코넛 푸딩, 일련의 맛있는 것들, 특별히 공급되는 마른 빵 반죽, 버터 스틱, 아주 단 빵, 사탕, 이런 것들에서 익숙하고 특별한 슈퍼 엑스트라 스위스의 맛을 음미하는 것, 유럽산 식재료를 가지고 이론의 여지가 없는 전통적인 품질을 지닌 음식 만들기, 계엄령의 확대. 우리는 독자들에게 더 많은 정보를 제공하기 위해 로베르또 아마도르 수마야 조사관에게 조사를 요청했는데, 그는 화재가 발생한 지 채 몇 시간도 되지 않아 금방 사고 현장에 도착했다. 라디오, 신문 및 잡지, 텔레비전과 늘 협조적이었던 그 고위 공무원은, 공공질서를 담당하는 공무원들이 밝힌 사건의 증거는 사망의 원인에 관해 의심할 여지가 없는 것이라고 밝혔다. 조사관은 사리아-끼로가 부인이 얼마 전부터 심각한 정신장애를 겪고 있었다는 사실은 널리 알려져 있는데, 그래서 무시무시한 감정적 위기를 겪던 부인이 오늘 새벽에 남편과 함께 있는 방문을 잠그고, 남편을 칼로 찌르고, 결국 그 칼로 목숨을 앗았고, 동시에 자기 방에 불을 질렀고, 그래서 화재가 피렌체 양식의 저택 좌익을 소실시켰고, 목적지에 화재가 강타한 지 채 몇 시간도 되지 않아 모습을 나타낸 훌륭한 소방대원들의 적절한 조치가 개입되지 않았더라면 그는 새까맣게 타 버렸을 것이라고 설명했다.

"아가씨, 내가 사체들을 확인할 수 있도록, 다시 말해 내가 심심한 조의를 표할 수 있도록 나와 함께 가 주어야겠소." 조사관 로베르또 아마도르 수마야가 말했다.

"좋아요." 눈물 한 방울 흘리지 않았던 베로니까가 말했는데, 그녀는 한참 나중에 솔레닷과 함께 자기 방으로 틀어박힐 때까지도 울지 않을 것이다.

"내가 애석하게 생각하는 유일한 것은 이 집의 호사스러운 찬장들과 반찬통들이 모두 길가에 꺼내져 있었다는 거죠. 탐내는 사람과 도둑이 너무 많거든요."

"상관없어요, 조사관님."

"뭐라고 했나요?"

"내가 이 모든 걸 떠맡을 거예요. 이제 모든 것은 내 책임 아래 있어요."

솔레닷은 베로니까의 손이 자기 손을 거칠면서도 다정하게 붙잡는 것을 느꼈는데, 베로니까는 손톱으로 솔레닷이 억눌린 신음 소리를 내뱉을 때까지 솔레닷의 손을 짓눌렀다.

제8장

"좋아!" 라라인이 가쁜 숨을 몰아쉬며 호화로운 책상 위로 두툼한 털북숭이 팔을 치켜 올렸다. "내가 자네와 자네 누이의 행실을 바로잡아 주는 조건으로 부친께서 내게 모든 것을 위임하셨네. 그래서 자네는 나와 더불어 바르게 처신해야 할 거야, 젊은이, 알겠는가?"

알베르또는 흑단으로 만든 화려한 식탁 반대편에 말없이 앉아서 상스럽게 부풀어 오른 그 배, 거무스름하고 두꺼운 그 살가죽, 돼지처럼 땅딸막한 그 목, 천박하고 교양 없게 보이는 그 주둥아리, 느끼하게 격식을 차리는 그 어릿광대 짓, 지저분하고 광기 어린 불룩한 아랫입술, 물집이 잡히고 사악해 보이며 언청이처럼 공포스러운 입가, 외따로 방치된 부패한 묘나 내장이 노출된 채 떠다니는 쥐들과 피처럼 빨간 앙금으로 숨 막히는 악취를 풍기는 하수구처럼 퇴폐적이고 잔인하고 악취 나는 주둥이, 어리석음, 추악함, 난폭성, 음란함, 탐욕의 악취와 점액을 풍기고 흘리는 그 혹독하고 무정한 우거지상을 관찰했다. 옴에 걸린 양서류의 지방 덩어리 같은 그의 턱밑 살, 불룩 튀어나온 잿빛 사마귀, 화농이 생긴 거무죽죽한 곰보 자국, 갈라진 틈으로 고름이 내비치는 상처 딱지를 응시했다. 벌레가 들끓는 물범의 썩은 송곳니, 카지노의 탐욕스러운 노름꾼의 손톱, 경기병(輕騎兵) 또는 용기병(龍騎兵), 포병 또는 개망나니, 허수아비 여단장, 바보 병사의 임질을 상상했다. 그는 그 비겁한 콧수염과 음란한 간통꾼의 누더기를 걸친 남색자(男色者)를, 이완된 그 자줏빛 입술과 침을 질질 흘리는 집창촌의 상피병 환자들을, 도살장 호색한의 선정적이고 음탕한 그 숨소리를, 근시에 정맥혈이 드러난 그 퀭한 눈동자들을, 잔인하고 의뭉스러운 그 끈적끈적한 눈꺼풀을, 그의 시선에 드러난 동물적인 증오, 늙고 병든 남자의 그 음란한 노안을, 그가 흘리는 노쇠한 눈물이 지닌 새까만 탐욕을 증오했다.

"이봐 아들, 자네가 내 말을 듣고 있지 않다는 느낌이 드는구먼. 이제 내가 자네의 후견인이라는 사실을 자네가 이해하지 못하는 것 같아."

제9장

"알베르또는 후견인이라는 말을 싫어했어요." 엘리사가 내게
말한다. 그녀는 이미 세비체[1] 1인분을 더 시켰고, 가끔씩 자신의
포크를 엘바 마시아스[2]의 샐러드 속에 집어넣었다. "알베르또는
어렸을 때부터 그 말을 싫어했어요. 왜냐하면, 당시 에스딴시아에
살고 있던 아빠가 마르셀린 신부를 후견인으로 삼아 알베르또를
학교에서 기숙하도록 했거든요. 저는 장례식이 끝난 그날 밤에 그

---

1 세비체(ceviche)는 날생선, 어패류와 양파를 잘게 썬 뒤에 레몬즙, 식초, 소금
등으로 간을 한 요리다.
2 엘바 마시아스(Elva Macias, 1944~)는 이 소설의 작가가 멕시코에서 망명할
때 교분을 나누던 멕시코의 시인이다. 여기서 샐러드는 고난의 시기에 작가를 지
탱해 준 인간적인 유대감을 상징하는 음식이다.

곳에 함께 있었는데, 알베르또가 솔레닷에게 그 이야기를 해주었어요. 이미 그는 그녀를 말레나라고 부르지 않더군요."

그때 내가 마르셀린 신부님을 죽였어. 정말이야, 솔레닷. 학교에서 기숙하는 학생들은 늘 슬픈 상태에 빠져 있었어. 우리는 일요일에만 외출을 했어. 어떤 애들은, 친척들이 찾아와 동물원과 극장에 데려갔지. 내게는 베르따만 찾아와서 날 미사에 데려가고 무전기를 이용해 아빠에게 내 성적을 얘기했어.

우리는 침대 스무 개가 있는 아주 큰 기숙사 방에서 함께 잤어. 침대는 낡은 철제였는데, 스프링이 거의 닳은 상태였어. 화장실이 하나밖에 없어서 우리는 아주 빨리 일어났지.

학생들 절반이 그곳에 있었는데, 학교 측이 우리를 그곳에 가둬두고 식사를 제공하도록 우리 부모가 돈을 지불했기 때문이야. 나머지 반은 가난하고, 또 신부님들에게 자신들 역시 신부가 되길 원한다고 말했기 때문에 돈을 내지 않았어. 하지만 우리는 함께 놀았지.

수업이 끝나면 기숙사에 거주하던 우리 학생들은 식사를 하러 위층으로 올라가고, 기숙사에 거주하지 않는 학생들은 각자 집으로 갔어.

기숙사 식당 역시 아주 컸는데, 겨울이면 아주 추웠어. 철제 침대 대신에 기다란 나무 식탁 두 개가 있었어. 한 식탁에서는 신부님들이 식사를 했어. 나머지 식탁에서 기숙 학생들이 식사를 했는데, 마르셀린 신부님은 자잘한 뼈와 빵 쪼가리가 날아다니지 못하게 테이블 상석에 앉아 우리를 감시했지. 마르셀린 신부님이 우리의 사감이어서 우리가 나쁜 말은커녕 '젠장'이라는 말도 못하게 했어. '맙소사'라는 말만 할 수 있었어. 우리가 신부님의 말에 복종하지 않으면, 신부님은 우리가 책무를 이행하는 데 쓰지 않는 우리의 손가락을 비틀고, 우리의 뺨을 꼬집었지. 토요일에는 뺨을 꼬집지 않았는데, 그 이유는 다음날 우리 친척들과 우리를 돌봐 달라고 의뢰를 받은 사람들이 면회를 하러 왔을 때 우리 뺨이 빨갛게 되어 있지 않도록 하기 위해서였어.

마르셀린 신부님은 공짜로 기숙하는 학생들에게 더 엄격했어. 신부님은 그 학생들이 사제가 되길 원한다면 자신이 그들에게 성자처럼 살고 회개하는 법을 가르쳐야 한다고 말했지. 학생들의 신발 속에 돌멩이를 넣으라고 시키고, 펄펄 끓는 마떼 잔을 악마의 손인 왼손으로 든 채 마시라고 시켰어. 학생들이 기도를 하도록 새벽에 잠을 깨웠지.

가끔 기숙사 남학생 한 명을 자기 방으로 데려가서는 방문을 잠가 놓고 몇 시간 동안이나 함께 있었지. 그 학생은 울면서 방을 나왔는데, 자신들이 무슨 짓을 했는지는 우리에게 결코 말하려 하지 않았어. 나는 마르셀린 신부님 방에서 무슨 일이 일어났는지 정말 알고 싶었어.

어느 날 나는 죄를 고백하고 싶다고 신부님에게 말했어. 그는 대단히 만족해하면서 나를 자기 방으로 데려갔어. 신부님은 문을 걸어 잠갔고, 우리는 그곳에 단 둘이 있었어. 그 방은 마르셀린 신부님처럼 폭이 좁고 기다란 것이었는데, 고양이 오줌 냄새가 났어. 침대, 누르스름한 모기장, 탁자, 의자밖에 없었지. 탁자 위에는 책과 십자고상이 있었어. 신부님은 나더러 통회(痛悔) 의식을 하라고 요구하지 않았어. 우리 두 사람은 벽에 등을 기댄 채 침대에 앉았고, 신부님은 내게 아빠와 엄마에 관해 많은 것을 물었어. 우리는 얘기를 했지. 그러고 나서 신부님은 매트리스 밑에서 사진 앨범을 꺼내 내게 보여 주었어. 어떤 사진들은 너무 오래되어서 누르스름했어. 사진 속의 마르셀린 신부님은 한결 젊었는데, 자기 부모, 그리고 형제자매인 소년 소녀들과 함께 프랑스 쪽 바스크 지역에서 찍은 것이었어. 그리고 그는 자신이 사제 서품을 받던 날 찍은 사진도 보여 주었어. 신부님은 그날이 자기 삶에서 가장 행복한 날이었다고 말했지만, 사진에 찍힌 표정은 아주 심각했지. 그러고 나서 한 시간이 흘렀어. 그리고 나는 공포에 사로잡혀 버렸어! 거기에 마르셀린 신부가 둘이었는데, 둘 다 사제복이며 뭐며 똑같았고, 둘 다 나선형의 계단에 앉아 진짜로 웃고 있었으니까! 마르셀린 신부님이 뜨거운 손으로 내 다리를 쓰다듬으며 나더러 놀라지 말라고 말했어. 사진 속에 있던 남자는 마르셀린 신부님의 쌍둥이 형제였는데, 그 형제 역시 하느님의 은총으로 사제가 되었던 거야.

나는 한숨을 내쉬었고, 허벅지 안쪽에서 신부님의 뜨거운 손길을 느꼈고, 그래서 나는 화장실에 가고 싶기 때문에 가야겠다고 신부님에게 말했지만, 그건 사실이 아니었어. 그러자 신부님은 앨범을 매트리스 밑에 간수하고서 문의 자물쇠를 풀었어. 나는 달려 나와서 화장실에 틀어박혀 울어 버렸어.

그 다음날 우리는 학교 운동장으로 사용하는 공터로 갔어.

학교에서 반 블록 정도 떨어진 곳에 커다란 공터가 있었는데, 학교는 우리가 나쁜 생각을 하지 못하도록 그곳에서 운동을 하고 공놀이를 하도록 시켰어. 우리는 열을 지어 그곳으로 갔어. 행렬은 가난한 기숙 학생들 가운데 나이가 가장 많은 학생이 선도했는데, 신앙심이 깊은 체하는 그가 호루라기와 공을 들고 갔어. 그는 상당히 오랫동안 우리에게 얼차려를 시킨 뒤에 경기를 할 수 있는 팀을 짰어. 한 팀은 네 명으로 짰는데, 우리 모두가 동시에 경기를 할 수 없었기 때문에 그가 좋아하는 아이들은 매 경기를 했다 할지라도 우리는 교대로 경기를 했어. 경기를 하지 않고 있는 동안에는 다른 경기를 구경하거나 공터 주변을 거닐 수 있었는데, 잔디가 없었기 때문에 먼지가 아주 많이 일었어. 길을 건너는 것은 금지되어 있었어.

나는 공터 주변의 보도를 걷는 게 좋았어. 공터 한쪽 면에는 항상 문이 닫혀 있는 집 한 채가 있었는데, '도깨비'가 득시글거리는 집이라는 소문이 있었어. 하지만 나이가 많은 기숙 학생들은 늘 그 집으로 들어가 빈둥거렸지만 그들을 괴롭히는 귀신은 없었어. 반대편에는 판잣집이 있었는데, 거기에서는 할머니 한 분이 캐러멜 같은 사탕과 음료수를 팔았어. 과자도 팔았으나 나는 절대 사먹지 않았는데, 그 이유는 베르따가, 발로 짓이긴 반죽으로 만든 과자를 먹으면 배가 아프다고 했기 때문이야. 나는 그 할머니와 자주 얘기를 나누었는데, 심성이 아주 착한 할머니는 하나밖에 없는 아들이 죽어서 혼자 살았어. 가끔 할머니가 내게 유명 축구 선수 형상의 우유 캐러멜을 주었어. 할머니는 이가 별로 없어서 말을 할 때 입에서 소리가 났어. 할머니가 내게 많은 걸 얘기해 주었지. 할머니는 근처에 작은 집 한 채를 갖고 있었어.

어느 날 오후 할머니가 옷장에서 풀을 먹인 낡은 드레스를 꺼내 내게 가져왔는데, 그 옷은 할머니가 미의 여왕이었을 때 어느 춤파티에서 처음으로 입은 것이었어. 할머니는 드레스를 내 여자 친구에게 선물하고 싶어 했는데, 할머니의 말에 따르면, 그 드레스가 많은 행운을 가져오기 때문이었어. 나는 미성년 기숙 학생이었기 때문에 여자 친구가 없다고 할머니에게 설명했어. 할머니는 이렇게, 고개를 흔들었고, 가장 좋은 연인은 미성년 기숙 학생, 뱃사람, 슬픈 청년이라고 말했어. 그래서 나는 여자 친구가 생기면 드레스를 찾으러 오겠노라고 할머니에게 약속했어. 할머니는 나를 위해 옷을 잘 개서 다량의 나프탈렌, 박하와 소회향(小茴香) 잎사귀를 넣어 보관해 두겠다고 약속했어.

할머니는 만병을 치료하고 기적을 일으키는 약초들도 팔았어. 언젠가 나는 깜짝 놀라고 말았어. 할머니가 수많은 독사가 들어 있는 유리 플라스크를 내게 보여 주었던 거야. 할머니는 맹독성 독사지만 자신이 독사들에게 수없이 말을 해서 훈련을 시켜 놓았다고 말했어. 할머니는 독사의 독에서 아주 좋은 약을 뽑아 냈지.

그래서 나는 할머니에게 독사 한 마리를 달라고 부탁했어. 할머니는 독사를 작은 플라스크에 담아 주면서 각별히 조심하라고 말했어. 나는 독사가 내게 행운을 가져오도록 침대 밑에 놔두겠다고 할머니에게 약속했어.

여러 날 밤에 걸쳐 나는 화장실에 가려고 침대에서 일어났어. 성무일도서를 들고 복도를 지나가던 마르셀린 신부님이 나더러 왜 잠자리에 들기 전에 소변을 보지 않느냐고 물었지. 나는 덜 익은 구아야바를 먹어 설사를 좀 한다고 대답했어. 마침내 신부님은 내가 밤에 일어나 있는 모습을 보는 것에 익숙해져서 내게 더 이상 신경을 쓰지 않았지. 나는 밤에 잠자리에서 일어날 때마다 늘 독사가 든 작은 플라스크를 파자마 주머니에 넣었어.

마침내 어느 날 밤, 화장실에 다녀오는 길에 마르셀린 신부님의 방문이 열려 있다는 사실을 알았어. 방에는 아무도 없었어. 재빨리 신부님 방으로 들어가 독사를 침대 시트 속으로 던졌어. 그러고 나서 내 침대로 돌아와 누웠지.

다음날 마르셀린 신부님은 우리와 함께 아침식사를 하지 않았어. 신부님들은 마르셀린 신부님이 몸이 조금 편치 않은 상태로 잠에서 깨어났다고 우리에게 설명했지. 우리는 아무 말도 하지 않았지만, 모두 신부님이 제발 죽었으면 좋겠다고 생각했어.

그날이 일요일이어서 정오에 베르따가 내 면회를 왔어. 베르따는 「로빈 후드」와 「피 묻은 화살」을 보자며 나를 극장으로 데려갔어. 영화를 보고 나서 우리는 내 할머니 에르네스띠나의 집으로 갔는데, 할머니가 아주 맛있는 끼베베¹를 해주셨고, 뉴스를 보고 계시던 할아버지 알레한드리노는 만약 깜뽀라²가 사임을 하면 모든 것은 엉망진창이 되어 버릴 것이라고 말하셨어.

늘 그렇듯이, 월요일 아침 일찍, 베르따가 나를 학교에 데려다 주었지. 월요일이면 늘 그렇듯이 우리는 교실에서 하품을 해댔고, 마르셀린 신부님은 하품을 한 우리 기숙학생들의 손가락을 비틀어 댔어. 어느 가난한 기숙 학생의 손가락에서 '뚜둑' 소리가 들렸지.

마르셀린 신부님이 이미 죽었다는 사실, 마르셀린 신부님을 닮은 그 신부님이 실제로는 그의 쌍둥이 형제라는 사실, 신부님들이 우리 몰래 그 쌍둥이 형제를 데려왔다는 사실을 그 누구도 몰랐다 할지라도, 나는 행복했어.

나중에 에스딴시아에 계시던 엄마와 아빠가 나와 함께 살려고 베로니까를 데려 오셨어. 아빠는 나더러 당신처럼 변호사가 되어 사회에 유용한 사람이 되려면 공부를 열심히 해야 한다고 말씀하셨어.

---

1 끼베베(quibebé)는 유유에 호박과 치즈를 넣고 걸쭉해질 때까지 끓인 요리로, 주로 아르헨티나, 볼리비아, 파라과이의 시골에서 먹는다.

2 깜뽀라(Héctor José Cámpora, 아르헨티나, 1909~; 멕시코, 1980)는 아르헨티나의 정치가, 치과 의사인데, 뻬론당의 리더로서 1973년에 49일 동안 대통령 직을 맡았다가 뻬론이 대통령 직에 복귀하도록 사임했다.

제10장

"하지만, 알베르또 오빠, 오빠가 그걸 이해하지 못한다는 게 가능해? 탐정소설을 전혀 읽어 보지 않은 거야?" 베로니까가 침대에서 손짓을 하면서 말했다. 두 사람은 각자 솔레닷과 섹스를 한 뒤에 솔레닷과 함께 실크 시트에 알몸으로 누워 있었다. 세 사람이 가는 파이프에 재워 피우던 마리화나 불빛이 11월의 석양빛처럼 서글프게 사그라지고 있었다.

"아빠의 죽음으로 이익을 가장 많이 본 사람이 라라인이라는 건 확실해." 알베르또가 말했다. "그런데 아빠가 라라인에게 모든 것을 물려 주었다는 게 특이하단 말이야. 아빠는 군인들에 대해 늘 험담을 했거든. 아빠는 함께 체스를 둘 사람이 필요했기 때문에 라라인을 친구로 삼은 거야."

"말도 안 돼." 베로니까가 말했다. "아빠는 많은 군인의 변호사였어. 군인들 가운데 아빠가 험담을 한 건 로사스,[1] 뻬론 같은 사람들뿐이었어. 아빠는 철권을 휘두르는 군인들에 관해서는 결코 험담을 하지 않았지. 아빠는 그들과 함께 수많은 익명의 사교 모임에 가입해 있었어. 라라인은 아빠가 믿었던 사람이야. 게다가 만약 라라인이 아빠를 죽였다면 아빠의 유언장을 불태워 버리고 자기 마음대로 위조한 유언장으로 대체할 수 있었을 거야."

"왜 그랬는지는 잘 모르겠지만, 난 라라인이 겁쟁이라는 '필링'을 갖고 있어." 알베르또가 솔레닷의 하복부 음모 위에 왼쪽 뺨을 갖다 대면서 말했고, 그녀는 그가 더 편안한 자세를 취할 수 있도록 가랑이를 조금 더 벌렸다. "난 라라인이 두 사람을 칼로 찔렀다는 생각은 들지 않아!"

"푸, 칼로 찌를 필요가 없었지!" 베로니까가 말했다. "총을 쏘아 죽일 수 있었거든. 시체들이 불에 탔는데도 경찰은 검시를 허락하지 않았어."

"하지만 몬시뽈 까세레스가 판사에게 탄원을 했어." 솔레닷이 알베르또의 금발을 쓰다듬으면서 말했다.

"맞아." 베로니까가 말했다. "판사가 라라인에게 아빠의 유언장을 위조해 주었을 가능성이 있어. 모두 매수되어 있거든. 게다가

---

1 로사스(Juan Manuel Rosas, 1793~1877)는 1829년부터 1852년까지 아르헨티나 연방을 통치한 독재자다.

라라인이 성매매 업소의 주인이라고 네가 말하지 않았니?"

"그랬어." 솔레닷이 말했다. "나는 그를 여러 번 보았어. 거기서 일하는 여자들은 아무도 자신의 진짜 이름을 사용하지 않기 때문에 나더러 말레나라는 이름을 사용해야 할 거라고 내게 얘기했던 사람이 바로 그야. 그가 내게 풀 서비스 계약을 강요하려 했기 때문에 언젠가는 그와 입씨름까지 했어. 나는 월요일, 수요일, 금요일에만 일하러 갔기 때문에 제한된 서비스 계약을 선택할 권리를 가지고 있었거든. 마담의 말에 따르면, 그는 성매매 업소 체인을 가지고 있었어."

"그래." 베로니까가 알베르또에게 마리화나를 잰 파이프를 건네면서 말했다. "그가 그들을 죽일 필요가 전혀 없었어. 그가 부리는 깡패나 포주를 보냈어도 충분했을 텐데!"

"여기 마리화나가 있으니까 정말 좋네……." 알베르또가 미소를 머금은 채 솔레닷을 쳐다보면서 말했고, 솔레닷은 자신의 가랑이 사이에 있던 알베르또의 머리를 다정하게 조였다. 알베르또는 자신의 성기가 굳어지기 시작하자 부끄러움을 느끼고 시트 모서리로 성기를 덮었다. 베로니까가 침대에서 일어나더니 피처 하나에 맥주를 더 따라 두 사람에게 건넸다. 그러고 나서는 다시 침대에 앉아 침대 머리판에 상체를 기댄 채 거무스름한 병에 남아 있는 맥주를 들이켰다. 알베르또는 솔레닷의 몸 위에 자기 몸을 포갠 채 오랫동안 키스를 했다. 베로니까가 알베르또의 엉덩이를 손바닥으로 가볍게 때렸다.

"이봐 친구들, 그거 다시 시작하지 마…… 게다가 솔레닷은 내가 먼저 찜했어." 베로니까가 농담을 했다. 알베르또와 솔레닷이 서로에게서 몸을 떼어 내더니 같은 침대 머리판에 유순하게 상체를 기댔다.

"나 또한 라라인이 직접 두 사람을 살해했거나 청부 살해를 했다고 생각해." 솔레닷이 말했다. "틀림없이 많은 이권이 걸려 있었을 거야."

그들은 잠시 말없이 마리화나를 피웠다. 베로니까가 흥분해서 숨을 헐떡거렸다. 다시 사리에서 일어났다. 다른 맥주병을 따더니 소파에 팔다리를 쫙 펴고 앉아 단숨에 들이켰다. 알베르또와 솔레닷은 쉼 없이 맥주를 들이키는, 땀에 젖은 그녀의 아름답고 긴 목을 말없이 응시했다. 베로니까는 맥주를 다 마시고 나서 빈 맥주병을 로버트 레드포드의 포스터를 향해 던졌다. 다시 소파에서 일어나더니 걱정스러운 표정으로 방을 서성이기 시작했다. 분홍색 벨벳 소파에는 그녀의 땀에 젖은 등과 엉덩이의 흔적이 남아 있었다.

"우리가 라라인을 없애 버려야 해." 갑자기 베로니까가 말했다. 알베르또가 씩 웃었다.

"헛소리 마." 알베르또가 베로니까에게 말했다. "그는 수많은 경호원에게 둘러싸여 살고 있을 거야. 우리는 변변찮은 무기도 없어."

"게이 같은 소리 작작해." 베로니까가 말했다. "내가 학교 사물함에 아빠의 권총을 보관해 두고 있는데, 할아버지가 아빠에게 크리스마스 선물로 준 거야. 라라인이 오빠에 대해서는 결코 의심하지 않을 거야. 오빠가 그의 집에 들어가서 잠시 그와 얘기를 나누고, 오빠가 그와 단 둘이 있게 될 때까지 기다렸다가 총알 두 방을 박아 버리는 거야."

"기발한 아이디어군." 알베르또가 비웃었다.

"오빠가 어렸을 때 마르셀린 신부님을 죽였다고 했잖아." 솔레닷이 말했다.

세 사람은 함께 자는 것을 좋아했는데, 그 이유는 밤 늦은 시각까지 얘기를 할 수 있었기 때문이다. 그들은 이를 닦기 전에 늘 섹스를 했다. 솔레닷은 침대 밖에서도 그렇지만 침대에서도 아주 소심해서 베로니까와 알베르또를 즐겁게 하는 것이라면 뭐든지 받아들였다. 베로니까와 알베르또는 결코 서로의 몸을 만지지 않았다. 솔레닷은 자신이 애인을 한 사람만 가졌더라면, 즉 베로니까가 알베르또의 몸 안에 있었더라면 좋았을 것이라고 반은 농담으로 늘 되뇌었다. 솔레닷이 웃으며 말했다. "내가 여자들을 좋아한다는 게 아니고, 내가 좋아하는 것은 여성적인 남자들이야." 하지만 가장 좋은 부분은 섹스도, 맥주도, 마리화나도 아니었다. 가장 좋은 것은 자신들이 함께 있다고 느끼고, 서로 유년 시절의 얘기를 하고, 서로의 얘기를 들어 주는 것이었다. 솔레닷은 그 짧은 며칠 동안, 자신의 삶에서 단 한 번 자기 아버지, 즉 돌아가신 이발사 암뻴리오 사나브리아에 관해 얘기했다.

아빠는 좋은 분이었어. 어느 신문에 실린 글에 따르면 아빠는 공산주의자였어. 하지만 그건 확실하지 않아.

내가 아빠에 대해 가진 가장 오랜 기억은 내가 태어나고 거의 평생을 살았던 꼬리엔떼스에 관한 거야. 기억이 희미해. 당시 나는 아주 어렸거든. 유치원에도 가지 않은 나이였으니까.

우리는 빤초 삼촌이 빌려준 작은 집에서 살았는데, 그 집은 시내에서 그리 멀지 않은 곳에 있었어. 엄마는 정원을 정성 들여 가꾸셨는데, 작았지만 꽃이 만발했어. 엄마가 자신이 비서로 근무하는 사무실에서 퇴근해 집에 오시면, 나는 엄마가 정원 가꾸는 일을 도왔지. 정원에는 온갖 제라늄이 가득 차 있었어. 엄마의 꿈은 언젠가 정원 앞에 회랑 하나를 만드는 것이었어.

그 작은 집은 아빠가 일하던 이발소에서 가까웠어. 가끔씩 아빠는 이발사 몇을 집에 데리고 오셔서 오랫동안 담소를 하고, 음반을 틀어 놓고 음악을 들으셨어.

아빠는 음악을 아주 좋아하셨지. 토요일이면 늘 집에 아빠 친구들이 많이 오셨어. 그들은 기타를 치고 노래를 부르면서 늦게까지 머무르셨지.

아빠는 연극도 좋아하셨어. 일 년에 두세 번 아빠와 친구들, 그리고 이발사 몇이 시와 음악으로 이루어진 연극을 준비하셨지. 가끔씩은 연극을 공연하러 시골에 가셨어. 아빠와 친구들이 야간에 공부를 하던 대학에서도 공연을 하셨지.

왜 그 신문은 그들이 모두 나쁜 사람이라고 말했는지 나는 잘 모르겠어. 나쁜 사람들은 노래를 좋아하지 않고, 기타 치는 것을 좋아하지 않고, 연극도 좋아하지 않잖아. 그들은 사람들이 고통을 받는 것만 좋아하잖아.

꼬리엔떼스는 작은 도시로 아주 덥고, 사람들은 에스파냐어를 말해. 영어를 말하고 싶은 사람들은 영사관에서 배워야 하는데, 그 이유는 모두들 에스파냐어로 얘기하고, 심지어는 텔레비전에 나오는 인형들까지도 에스파냐어로 얘기하기 때문이야. 꼬리엔떼스에서는 「플린스톤 가족」[1]도 에스파냐어로 얘기해. 많은 사람이 구아라니어도 하지만 우리는 구아라니어를 제대로 이해하지 못해. 아빠는 영어도 구아라니어도 할 줄 모르셨어. 아빠는 프랑스어를 조금 알고자 하셨고, 엄마는 아빠더러 현학적이라고 말하셨어.

집 근처 성당 앞으로 아주 낡은 트롤리버스가 시끌벅적 지나갔고, 가끔 트롤리버스의 전기 케이블이 길모퉁이의 라빠초[2] 나무의 빨간 가지들과 뒤엉켰어. 정오의 태양 아래서 전기 케이블이 내뿜

---

1 「플린스톤 가족(The Flintstones)」은 1960년 9월 30일부터 1966년 4월 1일까지 ABC에서 방영한 미국의 애니메이션 시트콤이다. 총 166부작으로 이루어져 있으며, 구석기 시대 가족들의 에피소드를 그렸다.
2 라빠초(lapacho)는 빨간색 꽃이 무성하게 피는 큰 나무로, 파라과이를 비롯한 남아메리카의 풍경에 중요한 요소다. 꽃잎은 약재로 사용한다.

는 불꽃은 성당 대제단에 있는 신의 머리에서 나오는 번갯불처럼 보였어.

시장도 하나 있었어. 토요일이면 밤에 아사도[1]를 해 먹으려고 우리는 아주 일찍 아빠와 함께 신선한 고기를 사러 시장에 갔어. 우리는 노새가 끄는 나무 수레들을 구경했는데, 수레들에는 감자, 상추, 양배추, 당근, 만디오까가 가득 실려 있었어. 샐러드를 만들려고 단맛이 가장 좋은 양파와 아주 잘 익은 토마토를 고르느라 수많은 가게를 돌아다녔기 때문에 나는 땀을 많이 흘렸어. 하지만 가끔씩은 슈퍼마켓에도 갔어. 거기에는 에어컨이 있었지만, 그곳의 식재료는 약간 지저분하고 냄새가 그리 좋지도 않았어.

그 시절에 우리는 자가용 승용차를 갖고 있었는데, 아빠는 차가 출발하기 쉽도록 늘 내리막길에 주차해 놓으셨어. 고기와 채소를 산 뒤에 우리는 위스키를 사러 항구에 있는 어느 상점으로 갔는데, 상점 이름이 어느 우주인의 이름과 같았어. 낡은 차였기 때문에 기름을 많이 먹었지. 기름 값이 아주 비쌌어. 그럼에도 위스키는 쌌는데, 왜냐하면 밀수품이었기 때문이야. 아빠는 기름을 팔아 번 돈은 대통령에게 가고, 밀수해서 번 돈은 대통령의 친구들에게 간다고 말하셨어.

우리는 일 년 내내 꼬리엔떼스에 머물지는 않았어. 아빠가 휴가

---

1 아사도(asado)는 주로 다량의 쇠고기를 그릴에 구운 것으로, 아르헨티나, 우루과이, 파라과이 등지에서 인기 있는 음식이다.

를 얻으면 부에노스 아이레스에 있는 할머니 집에 갔지. 거기서 아빠는 많은 음반과 책을 사셨어. 거의 매일 밤, 엄마와 아빠는 영화나 연극을 보러 가시거나 음악 페스티벌에 가셨고 나는 할머니와 함께 텔레비전을 보았어. 아빠는 가수 메르세데스 소사[1]의 친구셨어. 어느 날 그녀가 남편 뽀초와 함께 할머니 집에 찾아와 헬륨 풍선 하나와 산따 페식 파이 몇 개를 내게 주었고, 자기 친구가 쓴 악보를 아빠에게 주었어. 글씨가 아주 특이했는데, 아마도 악보를 쓴 아저씨가 그리스 사람이기 때문이었을 거야. 그 아저씨는 아주 유명한 영화 「그리스인 조르바」의 테마 음악을 작곡한 사람이야. 내게는 조르바가 진짜 공산주의자처럼 보였어. 할머니는 아빌라[2] 출신이었는데, 할머니는 빨갱이들이 무신론자지만 프랑꼬가 더 나쁘다고 말하셨어. 그 말을 들은 메르세데스 소사가 웃었는데, 웃음소리가 노래를 하는 것 같았어. 그녀는 내 이름 솔레닷이 아주 맘에 든다고 내게 말했어.

부에노스 아이레스에서 우리는 차가 없었기 때문에 땅속으로 다녔지. 거기서는 지하 기차를 '숩떼'라 불렀고, 내가 뉴욕에 있었을 때는 다른 이름으로 불렸는데, 실제는 같은 것이었어. 아빠는 꼬리엔떼스 거리의 서점들을 둘러보고 싶어 했고, 엄마는 산따 페 거리에서 구두 사는 걸 더 좋아하셨지. 플로리다라 불리는 거리

<hr />

1 메르세데스 소사(Mercedes Sosa, 1935~2009)는 아르헨티나 불후의 대중가수로, '아메리카의 목소리(La voz de América)'로 알려져 있다.
2 아빌라(Ávila)는 에스파냐의 도시다.

가 있었는데, 거기는 차가 다니지 않고, 사람들만 걸어 다녔어. 거기서 엄마 아빠가 내게 아이스크림과 잡지를 사주셨어. 길거리 잡지 판매대에서도 책, 담배, 사탕 같은 것을 팔았어. 하지만 아빠는 캐러멜을 먹으면 이가 상한다면서 내게 캐러멜을 사주지 않으셨어. 해가 질 무렵 우리가 집으로 돌아가고 있을 때면 우리의 옷은 이미 매연 때문에 아주 더러워져 있었지만 우리는 쇼핑백을 열면서 즐거워했어. 할머니는 아빠가 산 책들을 살펴보시고는 책에 털보들 사진이 많이 실려 있기 때문에 경찰들이 그 책들을 압수할 것이라고 말하면서 투덜대셨어. 아빠는 가우초 같은 그 털보가 말비나스뿐 아니라 파라과이까지도 수호하기 위해 많은 것을 썼다고 할머니께 말하셨어. 할머니는 고양이 먹일 소의 폐장 값이 갈수록 비싸진다고 말하셨어.

어느 날 밤에 아빠와 엄마가 나를 엄청나게 큰 극장에 데려가셨어. 잘 차려입은 사람들로 가득 차 있었고, 오케스트라와 발레리나들도 있었지. 문지기가 나는 들어가지 못하게 했지만 아빠가 그 아저씨에게 뭐라 얘기하고 그 아저씨의 어깨를 토닥거려 주셨어. 음악이 무척 마음에 들었어. 아빠는 발레리나들이 그런 식으로 뛰어오르기 위해 수년 동안 연습을 했다고 내게 말해 주셨어. 그때 나는 우리가 꼬리엔떼스에서 보았던 서커스 생각이 났고, 그래서 나는 그곳에는 어릿광대들과 그네 타는 곡예사들이 왜 없는지 아빠에게 물었어. 그들도 역시 그렇게 공중돌기를 하고 아이들을 웃기기 위해 수년 동안 연습을 열심히 해야 해.

우리는 아주 낡고 속도가 느린 배를 타고 꼬리엔떼스로 돌아갔는데, 배에 달린 거대한 바퀴가 마치 피곤하다는 듯이 삐걱거리면서 강물 속에서 돌았어. 배에는 아주 오래된 식당이 있었는데, 누르스름한 거미집들이 있고, 마늘 냄새가 났어. 수프는 아주 맛있었어. 그처럼 맛있는 수프는 결코 먹어 본 적이 없었어. 식당 창문으로 강변의 낙조가 보였어. 저 멀리 있는 산들과 조용한 나무들이 강물을 따라 미끄러져 내려가는 것 같았지. 엄마와 아빠가 배 갑판에서 서로 껴안았고, 내가 따뜻하게 자고 감기에 걸리지 않도록 담요로 감싸 주셨어. 그때 그 시꺼먼 강물 속에 든 달이 추위를 느낄 거라는 생각이 들었어. 우리가 아침을 먹었을 때 식당은 활기가 넘쳤지. 언젠가 우리는 어느 주교님을 만났고, 다른 때는 어린이용 책을 쓰는 유명 여류 작가를 만났어. 모두 아주 친절했어. 배를 타고 여행하는 사람들은 선한데, 그 이유는 급할 게 전혀 없기 때문이야. 아빠가 우리의 기념 사진을 찍었는데, 컬러 사진은 아직 아주 비쌌기 때문에 흑백 사진을 찍었어. 그럼에도 나는 지금도 재의 수요일의 재처럼 서글픈 그 회색을 기억하고 있는데, 나는 그 색깔이 좋아.

제11장

또또 아수아가는 비 내리는 밤에 자기 방에서 마떼를 마시며 기타를 치고 있었다. 그때 누군가가 갑자기 방문을 둔탁하게 두드리는 소리가 들렸다. 그가 기타 연주를 멈추었다. 다시 문을 두드리는 소리가 났다. 그가 자리에서 일어나 문을 열었다.

베로니까가 빗물을 뚝뚝 흘리며 들어왔다.

"베로니까! 흠뻑 젖었구나!" 아수아가가 소리쳤다.

"지금 당장 선생님께 할 말이 있어서요."

"그래, 앉으렴." 아수아가가 베로니까에게 자신의 안락의자를 권했고, 그는 침대에 앉았다. "할 얘기가 뭔데?"

"그러니까…… 어떤 알리바이예요." 베로니까가 나직하게 말했다.

그리고 그곳 객석에 있던 모든 관객은 자신들이 이해하지 못하는 언어로 이루어지는 어느 비극에 박수칠 때를 기다리고 있었다! 베로니까는 막 뒤에 오만한 암탉처럼 서서 이런 생각을 하고 있다.

"좋아, 결론을 말하지. 내 추론에 따르면 너는 포주에게 스스로 유혹당했어. 너는 평판이 좋지 않은 어느 성매매 업소를 방문했어. 너는 육체적인 관계가 지닌 위험성을 몰라. 우리 가문의 어떤 남자도 창녀와 매춘부의 손아귀에 들어간 적이 결코 없어. 나는 네가 그 성매매 업소를 잊길 바란다. 네게 명령하노니 그 아가씨에게서 멀리 떨어지거라. 알아듣겠니?"

"예, 아빠." 알베르또가 말했다.

"여러분은 수필, 시, 단편소설…… 등을 공부했는데, 그런 것들은 구술 담화라고 해요." 아수아가는 학생들이 공연 연습을 하고 있던 학교 극장에 붙은 'DO NOT SMOKE(금연)' 표지를 향해 담배 연기 한 모금을 보내면서 말했다. "하지만 연극에서는 제스처 코드가 가장 중요한 거랍니다. 제스처가 말을 대신합니다. 몸의 제스처뿐 아니라 정신의 제스처죠. 여기서 단순한 플롯상의 충돌이 아니라 미학적인 충돌이 생깁니다. 통속적인 것과 반어적인 것의 익살스러운 충돌, 일상적인 것과 중요한 것의 극적인 충돌, 숭고한 것과 천박한 것의 비극적인 충돌이죠. 그리고 이게 바로 현재 우리에게 중요한 거예요. 우리가 관심을 가져야 할 유일한 것이라고요."

"그 빌어먹을 주교 역시 이 사건에 개입되어 있어!" 수마야가 소리를 질렀다.

"그럴 수가 없어……." 솔레닷이 소심하게 얘기한다.

"왜 아니겠어!" 수마야가 나무에서 미친듯이 소리를 지르는 부엉이처럼 소리를 지른다.[1]

"만약 그 범죄가 한 시간 전에 일어났다면, 몬시뇰 까세레스는 전혀 상관없어요." 솔레닷이 말한다. "연극이 공연되는 시간 내내 그분은 나와 함께 여기 베로니까의 탈의실에 있었으니까요……."

"그래요, 그건 확실해요." 베로니까가 말한다. "몬시뇰님과 솔레닷이 내게 행운을 주도록 연극이 공연되는 동안 그곳에 있어 달라고 내가 두 사람에게 부탁을 했으니까요."

"그 파라과이 주교의 과실이 있다니까!" 수마야가 소리를 지른다.

"하지만 만약 몬시뇰 까세레스가 그 시간 내내 나와 함께 계셨다면요." 솔레닷이 말한다. "몬시뇰 까세레스는 아주 좋은 분이고 아주 결백한 분이라고요. 맹세해요, 조사관님!"

"우리는 오늘의 작품에 약간의 속임수를 쓸까 해요." 아수아가가 말했다. "여러분이 알다시피, 오닐은 그리스 신화를 현대화해서 이 작품을 구상했어요. 비극을 현대화하고자 했던 거지요. 하

---

1 수마야(Zumaya)의 이름과 큰 목소리는 가르시아 로르까의 시 「달, 달의 연가 (Romance de la luna, luna)」에 등장하는 수마야를 비유한 것이다.

지만 이제는 그의 작품 또한 구식이 되었어요. 그래서 그 작품을 다시 젊게 만들기 위해, 내가 여러분에게 약간은 역설적인 술책을 제안하고 싶어요. 이 연극을 마치 그리스 연극인 것처럼 공연하고 싶다는 거지요. 그래서 우리는 가면을 비롯해 가능하면 모든 것을 이용할 겁니다. 하지만 아주 고전적인 가면이 아니라 더 미국적인 가면을 이용하는 거죠. 재규어 가면인데, 여러분은 어떻게 생각해요? 아마도 여러분에게는 가면이 불편할 테지만, 공연 연습을 하다 보면 익숙해질 겁니다. 모든 배우가 가면을 쓸 필요는 없어요. 베로니까의 가면이 가장 중요하겠지요. 연극의 가면은 여배우가 여배우 자신이 아니라 다른 사람이라는 것을 확증하는 데 필요하죠. 베로니까는 베로니까 자신이 아니라 엘렉트라가 될 것이고, 엘렉트라는 라비니아고, 라비니아는 베로니까죠. 그녀는 자기 자신이 되기 위해 자아를 버린 여자가 될 겁니다, 그렇죠?"

"그 사람들이 아무것도 자백하지 않았지만, 우리는 이미 모든 걸 파악하고 있어!" 수마야가 소리를 지른다. "그 사람들 모두 연루되어 있어!"

"마떼 좀 더 줄까?" 아수아가가 권했다. 베로니까가 고개를 끄덕여 수긍했다. 베로니까는 아수아가가 빌려준 수건으로 머리를 감싸 놓고 있었다.

"잘 이해하셨어요, 또또?"

"물론이지. 시계들의 시각을 똑같이 맞추는 게 문제야." 아수아가가 김이 모락모락 나는 마떼를 베로니까에게 건네면서 말했다.

"고마워요." 불안해하는 베로니까가 말했다. 그녀가 후루룩 소리를 내며 마떼를 마셨다. "관객들은 선생님이 알베르또가 아니라는 사실을 알지 못하겠죠, 그렇죠?"

"가면의 입 부위가 목소리를 많이 변형시키기 때문에 그 점에 대해서는 난 안심하고 있어. 알베르또와 나는 체구가 비슷하잖아. 게다가, 도포를 입고 반장화를 신으면 너조차도 우리를 구분하지 못할 거야."

베로니까가 안락의자 가장자리에 앉아 벌벌 떨리는 손으로 마떼 잔을 든 채 한숨을 깊이 내쉬었다.

"모든 게 원하는 대로 되면 좋겠어요!" 베로니까가 소리쳤다.

"연극의 마지막 순간에 모든 배우가 관객에게 인사를 하기 위해 가면을 벗을 때까지는 알베르또가 돌아와야 해. 라라인은 그 총알 몇 방을 반드시 맞아야 하고. 나였어도 그렇게 할 거야. 어찌 되었든, 이제 나는 썩 오래 살지 않을 테지만 알베르또가 왜 그것을 실행해야 하는지는 알고 있어."

베로니까가 예쁜 검은 눈으로 그를 쳐다보았다.

"그런 걸…… 알리바이라고 하죠, 또또?"

아수아가가 씩 웃었다.

로베르또 아마도르 수마야 조사관이 베로니까의 탈의실 문을 발로 한 번 차면서 난폭하고 시끄럽게 안으로 들어온다. 혼자 있던 베로니까는 이미 옷을 완전히 다 벗었으나 그 비극에 사용되는 커다란 가면을 '아비뇽의 처녀들'[1]처럼 여전히 쓰고 있다.

어안이 벙벙해진 그 경찰관은 탈의실 문턱에서 그녀의 신비로운 나신을, 돌처럼 딱딱하고 유령 같은 그 얼굴을 응시하는데, 그녀는 벽에 걸린 넓은 거울에서 반사되는 빛 속에서 두 배로 커 보인다.

"너희가 라라인 여단장을 죽였어!" 수마야가 소리를 지른다.

"라라인이라고요?" 베로니까가 말한다. "그런 성을 언젠가 들어본 것 같군요."

"그는 그 정당의 당원이었어!" 수마야가 소리를 지른다.

"그래요?" 베로니까가 말한다. "그가 그 정당의 수많은 여자를 착취했다는 사실은 알고 있었으나 그 역시 그 정당의 당원이었다는 사실은 모르고 있었네요."

"제기랄, 넌 대체 누구냐?" 수마야가 소리를 지른다.

"나 말인가요?" 베로니까는 이렇게 말하고 나서 연극에서 자신이 연기하는 인물의 대사를 큰소리로 말한다. "레몬 색깔의 고통, 모든 이들의 슬픔, 공동의 향수, 흐린 물, 일상의 고독, 감춰진 비, 무상한 비가(悲歌), 상처 난 유리, 배반당한 즐거움, 유폐된 사랑, 복수의 즐거움, 자유로운 관습, 은밀한 침묵, 긴급한 입맞춤, 한계

---

1 '아비뇽의 처녀들(Demoiselle d'Avignon)'은 삐까소(Picasso)의 그림 「아비뇽의 처녀들(Les demoiselles d'Avignon)」(1907)을 언급한 것이다.

없는 모험, 꿈속의 동굴, 불길한 고립무원, 절규의 공허한 울림, 초저녁의 불면증, 무한한 피부, 방어막 없는 실루엣, 처벌되지 않은 램프, 야만적인 술, 아침의 종다리, 용기의 가장자리, 어두운 길, 씁쓸한 해바라기, 은밀한 휴전, 욕망과 곡물, 이름 없는 옆얼굴, 투명한 단어, 순수한 불꽃, 기억의 가벼움, 무기력한 불, 갑작스레 종잡을 수 없이 비치는 불빛, 눈동자와 날개, 빈틈없는 어스름, 전기적인 위험, 피의 꽃잎, 하늘색 자개, 상냥함의 메아리, 친밀한 향기, 유려하고 활기 있는 휴지기, 의지할 곳 없는 행위, 태만하고 축축한 우연, 오염 거부, 이른 아침의 평온한 구석자리, 부드러운 침식, 눈[雪] 허리띠, 빛나는 재, 다이아몬드의 새끼, 활활 타오르고, 사악하고, 시대에 뒤처지고, 아둔한 것에 반하는 세계적인 침묵. 가볍게 한다, 동이 튼다, 밝게 한다, 뜨겁게 한다, 허용한다, 용서한다, 저항한다, 유혹한다, 엮는다, 복원한다, 거절한다."

"대체 무슨 말을 하는지 모르겠군." 수마야가 소리를 지른다.

"모르겠다고요?" 베로니까가 말한다. "그런데, 이제 연극이 끝나 버렸군요."

그러고 나서 그녀는 정오에 껍질을 깨고 나오는 벌새처럼 가면을 벗고, 이제 노래를 부르고, 향수 냄새를 풍기고 있었다.

제12장

알베르또가 밤에 서재의 커다란 창문 뒤에서 라라인을 염탐한다. 뚱보는 선 상태로 아니스가 첨가된 소주를 마신다. 알베르또가 두꺼운 커튼의 어둠 속에서 나와 뚱보를 향해 슬그머니 다가간다. 서재 한가운데에 이른 알베르또가 2미터 전방에서 라라인에게 뛰어든다. 두 손으로 낡은 권총을 움켜쥐고 뚱보를 겨눈다.

여단장은 미동도 하지 않은 채 곁눈질로 알베르또를 쳐다본다. 천천히 몸을 돌려 아버지 같은 태도로 청년과 얼굴을 마주한다.

"하지만 사랑하는 아들아……." 뚱보가 술잔을 매만지면서 말한다. "머리가 어떻게 된 거니? 네 뒤에서 내 집사가 총을 들고 너를 겨누고 있다는 걸 모르는 거냐?"

알베르또가 본능적으로 뒤를 돌아보자 라라인이 번개처럼 재빠르게 알베르또의 권총을 빼앗고, 그의 턱을 강타한다.

청년의 몸이 무기력하게 고꾸라진다. 라라인은 꼼짝도 하지 않은 채, 산산조각 난 유리잔 옆에 뻗어 있는 알베르또를 경멸하듯 묘한 표정으로 한참 동안 응시한다. 그의 시선이 그랑 마니에르 병을 찾는다. 선반으로 다가가 병마개를 연다. 술을 음미한다. 일본제 담뱃갑 옆에 소음기가 있다. 라라인이 알베르또의 권총에 소음기를 장착한다. 상체를 숙이고 알베르또의 머리를 겨누는데, 권총 끝이 관자놀이에 거의 닿아 있다. 장전된 총알이 소진될 때까지 쏜다. 알베르또의 피에 전 뇌조직이 다마스쿠스 카펫에 튄다.

라라인이 다시, 이번에는 더 깊게 한숨을 내쉰다. 다리를 질질 끌며 마호가니 책상까지 간다. 고래 같은 몸이 부드러운 안락의자에 가라앉는다. 멀리서 달리는 자동차 소음이 열린 창문을 통해 들려오고, 어둠에 싸인 정원에서 불어오는 미지근한 미풍이 커튼의 망사를 가볍게 흔들어 댄다. 라라인은 바지 주머니에서 자수 손수건을 꺼낸 뒤 다리를 포개고 역겹다는 표정을 지으며 부츠에 묻은 피를 닦는다. 손수건을 상아 휴지통에 던져 버린다. 그러고 나서 책상의 중간 서랍을 연다. 〈Play-girl(플레이걸)〉 최신 호를 꺼낸다. 잡지의 중간에 접어 넣은 페이지를 책상 위에 펼친다. 그달의 청년으로 선정된 모델은 동양인의 섬세한 외모를 가지고 있는데, 과도하게 큰 성기가 작은 키, 단아한 몸과 어울리지 않는 것처럼 보인다. 라라인은 아니스 냄새 풍기는 트림을 하고, 자기 배와 불룩한 성기를 쓰다듬는다. 마침내 바지 앞에 달린 지퍼를 내린다. 안락의자에 앉은 상태에서 알베르또를, 총알 구멍들로 훼손된 그의 얼굴과 피와 뇌 파편으로 범벅이 되어 있는 카펫 위에 절망적으로 튀어나와 있는 유리처럼 투명한 그의 눈을 바라본다. 땀을 흘리는 라라인의 입술이 거의 감지할 수 없을 정도로 미세하게 떨린다. 마침내 거무스름한 살 조각이 붙어 있는 손으로 안락의자의 팔걸이를 짚고 비틀거리며 일어나 흥분으로 몸서리를 치면서 사체를 향해 걸어간다. 발로 청년의 몸을 거꾸로 뒤집어 놓는다. 사체 곁에서 무릎을 꿇고 어렵사리 사체의 바지를 벗긴다.

바로 그때 라라인은 토리노의 수의(壽衣)[1]에 그려진 얼굴 모양의 마스크를 쓰고, 호랑이 가죽 같은 옷을 입은 그 남자가 반장화를 신고, 백조 발가락 같은 손가락에 번쩍거리는 자동권총을 든 채 자기를 향해 다가온다는 것을 본다.

---

1 '토리노의 수의'는 예수의 장례식 때 사용된 수의로 알려져 있다. 수의에 그려져 있는 남성의 형상은 예수의 형상이 찍힌 것이라는 설이 있다.

제3부

제1장

누가 구메르신도 라라인을 죽였을까?

집사가 밤 열시에 서재의 전등불을 끄러 갔다가 시체들을 발견했다. 즉시 수마야에게 연락을 했고, 이내 수마야가 도착해 현장 상황을 떠맡았다. 폐쇄회로 보안 시스템은 범죄 장면을 선명하게 기록해 놓고 있었다. 알베르또가 들어오는 모습이 보이고, 라라인이 알베르또의 뇌를 날려 버리는 장면이 보이고, 그 사육제의 재규어가 보였는데, 그는 근거리에서 뚱보에게 총을 발사하고 나서 창문을 통해 사라져 버렸다. 수마야는 테이프를 판사에게 제출하지 않았고, 테이프의 존재에 관해서는 언론에도 알리지 않았다. 검시와 탄도학적 검사는 무기가 두 개였음을 확인해 주었다. 그럼에도 조사 결과는 비밀에 부쳐졌다. 경찰이 세운 공식적인 가설은 알베르또와 그의 새로운 후견인이 환담을 나누고 있던 순간 호랑이로 변장한 살인범의 총을 맞았다는 것이었다.

그 소식은 그 지방을 충격에 빠뜨렸고, 이틀 동안 국내 텔레비전 방송망의 주요 뉴스가 되었다. 한 명의 사망자는 현재를 살아가는 아르헨티나 국민들로부터 가장 사랑받는 사람들 가운데 하나로, 파라과이가 차꼬 전쟁을 치를 때 파라과이 군에 자원입대했던 빛나는 보병 대령의 손자였다. 알레한드리노 사리아-끼로가 대령은 그 진부하고 퇴보하는 시대에 명예와 이타주의가 결합된 과거의 돈 끼호떼적 이상을 상징하는 인물이었다. 국가는 그 옛 전사의 고통을 함께했다.

여론은 미해결된 사안들이 너무 많이 남아 있다는 사실을 인지하고 있었다.

알베르또가 라라인의 집에서 무엇을 하고 있었을까? 모든 사람은 알베르또가 학교의 졸업 기념 연극에서 오린 역을 맡아 공연하고 있었을 것이라 알고 있었다.

거의 모든 알리바이가 불안했다.

그중 가장 완벽한 알리바이는 또록스 수녀님과 마르셀린 신부의 쌍둥이 형제에 대한 것이었는데, 그 형제는 죽은 형제의 교과목을 맡기 위해 부에노스 아이레스에서 그곳에 와 있었다. 모든 관객은 오늘의 연극이 공연되는 동안 그 두 사람이 맨 앞줄에 앉아 있는 것을 보았다.

엘리사는 연극이 시작되어 끝날 때까지 자리를 지키고 있었다고 진술했으나 자기 주변에 앉아 있던 낯선 관객들의 얼굴도, 그 밖의 특징도 기억하지 못했다.

또또 아수아가는 알베르또가 나타나지 않았기 때문에 자신이 오린 역할을 대신해야 했다고 진술했다. 여러 배우가 첫 번째 막간에 가면을 쓰지 않은 그를 보았으나, 그는 그 후 세 개의 막에서 가면을 벗지 않았다. 비록 그가 자신이 부주의해서 가면을 벗지 않았노라고, 그리고 자신이 가면을 쓰고 있었는지조차도 기억하지 못한다고 주장했어도, 그 때문에 가면을 쓴 사람이 그였는지 온전히 밝히는 게 어려워져 버렸다.

베로니까는 라비니아 역을 맡았으나 결코 가면을 벗지 않았다.

까세레스는 진술을 거부했으나 솔레닷은 그와 자신이 계속해서 베로니까의 탈의실에 있었다고 주장했다. 솔레닷은 그곳에서 체포되었고, 경찰서 중앙수사부에서 조사를 받을 때 묵비권을 행사했다. 국영 라디오 방송국은 그녀가 재규어로 변신할 목적으로 세금도 내지 않고서 불법적인 샤머니즘을 행사했다며 그녀를 비난했다. 몬시뇰 까세레스는 대성당에서 미사를 집전할 때마다 정부가 통행금지를 빌미로 가장 유명한 시인이자 꼬리엔떼스 학생들의 리더인 솔레닷에게 복수를 하고 있다고 대노했다.

늙은 대령과 부인 역시 판사에게 호출되었다. 그들은 살인이 일어난 날 밤에 이웃 사람 몇과 트럼프를 했다고 진술했다. 비록 이것이 설득력 있는 진술처럼 보였다 할지라도, 그리고 차꼬 지방의 그 나이 많은 영웅이 늦은 시각에 호랑이로 변장한 채 장전된 권

총을 들고 있는 모습을 상상하는 것이 썩 그럴듯해 보이지는 않는
다 할지라도, 자신들이 사랑하는 손녀에게 박수를 보내기 위해 공
연장에 가야 했는데도 가지 않았다는 사실은 특이했다.

죽은 사리아-끼로가 부부의 플로렌시아 저택에 근무하는 수많
은 하인들 역시 형사법원에 한 명 한 명 불려갔다. 그들은 라라인
여단장으로부터 언제든 예기치 않게 해고당할 수 있다는 사실 탓
에, 엄밀하게 따져 보자면, 용의자가 되었다. 병약하지만 자존심이
아주 센 우두머리 하녀 베르따는 나프탈렌 냄새를 풍기고 속이 비
치지 않는 검은 베일을 쓴 채 맨 먼저 법원에 출두했다. 모든 하
인은 서로 도와주기로 합의했고, 밤새 9번 채널에서 호르헤 미
스뜨랄[1]의 옛 영화를 보면서 시간을 보냈다고 진술하자는 데 동
의했다.

아마뿔라 군터는 딸이 연극에 참여하지 않았기 때문에 연극이
공연되는 극장에 가지 않았다. 살인이 일어난 시각에 북동부 지
역의 기병대 사령관 후안 프란시스꼬 곤살레스 장군과 차를 마신
뒤 집으로 돌아오는 시내버스 안에 있었다고 진술했다. 사나브리
아의 이발소 고객이었던 곤살레스 장군은 아마뿔라처럼 배우자가
죽어서 혼자 살고 있었다. 꼬리엔떼스 지역의 어느 신문 사회면은
두 사람이 멋진 커플이라는 사실을 암시했다. 단 한 가지 특이한

---

1 호르헤 미스뜨랄(Jorge Mistral, 에스빠냐, 1920~; 멕시코, 1972)은 에스빠냐에
서 태어나 멕시코에서 활동한 배우다.

점은 왜 장군이 늘 하던 대로 그녀가 돌아올 때 자기 차나 헬리콥터를 제공하지 않았는가 하는 것이었다.

어찌 되었든, 경찰은 그 사건을 해결하는 데 썩 관심이 있어 보이지 않았다. 오히려, 6월 학생시위 주동자들을 보복하는 데 사건을 이용할 의도를 갖고 있는 것처럼 보였다. 고등학교와 대학교의 학생 여럿이 체포되어 감금되었다. 솔레닷이 감금됨으로써 솔레닷의 학교와 꼬리엔떼스의 학생 및 시인 사회에 불안과 분노를 유발했다. 몬시뇰 까세레스는 아수아가더러 가능하면 빨리 미국으로 돌아가라고 권고했다. 그는 공포를 느꼈기 때문이라기보다는 자신이 그런 사건들에 영향을 미칠 수 없다고 느꼈기 때문에 몬시뇰의 권고를 받아들였다. 게다가 그는 털사[1]에서 예전에 받던 화학 요법을 재개해야 했다. 국영 라디오 방송국은 자극적이고 선동적인 반 까세레스 캠페인을 시작했는데, 그를 "꼬리엔떼스의 빨갱이 주교"라 불렀다. 방송국 사람들은 솔레닷이 동성애를 했다고 가정하는 파렴치한 소문을 수상쩍은 솜씨를 발휘해 활용했고, 정부 관계자들이 소문을 유포시켰다. 어느 날 아침에 학교 앞 담에는 다음과 같은 글귀가 조잡하게 쓰여 있었다. "공산주의자와 레즈비언이 없는 아르헨티나를 위해." 엘리사까지도 일부 라디오 리포터로부터 모욕을 당했는데, 그들 리포터는 그녀가 외도를 했을 수 있다고 가정하고, 그녀가 코카서스 인의 후예라는 사실을 트집

---

1 털사(Tulsa)는 미국 중남부 오클라호마 주에 있는 도시다.

잡았다. 그녀가 만약 세계은행 총재의 부인이 아니었더라면, 아마도 그녀의 견고한 학술적 자격증명서도 그녀를 경찰의 분노로부터 보호해 주지 못했을 것이다.

엘리사는 시댁 조카딸이 구금되었다는 사실을 얘기하려고 남편에게 전화를 걸었다. 군터는 업무상 너무 바빠 지방에서 일어난 그런 번잡스러운 일에 신경을 쓸 수가 없고, 사나브리아의 딸은 이제 자기 일을 혼자 처리할 정도로 성장했다고 엘리사에게 대답했다. 아마뽈라는 솔레닷의 옷을 가져와 집에서 빨려고 이틀에 한 번 꼴로 경찰서에 갔다. 솔레닷은 종이에 베로니까에게 보내는 시와 편지를 쓴 뒤에 종이를 작은 공처럼 구겨서 옷 속에 넣었다. 어느 금요일, 솔레닷의 속옷에 피가 묻어 도착했다. 아마뽈라는 올케에게 워싱턴으로 가서 무슨 수를 쓰든 군터를 꼬리엔떼스로 데려와 달라고 울면서 애원했다. 엘리사는 이튿날 비행기를 탔다.

베로니까는 조부모 집에 은신해 기나긴 몇 주를 보내면서 자신이 그 탄압의 계단에 필요한 하나의 층계라는 사실을 인식했다. 그녀의 인식은 틀리지 않았다.

대령은 파스타를 손녀만큼 끔찍이도 좋아했다. 도냐 에르네스 띠나는 파스타에 넣을 뚜꼬[1]를 직접 만들었고, 면을 벽에 던졌을

---

1 뚜꼬(tuco)는 양파, 오레가노, 미나리, 토마토, 고추, 간 고기 등을 섞어 만든 소스다. 주로 아르헨티나, 칠레, 파라과이, 우루과이 등지에서 먹는다.

때 부드럽게 달라붙는지 확인하면서까지 식감 좋은 면을 만들고, 면이 삶아질 때까지 부엌에서 떠나지 않았다. 베로니까는 늘 파스타로 식사를 한 뒤에 혁명에 관한 책 몇 권을 보관해 둔 다락방 침실에서 짧은 낮잠을 잤고, 잠에서 깨어나면 함께 축구장에 가기 위해 할아버지를 깨우려고 아래층으로 내려왔다. 하지만 그날 오후에는 그렇게 할 수가 없었다.

대령은 거리 쪽으로 나 있는 식당 창문 앞에 선 채 에스프레소 커피를 음미하고 있었다.

"베로니끼야." 대령이 갑자기 차분한 목소리로 말했다. "빨리 떠나거라."

베로니까는 할아버지가 서 있던 쪽으로 다가갔고, 올리브색 피부에 머리를 군인처럼 깎은 사내 넷이 제라늄을 밟으며 오두막의 문을 향해 다가오는 모습을 창문을 통해 보았다. 그녀는 뒷마당을 향해 번개처럼 달려 나갔다.

현관문을 몇 번 두드리는 소리가 들렸다. 도냐 에르네스띠나가 문을 열었다.

"좋은 아침입니다, 부인." 침입자들 가운데 하나가 인사했다. "베로니까 사리아 아가씨 집에 있습니까?"

돈 알레한드리노가 현관문으로 다가갔다. 방문객은 눈에 띄게 불편해하는 태도로 대령에게 인사했다. 그 순간 은퇴한 복싱 선수 같은 얼굴의 낯선 뚱보가 얼굴이 백짓장처럼 질린 베로니까를 끌고 뒷마당에서 나타났다.

"여기 있습니다, 차석님." 험상궂은 그 사내가 말했다. "뒷마당 담을 막 뛰어넘으려 하고 있었습니다."

"우리는, 명령에 따라 아가씨를 데려가야 해요." 차석이 베로니까에게 말했는데, 그녀는 자신을 붙잡은 사내의 팔 속에서 벌벌 떨고 있었다. 도냐 에르네스띠나가 터져 나오는 비명을 손으로 억눌렀다.

"아가, 진정해라." 대령이 손녀를 껴안았다.

"할아버지……." 마침내 베로니까가 속삭였다. "제 침대 나이트 테이블에 있는 『노인과 바다』 좀 보관해 주실래요?"

대령은 아내의 팔을 붙든 채 말없이 고개를 끄덕였다.

베로니까가 고문실로 들어서자마자 전기회초리를 손에 든 경찰관이 베로니까에게 아랫도리를 다 벗으라고 명령하더니, 연극배우, 가수, 시인은 동성애자, 마약중독자일 확률이 아주 높다고 그녀에게 확언했다. 베로니까는 그에게 솔레닷이 어디에 있는지 물었다. 경찰서장이 다음과 같은 말을 뱉어냈다.

"오늘밤 넌 네 똥을 삼켜야 할 거다."

그러고 나서 그는 솔레닷이 이미 자기 똥을 삼켰고 지금은 그녀의 성기 속에 굶주린 쥐가 들어 있는 유리관을 삽입하는 단계에 와 있다고 베로니까에게 말했다.

손녀가 체포된 지 이틀 뒤, 알레한드리노 사리아-끼로가에게 첫 번째 심근경색이 일어났다. 대령의 많은 나이 때문에 사람들은 더 심한 공포를 느꼈다. 호사스러운 군병원에 응급으로 입원한 노인은 천천히 회복되기 시작했다.

"두려움입니다." 당직 의사가 도냐 에르네스띠나에게 소곤거렸다. "대령님이 손녀 때문에 두려움을 느끼고 계십니다. 누군가에게 청을 넣어 손녀를 석방시킬 수는 없을까요?"

"사자 같은 백전노장이 두려움을 느낀다고요?" 지친 도냐 에르네스띠나가 그의 말을 썩 수긍할 수 없다는 듯이 되물었다.

어느 날 아침 대령과 부인이 병실 침대 위에서 트럼프를 하고 있있다. 당직 의사가 들어오더니 주지사가 병문안을 올 것이라고 알렸다. 환자는 상체를 조금 들어 올리면서 병문안을 받고 싶지 않다고 말했다.

"하지만 알레호."[1] 도냐 에르네스띠나가 다정한 목소리로 이의를 제기했다. "베로니까의 석방을 부탁할 수 있는 절호의 기회잖아요."

노인이 이글거리는 파란 눈으로 오랫동안 그녀를 쳐다보더니 천천히 말했다.

"가망이 없으니 그대로 둡시다."

베로니까는 경찰서 주방의 지붕인 슬래브에 펼쳐 놓은 모포 위에서 거의 하루를 보냈다. 그녀 곁에서 의대생 한 명, 포르노 잡지

---

1 알레호(Alejo)는 알레한드리노(Alejandrino)의 애칭이다.

상인 둘, 그리고 아마도 밀고자일 수 있는 소매치기 하나가 갔다. 그들이 서로 대화를 하는 것은 금지되어 있었다. 베로니까는 대학 동료와 미소를 주고받았다는 이유로 갈비뼈 부위를 여러 차례 발길로 차였다. 밤에는 날씨가 조금 차가워졌는데, 슬래브가 밑에 있는 주방 때문에 데워져서 그런 대로 견딜 만했다. 그날 밤 베로니까는 판초로 몸을 감싼 채 그날이 할아버지의 생일이었다는 사실을 기억했다. 베로니까는 대령이 무한 진화의 법칙을 천성적으로 혐오한다고 고백한 것을, 대령이 히스패닉 특유의 강한 억양으로 늘 "History is a nightmare from which I am trying to awaken.(역사는 악몽이기 때문에 나는 그 악몽으로부터 깨어나려고 애를 쓰고 있다.)"고 말한 것을 기억했다. 베로니까는 할아버지가 자랑스럽게도 꼬리엔떼스에서 유일하게 『율리시즈』를 읽은 80대일 것이라고 생각했다. 대령의 전쟁 공훈들 가운데 하나는 적의 전선에서 우물 몇 개를 탈취한 것이었다. 피로에 지친 부하 장병들보다 나이가 훨씬 많은 대령은 산산조각 난 부대를 이끌고 12월의 갈증을 유발하는 태양빛과 밤새도록 비치는 달빛을 받으며 며칠 동안 구불구불 걸어 아침을 맞이했고, 그렇듯 대령은 자신들이 희생을 해서 승리를 거둘 때까지 기운을 잃지 않은 채 부하 장병들을 인도했다. 대령은, 전투가 벌어지기 전날 밤 화톳불 옆에 앉아 있으면 파라과이에 거주하는 대모님의 유령 '뽀라'[1]가 찾아와서는 대령에

---

1 뽀라(póra)는 삼국동맹 전쟁 당시 파라과이 군대를 위해 야영지를 만들었던

게 나중에 대령의 이름이 거리와 학교에 사용되고, 대령의 얼굴이 지폐에 사용될 테지만, 그 모든 것은 허망할 것이라고, "그 누구도 자기 어깨에 별들을 지고 다닐 수 없다"고 알려주었다는 것을 베로니까에게 얘기한 적이 있었다. 그날 밤 이후로는 결코 자신의 제복을 입은 적이 없는 노인은 "조국이 만약 시(詩)라면, 빌어먹을! 나 또한 알렉산더격(格) 시[1]요."라고 유령에게 대답했노라는 말을 베로니까에게 했다. 베로니까는 전기회초리와 성폭력으로 복부가 몹시 아팠음에도 어느 양키 역사가는 구아라니적인 사고를 지닌 그 전략가 덕분에 파라과이 군이 마치 수학적인 작전처럼 전투를 벌여 승리하는 위업을 달성했다고 평가한 적이 있다는 사실을 기억하고는 미소를 지었다.

대령이 두 번째 심근경색을 일으켰을 때 베로니까는 여전히 구금 상태였으나 이제는 밤에 괴롭힘을 당하지 않았다. 그녀가 심각한 성병에 걸리자 경찰 소속 의사는 강력한 항생제 주사를 놓아 치료하고 있었다. 이것이 그녀에게 살아서 나갈 수 있으리라는 일말의 희망을 주었다. 그녀는 자신이 그토록 잔혹하게 취급받게 된 이유는 할아버지가 군 당국에 손녀의 석방을 부탁하는 걸 거부할 정도로 체면을 차리기 때문이라고 생각했다. 그녀는 솔레닷이 어떤 상태에 있는지 전혀 모르고 있었다. 솔레닷을 생각하면 사기가

인내심 강한 여성이라고 한다.
1 알렉산더격 시(Alexandrine)는 두 개의 불완전 행으로 나누어진 14음절 시구다.

너무 저하되기 때문에 애써 솔레닷을 생각하지 않고 있었다.

대령의 심근경색은 아주 경미했으나 침대에 드러누울 정도는 되었다. 이번에 의사는 도냐 에르네스띠나에게 더 인상적인 어조로 강조했다.

"대령님께 뭔가 믿을 수 없을 정도의 신체적인 힘이 아직 남아 있기 때문에 이렇게 견디시는 겁니다!" 의사가 날카로운 목소리로 말했다. "하지만 손녀를 지금 당장 꺼내셔야 합니다! 손녀를 꺼내서 노인 양반이 보시게 해야 한다고요!"

의식을 되찾은 대령은 주지사와 고위 공무원들의 문병을 계속해서 거절했다. 마르셀린 신부가 대령에게 병자성사를 한다는 명목으로 한 번 찾아 왔었다. 그는 노인과 단 둘이서만 방에 머물렀다. 돈 알레한드리노는 어렵사리 숨을 쉬고 있었다. 그는 골수 프리메이슨처럼 조롱하는 눈으로 신부를 쳐다보았다. 떨리는 손으로 침대 옆 나이트 테이블 서랍에서 싸구려 책 한 권을 꺼냈다. 첫 쪽을 펼친 뒤 가능하면 최대한 확고한 태도를 보이며 책을 신부에게 건넸다. 마르셀린 신부가 책을 읽었다. "노인과 바다"라고 인쇄체로 쓰인 글씨 밑에는 베로니까가 참새가 통통 뛰어다닌 것 같은 글씨로 써 놓은 문장이 있었다. "할아버지, 어떤 일이 일어나도 그 사람들에게 제 부탁을 하지 마세요."

구금된 지 만 석 달이 된 성토요일 자정 무렵에 베로니까는 가슴에 강한 압박감을 느꼈다. 할아버지가 전쟁이 한창일 때 프랑스의 젊은 저널리스트의 인터뷰를 허용했다는 사실을 기억했다.

"대령님은 지금 영광의 문에 서 계십니다!" 그 청년이 랭보[1]의 글귀를 인용해 낭독하듯 말했다. 대령은 청년이 잠시 지껄이도록 내버려둔 뒤에 다음과 같이 대답했다.

"A quoi bon me procurer des chèvres puisque je vais bientôt mourir?(나 역시 죽을 건데 뭐하려고 염소[2]들을 얻으려 애쓴다는 말이오?)"

"그 말도 랭보 것을 인용한 겁니까?" 젊은 기자가 물었다.

"아니오. 랭보도 보병 대위의 아들이었는데, 얼치기 군인이었소…… 나처럼 말이오, 알겠소? 사실 그 말은 어느 마따꼬, 즉 차꼬 지역의 인디오가 내게 해준 것이라오. '나 역시 죽을 건데 뭐하려고 염소들을 얻으려 애쓴다는 말이오!'' 마따꼬들은 자살을 많이 해요, 알아요? 하지만 난 그 말을 프랑스어로 번역해 당신에게 말했는데, 그 이유는 그렇게 하면 더 세련되게 보일 것 같아서였소. 그렇지 않소?"

그 프랑스 애송이는 사령관이 자기에게 드라이 셰리[3] 한 잔을 따라 주는 동안 그를 멍하게 쳐다보고 있었다.

부활 주일 밤에 베로니까는 염소들이 벌새[4]로 변했다는 사실을

---

1 랭보(Arthur Rimbaud, 1854~1891)는 프랑스의 시인이다.
2 염소는 흔히 '속죄양', '희생제물'을 상징한다.
3 헤레스(jerez)는 에스파냐 남부 지방에서 생산되는 백포도주로, 식사 전에 식욕을 돋우기 위해 마시는 술 가운데 최고로 꼽힌다. 영어로 '셰리(sherry)'라 부른다.
4 벌새는 '좋은 소식', '기쁨', '환희'를 상징한다.

알았다. 상사 하나가 자고 있던 그녀의 갈비뼈 부위를 발로 차서 깨운 뒤 수갑을 채워 총 개머리판으로 밀치면서 서장의 사무실까지 끌고 갔다. 사무실로 들어간 베로니까는 벽이 국가의 헌법이 실린 종이쪽으로 도배되어 있다는 소문이 사실이었음을 서글픈 기분으로 확인했다. 서장은 그녀를 석방시키라는 명령이 내려졌다는 사실을 그녀에게 알렸다.

"하지만 이건 순전히 어느 슬픈 소식 때문이야!" 서장이 으르렁거렸다. "그래서, 만약 네가 계속해서 거짓말을 하거나 허튼짓을 하면 우리는 줄곧 널 감시하고 끝까지 추적해 체포할 거야."

여전히 몸이 쇠약하고 고통스러운 베로니까는 택시를 잡아타고 제 시각에 장례식에 도착했다.

공동묘지에서 돌아온 도냐 에르네스띠나는 장례식에 참여한 몇몇 친구와 가족에게 차를 대접했다. 마르셀린 신부가 베로니까의 팔을 부축해 조심스럽게 정원까지 데려갔는데, 그곳에서 대령은 자신이 키우던 제라늄에게 큰소리로 얘기를 했다. 신부는 김이 모락모락 피어오르는 찻잔을 든 채 베로니까의 귀 가까이에 입을 갖다 대고는 자극적인 마떼 향을 내뿜으면서 소곤거렸다.

"내가 네 할아버지께 말씀드렸다. '용기를 내셔요, 알레한드리노! 당신 같은 역전의 노장이 그 나이에 벌벌 떠는 이유가 뭡니까?' 그분은 내게 말을 하고 싶어 하시지 않았어. 하지만, 어제 마지막 순간에 내게 말하셨지. '지금 이 고통은 내 것이 아니기 때문이라오.'"

그때 베로니까는 글이라는 것을 일종의 줄이기 기술, 즉 염소와 전통적으로 사용하는 잡다한 군말은 제거하고, 부드러움과 관대함과 영웅적인 것을 포함시키는 기술 같은 것으로 받아들여야 한다는 사실을 깨달았다. 베로니까는 대령의 방으로 올라갔는데, 방에서는 여전히 패출리[1] 냄새가 났고, 그녀는 이 이야기를 글로 써야겠다고 맹세했다.

베로니까가 여전히 손가락으로 가구 하나하나를, 책 한 권 한 권을, 액자 하나하나를, 쓰다듬고 있을 때, 침실 문에서 할머니의 다정한 목소리가 들렸는데, 할머니는 아마뽈라가 베로니까에게 줄 종이 몇 장을 갖고 있다고 베로니까에게 말했다.

---

1 패출리(Patchouli)는 꿀풀 속(屬)의 인도 산 식물 또는 그 식물에서 얻은 향유다.

제2장

"이름은?" 수마야 형사가 물었다.

"솔레닷 몬또야 사나브리아 군터." 솔레닷이 말했다. 비서가 대답을 타이핑했다.

"나이는?"

"열일곱."

"주소는?"

"내가 여기 사는 건 알고 있잖아요."

"E mo'í Corrientes(꼬리엔떼스라고 써요)." 수마야가 비서에게 구술하고 취조를 계속했다. "직업은?"

"학생이에요."

"거짓말 마, 이 창녀야. 우리는 네가 '사랑의 둥지'에서 월요일,

수요일, 금요일에 일을 하는 걸 알고 있어.”

“혼자 된 엄마를 도와주려는 것뿐이에요. 낮에는 학교에 가요.”

“좋아. 얘야, 네가 만약 세 가지 것, 즉 네가 레즈비언인 이유, 네가 공산주의자인 이유, 그리고 네가 어떻게 해서 재규어로 변신하게 되었는지 말하지 않으면 새빨갛게 달군 쇠꼬챙이를 네 조개 속에 집어넣으려고 우리가 널 잡아 온 거야.”

“난 재규어로 변신하는 법을 몰라요. 만약 그렇게 하는 법을 안다면, 여기서 도망치게 지금 당장 변신하겠어요.”

“문은 철제로 보강되어 있고, 밖에서만 열 수 있기 때문에 그건 안 되지. 너도 알잖아. 성능 시험을 다 한 거야. 좋아, 차근차근 진행해 보자.”

제3장

그대가 있음에도 내일은 다른 날이 될 것이다. 나는 그대가 원하지 않은 방식으로 꽃이 피어 있는 정원을 몹시 보고 싶을 것이다! 그대의 허락을 청하지 않고서 밝아 오는 날을 보는 것은 얼마나 고통스러울까! 그대가 생각하기도 전에 그날이 온다니 내 어찌 웃어야 할까!(치꼬 부아르께 데 올란다[1]) 군터와 아내는 꼬리엔떼스에서 겨울 한기를 느끼기 전에 파리에서 이틀을 보냈다. 엘리사는 곧바로 본론으로 들어가겠다고 고집했다. 하지만 군터는 푹 쉬고, 극장들을 방문하고, 몽마르뜨에 있는 가게 주인과 흥정을 하고, 개선문이 바라보

---

1 치꼬 부아르께 데 올란다(Chico Buarque de Hollanda, 1946~)는 브라질의 대중음악 작곡가다.

이는 호텔에서 늦잠을 자고 싶어 했다. 군터는 샹젤리제 거리에서 마시는 영국 진과 보르도의 버무스를 섞은 드라이 마티니를 좋아했다. 엘리사는 몽생미셸 섬을 좋아했다. — 몇 년 전에 꼬르따사르[1]가 그녀에게 어느 비밀스러운 가로수 길을 알려주었다(누군가 그 길의 상당수 판석 각각에 황금으로 도금한 작은 물고기들을 숨겼다). 루까스[2]는 죽었지만, 엘리사는 계속해서 찾고 있다. 어느 카페의 테라스에서 군터와 엘리사는 아프리카와 라틴아메리카에서 온 홀쭉하고 구겨진 청바지들, 전철이 구 소르본 지역에 내던져 버린 그 청바지들을 바라보고, 싸구려 카페 또는 찌는 듯한 오후의 햇빛을 받아 수염이 녹슨 것처럼 보이는 빅토르 위고 상의 발치에 구름처럼 몰려들어 있는 익명의 소심한 인간 군상을 바라보고, 기억에서 나왔다기보다는 어느 모래의 하층토에서 나온 이미지들을 바라보고, 좋은 박물관들의 죽은 지하실에 내던져진 그림들에 내포된 그 우발적이고 서글픈 침묵을 바라보고 있었다. 뜻밖에도 군터 부부는, 추방당한 옛 친구 둘을 만났다. 엘리사가 만난 첫 번째 친구는 소르본에서 열린 메르세데스 소사의 리사이틀에서 노래를 하고 있었다. 이름이 미또[3]인 그 친구는 메르세데스 소사와 더불

---

1 꼬르따사르(Julio Cortázar, 1914~1984)는 아르헨티나 소설가인데, 파리에 망명했다.

2 루까스(Lucas)는 꼬르따사르의 단편소설집 『루까스라는 인간(Un tal Lucas)』(1979)에 등장하는 인물인데, 비평가들은 루까스가 작가의 분신이라고 평가한다.

3 미또(Mito Sequera)는 파라과이의 음악가로 스뜨로에스네르의 독재를 피해 파리에 망명했다가 파라과이로 돌아왔다.

어 빅또르 하라[1]의 노래 한 곡을 불렀다.

그 누구도 그대를 알지 못한다. 그 누구도. 하지만 나는 그대를 노래할 것이다.(페데리꼬 가르시아 로르까) 나는 마누엘도 아만다도 알지 못했다. 그대의 집도 몰랐다. 나는 그대와 함께 눕지도 점심을 먹지도 않았다. 나는 그대의 레코드 재킷에 있는 부동(不動)의 미소와 영원히 녹음된 그대의 마술적인 목소리만 알고 있다. 비록 내가 그대와 더불어 죽었다 할지라도 난 결코 그대가 죽는 모습을 보지 못했다. 하지만 나는 그대를 노래하기 위해 그대의 목소리를 필요로 하지도 않고, 그대를 기리는 노래를 하면서 살아남기 위해 그대의 피를 필요로 하지도 않는다. 난 그저 내 이름이 마누엘이고, 내 어머니 이름 역시 아만다라는 것을 그대에게 말하고 싶을 뿐이다.

나는 그저 그 입맞춤들 때문에 왔노니 내가 돌아올 때를 위해 그대의 입술을 간수하라.(루이스 세르누다[2]) 내 이름은 빅또르 하라. 나는 나의 상처 입은 기다란 칠레를 노래하기 위해 태어났다. 내 목소리는 다른 사람들의 목소리 안에서 흐르는 강과 같다. 내가 하는 사랑은 다른 사람들의 꿈속에 있는 바다와 함께하는 것이었다. 나는 콘도르와 눈[雪]의 존엄성, 다정함과 사람들과의 재회의 존엄성, 삶의 보랏빛 관

---

1 빅또르 하라(Victor Jara, 1932~1973) 칠레의 민중 음악가이자, 연극 무대 연출가다. 노래를 통한 사회 변혁을 목적으로 하는 '누에바 깐시온(Nueva cancion)' 운동의 기수다. 독재 정권의 군인들이 노래로 저항 의지를 표현하는 하라의 창작 능력을 두려워해 손을 부러뜨렸다는 일화가 전해진다.
2 루이스 세르누다(Luis Cernuda, 1904~1963)는 에스파냐의 시인이다.

습들의 존엄성을 노래했다. 이제 내 기타는 부서졌다. 내게 그 부서진 조각들을 모아 줘요. 노래를 하면서 나를 기다려 줘요. 그러면 내가 그 대들에게 돌아오겠노라고 약속할게요.

죽어 있는 그의 몸을 검사하면서 그들은 그의 몸에서 세상의 영혼을 위한 거대한 몸 하나를 발견했노라.(세사르 바예호[1]) 그들이 그의 눈을 뽑아 버렸지만 그는 계속해서 별을 쳐다보고 있었다. 그들이 그의 입술을 없애 버렸지만 그는 계속해서 키스를 하고 있었다. 그들이 그의 팔을 뽑아 버렸지만 그는 스타디움에서 자기 형제들을 계속해서 껴안고 있었다. 그들이 그의 손을 잘라 버렸지만 그는 계속해서 기타를 치고 있었다. 그들이 그의 목소리, 혀, 언어를 없애 버렸지만 그는 노래하고, 노래하고, 노래했다. 그들이 그의 목숨을 빼앗아 버렸다. 그리고 그는 엄청나게 쏟아지는 눈물 아래에, 시끄럽게 펄럭이는 깃발들 아래에, 저기와 여기를 넘어서는, 북에서 남까지, 굴복하지 않는, 결코 파묻히지 않는 희망 아래에 계속 서 있었다. 그때 장군은 그가 죽었다고 선언해야 했다, 빌어먹을!

아침은 새가 지저귀는 소리로 알려진다.(니꼴라스 기옌[2]) 북도 심벌즈도 소리를 내지 않을 것이고, 서른 발의 대포도 소리를 내지 않을 것이다. 우리는 신문, 잡지에 쪽광고를 싣지 않을 것이고, 우리는 그의 전화번호를 전화번호부에도, 치과병원 대기자 명단에도 등록하지 않

---

1 세사르 바예호(César Vallejo, 1892~1938)는 페루의 시인이다.
2 니꼴라스 기옌(Nicolás Guillén, 1902~1989)은 쿠바의 시인이다.

을 것이고, 거리에 거대한 광고판을 내걸지도 않을 것이다. 우리는 이 집 저 집 문을 두드리지 않을 것이다. 우리는 소리를 지르지 않을 것이다. 우리는 그 어떤 부저도 누르지 않을 것이고, 특별한 음식도 먹지 않고, 특별한 와인도 마시지 않을 것이고, 크리스마스나 봄을 생각하지 않을 것이다. 하지만 그대는 노래할 것이다. 그리고 우리 모두는 하루가 시작되었다는 사실을 알 것이다.

까마귀들도 증오도 그대의 허리에서 나를 떼어 놓을 수 없을 것이다.(에립 깜쁘스 세르베라[1]) 그 남자는 고문을 당할 수도 있고, 한 달 안에 또는 일 초 안에 죽임을 당할 수도, 사슬에 묶일 수도, 동료들로부터 격리될 수도, 목숨을 빼앗길 수도, 추방당할 수도, 배척당할 수도, 이름과 명성을 빼앗길 수도 있다. 우리는 도끼를 내리쳐 단번에 그의 두 손을 잘라 버릴 수도 있다. 하지만 그가 원하지 않으면 그더러 증오를 하라고 시킬 수는 없다.

엘리사는 무대로 다가갔고, 이튿날 저녁 식사에 미또를 초대했다. 미또는 엘리사의 초대를 반갑게 수용했다. 군터는 라틴 지구를 이리저리 돌아다니다 다른 망명자를 만났다. 그는 리노 벤뚜라[2]가 등장하는 그런 품위 있는 영화 한 편을 찾고 있었다. 이내 지루해지

---

1 에립 깜쁘스 세르베라(Hérib Campos Cervera, 1908~1953)는 파라과이의 시인이다.
2 리노 벤뚜라(Lino Ventura, 1919~1987)는 이탈리아 출신으로, 프랑스 영화계의 스타였다.

기 시작했다. 술 한 잔을 마시고 갤러리들을 구경하고 다녔다. 어느 갤러리에는 알몸 상태로 조바심에 사로잡혀 있는 젊은이들이 가득했다. 갤러리의 문에는 할인 판매를 알리는 포스터가 붙어 있었고, 어느 브라질 화가의 서명은 사람들이 문신으로 새기기 위한 것이었다. 남자들의 왼쪽 엉덩이나 여자들의 오른쪽 젖가슴에 예술가의 서명이 수성 잉크로 찍혔다. 군터는 팔꿈치로 사람들을 헤치며 앞으로 나아갔다. 사람들의 줄이 아주 길었고, 일부는 짝을 이루어 있었는데, 그들은 발기되어 있었고, 서로의 몸을 애무하고, 만지고, 탐색하고 있었다. 군터 옆에서는 통통한 이탈리아 여자가 아이스크림을 맛있게 빨고 있었는데, 그녀는 자기 것보다 더 큰 아이스크림을 빨아먹고 있던 말라깽이 프랑스 아가씨와 잠깐 잠깐 큰 소리로 말을 하기 위해 아이스크림 거품이 덕지덕지 묻어 있는 입술을 사용했다. 군터는 키가 2미터에 달했건만 서점 안쪽을 보려고 목을 길게 늘여 뺐다.

군터보다 흰머리가 조금 더 많으나 덩치는 작고 온화한 리비오 아브라모[1]가 커다란 안경을 쓴 채 자신의 작품 「Arte Paulista(아르떼 빠울리스따)」의 프랑스어 판 신간들이 쌓여 있는 탁자에 차분하게 앉아 아름다운 서체로 서명을 하고 있었는데, 그 모습이 마치 소년 예수처럼 보였다. 군터는 엘리사가 메릴랜드 대학교에서 아

---

1 리비오 아브라모(Livio Abramo, 1903~1992)는 브라질의 예술가다.

브라모와 뽀르띠나리[1]에 관한 심포지엄을 준비할 때 평생 한 번 그에게 말을 한 적이 있었다. 줄에 서 있던 군터는 자기 차례가 돌아오자 자신이 옷을 입고 있다는 사실을 깨닫고는 부끄러움을 느꼈다. 리비오 아브라모가 당황해서 허공에 펜을 멈춘 채 군터가 몸을 가릴 수 있도록 키리또[2]라 불리는 목판화를 군터에게 주었다.

"제 이름이 군터인데요, 기억하시겠어요? 북아메리카에서 온 엘리사의 남편 말이에요!"

그 브라질 출신 화가는 파리가 아니라 프랑스 남부에서 살고 있었는데, 당시에는 우연히 미또의 아파트에 머물고 있었다. 군터 부부는 다음날 그 두 사람과 함께 저녁 식사를 했다. 그들은 육즙과 지방이 풍부한 소의 치마양지 요리, 순대, 소장 요리를 파는 식당을 찾았다. 하지만 만디오까[3]는 없었다. 군터가 말했다.

"제가 살게요."

맛있는 냄새를 풍기는 쇠고기 구이, 스피커에서 흘러나오는 막시사[4] 음악(아구스띤 바리오스[5]의 3번 왈츠 4악장), 뜨거운 엠빠나다

---

1 뽀르띠나리(Candido Portinari, 1903~1962)는 브라질의 화가다.
2 키리또(Kiritó)는 구아라니어로, 그리스도(Christ)를 가리킨다.
3 만디오까(mandioca)는 아메리카 열대 지방에서 자라는 식물로, 뿌리가 매우 크고 살이 많다. 식용으로 이용하는 뿌리는 고구마와 밤 맛이 난다.
4 막시사(Maxixa)는 짝을 이루어 추는 살롱 댄스로, '브라질 탱고'라고도 알려져 있다.
5 아구스띤 바리오스(Agustín Barrios, 1885~1944)는 파라과이의 음악학자, 기타리스트로, 파라과이 음악에 대한 세계인의 관심을 집중시켰다.

가 나왔다. 군터가 음식에 케첩을 뿌렸다.

와인 담당 웨이터가 왔다. 군터가 와인의 종류에 관해 일장연설을 늘어놓았다.

"리비오와 미또가 술을 마시지 않는다는 사실을 모르는 거예요?" 엘리사가 어렵지만 실패하지 않은 결혼 생활을 20년 이상 지속한 사람들이 늘 향유하게 되는 관대함에서 비롯된 차분한 목소리로 말했다.

"남쪽 고향에 관한 새로운 소식은 없나요?" 꼬리엔떼스 출신인 미또가 물었다.

"제가 다루는 정보라는 게 워낙 기술적인 것이라서요." 군터가 짐짓 겸손한 태도로 말했다. "아시다시피 밖에서 떠도는 그런 세상 이야기는 듣지 못합니다."

"풍문 말이군요." 리비오 아브라모가 소견을 밝혔다.

"마꼰도[1]에서처럼 불면증이 번졌죠." 음악가가 말했다. "그곳에서는 아무 일도 일어나지 않아요. 시간이 정지되어 있어요. 족장의 가을[2]이죠."

"족장의 음낭![3]" 엘리사가 농담조로 크게 말했는데, 그렇게 말한

<hr />

1 마꼰도(Macondo)는 가브리엘 가르시아 마르께스(Gabriel García Márquez)의 소설 『백년의 고독(Cien años de soledad)』(1967)의 무대다.

2 족장의 가을(Otoño del patriarca)은 가르시아 마르께스의 소설(1975)의 제목이다.

3 엘리사가 말한 '족장의 음낭(El coño del partriarca)'은 '족장의 가을(El otoño de patriarca)'를 변용한 것으로, 여기서 작가의 언어적 유희(coño-otoño)가 드러난다.

이유는 리비오가 망명자로 살고 있어서 그런 테마가 잔혹하다고 생각했기 때문이었다. 그가 그 나라, 이제는 변해 버린 그리운 사람들에 관해 무슨 말을 할 수 있을 것인가? "빤초의 조카딸이 감금되어 있어요."

군터가 흥분해서 소다수를 섞은 시바스 리갈 더블을 마셨다.

"조카딸이라고요, 낙타 씨?" 미또가 키가 큰 사람들을 지칭할 때 쓰는, 군터의 학교 때 별명을 사용해 말했다. "아마뽈라의 딸이죠?"

"그래, 맞아요." 군터가 말했다. "다른 조카딸은 없어요."

"아마뽈라?" 브라질 출신 화가가 물었다.

"빤초의 누이죠." 엘리사가 말했다. "미망인이에요. 빤초, 사나브리아의 첫 번째 이름이 뭐죠?"

"암뻴리오 같은데. 그런데 사람들은 그냥 사나브리아라고만 불렀어요."

"황소처럼 몸집이 크고 힘이 셌죠." 엘리사가 계속했다. "하지만 심장이 조금 약했고, 그래서 몇 년 전에 돌아가셨어요. 시누이 아마뽈라의 처지가 곤궁해요. 이발소까지도 임대한 것이었어요. 지금 사는 작은 집은 빤초 것이고요."

"그래서 길거리로 나앉게 되었군요……." 미또가 존 케이지[1] 스

---

1 존 케이지(John Cage, 1912~1992)는 미국의 작곡가다. 우연성 음악의 개척자로 평가받고 있으며, 조작된 피아노 기법을 사용하기도 했다.

타일로 말했다. "내 생각에는 사나브리아가 구식 자유파였던 같은 데요."

"아뇨, 자유파가 아니었어요." 엘리사가 말했다. "2월 운동에 호의적이었어요."

"어찌 되었든, 그는 반항적인 사람이었죠." 음악가가 말했다. "2월이나 3월이나 무슨 차이가 있나요?"

"그래요, 반은 마르크스주의자였어요." 군터가 하품을 했다. "그리고 광적인 축구 팬이었어요."

돈 리비오는 망연자실 말이 없었다. 엘리사가 다시 말했다.

"그러니까 이미 두 달 전에, 그 소녀, 즉 무남독녀가 감금되었다니까요. 빨갱이에다가 시를 썼다는 이유로요. 한 사람이 죽었어요. 중앙아메리카에서 온 남자였죠."

"불쌍한 아마뽈라는 슬픔에 젖어 있어요." 군터가 말했다. "그래서 다음 주에 돌아가는 길에 우리가 꼬리엔떼스에 들를 겁니다. 어찌 되었든, 아마뽈라는 내게 하나밖에 없는 누이니까요."

돈 리비오는 망연자실 말이 없었다.

웨이터가 접이식 탁자를 가져와서 그들에게 저녁 식사를 차려 냈다. 군터를 제외하고 모두 '추라스꼬 끄루돈'[1]을 주문했다 — 군터는, 그의 말에 따르면, 예일 대학교에서만 배우게 되는, '아르(r)'

---

1 추라스꼬(churrasco)는 철판이나 석쇠에 구운 쇠고기 요리고, '끄루돈 (crudón)'은 '레어(rare)'에 해당한다.

발음으로 '레어(rare)'를 주문했다.

"하지만 그 당시에⋯⋯." 돈 리비오가 물 컵의 은으로 도금된 가장자리를 예술가 특유의 손가락으로 빙 둘러 만지면서 아주 차분하게 물었다. "당신들은 곧바로 꼬리엔떼스로 갈 수 없었나요? 파리에서는 뭘 하고 있는 거죠?"

군터 부부는 말없이 서로를 쳐다보았다. 엘리사가 얼굴을 붉혔다. 군터가 추라스꼬를 썰었다.

"고기가 나쁘지 않군요, 그렇죠?" 군터가 씩 웃으며 말했다. 돈 리비오는 여전히 망연자실한 상태로 삶을 이루는 그런 게임을 아주 진지하게 받아들이면서 아이 같은 눈으로 대답을 기다리고 있었다. 군터가 고기 조각을 삼켰다. "결국! 우리가 늘 그래왔듯이 파리로 잠시 도피해 버린 거죠. 제 말은 그 아이가 보살핌을 제대로 받고 있다는 건 아니고요⋯⋯. 하지만 별거 아니라고요!"

"그건 확실하지 않아요, 빤초." 엘리사가 부끄러워하는 태도로 돈 리비오를 쳐다보지 않은 채 중얼거렸는데, 돈 리비오는 마차도의 친구였고, 엘리사가 가장 존경하는 예술가였다. "실제로는 솔레닷이 집으로 보내는 속옷에 피가 묻어 있는 것 같아요."

화가는 자수가 놓인 냅킨을 난초 꽃병 옆에 내려놓았다. 그리고 투명인간인 것처럼 가볍게 자리에서 일어났다.

"고기 사주셔서 감사합니다." 화가가 엘리사에게 말하고 나서 미또에게 몸을 돌렸다. "문에서 기다릴게요, 친구."

만약 인간이 진짜 민주주의에서 소외 없는 존재로 받아들여지고 한

데 어우러진다면, 세상에는 모든 사람이 유년시절에 보게 되는 뭔가가, 그리고 그 누구도 있어 본 적이 없는 곳, 즉 조국이 나타날 것이다.(에른스트 블로흐[1])

---

1 에른스트 블로흐(Ernst Bloch, 1885~1977)는 독일의 철학자다.

제4장

사랑 얘기부터 하자면, 사랑은 아무것도 말하지 않는 것이고, 부동(不動)의 은밀한 단어고, '세레스의 기둥'[1]이고, 장님 돌고래이며, 하늘의 심연에서 그네를 타는 것이다. 썰물이 나를 술에 취한 무언(無言)의 전쟁에 이르는 빛나는 길들로 인도한다. 그대는 높은 것으로부터 올지니. 내 노트의 영원히 반복하는 빛나는 페이지, 잠들어 있는 활기찬 바위, 방울, 천천히 어두워졌다가 갑자기 밝아지는 어둠. 내가 하늘을 응시하고, 빙산과 찬가들처럼 파란 하늘의 경사면을 응시할 때, 그대가 흔들거리는 바다 꽃을, 누군

---

1 세레스의 기둥(columna de Ceres)에서 '기둥'은 '남근'을 '세레스'는 농업과 다산의 여신인 '세레스(케레스)'를 의미할 수 있다.

가가 멀리서 밀어 보내는 송가(頌歌)를 공중에서 내릴 때, 나는 정처 없는 나그네 같은 사람이고, 눈물 한 방울이 얼굴을 타고 내 입술까지 내려오고, 장미꽃 한 송이가 별의 미소 같은 미소를 감추고, 그대는 옛 항아리 안에 들어 있는 전갈처럼 부드러운 동작으로 내게 다가오고, 나는 갔고, 심술궂은 도깨비 한 무리가 그대를 포위하고, 야간 비행을 하는 독수리들, 느슨한 삭구 같은 피, 차가운 시선의 코브라와 달팽이들, 분배된 어느 슬픔에 대한 기억, 자신의 보라색 혀들을 그대에게 널름거리는 분화구, 강철 눈들과 부드럽게 그대의 영혼을 통과하는 바람, 과거에 나였던 그 여인의 부드러운 동판화 같은 이미지, 이제는 물질, 대양 또는 비밀, 빛의 다양한 형태, 그대는 울지 말지니, 만약 내가 그대 안에 있다면, 사랑은 그대 몸 안에 통째로 흐르는 강이고, 또한 눈물 한 방울, 계약 하나 그리고 가시 하나, 또는 우리가 떠날 때 시간이 없어 끄지 못했던 등불이다.

어느 차랑고[1]가 연주하는 상흔이 담긴 멜로디는 어느 순간부터 시작되었는가? 내가 나의 일정표들, 내 지도들, 내 잉크병들을 놓게 될 그 언덕 꼭대기들에서 반짝이는 고아(孤兒)적인 향수, 여름의 파란색 시계들, 내 것이었고 내 것이 아니었던 심원한 처녀 어머니, 생명 자체처럼 그대 몸 안에 남아 있는 애정 표현들, 고고학

---

1 차랑고(charango)는 두 겹으로 된 줄 다섯 개가 부착된 작은 기타 비슷한 악기로, 특히 안데스 지방에서 사용된다.

자들은 이해하지 못했을 그 평화, 과거가 누워 있거나 혹은 고통에 전 심장이 누워 있는 인내심 강한 지옥의 강,[1] 희망이 넘치는 따스한 새벽, 나무 잎사귀들이 떨어지고, 어느 거울이 우리를 바라보는 동안의 가을의 반영들, 늘 길 한가운데에는 죽음 하나가 있고, 우리가 지나가는 곳에는 펼쳐진 손 하나가 있고, 목마른 자 앞에는 샘 하나가 있다. 모든 사람의 언어, 그 당시의 언어가 아닌 다른 언어에서 사랑은 어떤 이름을 가질 것이며, 현재 우리가 멀리 떨어져 있는 그 유리창 뒤에서, 그리고 우리가 외로운 행인에 불과한 그 거리에서, 그대의 웃음이 그치고, 비가 멈출 때 그대의 가면은 어떤 얼굴을 가지게 될까?

그대여 내게 말하라. 내가 그대를 사랑했을 때 내 눈동자를 가졌고, 나의 쓸쓸하고 딱딱한 얼굴을 닮았던 그 여자는 누구였으며, 그대가 그 빨간 드레스를 입었을 때 그대더러 참으로 아름답다고 말했던 그 여자는 누구였는지 내게 말해 주겠어? 그대여, 그녀에 관해 내게 말해 주라, 그대가 그녀를 나보다 더 잘 알았다고, 그리고 내가 그대를 생각할 때면 나는 재규어로 변하고, 그대는 즐거움과 다정함의 성배(聖杯), 미래를 보여주는 지평선, 정의의 끝없는 경계, 자유의 휘장(徽章), 불과 말의 굳건한 영토, 형제들과 맑은 물의 일의적(一義的)인 언어, 이름 없는 거무스름한 지형(地

1 지옥의 강은 스틱스(Styx) 강이라고도 한다. 그리스 신화에서 지상과 저승의 경계를 이루는 강이다.

形), 갈색 해안과 붉은 땅.

그리고 죽음은 눈을 가린 채 노란 시선으로, 긴장된 마지막 단어를 내뱉으며, 보이지 않는 한계를 느끼며 다가올 것이고, 눈물한 방울이 허공을 굴러서 떨어진다. 죽음의 숨결은 어디를 통과했고, 죽음의 흔적들은 어디를 통과했나? 죽음, 그대는 무엇 때문에오는가? 지금은 밤이고, 비가 오며, 나는 여자고, 나는 여전히 여자고, 나는 여전히 숨을 쉰다. 내가 시간과 황혼 너머로 가도록 나를 놔두라, 소름끼치는 국물, 나를 통째로 삼키라! 하느님은 자신의 눈꺼풀을 감추었고, 죽음만이 하느님의 은신처가 어디인지 알고, 그 사이에 기마병 하나가 다가오고 다른 기마병이 떠나며, 나는 내가 피에 젖은 상태에서 혹시 지하 세계로 사라지게 되는지기다리고 있다.

정오의 눈들과 단순한 음절, 그대는 나를 모든 것으로부터 보호해 주고, 내 몸과 내 성을 지닌 그대는 나와 다른 사람들로부터, 그리고 하늘과 심연으로부터, 사물들로부터, 인민들로부터, 조국으로부터 나를 보호해 주고, 분노와 낙담으로부터 나를 보호해 주고, 나를 감싸 주오. 저기 사랑이 자신의 결혼 마차를 타고 내려오는군! 사랑을 붙잡아! 여자 동지여, 그대는 우유가 흐르는 관(導)들이 지나갈 수 있도록 그대의 하얀 다리를 벌리고, 죽음을 보지 못하도록 눈꺼풀을 치켜들라. 만약 내가 죽게 될 때면, 양치식물 잎사귀 앞에 있는 향기로운 장미꽃 한 송이가 그대의 양귀비꽃 같은 이마를 치장할 것이고, 만약 내가 죽는다면, 공기로 만든

상 하나가 침묵 속에서 세워지게 될 것이고, 만약 내가 죽지 않는다면, 밤 한 조각과 방향 잃은 나침반들이 있게 될 것이다. 마름모! 향유 또는 정신착란이여, 내가 죽어 가고 있으니 그대는 그대의 창백한 물에서 이는 거품을, 그대의 볼 수 없는 얼굴과 그대의 랜턴을 내게 팔라. 그대는 나를 위해 호수들을, 환상적인 식(蝕)을, 총체적인 시를, 내가 아니었고 내가 본 적이 없고 만진 적이 없고 읽은 적이 없고 들은 적이 없고 핥은 적이 없는 모든 것을 모방하고, 이제 나는 죽어 가고 있으면서도 여전히 사랑하는 모든 이의 생일을 쇠지 못하게 되노라. 그리고 사랑이여, 내 삶이여, 영원한 여자여, 모든 이들의 조국이여, 그대는 내게 말할 것이다. 그대의 입술은 여전히 내 입술에 있고, 그대는 방금 죽었노라. 그리고 나는 그대가 나를 사랑한다는 사실을, 내 죽음은 그대와 모든 사람의 죽음이라는 사실을 알 것이고, 그 죽음은 시간의 옆에서 오는 다수의 죽음이고, 무(無)로 이루어진 타오르는 자궁이고, 연꽃이고, 문지방이고, 인간의 마음속 깊은 곳에서 태양빛이 사그라지는 시각이라는 사실을 알게 될 것이다. 나는, 어느 날 땅 밑에 있게 될 것이듯, 두 눈을 뜬 채, 그리고 입술에 사랑을 담은 채 그대 몸 안에 있을 것이고, 동일한 기(旗)와 동일한 기억이 자신들의 불타는 돛대에 내 목소리를 올릴 것이고, 내 그림자를 들어 올릴 것이고, 내가 소녀였을 때 잃어버렸던 하늘을 복구시켜 줄 것이고, 모든 이의 영혼 속에 있는 나의 침묵은 이제 침묵이 아닐 것이다.

　프란시스꼬 하비에르 군터는 샤워를 하러 들어왔다가 깜짝 놀라고 말았다. 욕실이 대리석, 자기(磁器), 백금으로 이루어져 있었기 때문이다. 시끄러운 석기시대[1]의 유산이었다. 군터는 숨을 헐떡거리며 에어로빅을 끝냈다. 예순둘의 나이에도 여전히 몸 상태가 좋았다. 샤워기에서 떨어지는 김으로 주위 공기가 데워지기를 공연스레 기대해 보았다. 타월로 몸을 감싸고 아내에게 침대 발치에 있는 히터를 가져다 달라고 부탁했다. 엘리사는 가랑이에 솔레닷의 시들이 적힌 종이를 끼워 놓은 상태에서 생각에 잠겨 히터의 플러그를 빼서 군터에게 넘겼다. 비단처럼 부드러운 그녀의 슈미즈 속으로 출렁거리는 검은 피부의 유방이 보였는데, 그녀의 유방은 여전히 군침을 돌게 했다.

"고마워요." 군터가 욕실 문에서 엘리사에게 이렇게 말한 뒤 더 어두운 어조로 덧붙였다. "이제 주지사 관저로 전화를 해야 할 시점이라고 생각했어요. 여기서는 모든 사람이 새벽에 일어난다는 걸 당신도 알잖아요."

그는 샤워를 하기 시작했다. 엘리사는 물침대에 앉았는데, 침대 옆에는 전화기가 있었다. 침대 가장자리에는 식모가 놓아 둔 자몽, 토스트, 블랙커피, 지방 신문들이 담겨 있는 황금색 쟁반이 있었다. 두 개는 독립신문이고 하나는 친정부 신문이었다. 군터에 관한 기사는 독립신문들에 실려 있었다. 세계은행 총재가 개인 자

---

1 '시끄러운 석기시대(Edad de Piedra-Ruido)'는 이따이뿌(Itaipú) 수력발전댐의 기술적 충격을 암시한다. '이따이뿌'는 구아라니어로 '소리나는 돌'을 의미한다.

격으로 그곳에 방문해 있다고 보도했다. 두 신문 가운데 하나는 그 방문객이 그 지역 가정에서 태어났고, 현재까지도 그 지역 언어인 구아라니어를 구사하고, 북쪽의 거대한 국가에 있는 자신의 사무실에서 훌리오 이글레시아스의 「쿠냐따이,¹ 그대 지금 어디에 있는가」라는 노래를 듣고서 대단히 감격했다는 사실을 반 부에노스 아이레스적인 민족주의적 관점에 기대 상기시켰다. 조금 더 예리한 다른 신문은, 군터가 약 사반세기 전에 미국 시민이 되었으며, 포드가 그를 루마니아 부쿠레슈티 주재 대사로 임명했고, 그가 비야리까 시에 지불하는 부모의 납골실 사용비를 연체했다고 보도했다. 그 신문은 자주색 사각형 테두리 안에 엘리사의 사진과 이런 캡션을 실었다. '엘리사 린치 데 군터, 펜실베이니아 출신으로 현재 메릴랜드 대학교 교수'. 친정부 신문은 군터의 방문에 관해 보도하지 않았다.

엘리사는 커피 한 모금을 마셨다. 디지털 라디오 시계가 깜박깜박 아홉시를 알렸다. 그녀는 전화기를 집어 들어 전날 밤 비행기에서 내렸을 때 어느 공무원이 자신들에게 준 번호를 돌렸다. 통화는 3분을 넘기지 않았다. 군터가 몸을 부르르 떨고, '염병할, 엄청 춥네'라고 신음소리를 내며 욕실에서 나왔다.

"내가 이미 그 사람과 통화했어요." 엘리사가 말했다. "한 시간 안으로 당신을 기다리겠대요."

---

1 쿠냐따이(kuñata'ĩ)는 구아라니어로 '소녀'다.

군터가 팔짝팔짝 뛰면서 팬티를 입고 양말을 신었다. 그러고 나서 빗을 찾으러 다시 욕실로 들어갔다. 거울에 자신의 얼굴을 비춰 보았다. 거의 대머리였다. 금발과 백발이 뒤섞인 머리카락이 귀 위에서 동그랗게 오므라들어 있었다. 입술과 눈에는 황금색 주름이 도드라져 보였는데, 자신이 어느 해적처럼 파르스름한 눈으로 낯설고 냉정하게 쳐다보고 있는 것 같았다. 그는 신속하게 면도를 했다. 늘 그렇듯이 얼굴에 화장수를 발랐다. 옷 입기를 끝냈다. 넥타이를 매며 욕실을 나오면서 엘리사에게 '괜찮아 보여요?'라고 물었고, 엘리사는 늘 그렇듯 그를 쳐다보시도 않은 채 수긍했다.

"뭘 읽고 있는 거요, 리사?"

"신문요. 당신에 관한 기사가 실려 있네요."

"뭐라고 쓰여 있나요?"

"별거 없어요. 당신 이력이요."

"그 아이에 관한 기사는 하나도 없나요?"

"전혀."

"겁쟁이들 같으니."

"왜죠? 그들이 어떤 압력을 받고 있는지 당신이 뭘 알아요?"

"이 모든 게 인도주의적인 의사 표시인데, 압력이라니요."

엘리사가 신문을 덮고 나서 자몽에 스푼을 꽂았다. 군터는 그녀와 작별하면서 입에서 구연산 맛을 느꼈다. 그는 등 뒤에서 그녀가 영어로 부드럽게 중얼거리는 소리를 들었다. 그녀는 엄숙한 순간에만 영어를 사용했다.

꼬리엔떼스 주지사의 넓고 편안한 사무실은 군대적인 엄격함 때문에 고상한 풍미가 느껴지지 않았다. 사무실에는 9월의 라빠초 나무를 그린 그림들과 미소를 머금은 갈띠에리[1] 장군을 그린 유화가 걸려 있었는데, 그림 표면에 먼지가 끼고 균열이 있었다. 겨울 햇빛이 베이지색 커튼을 뚫고 들어왔다. 사무실 아래에서 자동차들의 걸걸한 소음이 들려 왔다. 군터는 가죽 안락의자에 반쯤 파묻혀 앉아 델 라 렌따[2]가 디자인한 정갈한 바지의 기다란 다리통을 삐죽 내민 상태로 자기와 동년배지만 몸이 뚱뚱한 주지사의 말을 듣고 있었는데, 주지사는 말을 하면서 두꺼운 서류철을 휘둘러댔다. 군터는 서류철에 쓰여 있는 내용을 보지 못했지만, 상대방 남자의 말에 따르면, 그 시구들, 그 글들은 그 소녀가 미치광이 학생으로서(18세), 마오쩌뚱주의자, 유대인, 방화광, 프리메이슨, 생태주의자고, 특이하고, 자유로운 마르크스주의자고, 말도 제대로 타지 못하는 마약쟁이고, 돈 없는 동성애자고, 바스크의 친산디노[3] 테러 조직원이고, 매국노 시인이라고 밝히고 있었다. 이 나라에서는 태양이 하나의 절규고, 삶은 결코 말해지지 않은 하나의 단

---

1 갈띠에리(Leopoldo Galtieri, 1926~2003)는 아르헨티나의 장군으로, 1981년에 대통령이 되어 포클랜드 전쟁에 패배함으로써 1982년에 하야했다.

2 델 라 렌타(Oscar de la Renta, 1932~2014)는 도미니카 공화국 출신의 미국 패션 디자이너이다.

3 산디노(Augusto Sandino, 1893~1934)는 미국에 대항해 싸운 니카라과의 혁명가다.

어다.(리베로 데 리베로[1]) 우리는, 그대 곁을 흐르는 정오로부터, 그대 입술의 끝없는 다정함으로부터, 그대 꿈의 끈기 있는 힘으로부터, 그대 여명기의 가벼운 혼인 비행[2]으로부터, 그대의 비밀스러운 피부 속의 불가사의로부터, 그대의 피로 이루어진 단단한 성채(城砦)로부터, 그대의 길모퉁이들에서 발생하는 엄청난 놀라움으로부터, 그대의 단순한 노동 습관으로부터, 그대의 햇살 좋은 오전들의 광범위한 일상으로부터, 그대의 훼손되는 순진성의 보호막으로부터, 그대의 영원한 대중가요들로부터, 그대가 물려받은 저 먼 침묵으로부터, 오렌지나무와 하프와 종으로부터, 그대가 빌린 반역석인 하층토로부터, 신성한 그대 가슴의 넓은 공간으로부터, 우리의 팔 안에서 다정하게 그대를 달래는 그 감정으로부터, 그대 손에 입을 맞추는 즐거움으로부터, 그대와 함께 아침을 맞이하는 확신으로부터 멀어진 상태로 지속할 것이다!

대양의 끝 수평선을 보지 못하는 눈의 날들, 늘 같은 시간들로 이루어진 날들, 자유 없는 날들.(폴 엘뤼아르[3]) 우리는, 그대의 시간들을 훼손하지 않는 시계들에, 그대의 음절들을 듣지 못하는 방언들에, 그대의 그림자를 가려 주지 못하는 길모퉁이들에, 그대의 여름들을 무시하는 좁은 길들에, 그대의 눈물을 그리워하지 않는 어느 장소에, 그대 기억의 파란 눈꺼풀에, 이질적이고 전기적인 진공 속에, 격렬하고 어두운 악몽들에 대한 향수에, 무언의 아릿한 흉터들에, 외곽에서 들려오

---

1 리베로 데 리베로(Libero de Libero, 1903~1981)는 이탈리아의 시인, 비평가다.
2 혼인 비행은 개미 등의 암컷과 수컷이 교미를 하면서 나는 것이다.
3 폴 엘뤼아르(Paul Eluard, 1895~1952)는 프랑스의 시인이다.

던 옛날의 절규 안에, 한 마음으로 굴러다니는 자갈들에, 단 하나의 무한한 폐허 속에, 그대가 다시금 책임을 지겠다는 기대감 속에, 그대의 흔적들을 침범하기 전날 밤에, 그대의 해방된 태양의 문에, 그대의 훼손되지 않은 사랑스러움에서 비롯되는 선명한 단어에 못 박힌 듯 고정된 상태로 경계를 할 것이다!

피, 하늘, 빵 그리고 기다릴 권리는 악을 혐오하는 순수한 사람들 모두의 것이다.(폴 엘뤼아르) 내가 그대를 이렇게 부르는 이유는, 그대가 삶의 불에 모습을 드러내 그 공포스러운 불꽃에 그대를 정화시키기 위해, 그대가 다른 사람들의 강으로 뛰어들어 그 미지근한 물에서 그대를 인식할 수 있도록, 그대가 환희를 단번에 들이마시고 그 충만함 속에서 맘껏 즐길 수 있도록, 그대가 처음으로 지나가는 사람을 껴안고 그더러 그대와 함께 걷자고 초대하도록, 그대가 평화로운 입맞춤을 받고서 잠들고, 그대 집의 문에 빗장을 걸지 않도록 하기 위해, 그대가 꿈을 깸으로써 잠을 제대로 못 이룬 끝에 부은 눈으로 새벽을 맞이하도록 하기 위해, 그리고 그럼에도 그 소녀가 여전히 살짝 코를 고는 소리를 듣고서 미소를 지으며 만족스럽게 아침 공기를 들이마시도록 하기 위한 것이다. 왜냐하면 그대는 빵, 책, 공기, 덧없는 사랑, 그리고 희망을 향유할 수 있는 자유를 가졌고, 나는 다시금 이렇게 그대의 이름을 불러서 이번 주에 그대를 세상에 알리려 하기 때문이다!

만약 우리가 잠을 자지 않는다면 그것은 바로 새벽을 맞이하기 위해서인데, 새벽은 우리가 결국 여전히 살아 있다는 것을 확인하게 될 것이다.(로베르 데스노스[1]) 동이 트면 어느 피 이야기는 자신의 혈관을 닫을 것이고, 어느 사형집행인은 망각이 무엇인지 알게 될 것이고, 피곤한 손 몇 개가 삶을 결정할 것이고, 나이 많은 눈 몇 개가 공포에서 벗어날 것이고, 녹슨 열쇠 하나가 홍방울새를 자유롭게 날려 줄 것이고, 철갑을 두른 문이 산산조각 날 것이고, 음울한 상(像)이 자신의 증오심을 털어낼 것이고, 용의주도한 재스민이 겨울을 쫓아버릴 것이고, 거대한 귀뚜라미가 미치광이처럼 노래할 것이고, 해뜰 녘의 대수학이 개똥벌레들을 분배할 것이고, 아주 멍청한 다람쥐가 아연실색해서 웃을 것이고, 열정적인 뚱보가 폴카를 추면서 땀을 흘릴 것이고, 멋진 갈색 여인이 깡패를 선택할 것이고 (순진하고 아름다운 여자가 허벅지를 붉힐 것이고), 공짜 버스가 스탬프를 나눠줄 것이고, 거대한 재난이 즐거움을 만들어 낼 것이고, 사방에는 많은 사람(실제로는 거의 모든 사람)이 있을 것이고, 서커스에서 나오는 것 같은 거대한 환호성이 들릴 것이고, 막 태어나 놀란 아기가 자신이 그토록 오랫동안 기다리다가 어디로 온 것인지 물을 것이다. 그때 우리는 되돌아갈 것이다.

하지만 우리 가운데 단 한 사람도 여기 남지 않을 것이다. 마지막 단어는 아직 말해지지 않았다.(베르톨트 브레히트) 우리 모두. 고아 상태와 망각, 고문, 추방, 비방을 견뎌 냈던 사람들, 지옥, 징벌, 갈증, 병, 십자가, 분노를 유산으로 남겼던 사람들, 무시무시한 무법자들, 불길한 썩은 고기와 뜨거운 칼날에 둘러싸여 있던 사람들, 폐허, 폐허, 폐

---

1 로베르 데스노스(Robert Desnos, 1900~1945)는 프랑스의 초현실주의 시인이다.

허의 그 슬픔을 바꾸고자 열망했고, 죽음, 증오, 그리고 자유를 박탈당한 사람이 당하는 거대한 굴욕에 대항해 죽도록 싸웠고, 몸을 벌벌 떨면서 은밀한 서류에 서명하고, 비밀스러운 약속을 맺고, 무성(無聲)의 이름을 불러보았고, 그렇게 이 모든 억누를 수 없는 이유들, 사랑, 순수, 꽃들, 시를 가지고 이 고통스러운 기나긴 밤의 끝을 기다리면서, 어리석음과 죽음의 슬픔을 없앨 꿈을 꾸고, 늘 인간적인 어느 세상을, 합쳐진 입술들을, 빠른 귀환을, 무한한 삶을 꿈꾸었던 사람들이었다. 우리는 승리할 것이다!

"이건 단순한 인도주의적 사안이잖아요……."

"그런데 법률적인 문제 하나가 있습니다. 그 사건은 어느 유능한 판사의 손에 달려 있습니다. 우리는 법률과 규범을 존중하고 싶습니다. 무엇보다도 규범 말이에요."

"하지만 주지사님, 용서가 통치자를 고귀하게 만들어 줍니다. 저는 정치를 하지 않는데, 이 부족들과는 더더욱 하지 않습니다. 제가 그들에게 신용대출을 결코 거부하지 않았다는 사실을 주지사님의 정부는 알고 있잖아요. 하지만, 주지사님은 제가 어떻게 하길 원하십니까? 불쌍한 과부인 제 누이의 딸이라고요! 그 아이에게 무슨 일이 일어났는지는 모릅니다. 그 아이를 워싱턴에 있는 우리 집으로 데려가고 싶어요. 제 아내는 뛰어난 여자 심리학자를 아는데, 그이가 아이를 치료하려고 기다리고 있습니다. 제게는 이게 단순한 인도주의적인 사안으로 보입니다."

"예, 이해합니다, 친구. 나도 총재님과 같은 생각입니다. 총재님은 할 수 있는 일을 모두 하고 계십니다. 대통령도 아시고 계세요. 그리고 우리는 총재님을 도와주고 싶습니다. 인내를 가지셔야 합니다."

"애 엄마가 딸 얼굴 보는 것도 허용되지 않는데 무슨 인내 말인가요?"

"하느님이 알려주실 겁니다. 북으로 돌아가세요. 장군은 전쟁 때문에 바쁩니다. 그는 압력이나 조름을 받는 걸 싫어하거든요. 일부 미심쩍은 압력 단체들, 예컨대 국제사면위원회, 국제인권연맹 같은 것이 이미 그 사건에 개입해 알리고 있습니다. 너무 소란스럽습니다. 모든 것이 조용해지면, 판사가 법률에 따라 정의롭게 판단할 겁니다."

"어떻게 되었어요?" 엘리사가 여전히 축축한 바이브레이터를 손에 든 채 집 문간에서 그에게 물었다. 그는 그녀의 팔을 가볍게 잡아끌어 안으로 데려가서 위스키 두 잔을 따랐다.

"긴 겨울이 될 것 같소." 군터가 말했다.

제5장

그는 임대한 볼보를 몰고 정처 없이 도시를 달리고 있었다. 절
정을 이룬 신기루 속에 서 있는 철과 알루미늄으로 만든 거대한
상들이 가난한 친척들을 깔보듯 벽돌집들을 내려다보고 있었다.
개미 떼처럼 모여 알로하[1]를 파는 사람들, 끼니엘라[2]를 파는 여자
들, 우유를 파는 여자들, 교통경찰관들, 담배를 파는 여자들, 웨이
트리스들, 가게 여종업원들, 간호사들, 여가수들, 여자 트럭운전수
들, 빨간색 옷에 하얀색 가운을 걸친 여교사들, 어린 수녀들, 회색
과 다른 색깔들을 지닌 암여우들—늘 그렇듯이 일은 여자들이 하

---

1 알로하(aloja)는 물, 꿀, 향신료를 섞은 음료다.
2 끼니엘라(quiniela)는 축구나 경마 등의 스포츠 복권이다.

고, 남자들은 엉덩이를 긁고 있었다. 그는 그것을 이미 알고 있었다. 하지만 그는 그토록 많은 젊은 여자들이 환멸과 폭력에 노출되어 있는 것을 결코 본 적이 없었다. 군터는 'carajo, socialism will ultimately arise here.(제기랄, 결국은 여기서 사회주의가 나타나겠군.)'이라고 생각했다. 그는 자잘한 가게들, 매음굴들, 은행들이 있는 '2월 30일 가(街)'를 따라 천천히 내려갔는데, 거리의 이름은 독립을 기념하기 위해 그렇게 지어졌다. 어느 날 밤에 솔레닷은 워싱턴의 집에서 저녁 식사를 마친 뒤 군터와 꼬냑을 마시려고 수영장 옆에 함께 앉았다. 그녀는 지난여름에 뉴욕에서 겪은 일을 그에게 얘기했다. 군터는 지금 그날 밤에 일어난 일을 선명하게 기억하고, 향수를 느끼기까지 했을 것이다.

"너 애송이 인디아[1]구나." 아떨리오가 케네디 공항에서 내 여행 가방을 옮겨쥐면서 말했어요. "그래서 네게 몇 가지를 가르쳐 줄까 한다."

삼촌, 아떨리오는 삼촌의 고향 사람이지만, 짜리몽당하고, 얼굴이 빨갛고, 나이는 쉰 살 정도 되고, 뉴욕에서 산 지는 20년이 넘었어요. 아빠는 그의 이발사고, 친구였죠. 두 사람은 늘 세로의 축구장에 함께 갔대요. 아빠는 내가 영어 수업을 시작하고 장학금을 받을 때까지 아떨리오더러 나를 도와 달라고 부탁하는 편지를 아떨리오에게 보냈어요.

---

1 인디아(india)는 인디오(indio, 중남미 원주민)의 여성형이다.

"그러니까 넌 고등학교를 졸업하고 대학에서 사회학을 공부하고 싶은 거로구나." 아뗄리오와 내가 그의 자가용인 초록색 고물 임팔라에 타자마자 그가 말했어요. "그래, 거기엔 이미 그 학과가 있지."

"그래요, 아마 그럴 거예요." 내가 그에게 말했어요.

"내가 학교 다닐 때는 그 학과가 없었는데, 그게 뭣에 쓰는 거지?"

"그래요, 사회적인 문제들, 사회적 관계, 뭐 그런 것을 공부하기 위한 거죠. 사회 구조를 총체적으로 공부하는 거예요."

"아무짝에도 쓸모가 없는 어리석은 짓이지. 그런 건 바로 길거리에서 배우는 거야. 책은 아무짝에도 쓸모가 없어. 거기에는 사회학이 전혀 없었어! 화학밖에 없었다고! 여기서는 사회학자들도 일자리를 얻을 수 없지. 내 종업원조차도 사회학을 공부해. 그가 할 줄 아는 것이라고는 내 맥주를 마시는 것뿐이야."

아뗄리오는 브롱스에 그리스 식당을 가지고 있는데, 손님은 주로 라틴계, 즉 도미니카인, 푸에르토 리코인, 치까노[1]였어요. 가끔은 밤에 돌아다니는 일부 미국인이 들르기도 했죠. 그가 대출을 받아서 어느 힌두 사람에게서 식당을 산 것 같아요. 그는 금요일이면 마라까이보 출신의 병리학자인 까르도소라는 인물과 코가 삐뚤어지도록 술을 마셨는데, 그 인물이 빚보증을 서 주었어요.

---

1 치까노(chicano)는 미국에 거주하는 히스패닉 남성을 가리킨다.

아뗄리오는 뉴욕에서 파라과이 식 식당을 여는 것이 불가능하다고 내게 설명해 주었어요. 양키들은 기로스 샌드위치를 좋아하지만, 그들은 음베유[1]도, 파라과이 수프도 전혀 먹어 본 적이 없는데, 게다가 그 수프는 아주 걸쭉해요.

"좋아요." 우리가 첫 번째 신호등 앞에서 멈춰 섰을 때, 내가 그에게 말했어요. "사회학자가 몇 명 있었어요. 예를 들어 아저씨의 할아버지인 돈 이그나시오 A. 빠네[2]는 중요한 선구자셨잖아요."

"그는 대단한 허풍쟁이였지." 그가 온두라스에서 생산된 쿠바 시가 한 대를 내게 주었어요. "그가 하는 말은 허풍을 빼고 나면 순전히 농담이었어."

"고맙습니다만, 전 담배를 피우지 않아요."

"몸에 해로운 습관은 전혀 갖고 있지 않니? 맥주는 마실 텐데."

"가끔, 조금 마시죠. 하지만, 맥주를 마시면 소변이 많이 마려워요."

"미국 사람들 조심하거라. 그 사람들은 지랄맞을 하감(下疳)의 일종인 헤르페스를 갖고 있어. 양키들이 좋아하는 것이라고는 가랑이를 벌리는 것인데, 네가 어리기 때문에 더 이상은 말하지 않겠다."

물론 아뗄리오는 노총각이었고, 〈펜트하우스〉와 〈플레이보이〉의 구독자였는데, 그가 내게 해준 말에 따르면, 그는 라틴아메리

---

1 음베유(mbeyú)는 구아라니어로, 치즈와 옥수수가루로 만든 요리다.

2 이그나시오 A. 빠네(Ignacio A. Pane, 1880~1920)는 파라과이의 시인, 사회학자, 민족주의자다.

카의 옛날 농담을 이야기해 주고 스웨덴에서 어떤 상을 받은 해안 지역 출신 남자[1]의 인터뷰 기사를 그들 잡지에서 최근에 읽은 적이 있었어요.

"근데요." 내가 말했어요. "나를 기다리고 있는 친구가 있고요, 장학금이 한 달 반치가 남았는데요, 그래서 나중에 그런 걸 경험할 시간이 날지는 잘 모르겠네요."

"우리는 여자들에게 인기 많은 개같은 색골이야. 나중에는 네가 공부를 할 수 없게 될 텐데, 그렇게 된다 한들 뭐 그리 대수겠냐? 네가 이미 해버린 것을 바꿀 수 있는 사람은 아무도 없다. 그러니 콘돔을 사용하거라."

아뗄리오가 그런 얘기를 하는 동안 우리는 브루클린의 거대한 다리를 건너고 있었어요. 그는 내가 자기 말에 감명을 받았는지 확인하려고 내게 곁눈질을 했어요.

"여긴 부에노스 아이레스처럼 거대한 도시지만 우라질 꾸레삐[2]들이 그리 많지는 않아." 아뗄리오가 한숨을 내쉬었어요. "거의 대부분은 영어도 구아라니어도 못하고, 그래서 너는 에스파냐어로 말해야 해."

---

1 "라틴아메리카의 옛날 농담을 이야기해 주고 스웨덴에서 어떤 상을 받은 해안 지역 출신 남자"는 1981년에 스웨덴에서 노벨문학상을 받은 가브리엘 가르시아 마르께스를 가리킨다.
2 꾸레삐(Curepí)는 구아라니어로, 아르헨티나 사람, 아르헨티나 산물을 가리킬 때 사용한다.

우리는 아띨리오의 식당에 도착했고, 그는 자신의 작은 식당 위층에 있는 방 하나를 내게 빌려 주었는데, 그 또한 식당에서 잤어요. "에어컨이 고장났는데, 월요일에 고치러 올 거야." 그가 8월의 습기는 참을 만하다고 나를 안심시켰어요.

나는 샤워를 하고 나서 식당으로 내려갔어요. 토요일이었기 때문에 식당에 손님이 가득하더군요. 손님들은 밥을 먹고, 논쟁을 하고, 물 탄 맥주를 양껏 들이켰고, 불안정하게 흔들거리는 당구대 가장자리에 놓인 피처들이 불안하게 흔들거렸고, 텔레비전은 면도용 거품, 세제, 보험, 개 사료, 도요타, 마요네즈에 관해 시끄럽게 떠들어 대고 있었어요. 아띨리오는 빅 볼펜[1]을 귀 뒤에 꽂은 채 계산대를 점검하고는 노릇노릇 콧수염이 난 뚱보 치까나[2]가 주방에서 굽는 고기 접시들을 받아서는 맥주를 전공했으며 모든 사회학 이론을 무화(無化)시켜 버리는 늘쩍지근한 흑인 웨이터에게 건넸어요. 아띨리오는 나더러 화장실 근처의 탁자에 앉으라고 했는데, 소나무 냄새가 강하게 나더군요. 그가 구운 고기, 튀긴 감자, 샐러드, 그리스 빵이 담긴 접시와 차가운 맥주 피처를 가져오더니, 음식 접시를 내 앞의 커다란 빨간색 사각형 체크무늬 식탁보에 내려놓았어요. 그것을 보니 시장기가 동하더군요.

---

1 빅(Bic)은 1945년 프랑스의 마르셀 빅(Marcel Bich)이 세계 최초로 볼펜 발명 특허를 보유한 라슬로 비로의 특허를 사들여 설립한 회사다. 세계 최초로 볼펜을 대량 생산해 판매했다.
2 치까나(chicana)는 미국에 거주하는 히스패닉 여성을 가리킨다.

"애, 근데 축구는 어찌 되었니? 축구장에 간 지가 오래돼서 말이야. 아루아는 에스파냐로 가서 부자가 되었지. 브라질에서는 그를 제2의 펠레라고들 해! 우리는 그가 게이라고 험담을 하지. 하기야, 그래 봤자 모든 게 늘 똑같잖아."

"그래요, '검은띠'[1]가 아메리카의 챔피언이 되었죠."

"그러거나 말거나. 그 '검은띠'는 배신자들이야."

"하지만 과장하지 마세요, 돈 아멜리오. 그건 정말 퇴보적인 태도인데요, 쓸데없이 우리 라틴아메리카 사람들을 분열시켜요. 내 편이 아니면 반대편이라는 거잖아요."

"넌 그러고 보니 진짜 철학자구나. 미래의 과학인 컴퓨터를 공부하거라. 기회를 잡아라. 그렇지 않으면 굶어 죽는다. 미친 암컷들이 매일 더 많은 자식을 낳으니까 지구가 더 이상 견디지를 못하는 거야. 그러니까 넌 외국에서 주는 장학금으로 뭔가 실용적인 것을 공부하거라."

"하지만 그곳에 필요한 것은 바로 사람이에요. 모든 분야에 사람이 부족하다고요."

"너 박애주의자구나, 박애주의자! 넌 네 늙은 애비처럼 꿈만 꾸는구나. 사나브리아는 참 특이한 인물이었지! 아주 어리석은 공산주의자였어."

---

1 검은띠(Franja Negra)는 파라과이 수도 아순시온에 연고를 둔 세로(Cerro) 팀의 라이벌인 올림삐아(Olimpia) 팀을 가리킨다.

"공산주의자 아니었어요, 돈 아띨리오. 아빠는 평생 2월당[1]에 속해 있었다고요."

"그걸 다른 말로 하면 공산주의자라는 거야. 2월이니 뭐니, 그런 점성술 같은 소리는 말거라. 파란색이니 빨간색이니 그런 실없는 소리 할 것 없다. 하지만, 네 노친네는 위대한 인물이었어. 내가 그를 아주 좋아했지."

"고맙지만, 아버지는 공산주의자가 아니셨다는 말이에요. 늘 미사에 가시고, 그밖에 이런저런 일을 하셨다고요. 마지막 총회에서는 돈 알라라꼬[2]에게 투표하셨어요. 아저씨는 급진파세요?"

"꿈 깨거라."

"그렇다면 꼴로라도 당원[3]이군요."

"절대 아니야. 나는 세로의 팬이야."

"그건 정당이 아니잖아요, 돈 아띨리오. 세로는 축구 클럽이에요. 아저씨의 논리에 따르면, 아저씨 역시 볼셰비키예요."

"이제 똑똑한 체까지 하는구나. 너, 위대한 아드리아노[4]에 관해

1 2월당은 1936년 2월 17일의 혁명 정신을 계승한 2월혁명당(Partido Revolucionario Febrerista)을 가리킨다.

2 알라라꼬(Alaraco)는 2월 운동의 리더인 알라리꼬 끼뇨네스(Alarico Quiñones)의 별명이다. 알라라꼬는 '호들갑스럽고, 논쟁을 좋아하는 사람'이라는 의미다.

3 꼴로라도(Colorado)는 파라과이의 주요 정당이다.

4 위대한 아드리아노(Adriano el Grande)는 1912년에 세로 팀을 창단한 작가, 법률가인 아드리아노 이랄라(Adriano Irala, 1894~1933)를 가리킨다.

들어 보지 않았니? 그가 색깔을 놓고 싸우지 않도록 파랑-진홍색[1]을 발명했지.”

“저는 그에 관해 뭔가를, 어떤 사회적인 문제, 일종의 전반적인 사회적 상황에 관한 것을 들은 적이 있어요.”

“사회적인 상황 얘긴 그만 두고 어서 먹어라. 기로스 샌드위치 좋아하지 않니? 나중에 내가 42번가에 데려가 주마. 오늘은 토요일이라 최악의 상태일 거다. 거기 가면 매음굴이나 다름없지……. 그런데도 코흐는 그런 걸 숨기려고 겉발림을 하다니!”

“아주 맛있네요, 돈 아뗄리오. 감사합니다만, 아주 피곤하네요. 이제 자는 게 좋을 것 같아요.”

“네 방에 텔레비전 한 대 갖다 놓았다. 오늘 로베르또 까바냐스[2]가 나오는 축구 시합을 중계하는데, 해설을 에스파냐어로 한단다.”

“감사합니다만, 영어를 연습하고 싶네요.”

“그럼 HBO[3]를 보거라. 〈유인원 타잔〉을 방송하지. 엉덩이는 작지만 매력적인 소녀가 나오는데, 뺨이 편평해…… 그런데 영어는 어디서 배웠니?”

“미국 대사관 문화센터에서요…….”

---

1 파랑-진홍색은 ‘세로’ 팀의 유니폼 색깔로, 파라과이의 국기 색이기도 하다.
2 로베르또 까바냐스(Roberto Cabañas González, 1961~)는 파라과이의 축구선수다.
3 HBO는 미국의 타임워너 산하 프리미엄 케이블 네트워크다. 오리지널 TV 드라마와 극장 개봉 영화를 주로 방영하며, 다큐멘터리나 권투 경기, 공연 같은 것도 방영한다.

"지금은 영어를 가르치니? 내가 어렸을 때는 페스티벌을 개최했는데. 유대인 남자 셋이 기타 같은 악기는 전혀 연주하지 않은 채 구아라니어로 폴카를 부르고, 미국 남자 한 명이 발랄라이카[1]를 연주했지."

"당시는 어땠는지 잘 모르겠어요. 지금은 영어를 가르쳐요. 그리고 토플 시험 준비도 시켜 주고요."

"다 쓰잘 데 없는 짓거리지. 아주 개똥 같은 제국주의야."

"하지만 아저씨는 발전을 추구하는 사람이잖아요!"

"조금은 그렇지. 작년에는 도요타를 갖고 있었는데, 지금은 임팔라를 갖고 있어."

"저는 아저씨가 사용하시는 어휘에 관해 말하는 거예요, 제국주의라는 단어요. 물론 상황에 따라 다르겠지만요."

"그건 에밀리아노[2]가 기타 대신에 발랄라이카를 연주한다는 의미지."

"발랄라이카는 러시아 악기죠."

"맞다. 잠깐만 기다려라. 내가 그 개자식을 내쳐 버릴 거야. 그 거대한 검둥이는 자신이 베트남전쟁에 참전했기 때문에 원하면 어디에서든 술을 공짜로 취하게 마실 수 있다고 믿지."

그는 몇 십 년 동안 뉴욕에서 힘든 하층 생활을 하면서 체득한

---

1 발랄라이카(балала йка)는 러시아 민속악기로, 발현악기의 일종이다.
2 에밀리아노(Emiliano Fernandez, 1894~1949)는 파라과이의 시인이자 가수다.

자신만의 라틴아메리카 특유의 냉소 가득한 거친 이론들을 가지고 3주 동안 나를 붙잡아 두었어요. 결국 학교가 내게 방을 제공해 줘서 나는 타이완에서 온 학생과 함께 사용하게 되었어요. 나는 아떨리오와 통화는 했지만, 교육 과정을 마칠 때까지 그를 만날 수는 없었죠. 나중에 아떨리오에게 작별인사를 하러 식당으로 갔어요. 식당은 거의 텅 비어 있었어요. 스피커에서는 밀똔 나시멘또[1]의 삼바가 울려 퍼지고 있었어요. 아떨리오가 팔을 벌려 나를 맞이했어요.

"여기 머물지 않기로 작정한 거냐?"

"잘 모르겠어요, 돈 아떨리오. 여기가 아주 인상적이지만, 가족이 거기에 있어서요."

"유감스럽구나. 거기서는 네 사회학 공부가 어떻게 될지 아무도 모르잖아. 좋아, 적어도 네 아빠가 가게 하나를 가지고 있었으니까. 넌 그 이발소에서 일할 거니?"

"사실 아빠는 저를 교육시키지 않았어요. 그런데도 아빠는 제가 더 큰 야망을 가지길 원하셨죠."

"넌 의학을 공부할 수 있었다. 의사들은 절대 굶어죽지 않잖아. 네가 여기서 돈을 모을 수도 있을 거고. 여송연을 입에 물고 멋진 카마로를 타고 다닐 수도 있을 거야."

---

1 밀똔 나시멘또(Milton Nascimento, 1942~)는 브라질의 싱어송라이터, 기타리스트다.

"아저씨는 왜 돌아가지 않으세요, 돈 아띨리오? 식당을 팔면, 지금 달러 값이 비싸니까 잘 사실 수 있을 텐데요."

"아르띠가스가 말했다시피, 이제 내게는 조국이 없단다. 독일 문화원 앞에 있는 그의 동상[1]이 맘에 드니? 로도[2]의 동상은 뭣 때문에 있는 거야! 로도의 동상에는 새 한 마리 날아들지 않아. 반면에 아르띠가스의 동상에는 새 날개들이 가득하잖아! 호랑이 같은 상이지. 멋져……. 모든 새가 머리에 똥을 싸고, 모든 개가 동상에 오줌을 싸기 때문에 결코 혼자 있지 않아."

그는 술에 좀 취해 있었어요. 해가 질 무렵까지 혼잣말을 늘어놓았지만 나는 서두르지 않았어요. 나는 모든 준비가 되어 있었죠. 결국 그가 울더군요. 참 특이한 아저씨! 나는 남자가 우는 모습을 결코 본 적이 없었고, 파라과이 남자가 우는 건 더욱더 보지 못했어요. 뚱보 여자는 경멸하는 눈초리로 우리를 쳐다보고, 흑인 남자는 식당 바닥 판석을 발로 문질러 대면서 웃고 있었죠.

"돈 아띨리오, 제가 뭘 도와드릴 수 있을까요?" 내가 아띨리오에게 말했어요.

그는 종이 냅킨 열네 장을 사용해 눈물콧물을 닦고, 내 말에 고개를 가로저었고, 한참 동안 말없이 있었어요. 결국 나는 그날 시 운전을 하는 그의 카마로에 올라탔죠. 나는 자유의 여신상을 이미

---

1 아띨리오가 말한 '그의 동상'은 실존하지 않는다.

2 로도(José Enrique Rodo, 1871~1917)는 우루과이의 철학자, 문인이다.

보았다고, 그런 상태에서 운전을 하는 것은 사려 깊지 못하다고 그에게 말했어요. 우리가 어떻게 목적지에 도착했는지는 잘 모르겠어요. 나는 그가 맥주 냄새 나는 땀을 흘리고, 차가운 맥주 캔으로 이마를 식혔다는 사실을 기억하고 있어요. 그가 자유의 여신상이 높이 치켜들고 있는, 아주 밝을 빛을 내뿜고 있는 돌 횃불을 내게 가리켰어요. 그가 내게 말했어요.

"잘 가거라, 아가. 그리고 미안하다. 아마도 너는 오늘이 2월 30일이라는 사실을 몰랐을 거다."

제6장

여러 주가 흘렀다. 아마뽈라는 집에서 세탁하려고 늘 가져오던 솔레닷의 옷을 집어들었다가 옷 속에 숨겨진 시가 적힌 종이를 발견했다.

"올케는 문학가죠." 그녀는 시가 적힌 종이를 엘리사에게 건넸다. 어느 날 엘리사는 큰 호기심을 가지고 시들을 읽어 갔다. 중간쯤 읽다가 멈췄다. 그러고서 종이를 솔레닷의 어머니에게 되돌려 주었다.

"어느 친구에게 쓴 거예요." 그녀가 감동해서 중얼거렸다.

그 사이에, 80여 년 동안 줄곧 인디오의 마스크처럼 냉정한 표정을 유지해 온 평범하고 신중한 작은 키의 노인은 교황을 맞이하는 벽지 성당의 주임신부처럼 두드러지게 초조해하면서 부에노스 아이레스에서 군터를 환대했다.

"위기를 벗어날 방법이 있지요." 천식기가 있는 그가 자기 사무실에서 한숨을 내쉬었다. "자본 수입의 감소는 양국 당국의 투자 유동성 감소 탓입니다. 물론, 아마도, 외국의 투자 부족이 위기의 작은 요인이 될 수 있겠죠."

"작다고요?" 군터가 말했다. "실례합니다만, 제가 데이터를 읽지 않는다고 믿는 겁니까? 하지만 국제수지 적자와 회계 예산의 재정 인플레이션으로 적자를 맞은 사람들이 이제 1년 이상 못 버틸 겁니다. 그렇죠? 1980년에 이루어진 국내 총투자는 GNP의 30퍼센트였다는 사실을 생각해 보자고요."

"30.5였습니다." 상대방 남자가 향수에 젖어, 무기력하게 중얼거렸는데, 군터가 선물한, 자기 이름이 새겨진 황금색 파커 만년필이 그의 류머티즘에 걸린 앙상한 손가락 사이에서 번쩍거렸다. 그렇게 요 며칠 동안 시간들은 신음을 내뱉고, 공간들은 창백한 추억처럼 움직이고, 구름들은 시꺼먼 눈물을 흘리고, 라디오는 슬프고 고통스러운 소음을 냈다. 내게는 기억도 희망도 거의 남아 있지 않다. 나는 모든 것으로부터 멀리 떨어진 채 내 안에 정박해 있다. 내게는 내 그림자에게 말할 목소리조차 남아 있지 않고, 거칠고 어려운 단어들은 그대를 닮았다. 이들 단어가 항상 그대의 이름을 부른다. 내 사랑이여, 그들이 어떻게 우리를 갈라 놓을 수 있을까? 그렇게, 이런 폭력적이고, 오래 지속되는 나쁜 방식으로. 우리는 우리가 가볍게 입을 맞추고,

우리가 두 손을 맞잡은 채 머물고(또는 가고), 우리는 고요와 통행증을 공유하면서 그 누구에게도 해를 끼치지 않아. 내 사랑이여, 모든 아침이 지금 어떻게 똑같은 고독과 똑같은 꿈이 될 수 있을까? 내 사랑이여, 공기가 소리를 죽이고, 풍경이 본래 모습 그대로의 회색 돌로 만든 것처럼 보이는 이 창문 말고 다른 창문들이 있을 수 없다는 게 어떻게 가능하지? 내 사랑이여, 좁은 길들, 광장들, 정오들, 기적들, 단순한 대화들이 없다는 것이 어떻게 가능하지? 내 사랑이여, 삶이 어떻게 해서 이렇게 될 수 있는 거지? 내 사랑이여, 그렇게 날들이 움직이지 않은 채 지나가고, 우리가 우리 자신을 향해 여전히 나올 수 없다는 게 어떻게 가능하지? 음악도 손도 없고, 아무도 없는 이 감옥에서 여전히 생동하는(나는 그게 어떻게 이루어지는지 잘 모른다) 사랑스러운 작은 자유를 향해. 시간들이 신음소리를 내뱉는 이날들은 바로 그랬어. 나는 침묵 속에서 그대를 상상해. 기다리면서. 나는 고통스러워하면서, 이 불면과 악몽을 견디면서 그대를 상상해. 그대는 빈손으로. 그대의 기억 속에는 나만 존재하는 상태로. 나와 그대가 함께 눈물을 흘리며. 내 사랑이여, 어떻게 해서 오늘이 일요일일 수 있으며, 우리가 함께 밖에서 달릴 수 없게 되는 거지? 내 사랑이여, 이런 부재에도 문이 닫혀 있는 상태로 월요일들의 동이 튼다는 것이 어떻게 해서 가능한 거지? 그렇게 요 며칠 동안 시간들은 신음소리를 내뱉는다. 이제 나는 할 말이 없다. 내게는 고통과 침묵으로 이루어진 음절 몇 개만 있을 뿐이다. 요 며칠 동안에는 녹슨 경첩들만 있을 뿐이다. 이 슬프고 무한한 고독만 있을 뿐이다. 이 시간들만 있을 뿐인데, 이 시간들 안에서 날들은 신음소리를 낸다.

"더 많은 국내 신용 약정에 의존하는 것 말고 다른 선택권이 없는 것 같고요, 만약 우리의 재정 수입이 우리의 보통 소비를 위해 충분하지 않다면, 대외 신용 약정에도 의존해야죠."

"구체적인 수치 없이 얘기할 수 없습니다." 군터가 합법적인 밀수를 통해 들어온 아바나 시가에 불을 붙이면서 투덜거렸다.

"우리는 수입 총액이 900억 이하, 아마도 890억이 될 거라 계산합니다."

"그것 가운데 몇 퍼센트가 자본소득에 해당하나요?"

"대략 160억 정도입니다"

"18퍼센트군요." 군터가 짖듯이 말했다. "작년에 예상했던 수치의 두 배가 넘습니다."

"재무부는 선불금 형태든 채권 시스템이든, 중앙은행에서 나오는 자산의 획득에 기반을 두고 그 차액을 계산했어요." 군터는 송곳니 사이로 담배 연기를 내뿜으면서 씩 웃었고, 상대방은 씁쓸한 표정으로 그를 쳐다보았다. "그런데 우리가 어떻게 해주길 바라는 거죠? 우리는 적절한 이자율에 중장기 대출을 해주는 은행권에서 승인될 수 있는 프로젝트들을 통해 대외 신용을 증대시키는 데 너무 많은 어려움을 가지고 있습니다. 세계은행이 유행시킨 이론, 재정 적자를 지원하지 않는다는 그 터무니없는 이론에 대한 책임이 총재님에게 있습니다."

"터무니없다고요? 그런 식으로 말하지 마세요. 만약 그 이론을 활용하지 않았다면, 우리는 이미 파산했을 겁니다. 당신들은 더 실용적이어야 해요. 만약 내가 이 사랑을 가지지 않았더라면 나는 사랑을 만들었을 것이다. 그 누구도 이 불 없이는 살 수 없다. 그 누구도 새벽녘의 빛을 상상하는 태생적인 맹인처럼 자기 스스로를 속일 수 없을 것이다. 이 사랑은 내가 기둥들 사이에 못 박혀 있고, 세상으로부터 추방되어 있고, 박해받고, 명예가 훼손되고, 온갖 협박에 상처를 입고, 목소리도 소식도 없는 어느 불가사의처럼 혼자서, 낮의 빛을 믿지 못하는 말똥가리를 피해 숨어 있는 상태로 고뇌 속에서 모든 사물에 대항할 힘을 주었다. 이 화염들 없이는, 이 불굴의 연소 없이는, 죽음을 혐오하는 이 강렬한 열기 없이는, 우리의 눈을 띄워 주는 이 봄 없이는, 우리의 기공을 열어 주는 이 진정한 향기 없이는, 우리의 입술을 벌려 주는 이 낭랑한 빛 없이는, 우리의 삶의 문을 열어 주는 이 사랑 없이는 그 누구도 살 수 없다. 나는 그대를 만들어 내고 싶다. 나는 그대의 몸이 새벽별들과 종다리들로 이루어진 옷을 입고, 그대의 머리가 꽃잎과 입맞춤의 관을 쓰고, 그대가 물처럼 관대하고, 밤처럼 달콤하고, 낮처럼 젊고, 와인 같은 연인이 되는 꿈을 꾸고 있어. 내 사랑이여, 나는 그대를 사랑하기 위해 세계를 만들어 낼 거야. 그대가 공간과 시간을 음악으로 채워 주러 오지 않는다면, 나는 그 시간도 그 공간도 상상하지 않을 거야. 나는 그대의 사랑을 먹고, 그대의 고요한 사랑 속에서 다정함을 알았고, 그대의 사랑을 통해 공기보다 더 자유롭게 나 자신을 비추고 있어. 하나의 기억처럼 나에게 묶여 있는 그대의 두 팔은 심연을 물리치는 등불이고, 내 눈에서 솟구치는 눈물의 이유야. 이 끊임없고 축축한 고독 속에서 나는 마침내 내 걸음걸이, 내 글, 내 꿈을 읽고 있어. 나는 다시, 영원히 내 곁에 있는 나의 그대를 발견해. 나는 미소를 머금은 채 내 영혼까지 찾아오는 그대를 발견해. 그러고 나서 나는 모든 것을 발견해. 희망, 삶, 펼쳐진 손, 가장자리가 없는 가을, 우정을 만드는 태고의 강, 그대의 입맞춤, 그대의 행위, 그대의 침묵의 진솔하고 확고한 자유. 나는 이들 몽둥이가 나를 더 이상 찌르지 않기를 원해. 나는 화요일들이 내게 더 이상 거짓말을 하지 않기를 원해. 나는 그들이 쪽지 편지로 내 피부를 더 이상 할퀴지 않길 원해. 문들이 내게 더 이상 닫히지 않기를 원해. 점심 식사가 나를 더 이상 침묵시키지 않기를 원해. 내 낮잠이 더 이상 부족하지 않기를 원해. 나는 타인을 바라보고 싶지도, 나를 바라보고 싶지도 않아. 사람들이 내게서 이 고통스러운 창문을 제거해 주기를 원해. 사람들이 내게서 이 일상의 거울을 지워 주기를 원해. 사람들이 내게서 밤을 없애 주기를 원해. 사람들이 내게 삶을 되돌려 주기를 원해. 여기서 이 철야는 끝났어. 여기에 시인은 더 이상 없어. 여기에 포로로 잡힌 여자 하나가, 단순하고 슬픈 여자 하나가, 진정 혼자서 외롭게 고통을 받고 있어. 무한한 사랑을 기다리면서.

"재무부는 경상비 예산을 13퍼센트 낮췄어요. 재무부는 무모하게도 중앙은행에 빚을 졌는데요, 총재님은 이 부채가 외채보다 지불 기한이 더 짧다는 사실을 알고 계시잖아요."

"그래서 귀국 정부가 세금을 더 많이 올려야 할 겁니다."

"우리가 다른 무엇을 할 수 있을까요, 군터? 더 많은 재화와 서

비스를 창출하지 않은 채 통화를 더 많이 발행할까요?"

"하지만 귀국은 정부의 부채를 갚는 데 자금을 조달함으로써 엄청난 인플레이션을 겪고 있습니다."

"좋아요, 혹시 총재님이 마법 같은 처방을 알고 계실 것 같은데요."

"아뇨, 물론 없습니다. 그럼에도 불구하고, 이 나라에 제 가족이 있거든요……. 말하자면, 제가 저기 워싱턴에서 늘 영향력을 조금 행사할 수 있다는 거죠. 저는 여러분이 휴먼 드라마에 무감각하지 않다는 것을 알고 있습니다……."

"저는 총재님이 조카딸과 관계된 모든 사안을 제게 밝히시리라는 걸 알고 있었습니다! 저는 아무것도 할 수 없습니다. 직업 관료니까요! 정치에는 개입하지 않습니다."

"어떻게 개입하지 않을 수 있는 거죠? 돈 한 푼 없는 소녀가 여러분께 대체 무슨 의미가 있습니까? 별로 중요하지도 않은 혼란 때문에 온 나라가 재정적인 어려움을 겪어야 하는 이유가 뭡니까?"

"묘책이 없습니다, 군터! 꼬리엔떼스 주의 통치자들은 그 소녀가 총재님의 친척이라는 사실을 전혀 모르고 있었다고요! 저는 잘못이 없습니다. 우리가 대화를 통해 제대로 소통한 지가 여러 해인데, 지금 이런 어처구니없는 일이 일어나고 있다니요……."

"여기, 우리만 있으니까 하는 얘긴데요…… 그 불쌍한 소녀가 사람들이 말하는 바와 같다고 생각하시나요?"

"그게 무슨 말입니까?"

"그러니까…… 약간은 이상하잖아요?"

늙은 관료는 아주 오랫동안 쌓인 피로를 드러내며 씩 웃었다. 그는 천식이 도지는 게 무섭다는 듯이 고통스럽게 한숨을 내쉬었다. 마침내 그가 나직한 목소리로 대답했다.

"그 말이 맞기도 하고 맞지 않기도 하죠. 만년필, 고맙습니다."

제7장

　엘리사가 구겐하임 상을 수상했고, 또 예수회의 바로크 문화에 관한 연구의 사전 단계를 실행하기 위해 꼬리엔떼스로 떠날 시점이었다는 사실을 알게 된 또또 아수아가는 인문학 재단의 후원으로 자기 대학에서 열리는 교수 하계 세미나에 그녀를 특별 연사로 초대하겠다고 작정했다. 엘리사는 사리아-끼로가 가문의 비극, 라라인의 죽음, 솔레닷의 투옥 등 꼬리엔떼스에서 복잡한 일들이 자기를 기다리고 있다는 생각은 하지 않았다. 그녀는 또또의 초대를 받아들였는데, 그렇게 한 이유는 그녀가 늘 'ridículum(이력서)'[1]이라고 부르던 자신의 너무 긴 이력서(currículum)에 그런 명예를 첨

---

　1 'ridículum'은 은어로 '이력서'를 의미하는데, '웃음거리', '조롱거리', '우스팡스러움', '익살스러움' 등을 의미하는 'ridículo'를 연상시킨다.

가하기 위한 것이 아니었다. 비록 그녀가 오클라호마에 가 본 적이 전혀 없었다 할지라도 그곳으로 가는 것이 매력적이지 않았다. 다른 이유가 있었다.

또또는 일기를 쓰던 사람이었는데, 가끔씩 일기장에 끼어 있는 마떼 잎사귀를 꺼내(외통장군) 마떼 빨대로 바람을 불어 '부풀려서' 리사에게 보내고는 말하기를, 숫자들이 가득 찬 그 컵은 토요일이면 당신에게 궤양을 유발하고 질 낮은 와인은 당신 간에 상처를 내는데, 그것이 당신의 추억도, 당신이 잠시 조용히 있고 싶은 생각도 파괴할 수 없고, 당신은 그것이 자주색이나 분홍색의 투표로도, 이제 엉금엉금 움직이는 혁명으로도, 정신이 나간 독재로도 해결되지 않는다는 사실을 알고, 당신은 모든 시가 아무짝에도 소용없지만 지속되고 있다는 사실을 알고, 이런 것들이 말해지지 않아도 상관없고, 중요한 것은 바람이고, 여기서 시는 팔리지 않고, 저기서는 자기 검열을 하고, 중요한 것은 바람이라는 사실을 알아요. 빌어먹을, 초저녁이면 가끔 나는 피를 내뱉고, 밤이 시작되면 아무도 소리를 듣지 않고, 모두 집에서 잠을 자고, 기름때 묻은 커튼 때문에 질식할 것 같은 창문은 일찍 잠자리에 들 것이고, 내일은 다른 노동의 날이고, 신용카드가 그날을 노려보고, 신용카드의 미소짓는 인두(咽頭)가 이자율 19퍼센트의 어금니를 번득이면서 우리를 유혹하지만, 곧 누군가 이 시를 쓰고, 누군가는 말할 것이고, 시인과 시의 독자를 제외하고 모든 것은, 모든 것은, 모든 것은, 창문이 열린 상태에서, 궁둥이를 드러낸 채, 쪼갠 수박처럼 빨간 하늘 말고는 신용도 우편엽서도 없는 상태에서 엉망이 될 것이라고 말할 것이오. 시는 왜 살아남죠? 아마도 시가 우리에게 남아 있는 유일한 공짜이기 때문일 것이오.

또또가 이렇게 말한 이유는 바로 그가 암에 걸렸기 때문이었다.

"모든 사람이 그렇게 말하지만 그건 허튼 소리요. 그러니까 내 몸에 개떡 같은 궤양이 하나 있다는 말이오."

"당신 언제 퇴직하나요?" 리사가 공항에 정차되어 있는 녹슨 밴을 보고서 약간 놀라며 물었다.

"당신은, 요즘 애들이 '고물 자동차'라 부르는 이 커다란 물건이 싫지 않아요? 당신도 알다시피 이건 나처럼 따분해하는 동창 둘과 사냥을 하려고 산 거요. 차는 늘 소녀들, 그러니까 열두세 살 된 소녀 둘이 사용하고 있어요. 내가 많은 나이에 결혼한 게 잘못했다는 생각이 드는데, 그 말이 무슨 의미인지 알죠? 당신은 아이가 없어서 행복한 거예요."

"나도 아이를 갖고 싶었지만, 이제는 이런 상태에 익숙해져 있어요."

"그럼에도 그 족장이 당신에게 심하게 들이대는 모양인데, 이런 표현을 써서 미안해요. 그는 아주 뽐낼 만한 직책을 맡고 있고, 자기 일에 자부심을 갖고 있죠. 좋아요, 혹시 내가 질투심 때문에 이렇게 얘기하고 있을 수도 있겠는데요, 당신은 아주 아름다워요, 제기랄. 로이 로저스 고속도로로 들어가는 이 진입로는 영원히 건설 중인데요, 봐요, 에세이사[1]보다 더 형편없어요. 그 인간들이 돈

---

1 에세이사(Ezeiza)는 부에노스 아이레스 근교 도시로, 근처에 큰 국제공항이 있다.

을 어디다 처박아 버렸을까요?…… 석유로 돈을 벌어 아주 타락한 인간들이에요. 당신은 그 인간들이 얼마나 보수적인 사람들인지 알 건데요, 그들은 침례교도들에게는 결코 세금을 부과하지 않고요, 우리 대학들은 적자인 데다 그런 저런 일 때문에 돈이 없어요. 그 정지 신호에 걸린 뒤로 우리가 여기 있는 거잖아요? 그런데 내가 도대체 무슨 얘기를 하고 있었던 거죠?"

"도로에 관해 뭔가 말하려 했어요."

"아니에요, 당신이 참으로 멋지다는 얘기를 하려던 거였어요. 몸매 관리를 어떻게 하는 거죠? 당신을 꼬시는 건 아니니 걱정 말아요. 이봐요, 난 요즘 발기도 제대로 되지 않아요. 당신은 손님 접대를 많이 해서 짜증이 날 것 같은데, 참 당신을 누구의 부인이라고 불러야 하죠? 그 가우초 남편의 이름은 뭔가요?"

"군터인데요, 당신은 그 사람을 아주 잘 알아요."

"당신은 여기서도 손님을 접대하고 저기서도 손님을 접대하고, 여기서는 안주인 역할을 하고 저기서는 마담 역할을 하는군요. 미국인들은 참 끝내주는데요, 보여 주는 걸 아주 좋아해서 결국 포크 사용법을 배웠잖아요."

"이봐요 친구, 나도 미국인이에요."

"좋아요. 그건 달라요. 나는 지금 서민들, 그러니까 껌을 질경질경 씹어 대는 그 교양 없는 하층민 얘기를 하는 거예요."

"내게는 그들이 하층민처럼 보이지 않은데, 난 우리가 누군가를 업신여길 권리를 갖고 있다고 생각하지는 않아요. 잘은 모르겠는데요, 혹시 우리가 우리 자신을 업신여기지 않으려고 그렇게 생각하는 건 아닐까요?"

"당신 말이 옳아요, 자매님. 당신 덕분에 한 수 배웠네요."

"미안해요." 엘리사가 밴의 어스름 속에서 얼굴을 붉혔다. "그렇게 말하려고 했던 건 아니에요. 잘 모르겠어요, 난 당신을 대단히 높게 평가하지만, 사실 그렇잖아요? 당신이란 사람은 조금……."

"조금 뭐요? 남을 비판하려거든 에스파냐어나 정확히 배우세요. 내가 당신에게 늘 말했다시피, 당신은 에스파냐어 접속법을 배울 생각을 전혀 안 하잖아요. 'no creo que tenemos.'라는 표현은 사용하지 않아요. 'tenemos'가 아니라 'tengamos'라고요, 알아들었어요? 'no creo que tengamos'라고 말해야 한다고요."[1]

"그런 바보 같은 소리는 하지 말아요. 당신은 30년이 지났어도 영어를 제대로 배우지 못했잖아요."

"내게 영어는 실무 언어가 아니기 때문에 필요 없어요. 편지는 내 여비서가 교정해 주고, 업무 회의에서는 다들 나를 참아 주는데요, 사실은 내가 가장 우둔한 사람이어서 나를 팀장으로 뽑아 주었어요. 하지만 당신은 에스파냐어를 알아야 해요! 부끄럽지 않아요? 그런 엉터리 에스파냐어를 구사하면서 어떻게 정교수가 되

---

1 앞서 엘리사가 "난 우리가 누군가를 업신여길 권리를 갖고 있다고 생각하지는 않아요(no creo que *tenemos* el derecho de despreciar a nadie)."라고 직설법으로 표현했는데, 정확한 표현은 접속법인 "no creo que *tengamos* el derecho de despreciar a nadie."이다.

었어요? 그게 바로 내가 이해하지 못하는 거라고요. 당신 그 정교수 자리를 어디서 얻었어요? 그 아둔한 독일 남자한테서 얻었겠죠?"

"……."

"당신 남편이잖아요?"

"당신은 그 불쌍한 남자를 질투하고 있어요."

"당신은 그런 손님 접대가 당신 삶을 엉망으로 만들지 않을 거라는 말은 못할 거요."

"내 삶을 엉망으로 만들지 않아요, 제기랄, 그를 가만 내버려 둬요."

"비행기에서 식사는 했나요?"

"따빠¹ 하나. 샌드위치 하나만 먹었어요."

"내가 못 알아듣는 무데하르² 말은 하지 말아요."

"고맙지만, 배가 고프지 않네요."

"여전하시군요! 당신이 원한다면 우리 이 근처에서 멕시코 음식을 먹을 수 있어요. 캠퍼스의 식당들은 이제 문을 닫을 거요."

"파히따 먹어 본 지가 꽤 되었네요."

"차 세울까요? 아주 맛있는 파히따 파는 데가 있거든요."

"좋아요, 세웁시다, 하지만 당신 술은 마시지 않을 거죠, 예? 나는 술 취한 남자가 나를 데려가는 건 싫어요."

---

1 따빠(tapa)는 간단한 요깃거리, 안줏거리를 가리킨다.
2 무데하르(mudéjar)는 8세기부터 15세기까지 에스파냐의 국토 회복 운동 때 기독교도의 지배 아래 있게 된 지역에 거주했던 이슬람교도다. '무데하르 말'은 무어 식 에스파냐어다.

"마르가리따 한 잔만."

"좋아요."

"마르가리따 두 잔이요."

"좋아요, 다시 출발합시다."

"좋아요, 한 잔만 해요, 젠장. 염병할, 말 본새 하고는. 말 좋게 하는 데 돈 한 푼 들지 않은데. 시간이 늦었고, 춥고, 비도 온다고요."

그가 그녀를 위해 차 문을 열어 주었다. 식당 안은 튀김 냄새가 진동했다. 엘리사는 식당이 맘에 들었다. 그들은 기차 좌석처럼 벽에 붙어 있는 시카고 스타일[1]의 앞 테이블들 가운데 하나에 앉았다. 술은 더블이었으나 약했다. 반면에 구아까몰레[2]는 입체파 화가 따마요[3]의 그림에 등장하는 청과물 가게들을 깔볼 정도였다. 훌리오 이글레시아스는 내가 좋아하는 가수들 가운데 하나가 아니라고 늘 생각했다. 나는 그가 아주 상업적이고, 아주 많이 연구되어 있고, 아주 친프랑꼬적인 가정 출신이라고 늘 생각했다. 오늘은 핼러윈 데이, 즉 아주 텍사스적인 마녀들의 파티 날이다. 내 아내는 침대 시트를 머리에 써서 인디라 간디처럼 분장한 채 드라큘라와 스트로베리 쇼트케이크로 분장한 딸들을 데리고 캐러멜을 집으러 갔고…… trick or

---

1 19세기 말부터 20세기 초까지 시카고에서는 거대한 상업용 빌딩과 마천루 등을 지을 때 새로운 소재와 기술이 동원되었다.

2 구아까몰레(Guacamole)는 갈거나 찧은 아구아까떼(아보가도)에 양파, 토마토, 푸른고추 등을 넣어 만든 걸쭉한 소스다.

3 따마요(Rufino Tamayo, 1899~1991)는 멕시코의 화가다.

treat(맛있는 것을 주지 않으면, 장난칠 거야)![1] 집에서 혼자 텔레비전을 보고 있다가 변장한 아이들이 초인종을 눌러서 내게 trick or treat! 이라고 말하는 통에 방해를 받았던 나는 로체스터, 네브래스카에서 디드로의 전문가인 오하이오의 친구 해밀턴 벡이 마시는 법을 가르쳐 주었던, 50도짜리 스카치위스키 블랙불 한 잔을 들고 다시 텔레비전을 보러 앉는다. 텔레비전에서 이글레시아스가 예루살렘에 있는 인상적인 나이트쇼 스튜디오에서 파라과이의 구아라니아 「이빠까라이의 추억」을 이탈리아어로 부르고 있는데, 댈러스의 어느 채널 호출 부호가 화면에 지속적으로 보인다(혹 그 텔레비전의 남자 시청자가 마스터 카드를 이용해 구입한 VCR로 그 역사적인 리사이틀을 불법으로 녹음하고 있을 수 있다). 이글레시아스는 예루살렘의 아가씨들에게 구아라니어 단어인 'kuñatai(아가씨)'를 말한다. 그 아가씨들은 그 구아라니어 단어를 듣고서 미소를 짓는다. 하얀색 얼굴들, 갈색 얼굴들, 검은색 눈, 파란색 눈, 이스라엘, 베네수엘라, 에스파냐, 미국, 미시오네스의 유대인들. 그 얼굴들이 만장일치로 미소를 짓는다. 그런데 소녀 하나가 무대로 올라가 세파르디[2] 언어로만 말하면서 훌리오 이글레시아스에게 자신을 소개한다. 나는 훌리오 이글레시아스가 내가 좋아하는 가

---

1 유령, 마녀, 괴물 등을 가장한 아이들이 집집마다 돌며 "Trick or treat!(맛있는 것을 주지 않으면, 장난칠 거야)"라고 말한 뒤, 사탕을 주지 않으면 비누 등으로 유리창에 낙서를 한다.
2 세파르디(sefardí)는 1492년까지 이베리아 반도에 거주한 에스파냐-포르투갈계 유대인이다.

수들 가운데 하나라고 늘 생각했다. 하지만 이제는 더 이상 아니다.

"아하, 그러니까 그 유명한 린치께서 여기 오클라호마에 계시게 되었군요. 좋아요, 내가 결국 당신을 여기로 데려왔네요, 자매님."

"과장하지 말아요, 당신은 내가 그런 걸 좋아하지 않는다는 걸 알잖아요."

"내 느낌을 당신에게 얘기해 볼게요. 좋죠, 그렇죠?"

"아주 좋아요."

"당신 도대체 무슨 일을 꾸미는 거요?"

"다 똑같아요. 당신도 이미 알다시피, 나는 다음 주에 꼬리엔떼스에 갈 거예요. 내 올케가 거기서 살고요, 구겐하임 박물관에서 받은 연구비로 책을 한 권 쓰고 싶어요."

"그래요, 이미 알고 있어요…… 꼬리엔떼스……! 아이…… 무서워! 도쿄, 호놀룰루…… 아까뿔꼬로 가지 그래요? 아이 따분해!"

"그런데, 또또 당신은? 당신 아픈 게 확실해요?"

"내 당신에게 이미 말했다시피, 나는 암에 걸린 게 아니에요. 그 거 아니라니까요. 궤양 하나가 있을 뿐이라고요. 하지만 내가 다음 달에 죽는다는 건 확실해요, 이제 난 늙었어요."

"당신은 몇 년 전부터 다음 달에 죽는다고 했어요. 당신 몇 살이에요?"

"대략 예순셋 정도 됐어요."

"인생은 예순셋부터예요."

"나는 아니오. 난 이미 인생 종쳤소. 매일 술을 마시고, 운동은 전혀 하지 않고, 기름진 고기를 양껏 먹어 대고, 섬유질을 적게 섭취하는데, 잡지들은 이런 습관이 죄다 좋지 않다고 비난해요. 해로운 칼로리를 너무 많이 섭취한다고 나무라죠. 그래서 나 내년에는 죽을 거요. 그래서 당신이 지금 오는 걸 그토록 원했던 거요."

"언제 은퇴할 건데요?"

"1984년도에."

"그게 바로 내가 두려워하는 거예요. 당신은 당신 삶이 끝나고 있다고 생각하거든요."

"아니오, 조금도 그렇지 않아요."

"그럼 무슨 계획을 갖고 있나요?"

"전혀."

"이봐요, 또또. 날 놀리지 말아요."

"난 차스꼬무스로 돌아갈 거요. 집에 페인트나 칠하든지, 뭐든 할 거요. 에스파냐어 텔레비전 방송도 보고, 제라늄도 심고, 좆 잡고 실컷 재미나 볼 거요."

엘리사는 편안하게 캠퍼스의 호텔에 묵었고, 자신의 학술적인 의무를 이행했고, 독수리의 눈에 하이에나의 미소를 지닌 학장으로부터 가장 무감각한 학생까지, 모든 사람을 기쁘게 해주었다. 칵테일 파티에서 누군가가 그녀에게 알폰신[1]의 딸인 마리아 이네

---

1 알폰신(Raúl Alfonsín, 1927~2009)은 아르헨티나의 대통령이다(1983~1989 재임).

스를 소개해 주었는데, 그녀는 그 근처에서 살고 있었다. 또또의 동료인 어느 청년이 북적대는 사람들 틈에서 블러디 메리를 손에 든 채 그녀에게 마차도에 관한 그녀의 저서 일부를 인용해 가면서 그녀의 엉덩이를 만지는 기회를 잡았다. 엘리사는 그날을 기분 좋게 보냈으나 편안하게 쉴 수는 없었다. 그녀는 또또가 오리 사냥용 엽총으로 자기 목에 총알 한 방을 박아 버릴 것이라고 확신하고 있었다. 그녀는 남편이 그리워졌는데, 그는 대홍수가 밀어닥쳐도 자신만은 항상 안전하다고 게르만 식으로 과신하고 있었다.

구름이 끼고 먼지가 자욱한 어느 월요일, 그는 낡은 밴을 운전해 거북이들과 유정(油井)들이 점점이 깔려 있는 거칠고 황량한 평원을 통과해 그녀를 공항에 데려다 주었다. 그녀는 눈물을 억누르면서 마드리드를 회상해 가고 있었는데, 자신의 학생 시절의 파편화된 하라마[1]가 아니라, 빠꼬 이바녜스[2]의 마드리드, 뭔가를 찾아 방황하는 사람들의 마드리드, 분노와 관념의 에스파냐, 소피아[3]의 에스파냐를 회상해 가고 있었던 것이다. 그녀는 또또가 이제 힘차게 뛰어나갈 동기를 갖고 있지 않다고 인식했고, 식물이 자라지 못하는 어느 온실의 지붕들이 바이올린을 연주하는 분홍색 암소들과

---

1 하라마(Jarama)는 마드리드 근처에 있는 곳으로 에스파냐 내전 때 유혈이 낭자한 전투가 벌어졌다.

2 빠꼬 이바녜스(Paco Ibáñez, 1934~)는 에스파냐의 가수로, 프랑꼬 체제에 반대하는 노래를 부른 바 있다.

3 소피아(Sofía, 1938~)는 에스파냐의 왕비로, 진보적이고 민주주의적인 시각을 갖고 있다.

그네처럼 쉼 없이 왔다 갔다 하는 입맞춤에 대한 그의 꿈을 덮어 버렸다고 인식했다. 그 지붕들이 갈라진 수박처럼 빨간 하늘을 덮어 버렸다고 인식했다. 그리고 공항에서 그녀가 그를 껴안았을 때 그는 그녀가 자기를 마지막으로 껴안는다는 무기력한 확신으로 몸을 떨었다. 그녀는 여러 가지 한계에 대해 언급하는 보르헤스의 옛 시를 떠올렸다. 그리고 나서 그 순간은 만리께[1]의 비가(悲歌)처럼 서글픈 한계가 될 것이라 생각했고, 그녀의 삶, 즉 다른 불운은, 또또의 비이성적인 존재 방식과 더불어 설정되고 있었다고 생각했다. 그녀는 아버지가 피츠버그에서 죽어 가고 있을 때 어머니가 그녀와 여동생에게 반복적으로 들려 주던 문장을 떠올렸다. "천국은 만족스럽게 죽는 데 있는 거란다."

그래서 그녀는 그냥 그에게 '안녕'이라는 말을 하지 않았고, 학기 말에 그를 꼬리엔떼스로 초대했다.

---

1 만리께(Jorge Manrique, 1440~1479)는 에스파냐의 시인이다.

제8장

나약한 자들의 이야기가 시간, 금속, 순수한 피, 급습하는 단어와 고통, 자유를 박탈당한 어느 램프가 뱉어 내는 음절들, 경계하는 심장 하나, 비둘기 한 마리로 만들어지고 있다. 아마도 영원히 그리고 아직은 춥고 춥지 않고, 그럼에도 불후의 명곡이 이내 온다! 공동의 죽음이 길로 들어선다! 성체 같은 하늘 조각이 바지를 입은 채 공기를 가르고 내려와 남자의 바지와 셔츠를 입고, 그의 무한한 사랑은 바람에게 사랑을 만들어 주었다. 모두에게 기분 좋은 조국의 밤이 지나고 미소를 머금은 유리 같은 새벽이 열렸다. 젊은이들이 존재하는 동안에 피는 벽에 자신의 이름을 쓸 것이다. 군터는 변호사회 회장과 약속이 있었다. 늙은 과격파들의 손자들은 영원한 장군, 일곱 밤과 일곱 얼굴의 장군 말고 다른 통치자는 모르고 있었으나 블로흐의 말마따나 희망에 의지하고 있었다. 그들은 사회적으로 실패하고, 클럽들은 개기름이 줄줄 흐르는 음탕한 출세주의자들에게 지배당하고, 그들은 감옥에 가고 고문을 당했다. 그들은 품위 있게 생존하기 위해 자신들의 어두운 민주적 유토피아에 계속해서 엉겨 붙어 있었다. 그들에게는 다른 길이 없었다. 그들은 카라이 족처럼 자신들의 배를 불태웠고, 투쟁을 하면서 일치된 감정을 공유했는데, 그것은 파랑-진홍색 유니폼을 입은 축구팀이 마지막 90분을 향해 전력을 다해 경기를 하는 것과 같았다. 약속은 네시에 잡혀 있었다. 군터는 볼보 승용차가 전속력으로 달리는 가운데 자신의 오메가 시계를 보았다. 목적지에 도착해 차에서 내린 그는 신경질적으로 초인종을 눌렀다. 재스민 향기를 풍기는 현관에서 독일산 셰퍼드와 함께 있던 하녀가 그를 안으로 들이고는 박사가 잠시 후 그를 맞이할 것이라고 알렸다. 가정집에 차린 사무실은 왠지 어수선했다 해도 정부 청사의 사무실들보다는 더 기품이 있었다. 차꼬 전쟁의 영웅인 에스떠가리비아 장군을 그린 위압적인 유화, 곧 날아오를 것처럼 날렵한 존 케네디의 철제 흉상이 있었다. 만약 엘리사가 그곳에 있었더라면 대주교가 열망하던 후안 라몬 히메네스의 책을 책장에서 쉽게 발견했을 것이다. 변호사가 조용히 방으로 들어왔다. 키가 작달막하고 약간 과체중이었다 할지라도 그가 나타나자 그곳 분위기가 즉시 환해지는 것 같았다. 군터는 그가 (그의 아들일 수도 있었다) 결국 결승에 진출한 파랑-진홍색 팀의 미래 지도자들, 즉 결코 지지 않고, 고집 세고, 강인한 그 지도자들 가운데 한 명이었다는 사실을 차분하게 인식했다. 그의 단정하기 이를 데 없는 머리 모양에서부터 유리처럼 반들반들한 모카신에 이르기까지 극도의 정갈함이 군터의 관심을 끌었다. 그런 점들은 그가 굳이 애를 써서라기보다는 자기애가 강해 그렇게 기품 있는 모습을 유지하는 것이라는 인상을 주었다. 변호사의 커다란 커피색 눈은 군터를 세계은행의 고위 간부가 아니라 감옥에 갇혀 있는 어느 소녀의 친척으로 바라보고 있었다. 군터는 그곳에 도착하고 나서 처음으로 존경심을 느꼈다.

"회장님, 만나 뵙게 되어 반갑습니다…… 회장님의 조부님이 아니었다면 제 장학금은…….'

"제 할아버님은 제 할아버님이고, 총재님의 조카딸은 총재님의 조카딸이지요." 변호사가 친절하게 말을 끊었다. "제가 총재님의 조카딸을 위해 뭘 해드릴 수 있을까요? 내 사랑이여, 그대도 알다시피, 이런 고독 속에서는 라디오가 내 벗이야. 하지만 프로그램은 열두 시 반에 시작해. 모든 방송국은 정부가 발표하는 뉴스를 방송하지. 비록 그대가 다이얼을 돌린다 해도 아무것도 바뀌지 않아. 그건 단조롭고, 생기 없고, 과도한 단 하나의 목소리야. 라디오를 던져 버리겠어. 그러면 미래가 시작되지."

"좋아요, 저는 니바클레[1] 법에 대한 기초 지식이 거의 없습니다. 그런 걸 초보적이라고 하지요? 영어 'rudiments' 말이에요."

---

1 니바클레(Nivaklé)는 파라과이 그란 차꼬(Gran Chaco)의 원주민 부족이다.

상대방 남자는 북쪽에서 온 손님의 현학과 2미터나 되는 키 때문에 살짝 짜증이 나는지 씩 웃었다.

"그 말은 'rudis', 'rudimentum'에서 온 말이죠. 하지만 총재님은 저와 라틴어의 어원을 토론하기 위해 오시지는 않았을 겁니다."

"좋습니다." 군터가 계속했다. "제가 전화로 말씀드렸다시피, 저는 이미 장관님, 새로운 대법원장님과 대화를 했습니다."

"미국인들이 사용하는 용어를 빌리자면 제 전화가 'tapped(도청)'되고 있습니다. 정부가 그런 사안들을 알아내는 걸 원치 않으신다면, 제게 그런 걸 전화로 얘기하지는 마세요."

"제 아내가 그에 관한 걸 얘기해 주더군요." 군터는 그가 꾸며대고 있다고 의심하면서 미심쩍은 태도로 말했다. "문제는 제가 이 정부에 대해 반감이 전혀 없다는 겁니다. 저는 그저 제 조카딸을 데려가고 싶을 뿐입니다. 제가 조카딸을 데려가고 싶어 한다는 걸 그들이 알고 있습니다. 제가 전화로 그런 이야기를 한다는 게 뭐가 잘못된 겁니까? 배신당한 어느 봄으로부터, 흙 색깔의 피로 얼룩진 어느 땅으로부터, 고독이 배어 있는 어느 다크서클로부터, 까사블랑까와 비리디아나[1] 여행으로부터, 그대의 복숭아색 피부로 올라가는 불길에 휩싸인 어느 계단으로부터, 지하실들과 길모퉁이들에 관한 어느 신랄한 지식으로부터, 목소리 속에 든 어느 상징으로부터, 추

---

1 「비리디아나(Viridiana)」는 에스파냐 영화감독 루이스 부뉴엘(Luis Buñuel)이 1960년에 만든 영화다.

방당한 어느 소리 없는 기타로부터, 오후의 침묵으로부터, 스크루들이
달린 어느 배에 탄 안경 쓴 어느 소녀로부터, 어느 말없는 남자 노인으
로부터, 불가능한 두 전쟁으로부터, 무자비한 감시견처럼 격렬한 바람
의 방식들로부터, 물과 희망의 정확성으로부터, 어느 부서진 물시계로
부터, 내 것들과 내 것들과 내 것들로부터. 그대를 사랑해.”

　변호사는 몇 분 동안 침묵을 유지했다. 그가 군터에게 술 한 잔
하겠냐고 물었다. 군터는 위스키를 달라고 했다. 주인이 구색이
잘 갖춰진 바에서 컵과 블랙 라벨 한 병을 꺼냈다. 그가 술을 따라
손님에게 건네고, 자신을 위해서는 코카콜라 캔을 땄다.

　“왜 하필이면 나를 찾아오셨는지 말씀해 보세요.”

　“선생님은 변호사회 회장으로서 적극적이고 공정하며, 정치범
들의 문제를 해결하는 데 아주 부지런한 분이라는 명성을 갖고 계
시죠. 제 누이의 친구들인 일부 사제들과 5월광장[1]의 모든 어머니
들이 제 누이에게 말했죠. ‘미따 카라이’[2]가 유일한 희망입니다.”

　“그게 다입니까?”

　“예, 맞습니다. 물론 회장님께는 반드시 사례금을 지불하겠습니다.”

　“제 말씀은 그런 게 아닙니다. 그러니까, 저는 총재님이 그걸 잘
모르시는 것 같다는 거죠.”

　1 5월광장(Plaza de Mayo)은 1970~80년대 군부 독재 정권의 납치로 사라진 사
람들의 어머니들이 모여 시위를 하는 곳이다. 부에노스 아이레스에 있다.
　2 미따 카라이(Mita Karaí)는 군터가 방문한 변호사의 별명이다. 구아라니어로
‘미따’는 ‘소년’, ‘카라이’는 ‘존경’ 또는 ‘친애’의 의미다.

"뭘 모른다는 겁니까?"

"뭐라고요? 우리가 독재 치하에 살고 있다는 걸 모르시는 것 같습니다. 여기서는 국가가 법치를 하고 있지 않습니다. 우리 변호사들이 뭘 할 수 있겠습니까?"

"좋습니다. 그래요, 꼬리엔떼스 주 수도에 계엄령이 계속 발효 중인데, 제 조카딸은 이번 포위 작전에서 체포되었습니다."

"모두 잊어버리세요. 현재 유일하게 효력을 발휘하고 있는 것은 독재자의 의지입니다. 그 '영원한 존재'가 조카딸을 체포했는데, 그는 내키면 언제든 조카딸을 거리로 내보낼 겁니다. 내 조국이여, 나는 아마도 아주 오랫동안 그대 곁을 떠나 있을 거예요. 내가 이유를 설명할게요. 내가 떠나고 있는 게 아니라 사람들이 나를 그대의 자궁에서 꺼내 버리는 거예요. 하지만 나는 그대의 새들, 그대의 나무들, 그대의 강들, 그대의 정확한 우화(寓話), 그대의 공유된 희망을 모두 가져갈 거예요. 나는 그대의 궁핍, 그대의 입술을 가지고 떠날 거예요. 내 조국이여, 나는 다시 큰소리로 그대의 이름을 부를 거예요. 사람들이 나를 알아보고 내 안에 있는 그대를 알아보도록 나는 그대의 상이 새겨진 녹슨 금속판을 어깨에 메고 갈 거예요. 나는 갈 거지만, 그대와 함께 갈 거예요. 그게 바로 남아 있는 방법이니까요."

"변호사회 회장님의 입에서 그런 말을 듣는다는 건 슬픈 일이네요. 확언컨대, 루마니아의 부쿠레슈티에 있는 회장님의 동료는, 좀 완곡하게 표현하자면, 아주 친정부적인 사람입니다."

"거기 상황이 어떤지는 잘 모르지만 여기 상황이 어떤지는 압니다. 만약 총재님이 법적인 수단을 동원해 조카딸을 석방시킬 수 있다고 믿으신다면, 총재님은 제정신이 아니신 겁니다."

군터가 침을 삼켰다. 군터는 엘비스 프레슬리의 머리 모양을 한 채 불안하게 앉아 있는 그 남자로부터 시선을 떼지 않고서 남은 위스키를 천천히 마셨는데, 그 남자가 노련한 요가 수행자처럼 다리를 꼬았다.

"참 그렇네요." 군터가 체념한 듯 중얼거렸다. "저는 회장님이 약간의 희망을 주실 거라고 생각했습니다."

"물론 희망이 있습니다. 하지만 법률적인 희망은 결코 아닙니다. 그래서 말인데요, 우선 해야 할 일은, 총재님이 다시는 내게 전화로 그런 얘길 하지 않으셔야 한다는 겁니다."

"저는 절대 정치적인 술수에 놀아나지 않을 겁니다. 인디오 집단과 함께 음모를 꾸미는 건 더더욱 하지 않을 겁니다."

"우리는 그 누구와도 음모를 꾸미지 않습니다. 이런 건 저절로 실패해 버립니다. 게다가, 총재님 자신이 급진당에 가입할 자격이 있다고 판단하시는지는 모르겠습니다."

"솔레닷이 급진파입니까?"

"그렇지는 않을 겁니다. 우리는 그런 사실이 기록된 파일도 좋아하지 않고, 파시스트들도 좋아하지 않습니다. 아마도 독립적인 마르크스주의자일 겁니다."

"마르크스주의자라고요? 하지만 그건 범죄 행위잖아요! 회장님은 신문들이 보도한 내용이 옳다고 생각하시는군요. 일상의 죽음이 나를 설득하지 못할 거예요. 내 집으로부터 죽음의 표시들을, 박쥐의 숨결 같은 죽음의 숨결을, 죽음의 노란색 분화구를 떼어내세요. 죽음의 음울한 전조(前兆)가 죽음의 축축한 길모퉁이에서 풍기는 지독한 냄새를 창문과 지하실에서, 시장에서 토요일에 증식시킨다는 사실을 나는 이미 알고 있어요. 나는 삶에 운을 걸어요. 조용히 뇌물을 주는 스파이와 피, 배신, 악담과 진흙투성이 사냥개에도 불구하고. 매일 인사를 나누면서도 나는 삶을 위해 새로운 것과 가능한 것을, 포도의 주기적인 미소를, 졸졸거리는 시냇물의 고요한 향수를, 강물의 고요한 향수를, 바다의 육지를 향한 고요한 향수를 걸어요. 이 점토의 꿈! 신비스러운 도공(陶工)들이 낮의 실루엣을 상상하고 있어요. 왜 즐거움은 영원히 금지되어 있어야 하나요?"

"왜 즐거움은 영원히 금지되어 있어야 하나요? 왜 즐거움이 범죄라고 생각하는 거죠? 왜 사상에 족쇄를 채워야 하는 겁니까? 법에서 우리는 사실적인 행위만으로 판단해야 합니다. 완결되고 증명된 행위들만요. 여기서 우리는 자유를 파괴하는 어떤 법을 갖고 있는데, 게다가 그 법은 매순간 조롱을 하지요."

"그래요, 그에 관해 좀 들어 보세요. 좋아요, 어찌 되었든, 우리 같은 기술 관료들은 약간 완고하죠. 제가 원하는 것은 조카딸을 데려감으로써 가능하면 빨리 업무에 복귀하고, 제 누이가 차분해지는 것입니다."

"그런데, 우리가, 더 정확히 말해서 제가 총재님께 유용한 사람일 수 있다는 점에 대해서는 어떻게 생각하세요."

"혹시 인신보호영장을 제출한다면······."

"그건 우리가 이미 했습니다. 변호사회가 늘 하는 업무입니다."

"그렇군요! 아마뽈라가 제게 그에 대해 아무 말도 하지 않더군요. 좋습니다, 그렇다면 대단히 감사합니다. 그게 효력이 있을 거라 생각하십니까?"

"아뇨. 법원이 이미 그걸 거부했습니다."

"조카딸을 국외로 추방시켜 달라고 요청할 수는 없을까요? 저는 라디오에서 구아라니아 한 곡을 들었습니다. 나는 향기로운 이름을 가진 그 남자가 들고 다닐 수 있을 정도로 작은 나라 하나를 어떻게 해서 그렇게 영속시킬 수 있었는지 감탄하고 있는데, 추억이 가득 담긴 주먹처럼 부드럽게 접어서 심장에 집어넣고 여행을 떠난다!"

변호사가 군터의 컵을 쳐다본다. 컵이 비어 있다는 사실을 알아차린다. 컵에 위스키를 따르고 자기 컵에 음료수를 더 따랐다. 그가 한참 동안 뜸을 들이다 다시 말을 시작했다.

"이 나라는." 그가 한숨을 내쉬며 심각한 목소리로 말했다. "무시무시하고, 야비하고, 무질서하고, 혼탁하고, 부패하고, 불행하고, 촌스럽고, 후진적이고, 난폭하고, 위험하고, 가난하고, 공포스럽고, 고립되어 있고, 친구도 없고, 무시당하고, 두들겨 맞고, 잔인한 벌을 받고, 순교당하고, 어둡고, 꿈이 통제되고, 손들은 구멍이 뚫려 있고, 기타들이 썩어 있고, 증오스럽고, 용납할 수 없는 곳입니다."

긴 침묵이 흘렀다. 변호사가 숨을 헐떡거렸다. 군터가 목소리도 들리지 않고 등불도 없는 긴 터널을 빠져나온 것처럼 말을 했을 때는 더 늙어 보였다.

"그렇다면……." 군터가 이제 약간은 취해 있는 입술을 컵에서 떼어내면서 물었다. "당신은 왜 이 나라를 그토록 사랑하는 거죠? 왜 그토록 사랑하는 거냐고요, 에헤? 제기랄, 왜 그토록 사랑하냐 고요?"

제9장

엘리사는 그 며칠 동안 오클라호마의 늙은 남자 친구 때문에 깊은 슬픔을 느끼고 있었는데, 그는 자신이 사랑하는 차스꼬무스의 바비큐 립과 제라늄을 아주 멀리한 상태에서 가혹하고 엄격한 화학요법을 받으며 죽음의 고통을 겪고 있었다. 그는 수많은 세월 동안 평범한 학교생활을 하면서 자위행위를 했고, 머리와 목이 빨갛고 엉덩이가 존 웨인 같으며 잔소리가 심한 여자 옆에서, 그리고 자신들의 아버지와는 에스파냐어 단어 한 마디도 공유하려 들지 않은 사춘기 딸들 옆에서 알코올과 담배에 찌들어 있었다. 그는 수많은 세월 동안 시베리아의 눈과 사하라의 태양 아래를 왔다 갔다 했고, 그 눈과 그 태양 아래서 먼지와 강한 눈보라가 결국 무기력과 권태의 송곳니로 그의 영혼에 구멍을 뚫어 버렸는데, 결국 누구든 오리 사냥을 한 뒤에 광활한 진흙 인공 습지 위로 태양이 지는 가운데 소심하고 유순하게 죽게 되어 있었다.

엘리사는 언젠가 자신의 삶이 소설화될 수 있을 것이라고 생각했는데, 그녀의 전기 작가는 그녀 주변에 암환자들이 그토록 많다는 사실이 믿기지 않을 것이기 때문에 줄거리를 살짝 바꾸어야 할 것이다. 가까운 친척이나 친한 친구가 암으로 죽어 가는 모습을 보았던 다른 수많은 사람처럼 엘리사는 아버지가 죽음의 고통을 당하고 있을 때 담배를 끊었다. 약 일곱 달 동안 지속되었던 병의 고통스러운 에필로그는 그녀로 하여금 매 주말 자신이 어린 시절을 보냈던 도시로 떠나도록 강제했다. 피츠버그는 자동차로 약 다섯 시간 걸리는 곳에 있었다. 닉슨이 대통령이던 때였다. 그녀는 이미 군터와 10년 넘은 결혼 생활을 하고 있었다. 그녀는 1969년에 안식 학기를 보내느라 학교를 떠난 것을 제외하고 메릴랜드대학교를 떠나지 않은 채, 얼마 전에 가장 높은 교수 직급에 올랐다. 그녀는 캘리포니아의 팔로 알토에 있는 대학교의 방문교수 자리를 받아들였는데, 그 이유는 전년도에 버클리 대학교에서 태동했던 변혁을 뼛속까지 느끼고 싶었기 때문이다.

1975년에 그녀는 군터와 더불어 부쿠레슈티로 가서 살려고 두 번째 안식년을 기대한 참이었다.

군터는 검은색 서류가방을 들고 옷을 잘 갖춰 입은 고위 간부로 살아가고 있었는데(왜냐하면, 어찌 되었든 정부 부처의 국제경제학 전문가는 일종의 고위 간부가 아니던가?), 1976년 12월에는 자기 베이스에서 9천 내지 1만 킬로미터 떨어진 한겨울의 부쿠레슈티에서 우아한 주 루마니아 미국 대사관저에 갇혀 있게 되었다. 거기서는 가정부들과 직원들을 비롯해 모든 사람이 그를 다정하게 대했지만, 그는 자신이 침입자인 것처럼, 무엇보다도, 외롭다고 느꼈다. 그것은 그가 외국에서 처음으로 맡은 직위였다. 엘리사는 첫 해에 그와 함께 살았으나 학생들을 가르치기 위해 미국으로 돌아가야 했다.

군터는 자신이 워싱턴으로 발령을 받도록 포드의 사인을 받아 놓은 상태였으나 늙은 대사가 그해 중반에 심장발작을 일으켰고, 뇌일혈을 앓은 뒤에 결국 병원에서 사망해 버렸다. 군터는 미 대사관의 차석이었기 때문에 신임 대사가 도착해 신임장을 제출할 때까지 몇 개월 동안 대사직을 맡으라는 명령을 받아들였다. 그는 자기 분야 외의 큰일은 제대로 이해하지 못했는데, 자기 분야에서 영어와 약간의 프랑스어 실력은 그 나라 관료들을 대하기에 아주 충분했다. 루마니아어를 할 줄 몰랐기 때문에 루마니아 신문도 텔레비전도 보지 않았다. 그는 죽은 대사의 호화롭고 서글픈 침실에서 나날을 보냈는데, 침대에서는 엘리사와 단 한 번도 자지 않았으며, 자두로 만든 소주를 마시고, 애거서 크리스티의 옛 소설들을 뒤적거리고, 지진에 파손된 건물, 겨울 하늘, 잿빛 비둘기, 벌거벗은 나무, 도로에 설치된 케이블 밑을 윙윙거리며 달리는 녹슨 노란색 전차를 창문 너머로 바라보았다.

해가 질 무렵에는 에르퀼 푸아로[1]의 모험에 몰입할 수 없었기 때문에 짜증을 냈다. 부쿠레슈티의 모든 지역과 마찬가지로 그의 방에는 불빛이 충분하지 않았다. 루마니아에서는 전기가 부족했는데, 비가 충분히 내리지 않아 댐에 저장된 물이 적었기 때문인 것 같았다. 12월의 어스름이 오후 세시경의 도시 위로 내리깔리다가 한 시간 뒤에는 공산주의 국가의 잿빛 아파트 단지의 낡은 회반죽 벽 위로 미끄러지고, 아주 짙은 회갈색 망토가 보도를 뒤덮고, 가로등에서 뿜어져 나오는 차가운 노란색 불빛을 에워쌌다.

'나는 볼셰비키들 때문에 맹인이 되지는 않을 거야.' 군터는 생각했다. 게다가 유대인계의 반체제 젊은이가 대사관에 은신하고 싶어 한다는 얘기를 들었다. 그 젊은이는 그해 초에 루마니아 정부를 조롱하는 짧은 소설 한 권을 비밀리에 출간했기 때문에 자기 정부의 음흉한 박해의 희생자가 될 거라 느끼고 있었던 것이다. 그는 2류 인쇄소의 교정직에서 해고되고, 여권 발급을 거부당했다.

'내 참!' 군터가 짜증을 내며 소리를 질렀다. '벤저민 프랭클린은 시인 스무 명보다 좋은 선생님 하나가 더 낫다고 늘 말했어.' 그럼에도 불구하고, 소문은 계속해서 나돌았는데, 아마도 정부 당국이 부풀리는 것 같았다. 머지않아 군터는 광신자들로 여겨지는 사람들로부터 익명의 협박 전화를 받았는데, 일부는 군터가 망명자를

---

1 에르퀼 푸아로(Hercule Poirot)는 애거서 크리스티가 창조한 탐정으로, 세계 3대 명탐정 가운데 하나다.

받아들이지 않는다는 이유로, 다른 일부는 군터가 망명자를 보호하려 한다는 이유로 군터를 책망했다. 사실 군터는 관저의 대문을 밤낮으로 열어 놓으라는 명령을 이미 내려 두었다.

익명의 전화는 더 심해졌고, 비밀경찰 요원일 수 있는 민간인 복장의 자객 둘이 24시간 동안 대사관 주위를 배회하기 시작했다. 군터가 친하게 지내던 영국 대사의 관저에서 크리스마스 이브에 저녁 식사를 하러 나갔을 때는 이미 두 주 넘게 총기를 소지하고 있었고, 그의 루마니아인 운전수는 해병대원으로 교체되어 있었다.

미국 시계로 크리스마스 이브는 유럽 시계보다 몇 시간 늦게 시작하게 되어 있었다. 군터는 가정부가 연미복을 다리고 있는 사이에 엘리사에게 전화를 했다. 두 사람은 군터가 편지에 언급한 적이 있던 망명 예정자에 관해서는 직접적으로 언급하지 않았다. 하지만 엘리사가 군터에게 '빤초, 정말 조심해'라고 말했을 때, 그는 그녀가 무슨 말을 하는지 이미 알고 있었다. 영국 대사관저에서 그를 기다리고 있을 오래 숙성된 부드러운 스카치 위스키에 대한 기대감마저도 그가 씁쓸한 입맛을 다시며 전화를 끊는 것을 방해할 수 없었다.

엘리사의 아버지는 오클랜드 지구에 있는 피츠버그 대학교의 거대한 메디컬 센터에서 7개월 동안 죽음의 고통을 당했는데, 그 대학에서 아버지는 직위가 낮지만 부지런한 직원으로 반 세기 동안 일했고, 엘리사는 순전히 장학금으로 석사, 박사학위까지 받았다.

노인은 대학이 여성, 소수민족 등 핸디캡을 지닌 집단의 학생들에게 균등한 기회를 제공하기 위해 설립한 부서인 '차별 철폐 조치' 사무실에서 최근 몇 년 동안 일했는데, 그 자리는 반골 기질의 민주주의자에 영국성공회 신자인 그 같은 아일랜드 출신 남자에게는 아주 적합해 보였다.

엘리사는 병원 복도에서 아버지의 두 남동생인 목수, 경찰관, 그리고 심지어는 다른 주들에서 살고 있던 먼 친척들과도 포옹을 했다. 모두 그녀의 아버지처럼 시끄럽고 감상적인 사람들이었다. 물론 몇은 조용하고 거의 눈에 띄지 않는 흑인 어머니와 그녀처럼 아주 날씬했다. 1982년에 어머니는 여전히 엘리사의 여동생과 함께 살고 있었는데, 자식 없는 이혼녀인 여동생은 재혼을 하지 않았다.

엘리사는 그 음울한 봄에 만 마흔네 살이 되었는데, 당시는 훨씬 더 어려 보였다. 아버지는 자신의 슬픔을 감출 정도로, 늘 아버지에게 미소를 짓고 유쾌한 것들을 얘기할 정도로, 아버지의 방을 꽃으로 멋지게 장식할 정도로 강한 정신력을 소유한 아주 아름답고 반짝반짝 빛나는 딸을 보는 것을 몹시 좋아했다. 노인의 마음에 들었던 군터는 가끔 치과 의사인 둘째딸이 엘리사보다 더 예쁘다고 농담을 했다. 고통스러운 일곱 달은 힘들었지만 불행하지 않은 시간이었다.

엘리사는 제2차 세계대전이 끝나던 해에 자신이 살던 지구에 있는 성공회 학교에서 중등 과정을 마쳤다. 그해 가을에 대학에 입학했다. 3학년은 마드리드에서 보냈는데, 그곳에서 아르게예스의 해 질 녘은 어느 동요의 지워지지 않는 천진난만함과 더불어 그녀의 뇌리에 각인되기 시작했다. 피츠버그로 돌아오기 전에 에스파냐어 'cum laude(최고 성적)'을 받고 졸업했으며, 그 후 석사과정 공부를 시작했다.

여동생이 결혼하자 엘리사는 부모와 함께 살던 집을 나와 피프트 애버뉴에 있는 여학생 기숙사로 옮겼다. 강의 조교로 에스파냐어를 가르치기 위해, 세미나에 참석하기 위해 또는 오클랜드의 도서관에서 일을 하기 위해 매일 섀디사이드 지구의 울창한 삼나무와 소나무 밑을 40분 동안 걸었다. 석사과정 2년 동안, 아주 매력적인 초록색 눈을 가진 스물세 살의 아가씨치고는 조용하게, 비교적 금욕적으로 살았다.

그 시기에 그녀는 그 어떤 교수의 지도도 받지 않은 채 홀로 안또니오 마차도를 발견했다. 그녀는 우선 그의 시집 『고독』에 관해 석사학위 논문을 썼고, 박사학위 논문으로는 그의 시와 산문 전체에 관해 쓰기로 작정했다. 그녀는 에스파냐에 돌아갈 의도로 캘리포니아 대학교가 마드리드에서 제공하는 프로그램의 장학금을 받았다. 어머니는 작은딸이 아주 어린 나이에 결혼함으로써 많은 고통을 겪은 터라 엘리사의 결정에 반대했다. 하지만 그녀의 아버지는 늘 그렇듯이 그녀를 지원했고, 1951년 가을에 그녀는 다시 아르게야스에 정착해 있었다.

그녀는 약간 더 성숙하고 에스파냐어를 더 잘 구사한 상태에서,

가난하고 문화적인 자극제들이 없는 마드리드에서 살아가는 학생들과 젊은 시인들이 지닌 서글픈 보헤미안의 삶에 물들었다. 그들 시인들 가운데 하나를 사랑하게 되었고, 함께 공부한 급우들이 2학기 과정을 마치고 아메리카로 돌아갔을 때 산 베르나르도의 교차로에 있는 다락방에서 그와 함께 살게 되었는데, 그 방에서는 올리브 기름으로 튀긴 마늘 냄새가 났다.

영국인 스포포드 헤르조그는 상처한 홀아비로, 군터처럼 삶이 지루해서 죽을 지경이었다. 몇 년 동안 포르투갈의 리스본에서 대사로 근무했고, 그가 "아마도 내가 가톨릭 신자이기 때문이죠"라고 말했다시피, 부쿠레슈티에서 군터보다 더 오랜 시간을 보내고 있었는데, 루마니아어 몇 마디를 할 줄 알았다. 그는 술을 대단히 좋아했고, 그래서 두 사람은 상당히 자주 만나 술을 마셨다.

그날 밤 영국 대사는 자기 대사관의 남자 1등 서기관과 스웨덴 대사관의 여자 문화참사관, 그리고 두 사람의 배우자도 초대했다. 두 부부는 젊었고, 군터의 마음에 들었다.

후식이 다른 요리보다 더 풍부한 전형적인 영국식 식사를 마친 뒤에 군터와 헤르조그는 계속해서 위스키를 마시겠다며 서재로 들어갔는데, 사실은 '중요한 사안들'에 관해 얘기하기 위해서였다. 그 유대인 청년의 문제를 다루기 위해서라고 짐작되었다. 다른 사람들은 벽난로 옆에서 비틀즈의 옛 음반을 들었다.

군터는 음탕한 노인 헤르조그와 비밀을 터놓고 얘기하는 친구가 되었고, 자신이 빨간머리에 주근깨가 있는 아이다호 출신 여비서와 맺고 있던 순전히 생식기적인 연애사가 어떻게 진행되는지 늘 헤르조그에게 얘기해 주었다. 사실 헤르조그는 군터가 곧 워싱턴으로 떠나리라는 사실을 알고 있었고, 그래서 자신이 그 빨간머리 여자를 물려받을 거라는 희망을 품고 있었는데, 그녀는 적어도 영어를 구사하는 여자였다.

엘리사는 아주 진지하고 신앙심이 깊은 어머니를 즐겁게 해주려고 자기보다 두 살 어린 시인에게 청혼했다.

결혼식은 그들의 다락방 근처에 있는 블라스꼬 데 가라이 거리의 넓고 휑뎅그렁한 성당에서 이루어졌는데, 엘리사에게 성당은 너무 썰렁하고 음침하게 보였다. 군인의 미망인인 신랑의 어머니는 멜리야¹에서 왔고, 엘리사의 부모는 펜실베이니아에서 왔다. 모두 몹시 긴장한 상태였다. 가톨릭 예식과 언어 차이에서 생긴 소통 불능은 그 불운한 날을 훨씬 더 냉랭하게 만들었다.

엘리사는 대학의 정규 과정에 등록했고, 바예까스에 있는 오푸스 데이² 재단의 학교에 영어 교사 자리를 얻었다. 시인은 채 2년이 안 되어 자신의 첫 번째 문학적 실패를 알코올로 달래기 시작했고, 로스쿨 공부를 포기했으며, 자신들이 살던 곳에서 그리 멀

---

1 멜리야(Melilla)는 모로코 북부 해안에 위치한 에스파냐 영토이다. ,
2 오푸스 데이(Opus Dei)는 1928년에 에스파냐에서 창설된 로마 가톨릭 교단이다.

리 떨어져 있지 않은, 알베르또 아길레라 거리에 있는 팔랑헤주의
자[1] 공중인 사무소의 일자리를 잃었다.

엘리사는 모성 본능이 결여되어 있는 상태였고, 스물여섯 살 나
이에 자신이 너무 늙었다고 느끼기 시작했다. 그녀는 남편을 과잉
보호하기 위해서가 아니라 창의적인 작업을 하는 그를 자극하기
위해 가장 비생산적인 친구들 집단에게서 그를 떼어놓으려고 투
쟁했다. 그와 동시에, 그녀에게는 자신의 강의와 그 종교재단 학
교에서 부과하는 의무적인 피정이 지루해져 버렸다.

엘리사는 쿠 클럭스 클랜[2]에게 호의적인 뱀처럼 사악한 신비주
의자 교장이 매일 흑인계 학생들 앞에서 그녀를 "우리는 오푸스 데
이에서 흑인들에게까지 도움의 손길을 미칩니다."라는 구호에 들어
맞는 모범적인 인물이라고 치켜세우는 것이 짜증스러웠다. 엘리사
는 남편더러 함께 피츠버그로 가서 살자고 어렵지 않게 설득할 수
있었다.

두 사람은 1954년에 그리스인과 흑인이 거주하는 오클랜드의
남부 지구에 정착했다.

엘리사는 곧바로 모교의 박사과정으로 돌아갔다. 부모는 자신

---

1 팔랑헤주의자(Falangista)는 에스파냐의 독재자 프란시스꼬 프랑꼬 정부를 지
지했던 정치 조직인 팔랑헤(Falange)에 속한 사람이다.
2 쿠 클럭스 클랜(Ku Klux Klan)은 백인 우월주의, 반유대주의, 인종차별, 반
로마가톨릭교회, 기독교 근본주의, 동성애 반대 등을 표방하는 미국의 극우 비밀
결사 단체다.

들의 특이한 사위가 늘 자기 방에 책, 음반, 술병들과 더불어 틀어박혀 지내면서 자신들에게 영어로 인사조차 하지 않고 있었음에도 불구하고, 딸을 가까이 두게 되어 몹시 즐거워했다.

엘리사는 2년이 넘도록 남편을 참아 냈으나 그가 모르핀을 과도하게 투여해 두 번째로 자살을 시도했을 때 그에게 이혼을 요구했다. 그 젊은이는 라틴계 음악가, 화가 한 무리와 더불어 Village(빌리지)로 가서 살았다. 그는 뉴욕에서도 영어를 배우지 않았으나 그에게 뭔가 기적적인 일이 일어났다. 이제 그가 여자들과 잠자리를 하지 않고 술을 멀리했음에도 피츠버그의 그 물라따에게서 영감을 받은 것이 명백한, 독특하기 이를 데 없는 이성애적 에로티즘이 불타오르는 시집 한 권을 쓰기 시작했던 것이다. 그 작은 시집은 마드리드에서 문학상을 받았고, 시인은 머지않아 마드리드로 돌아가서 신문의 일요판 문학 섹션에 실림으로써 하늘에서 내린 시인이라는 명성을 얻었다.

엘리사는 부모 집으로 돌아가서 1년 반 동안 살았다. 돈 안또니오에 관한 논문을 끝내고 1957년에 우등으로 학위를 받았다.

메릴랜드 대학교가 그녀에게 조교수직을 제의했는데, 그 이유는 인사위원회가 그녀의 논문을 읽는 수고를 하지 않음으로써 논문의 질이 높다고 평가했기 때문이라기보다는 그녀의 흠잡을 데 없는 에스파냐어 실력 때문이었는데, 그녀는 세상에서 가장 관능적인 입술로 에스파냐어를 발음했다.

그리고 그해 가을에 엘리사는 워싱턴에 있는 학장의 집에서 키가 크고 현학적이고 미혼인 경제학자를 알게 되었는데, 그는 셀러리를 싸구려 치즈에 찍어 먹는 끔찍한 습관을 갖고 있었다.

모임이 끝나고 미국 대사관저로 돌아가는 길에 군터는 해병대원 운전사에게 관저가 위치한 블록을 한 바퀴 돌아 보라고 요청했다. 군터는 비밀 자객들이 발휘하는 수학적인 규칙성이 재미있다고 느꼈는데, 평소에 그들은 반시간마다 "자동적으로" 길모퉁이의 위치를 바꾸었다. 군터의 오메가 시계가 정각 오전 두시를 가리켰다. 아마도 당시 군터는 일종의 "보초 교대식"을 볼 수도 있었을 것이다. 하지만 그의 눈에는 아무도 보이지 않았다. 주변이 아주 어두웠다. 아마도 크리스마스 이브였기 때문에 그 자객들이 근처에서 술에 취하기로 작정했을 수도 있었다.

군터가 탄 차가 대사관의 거대한 철대문을 통과하고 있을 때 군터는 정원 앞부분을 덮고 있던 관목 숲에서 특이한 소리를 들었다는 느낌을 받았다.

군터는 기사더러 시동을 끄되 라이트는 켜 두고, 운전석에 앉아 기다리라고 명령했다. 몸을 부들부들 떨면서 차에서 내린 군터는 외투 주머니에 손 하나를 집어넣어 권총의 차가운 손잡이를 움켜쥐고는 관목 숲을 향해 갔다. 그는 누더기 옷을 입고 우디 앨런의 안경 같은 우스꽝스러운 안경을 쓰고 있는 왜소한 남자를 자객 둘이 제압하고 있는 것을 발견했는데, 자객들이 남자의 입을 수건으로 틀어막아 놓은 상태였다.

기분이 언짢아진 군터가 그들에게 다가가 영어로 소리를 질렀다. "그 남자에게서 손 떼요! 여긴 치외법권 지역이오!" 자객들이 루마니아어로 욕설 몇 마디를 지껄였고, 자객들의 팔에 잡혀 있던 왜소한 남자는 최대의 힘을 발휘해 날카로운 신음소리를 내뱉었는데, 그의 작은 눈이 금방이라도 눈구멍에서 튀어 나올 것 같았다. 군터는 잠시 망설이다가 권총을 꺼낸 뒤, 무슨 말로 하든 상관이 없었기 때문에 구아라니어로 덧붙였다. "이 인간들이 지금 내 성질 돋우고 있네!"

자객들은 우디 앨런 같은 남자를 놓아 주고 줄행랑을 쳐버렸는데, 군터는 그들이 그렇게 한 이유가 자신이 구아라니어로 소리친 것 때문인지, 권총 때문인지, 아니면 그저 그 해병대원이 해병대원 같은 인상을 쓰며 손에 반자동소총을 들고 그곳으로 접근하고 있었기 때문인지, 무엇이 그들에게 가장 큰 영향을 미쳤는지는 결코 알 수 없었다.

군터는 루마니아 내정에 간섭했다는 이유로 일주일 이내에 루마니아를 떠나라는 명령을 받았다.

"나는 떠나겠지만 그 유대인을 데려갈 겁니다." 그때 그는 썩 확신에 차 있지는 않았지만 자신의 뜻을 분명하게 밝혔다. 그럼에도 루마니아 당국은 그 사안이 국내의 커다란 스캔들로 확대되는 것을 피하려고 했기 때문에 48시간 이내로 루마니아를 떠날 수 있는 출국 허가증을 발급해 주었고, 두 사람은 신년이 되기 전에 워싱턴 내셔널공항에 착륙했다.

"이봐요, 친구, 당신은 영웅이에요." 엘리사가 몹시 빈정대는 미소를 머금은 채 공항에서 그에게 말했다. "느낌이 어때요?"

"딸꾹질이 났소." 군터가 그녀를 껴안고 코를 그녀의 귀 아래로 들이밀면서 말했다. 사실 그녀의 목에 뿌린 향수 샤넬이 아이다호 출신의 빨간머리 여비서가 늘 뿌리던 혼합물 향수보다 훨씬 더 여성스럽다고 느꼈다.

그 다음 달, 선거 유세에서 자신을 열렬한 인권 옹호자로 소개했던 신임 대통령이 취임선서를 했다. 군터는 지난주 〈뉴스위크〉 지의 표지 모델로 나왔고, 새 정부는 머지않아 그를 세계은행의 총재 후보자로 지목했는데, 총재는 그해에 선출하기로 되어 있었다.

제10장

    확신이 아니라 역설로 마음 공부하기. 혁명은 의심할 수 있는 권리. 그대 곁에 기억과 평행하는 장소 하나를, 열망으로 불타오르는 지평선처럼 기다란 장소, 그대의 비밀스러운 손의 애무처럼 따스한 장소, 그대의 머리카락이 분출하듯 울려 대는 소리 같은 나의 장소를 내게 마련해 주오. 그대 곁에 내 고통을 눕힐 수 있는 장소 하나를, 색깔을 숨길 장소, 전투로부터 보호받을 장소, 죽은 자들을 잊을 수 있는 장소를 마련해 주오. 나의 모든 옹색한 이야기와 나의 상처들, 회초리와 옴, 욕망의 소용돌이와 기억의 산맥을 잊을 수 있는 장소를. 내가 그대 곁에 있을 수 있도록, 그리고 그대 곁에서 우리가 동일한 시선으로 바라볼 수 있도록, 그대 곁에서 우리가 동일한 핏줄로 피를 흘리고, 민중의 무기들을 가지고 조국을 만들어 낼 수 있는 장소를 내게 만들어 주오. 조국을 만드는 것은 동일한 꿈을 실현하기 위한 하나의 동일한 복수라오. 나의 고뇌가 들어갈 수 있는 장소 하나를 그대의 침상에 만들어 주고, 나의 입맞춤들을 보관할 장소 하나를 그대의 영혼에 만들어 주오. 나는 그대를 한 마리의 새 또는 하나의 노래로 만들고 싶고, 가끔 그대에게 그대를 사랑한다고 말하고 싶소. 군터는 곤살레스 장군(그는 세로 뽀르떼뇨 클럽[1]의 이사로, 자주 사나브리아에게서 이발을 한다)의 이름이 프란시스꼬 하비에르이기도 하다는 사실을 알아차렸을 때, 공범의식과 자신감에서 비롯된 유치한 감동을 느꼈다.

엘리사는 장군과의 약속을 잡아 달라 부탁하려고 기병대 본부에 미리 전화를 해두었다. 다음날 만나자는 약속이 잡혔는데, 그것은 예견할 수 없는 군대의 비밀주의를 고려해 볼 때 약간은 낙관적인 조짐처럼 보였다.

군터는 적어도 거의 반 세기 전에 병역을 마친 이후로는 민간 행정과 거리가 먼 군 장교를 개인적으로 접한 적이 없다고 확신했다. 훌륭한 독일인으로서 막 점령한 차꼬 지역 황무지에서 스파르타식 훈련을 받느라 세 번의 여름을 청소년기적 즐거움을 느끼며 보냈는데, 그 덕에 그는 소위 계급장과 상관들의 열렬한 칭찬을 받았다.

가끔은 자신이 파라과이에 머무른 적이 있다고 생각했고, 아마 공병대에서 군대 생활을 했을 수 있다고도 생각했다. 관료로서 그

---

1 세로 뽀르떼뇨 클럽(Club Cerro Porteño)은 아순시온에 있는 스포츠 단체다.

에 관해 이루어진 비판들 가운데 하나는 그가 은행을 병영처럼 이끌고 있다는 것이었다. 그것은 내심 그를 기쁘게 했다. 워싱턴에서 파라과이 출신들은 기지가 부족하지만 노새처럼 일을 열심히 한다는 명성을 떨치고 있었다.

군터도 예외가 아니었다. 그는 좋은 군인에게 필요한 장점이라 할 수 있는 마초적인 허영기를 가지고 자신의 명성을 수용했다. 그의 무뚝뚝함과 거만함은 루마니아에서 쌓은 짧은 외교관 경력의 실패를 재촉했으며, 레이건 행정부의 전문가 집단에 그의 이미지를 각인시켰다.

솔레닷이 언제든지 자유의 몸이 될 수 있다는 말들이 있었다. 이제 라라인의 불가사의한 죽음에 관해 기억하는 사람은 그리 많지 않았다. 그 사건은 이미 강력한 정치적 색깔을 띠게 되었고, 군터의 겁에 질려 있는 조카딸은 꼬리엔떼스에서 유명인사가 되어 버렸다.

엘리사는 기대하던 좋은 소식을 경찰 본부에서 직접 듣기 위해 아마뽈라를 볼보에 태워 데려갔다. 화요일과 공휴일의 폐허 사이에서, 고통스럽게도 똑같은 이 시간들 위에 있는 십자가에서, 촉촉하고 커다란 눈을 지닌 내 사랑이여, 내가 그대로부터 멀리 떨어져 있으면 슬픔이 나를 패배시킬 수 없으리.

군터는 택시를 타고 기병대 본부로 갔다. 오전 중반경, 약속된 시각 15분 전에 도착했다. 곤살레스 장군의 개인 여비서가 젊은 민간인 여성이라는 사실이 그의 관심을 끌었다. 나중에 사람들은 그녀가 장군의 조카딸이고, 사회학도라고 군터에게 알려 주었다.

장군은 군터가 사무실로 들어서자마자 허비할 시간이 없다고 큰소리로 말했다. 장군은 키가 작달막했으나 근육질이었고, 제복은 솜씨 좋은 재단사가 제대로 재단한 것이었다. 햇빛이 잘 드는 넓은 사무실은 군터가 유독 변호사회 회장의 집에서 느낀 바처럼 청결하고 정리정돈이 잘 되어 있었다. 우리가 새로운 작업의 시작, 새로운 지식, 독재자들과 악마들의 피신, 미신의 끝을 환영하기 위해, 대지 위에 태어나는 것들을 경배하기 위해 — 첫 번째 사람들! — 언제 해변과 산 너머로 가게 될까? 지세까지도 색깔을 바꿀 것인바, 나무는 더욱 푸를 것이고, 새는 더 새 같을 것이고, 강은 더욱 행복해질 것이고, 언덕은 더 아름다워질 것이고, 여자는 더 멋져질 것이다. 남자들은 더 아이가 될 것이다. 망각이 어떠했는지 아무도 기억하지 못할 것이다. 원한을 뱉어 낼 시간조차 없을 것이다. 사랑, 작업, 삶과 시를 통해 결합한 손들로 이루어진 낮달 말고 다른 달은 없을 것이다. 펼쳐질 수 없는 책도 없을 것이다. 공중의 반사광 속에서는 그 어떤 노래도 훼손되지 않는다. 꿈을 꾸듯이 입을 맞출 수 없는 입술은 없을 것이다. 인간의 자잘한 습관들로부터 멀어진 신도 없을 것이다. 그렇듯 우리는 함께 우리 자신을 향해 나아갈 것이다. 포옹, 향기, 음악에 취한 채. 다른 사람들의 태양 속에서 어느 친밀한 조국과 어느 넓은 깃발처럼 차분하게, 활짝 펼쳐진 채. 대지는 세관들이 없는 광대한 아침이 될 것이고, 국경 없는 헌병들이 될 것이고, 똑같이 흐르는 물질, 똑같이 떼를 지어 반짝이는 물질이 될 것이다. 여명을 기다리는 이런 열망은 희망의 주춧돌로서 삶처럼 집요하게 우리를 일으켜 세우고 우리를 단결

시킨다. 이런 불굴의 열망이 우리의 자취들을 부재로부터 해방시킨다. 그리고 기억 속에서 천천히 미래를 짠다. 군터는 자리에 앉자마자 자신들의 이름이 일치된다는 사실을 그에게 알린다.[1]

"친애하는 장군님, 우리 이름이 같다니 참 대단한 우연이군요." 군터가 친근한 태도로 말했다.

"장군님이라고만 부르세요."

"뭐라고 하셨나요?"

"장군님이라고만 부르시라고요." 곤살레스가 성마르게 반복했다. "나는 댁의 친애하는 장군님이 아니기 때문에 '친애하는 장군님'이라고 부르실 필요가 없어요. 그냥 장군님이라고만 하세요."

"아하, 좋습니다, 미안합니다, 친애하는 장군님, 아니, 장군님. 장군을 보니 신병 때가 생각 나서 그렇게 불렀습니다. 아, 참 아름다운 시절이었죠!"

곤살레스 장군이 소리 나지 않게 기침을 했는데, 그는 장갑차 격납고가 바라보이는 넓은 창문의 유리창에 반사된 겨울의 푸르름을 잠시 응시하는 것처럼 보였다. 군터가 장군의 눈을 볼 수는 없었지만, 검은색 담배처럼 낮고 투박한 목소리에는 어슴푸레한 그림자가 깔려 있었다. 기다림은 길었고, 그대에 대한 내 꿈은 끝나지 않았다.(에우제니오 몬딸레[2]). 그들은 그대의 부재를 지속시켰지만,

---

1 군터(Gunter)는 성이고, 이름은 프란시스꼬 하비에르(Francisco Javier)다.

2 에우제니오 몬딸레(Eugenio Montale, 1896~1981)는 이탈리아의 시인, 작가, 편집자, 번역가로, 1975년에 노벨문학상을 받았다.

그대가 나와 함께 있기 때문에 이는 쓸데없는 짓이었다. 그대가 나를 기억하기 때문에 내 고독에는 그대가 가득 차 있다. 내가 내 침묵을 사랑하기 때문에 내 침묵은 족쇄 없이 새벽을 맞는다. 그대, 아침의 마지막 모퉁이에서 나를 기다리라. 그들은 나를 삶으로부터 추방할 수 없으리라.

"좋습니다, 총재님. 제가 총재님께 무슨 유용할 일을 해드릴 수 있을까요?"

"실례합니다, 장군님, 장군님의 귀한 시간을 빼앗고 싶지는 않습니다. 장군님이 솔레닷을 위해 해주신 모든 것에 대해 우리가 깊은 감사의 마음을 표하고 싶었을 뿐입니다. 제가 워싱턴에서 저의 재정 업무로 복귀하게 될 때 명예를 존중하는 장군님의 태도를 늘 기억하겠다고 확실히 말씀드릴 수 있습니다."

"걱정 마세요, 친구." 곤살레스는 화이트 칼라 계층의 사람이 자신들을 놀릴 때 몇몇 농부가 드러내는 그런 교활한 영민함을 드러내며 말했다. "난 총재님이 아니라 사나브리아를 위해 일을 하는 겁니다."

군터가 난처해서 입을 다물고 있었다.

"이……." 그가 잠시 후에 더듬더듬 말을 이었다. "그래요! 제 누이는 아주 만족하고, 고마워하고 있습니다! 누이는, 죽은 매제가 장군님의 이발사였다고 하더군요."

"내 친구였습니다. 좋은 사람이었죠."

"예, 물론이죠, 장군님."

"약간은 광신적이었어요, 불쌍한 사람."

"예. 하지만 세로 뽀르떼뇨 클럽은 늘 그래왔잖아요." 군터가 창백하고 기다란 손가락을 움직이면서 소리쳤다. "항상 팬들을 열광시키죠. 군중을 끌고 다니잖아요! 그 클럽이 '차까리따[1]의 토네이도'라고 불리는 데는 다 이유가 있습니다. 장군님은 그 클럽의 훌륭한 리더시잖아요."

"아뇨, 하지만 제 말은 그가 세로 뽀르떼뇨 클럽의 광팬이 아니라 무정부주의자였다는 겁니다. 약간 광신적이었어요."

"아하, 물론입니다, 친애하는 장군님, 아니, 장군님. 세상에는 재미있는 활동이 아주 많은데 사람들이 왜 정치에 관여하는지 모르겠습니다. 저는 늘 본능적으로 정치를 혐오했습니다."

"우리는 그런 엉터리 짓이 아니라 먹을 것이 필요합니다."

"친애하는 장군님, 문제는 그 불쌍한 사나브리아가 교육을 제대로 받지 못했다는 겁니다. 대학 문턱에도 가지 못했어요."

"그랬죠. 하지만 그건 전혀 문제될 게 없어요. 저는 석사학위를 포함해 학사학위가 세 개인데요, 제가 그 사람보다 더 낫다고 생각하지 않습니다. 그런 건 중요하지 않죠."

"그렇게 생각하지 마세요, 장군님. 저는 장군님의 경력이 대단하다는 걸 알고 있습니다. 타의 추종을 불허하죠."

---

1 차까리따(Chararita)는 부에노스 아이레스의 지역 이름이다.

"「옷 입은 마하」[1]와 〈마팔다〉[2]를 비교하는 격이죠. 그대 안에 있는 내 황혼은 잊혀지고 떠나는 자가 누구인지도 남는 자가 누구인지도 나는 모른다.(에우제니오 몬탈레) 이 집은 언젠가 문을 열 것이다. 어느 광대한 바람이 빗장 없는 그 집을 사랑할 것이다. 군중의 손이 그 집 열쇠를 흩뿌릴 것이다. 이 창문은 곧 여명으로 가득 찰 것이다. 그러면 희망의 자유로운 문지방을 통해 — 일요일에 현관을 통과하는 것처럼 — 사람들이 드나들 것이다. 나가는 우리는 꽃이 만발한 입술을 하고 나갈 것이다. 들어오는 우리는 손을 활짝 편 채 돌아올 것이다. 그대는 안다. 그대가 그 긴 철야에 나와 함께한다는 것을. 나는 그대와 더불어서만 드나들 수 있다. 내 집은 사람이 사는 이 집인데, 이 집에는 아침을 알리는 어느 아이의 시선, 어느 희미한 침묵의 유폐된 비밀, 모든 이슬비, 향수가 깃든 피부가 누워 있다. 내 집은 훼손된 이 직경 (直徑)이라기보다는 녹슨 시간표들로 이루어진 무한한 이 밤이다. 하지만 우리는 자유고, 그대가 그 집에 머무를 때 새벽이 온다.

"제 자식들은, 산 마르띤[3]이 말했다시피, 마팔다가 옷을 입었든 벗었든 마팔다를 아주 좋아합니다. 공작 부인들은 예수회원들과 간음하는 것밖에 모릅니다. 한 가지 말씀드리죠. 사나브리아는 자

---

1 「옷 입은 마하(Maja Vestida)」(1807)는 에스파냐의 화가 고야(Goya)의 작품이다.

2 〈마팔다(Mafalda)〉는 히스패닉 세계에 선보인 신문 카툰이다.

3 산 마르띤(José de San Martín, 1778~1850)은 아르헨티나 출신 군인으로, 페루, 칠레 등 남아메리카 일부 국가의 독립 영웅이다.

연스러운 지혜를 갖고 있었습니다. 제가 보기에 총재님은 그를 썩 잘 알지 못하는 것처럼 보입니다."

"실제로 썩 잘 알지 못합니다." 군터가 얼굴을 붉혔다. "하지만 저는 그가 마음에 들었습니다. 호인이었으니까요. 자기 딸을 제대로 키울 줄 몰랐다는 게 유감스러울 뿐이죠, 그렇죠?"

"왜 그런 말씀을 하시는 거죠?"

"그러니까…… 조카딸이 그런 특이한 일에, 그러니까 첫 번째로는 아이그 장군 건에, 나중에는 그 중앙아메리카 남자의 특이한 죽음에 개입되었습니다…… 물론 저는 그 불쌍한 아이가 그런 사건과는 전혀 관계가 없다는 사실을 확신하고 있죠!…… 결국, 그런 특이한 사건들에 학교 친구와 함께 엮여 버렸다니까요…… 그렇잖아요? 하지만 제 아내가 워싱턴에 있는 아주 유능한 정신과 여의사를 알고 있습니다."

"좋아요, 사나브리아는 태생적으로 일반 사회 규범에 따르지 않는 사람이었죠. 만약 2월혁명당이 정권을 잡았더라면, 그 사람이 달(月)을 바꾸었을 겁니다. 그리고 딸은 칠삭둥이가 아니에요. 하지만, 어쨌든 간에 칠삭둥이가 되어야 하죠. 짖는 개는 물지 않아요."

"자식들의 이념 문제가 통제되지 않을 때 문제가 생깁니다, 장군님. 제가 부쿠레슈티에 있었을 때……."

"자식은 몇을 두셨나요?" 곤살레스가 말을 잘랐다.

"그러니까, 실제로는 양녀 하나뿐입니다. 솔레닷은 군터 가문의 새 세대에서 유일하게 하얀 피부를 갖고 있습니다. 그래서……."

"저는 솔레닷을 잘 알지는 못합니다. 언젠가 이발소에서 서로 지나치면서 보았을 뿐입니다. 기억은 납니다. 엄마처럼 금발은 아니었지만 예쁘고 교양이 있었죠. 총재님은 솔레닷을 잘 압니까?"

"깊이 있게 알지는 못합니다."

"아마뽈라는 솔레닷이 어느 여름인가, 겨울인가 워싱턴에서 총재님 가족과 함께 살았다고 제게 말하더군요."

"그렇습니다. 하지만 우린 대화를 많이 하지 않았습니다. 이제 저는 그 아이를 올바른 길로 인도할 겁니다."

"그렇게 되길 바랍니다. 하지만 너무 걱정 마세요. 젊은 애들은 원래 반항적이니까요. 저는 지독하게 반항적이어서 군사학교에 보내졌습니다. 사람들이 내게 수갑을 채웠다. 그들은 그렇게 하면 나를 굴복시킬 수 있을 거라고 생각했다. 웬 수갑? 나는 그대의 보조개가 정말 좋다. 내게는 다른 즐거움이 없다. 그대의 보조개가 바로 내 수갑이다."

"물론이죠, 친애하는 장군님. 애들을 훈육하기에 군대만큼 좋은 데가 없습니다. 솔레닷을 군대에 보낼 수 없다는 게 애석합니다! 군대에서는 가장 나쁜 본능까지도 교정이 되잖아요!"

"음…… 그렇죠, 총재님. 그런데 생각해 보니 제 손님이 기다리고 있는 것 같은데요." 곤살레스가 자기 시계를 본다. "하실 말씀이 또 있으신가요?"

"아닙니다, 친애하는 장군님. 여러모로 정말 고맙습니다. 성모 마리아께서 장군님의 호의에 보답하실 겁니다. 모든 일이 잘 될 거라 믿습니다. 제 아내와 아마뽈라는 경찰서에서 기다리고 있습니다. 혹시 솔레닷이 오늘 석방될까요, 예?"

"그럴 거라 생각합니다. 내 두 눈에 아련하게 어리는 사랑인 그대는 내 영혼이고, 내 걸음걸이고, 내 나침반이고, 내 존재 방식이고, 세상에 여전히 존재하는 내 의식이기 때문에 나는 그대를 데려갈 거예요. 우리는 별자리 지도 같고, 작은 손가락을 집어넣을 수 있는 오징어들 같고, 황금 종이에 만든 비밀 지도 같고, 애정을 연구하는 최신 천문학 같은 삶을 함께 영위할 거예요. 새벽은 그대의 눈 속에서만 밝아와요. 그대의 두 손만이 어루만져 주죠. 그대의 입술만이 내게 입을 맞추고 내 이름을 부르죠. 나는 그대를 데려갈 거라오! 그대가 없으면 나는 갈 수도 남을 수도 없다오."

"그 모든 것에 대한 은혜를 우리가 장군님께 갚아야 한다는 것을 저는 압니다."

"아닙니다, 전혀. 명령은 늘 군대 차원에서 내립니다. 제가 맡은 직무는 극히 전문적인 것입니다. 저는 정치가가 아닙니다. 여러분은 제게 빚진 게 전혀 없습니다."

"저는 장군님의 겸손에 감탄하고 있습니다. 죽은 사나브리아의 큰 꿈은 바로 장군님이…… 그러니까, 그래요, 장군님도 아시는 그런 훨씬 더 높은 자리에! 오르시는 거라는 사실을 아마뽈라는 항상 기억하죠. 결국 군인들이 국가를 통치하는 데서 직업 정치인보다 더 훌륭하거든요."

"경우에 따라 다릅니다, 총재님. 각자 자신이 할 줄 아는 것을 해야 하는 법입니다. 우리 군인들은 병영에 머물러야 합니다. 저는 야망이 없습니다. 게다가……."

군터는 장군이 말을 마저 끝내도록 잠시 기다렸다가 잠시 후 조심스럽게 물었다.

"그런데요?"

"좋아요, 그렇고 보니 제가 좀 아픈 것 같군요. 건강이 나빠지는 건 늘 담배 때문이죠! 총재님도 담배를 피우시나요?"

"가끔 한 대씩 피웁니다. 'Ultra-lights(울트라 라이츠)'요."

"담배 피우지 마세요, 친구. 저는 담배를 권하지 않습니다."

장군이 군터와 박력 있게 악수를 하고 사무실 문을 기운차게 열었다. 얼굴빛이 볼그레한 당번병이 즉시 부동자세를 취했다. 곤살레스가 군터를 배웅해 드리라고 당번병에게 명령했다.

"예, 알겠습니다, 친애하는 장군님." 청년은 마치 막 하느님의 명령을 받기라도 한 것처럼 굳건한 목소리로 크게 대답했다.

"좋아요, 다음에 만나요, 군터. 이 친구가 제 헬리콥터로 모셔다 드릴 거예요. 이 친구에게 주소를 가르쳐 주기만 하시면 됩니다." 곤살레스가 다시 군터에게 악수를 하며 이렇게 말하고서 군터의 손을 놓지 않은 상태로, 자신보다 머리통 크기만큼 더 큰 군터의 귀에 입술을 가볍게 갖다 대려고 애를 썼고, 낮은 목소리로 덧붙였다.

"……그리고 우리가 다시 만나지 못하게 된다면, 솔레닷에게 제가 걔 아빠를 많이 좋아했노라고 전해 주세요."

내 사랑이여, 나는 그대를 위해 모든 것을 줄 거예요. 삶을, 언어를. 영원히. 그대가 내게 요구한 것과 그대가 내게 요구하지 않은 것을. 모두. 나는 그대를 사랑하고, 나는 그것이면 충분하다오. 그 외 것은 시(詩)라오.

제11장

아마뽈라와 엘리사는 꼬리엔떼스 주 경찰 본부의 조용한 구석 자리 철제 벤치에 앉아 차분하게 기다리고 있었다. 꼬리엔떼스 주 경찰청 본부는 거의 새벽녘에 민원인에게 문을 개방했다. 두 여자는 익명의 얼굴들이 교체되는 것을 바라보고 있었는데, 사람들은 자동차 운전면허증을 갱신하거나, 범칙금을 물거나, 세레나데 공연 허가를 신청하거나, 정부 공인 서류를 사거나, 벽보 부착 권한을 요청하려고 그곳에 왔다.

아마뽈라는 까아꾸뻬 성처녀 바실리카[1]에서 축성받은 묵주 알들을 떨리는 손가락 사이로 세고 있었는데, 이미 성처녀에게 온갖

---

1 까아꾸뻬 성처녀 바실리카(Santuario de la Virgen de Caacupé)는 1765년에 축성된 곳으로, 수많은 신자가 찾아오는 곳이다.

소원을 빌고 서원을 했었다.

정오가 가까워질 무렵 시장기를 느낀 엘리사는 아마뽈라에게 뭘 좀 먹겠느냐고 물었다. 엘리사의 시누이는 미망인을 상징하는 검은 머릿수건을 쓴 상태에서 낮은 목소리로 끊임없이 기도를 하면서 고개를 가로저었다.

그러자 엘리사는 자리에서 일어나 밍크코트를 입고, 방돔[1] 광장에서 산 카르티에 핸드백을 어깨에 메고, 방금 전까지 읽고 있던 솔 벨로[2]의 소설 한 권을 벤치에 놓고서 아마뽈라에게 자리를 좀 봐 달라고 부탁했다.

거리에는 겨울 햇빛이 비치고 있었음에도 바람이 많이 불었다. 엘리사는 본능적으로 외투 깃을 세우고 장갑을 끼었다. 호주머니에 손을 집어넣은 채 옛 시립극장 옆면으로 난 길을 잰걸음으로 걸어서 경찰서에서 두 블록 떨어져 있는, 아메리칸 스타일의 패스트푸드를 파는 루도 바[3]를 향해 갔다. 루도 바 앞에는 위대한 인물들의 영묘(靈廟)가 세워져 있었는데, 그곳은 꼬리엔떼스의 영웅들과 망명 중에 죽은 이웃나라 일부 인사가 영원히 잠들어 있는 곳이었다. 영묘의 계단에서는 신발도 신지 않은 어린이 한 무리가

---

1 방돔(Vendôme) 광장은 프랑스 파리에 있는데, 유명 브랜드의 상점들로 유명하다.

2 솔 벨로(Saul Bellow, 1915~2005)는 미국의 소설가다.

3 루도 바(Ludo Bar)는 아순시온의 영묘 근처에 있는 리도 바(Lido Bar)를 패러디한 것이다. 따라서 이 소설의 공간 꼬리엔떼스는 외면적·문화적으로 아순시온을 모델로 한 것일 가능성이 있다.

밀수된 일본 시계를 사라며 외치고 있었다.

엘리사는 루도 바 안으로 들어갔다. 테이크아웃용 샌드위치와 커피를 시켰다. 종업원이 그녀에게 영수증을 주었는데, 바는 시내의 공무원들이 가장 좋아하는 곳들 가운데 하나였기 때문에 사람이 가득 차 있어서 상당히 오랜 시간을 기다려야 했다. 일부 손님이 강한 호기심을 가지고 그녀를 쳐다보았는데, 아마도 그녀의 밍크코트가 평일 정오에 입기에는 너무 비싼 것이었기 때문이었을 것이다. 그게 그녀를 약간 난처하게 만들었다. 그녀는 남부가 겨울에 그리 춥지 않은데도 자신이 다른 코트를 가져오지 않은 경솔한 짓을 저질렀다고 생각하고 있었다. 마침내 제복을 입은 여자 점원이 바 너머로 건네준 작은 점심 봉지를 받아들었다. 엘리사는 그녀에게 가게에 전화가 있는지 물었다. 여자 점원이 바 안쪽 끝에 있는 전화를 가리켰다. 엘리사는 전화기에 동전 몇 개를 집어넣고 집 전화번호를 돌렸다. 군터가 즉시 전화를 받자 안도의 한숨을 내쉬었다. 엘리사는 군터에게 아직은 새로운 것이 없다고 말해 주었고, 곤살레스 장군과의 면담이 어떠했는지 물었다. "아주 좋았어!" 군터가 엘리사에게 말했다. 엘리사는 미소를 머금은 채 수화기를 내려놓았다. 남편의 목소리로 판단해 보자면, 남편이 기분 좋은 일이 생길 거라는 기대감으로 만족해하는 게 분명했다. "애를 데리고 즉시들 와요." 군터가 말했다. "여기 샴페인이 준비되어 있으니 뭘 사겠다고 지체하진 말고요."

엘리사는 점심 봉지를 들고 루도 바를 나왔다. 커피가 식으리라는 사실을 알고 있었건만 영묘를 향해 길을 건너가야겠다는 유혹을 거부할 수 없었다. 영묘는 파리의 옛 산따 헤노베바[1] 언덕에 세워진 건물의 양식에 따라 지난 세기에 이탈리아 출신 건축가가 건축한 프랑스식 판테온이었다. 시청 직원들이 변덕스러운 붓질로 회색 페인트를 더덕더덕 칠해 놓은 영묘는 이제 낭만주의적 스타일의 돔 위에 세워진 십자가가 바람을 맞으며 겨울 하늘을 계속해서 겨냥하고 있었다. 엘리사는 계단을 올라갔다. 바로크 양식의 아라비아 풍으로 세공되고, 나무 무늬가 두드러져 보이는 두껍고 높은 나무 대문이 활짝 열려 있었다. 정복을 입은 애송이 군인 둘과 봉헌된 촛불 하나가 대문을 지키고 있었다. 대문 안쪽의 어스름 속에서는 타오르는 양초 냄새가 살짝 풍겼다. 여러 가지 원색이 조잡하게 배합된 옷을 입은 나이 든 관광객 한 쌍이 상들이 지닌 가상의 역사적 의미 또는 대제단에 안치된 성처녀의 파란색 의상의 의미에 관해 포르투갈어로 떠벌이고 있었다. 영묘 중앙, 즉 정확히 돔형 지붕 밑에는 타원형 무덤이 있었다.

'저기에 "조국의 아버지들"이 잠들어 계시는군.' 엘리사가 생각했다. 그들 모두는 실제로 자신들의 어머니들이 재건한 어느 나라(연방, 파라과이, 반다 오리엔딸[2])의 남자들이지! 그런데 그 어머니들

---

1 산따 헤노베바(Santa Genoveva)는 프랑스 성녀 생 제네비에브(Sainte Geneviéve)의 에스빠냐어 표기다.

2 반다 오리엔딸(Banda Oriental)은 우루과이 강 동쪽과 리오 델 라 쁠라따 강 북쪽에 위치한 지역으로, 현재는 우루과이 영토다.

의 뼈는 어디에 있는가? 동지여, 그대는 조국이 화염에 휩싸여 있는 것을 이제 보는가? 그대의 시선과 그대의 마른 항아리, 피곤한 쟁기와 그대 이마의 땀방울을 우리에게 빌려 주오. 불같은 열정을 지닌 여자, 손이 하얀 여자. 그대의 자식들은 야전(野戰)을 끝내고 남겨질 것이오. 그대의 두 눈에 달들이 들어 있고, 눈물이 고여 있소. 우리는 그대의 나무로 된 몸이 어느 새로운 시대의 눈부신 자궁이 되길 바라오. 그대는 슬픔에 잠긴 거주자, 침묵을 지키는 거주자. 그대는 정처 없는 기나긴 행진을 무기력하게 계속하오. 그대가 실패한 영웅들의 깃발을 가져가는 것을 잊지 않도록 우리가 노래를 한다는 사실을 잊지 마오. 친구여 기억하오, 우리 모두는 전쟁의 승리자에게 피를 흘리며 승리한 사람들이라는 사실을. 그리고 자매여, 그대는 우리의 말을 듣고, 우리가 땅 밑에서 기다리고 있기 때문에 씨앗을 번식시켜 주오.

엘리사는 점심 봉지와 장갑을 벗어 무덤의 난간에 놓았으나 내부가 밖보다 오히려 더 추웠기 때문에 외투는 벗지 않았다. 밖에는 적어도 해가 비치고 공기가 건조했다. 그녀는 돌을 다듬어 만든 난간에 팔꿈치를 괸 채 아래에 쌓여 있는 관들을 내려다보았다. 관마다 영웅의 이름이 새겨진 동판이 부착되어 있었으나 그녀의 커다란 초록색 눈은 근시였다. 그녀는 그곳에 누워 있는 영웅들 가운데 두 사람이 파라과이 출신이라는 사실을 알고 있었다. 한 사람은 차꼬 전쟁 동안에 파라과이를 이끈 자유파 대통령 에우세비오 아얄라 박사로, 자기 국민을 위해 캘리포니아만큼 커다란 영토를 회복했음에도 망명을 떠나 죽었고, 계속해서 죽어 가고 있었다. 엘리사는 핸드백에서 안경을 꺼내 쓰고 동판에 새겨진 이름을 읽으려 애썼다. 마침내 다른 파라과이 출신 영웅의 동판을 읽을 수 있었는데, 그는 바로 프란시스꼬 솔라노 로뻬스 원수로, 콜럼버스처럼 시신이 두 개의 다른 영묘에 묻혀 있다.

아순시온 시는 그의 원래 시신이 파라과이 국립 판테온에 누워 있다고 화를 내며 성명을 내보냈다. 로뻬스는 1870년에 파라과이 북부 국경의 전장에서 사망했는데, 미망인인 마담 엘리사 린치는 브라질 유목민들이 남편의 시신을 모욕하지 못하도록 즉시 그 자리에 매장해 버렸다. 그의 유해라 추정되는 것들이 60년도 넘은 세월이 흐른 뒤에 발굴되어 아순시온에 있는 판테온에 장엄하게 재안치되었다. 그럼에도 1870년대에 까딸루냐 출신의 고고학자가 지휘하는, 유럽 예수회 소속의 과학자 팀이 아순시온에 있는 그의 유골을 세밀하게 감정했고(결과는 젊은 원주민 여성의 유골로 밝혀졌다), 마지막 전투가 벌어졌던 북부 지방의 세로 꼬라 지역을 인내심 있게 탐사했다. 3년 동안 끈질기게 탐사한 결과 과학자들이 유골 몇 개를 발견했는데, 가장 현대적인 고고학적 기술을 동원해 감정해 본 결과 원수의 진짜 유골로 밝혀졌다. 파라과이 당국자들은 그 과학적인 발견을 반애국적인 모욕이라고 낙인찍고는 예수회 소속 과학자들을 그들의 현미경, 유골 상자와 함께 추방해 버렸다. 예수회 소속 탐사 팀에 속해 있던 몬시뇰 시몬 까세레스는 자신의 대주교구 산하 영묘 한 부분에 로뻬스의 유해를 임시로 보관하도록 했다.

엘리사는 1870년 3월 1일에 원수(元帥)이자 대통령이던 로뻬스가 루스벨트에 앞서, 그리고 자기 자리에서 적군과 싸우다 죽은 아옌데에 앞서 아메리카 역사에서 유일하게 국가의 유일한 수반이 된 사람이라는 사실을 알고 있었다. 로뻬스는 5년 동안 지상에서 가장 거대한 제국에 대항하는 반(反)승리적인 저항¹을 한 뒤에 넝마를 걸친 부하 군인들 면전에서 항복했는데, 부하들은 대부분 호랑이로 변장한 어린이들과 부녀자들이었다. 나는 내 조국과 함께 죽는다! 그는 '자비의 일격'²을 받기 전에 이렇게 소리쳤고, 그의 절규는 돌로 쌓은 고요하고 차가운 벽체들 사이에서 여전히 울려 퍼지는 것처럼 보인다. "우리의 조국은 아메리카"라고 말하는 볼리바르의 목소리가 들리도록 하라. 마르띠³의 악어가 조국의 강들을 헤엄쳐 올 수 있도록 하라. 인디오 후아레스⁴가 방랑하는 노새의 등에 탄 채 오도록 하라. 수끄레⁵가 별과 노래로 무장한 채 산에서 내려오도

---

1 '지상에서 가장 거대한 제국에 대항하는 반승리적 저항'은 삼국동맹 전쟁 당시 대영제국이 파라과이 군대를 지원한 것을 암시한다.

2 자비의 일격(coup de grâce)은 죽음의 고통을 덜어 주는 최후의 일격을 가리킨다.

3 마르띠(José Marti, 1853~1895)는 쿠바의 시인, 저널리스트로, 쿠바 독립전쟁의 지도자였다.

4 후아레스(Benito Juárez, 1806~1872)는 멕시코의 정치가로, 멕시코를 점령한 프랑스에 대항해 싸웠고, 멕시코 대통령을 두 번 역임했다(1853~1863, 1867~1872 재임).

5 수끄레(Antonio José de Sucre, 1793~1830)는 에콰도르와 볼리비아 독립의 영웅이다.

록 하라. 미란다[1]가 탄 빨간 말의 힘찬 발굽 소리가 천둥처럼 울려 퍼지도록 하라. 오히긴스[2]가 그 영웅의 분노한 이마에 번갯불을 불러일으키도록 하라. 산 마르띤이 망명을 하던 날 밤에 민중이 쪼개졌다. 변치 않고 지속되는 태양에게 인사하는 현대의 거대한 예수회원들. 그리고 옛날의 피의 행렬을 잊어버린 링컨의 조국. 영원히 살아 있는 아르띠가스의 목구멍에서 나온 소리의 메아리가 오늘날 대포소리처럼 울려 퍼진다. '어린 아메리카 동부 지역의 조국이냐 죽음이냐.' 산디노는 산에 있고, 총소리들, 그리고 새벽과 음악과 십자가. 말 탄 병사가 먼지로 이루어진 어느 세계를 뚫고 말발굽 소리 요란하게 가까워진다. 사빠따[3]다! 가난한 사람의 형제이자 민중의 관대한 대장. 이들은 바로 지금 자신들의 예언적인 목소리를, 강력한 목소리를, 무자비하고 잔인한 증언을 담은 목소리를 들려 주려고 오는 사람들이다. 그리고 이 사람들은 민중의 프란시스꼬와 민중의 솔라노의 등을 덮어 주고, 그 사이에 로뻬스는 모든 사람의 조국이 지닌 이상, 즉 그대 것이고 내 것인 이상을 불태운다. 그대 세로 꼬라는 역사의 심연 같은 거리를 벌거벗은 몸으로 걷는다. 뜨겁고 아득한 자오선, 폭풍우로 변한 전갈. 그대에게 자신의 삶을 바치러 갔던 사람들이 3월 1일에 패배했다. 그리고 그들은 조국이 싸우면서 죽었던 그날 삶을 찾았다. 위대한 조국! 내일 우리는 자유롭고 일치된 하나의 아메리카가 될 것이다. 로뻬스의 시대에

---

1 미란다(Francisco de Miranda, 1750~1816)는 베네수엘라 독립의 영웅이다.

2 오히긴스(Bernardo O'Higgins, 1778~1842)는 칠레 독립의 영웅이다.

3 사빠따(Emiliano Zapata, 1879~1919)는 멕시코 혁명의 지도자들 가운데 하나다.

아메리카 전체는 자신의 허약한 언어로 항거했다. 로뻬스의 시대에 우리의 리듬과 우리의 얼굴을 사겠다는 사람들이 왔다. 로뻬스의 시대에는 돈으로 만들어진 칼날이 부식되어 있었다. 로뻬스의 시대에 태양은 죽음, 죽음, 죽음과 더불어 똥이 되어 버렸다.

엘리사는 말비나스나 그 밖의 다른 전장에서 죽은 아르헨티나 군부독재의 장군들이 있었는지 생각나지 않았다. 아얄라와 그의 자유파 동지인 호세 펠릭스 에스떠가리비아 원수 역시 조국을 위해, 그리고, 새로운 제국에 대항해 싸운 어느 전쟁에서 승리를 거두었다는 영광과 더불어 살고 죽었는데, 그래 그들은 그랬다. 하지만 엘리사는 가장 오래전의 그 원수(元帥)에 대해 뭔지 알 수 없는 낭만적인 연대의식을 느꼈다. 그가 자신처럼 눈과 성이 아주 푸른(이것은, 군터가 엘리사에게 역사에 관해서는 결코 얘기하지 않았기 때문에 그녀 자신이 우연히 발견한 사실이었다) 아일랜드 출신 숙녀를 파리의 살롱에서 데려왔기 때문이 아니라, 더욱이 털북숭이 재규어 같은 그 남자가 은판 사진들이 노랗게 만들 수 없었던, 시선에 아주 슬픈 불을 담은 채, 달콤하고 폭력적인, 가톨릭적이고 혁명적인, 세계주의적이고 야만적인, 에스빠냐 혈통이고 친 프랑꼬적인, 여자는 싫어하고 정액은 넘치는, 디오니소스 같고 아폴로 같은 천사와 악마에 관한 아주 매력적인 전설을 남겼기 때문이다. 그는 북반구의 역사가들이 실수하지 않고서는 분류를 할 수 없는 라틴아메리카의 그런 영웅이고 반영웅이었는데, 그 이유는 그가 그 역사가들이 설정해 놓은 도서 분류 기준들, 그리고 그들이 사람을 선한 사람과 악한 사람, 문명화된 사람과 야만인으로 규정해 분류하고 난 뒤에 주석 형태로 언급해 놓은 각종 미신을 타파하는 사람이기 때문이다. 그 무덤에 모아져 있는 그 유해들, 그리고 물론 그의 것이었고 그의 것이 아니었던 그 유해들은 여전히 연기를 내뿜고 있었다.

여기서 우리는 그들에게 노래를 한다. 그들의 이름에는 조국이 있다. 그들의 이름은 용자들, 영광스러운 동지들이다. 말과 음악을 통해 여기서 심연으로. 낭랑하게 울려 퍼지는 그대의 외톨이 말, 카비추이,[1] 애국가, 파수꾼. 우리는 동일한 절규다. 하나의 동일한 태양이 우리가 여기! 책 옆에서 태어나는 것을 보았다. 딸라베라,[2] 투쟁하는 시인들. 우리는 타오르는 피의 뿌리에서 태어난 사람들이다. 조국은 끝나지 않는 시, 무시간의 시다. 우리는 그대의 죽음을 노래한 시구도 결코 잊지 않고, 매일매일 이루어지는 그 시의 죽음도 결코 잊지 않을 것이다. 한 줌에 들어가는 그대의 시선의 반. 그대의 본보기가 되는 바위, 바지선들, 밤, 접안(接岸). 항해가 가문 출신의 민병대원들, 전진! 그대의 등에 꽂히는 총알들, 피가 흐르는 그대의 옆구리. 이그나시오 헤네스,[3] 영웅적인 투사들, 전투 중에 우리는 그대와 같은 피부를 가진 사람이 된다.

1 카비추이(Kavichu'í)는 구아라니어로 '장수말벌'이라는 의미다. 삼국동맹 전쟁 당시의 파라과이 신문 이름이다.

2 딸라베라(Natalicio Talavera, 1839~1867)는 파라과이의 시인, 저널리스트로, 신문 '카비추이'의 편집자였다.

3 이그나시오 헤네스(Ignacio Genes)는 삼국동맹 전쟁 당시 카누로 브라질 해군을 공격하는 기발한 전략을 구사했다가 실패한 부대의 리더다.

그대가 괴로울 때는 그대의 손이 닫힌다. 우리는 그대의 혈관들로 이루어진 뜨거운 용기(容器), 박탈당한 자가 될 수밖에 없는 게바라 린치의 유전자들이다. 그대의 대중적인 얼굴은 눈 하나가 없는데, 그 이유는 그 눈이 진실을 보기 때문이다. 밤의 키클롭스,[1] 우리의 친구. 그대여 딴 마음 먹지 말고 대지처럼 우리를 보라. 승리한 민중처럼 승리자들이고, 삼위일체 신처럼 삼위일체. 그들은 강철로 만든 천사처럼 남아 있기 위해 떠났다. 오늘 우리는 쿠루빠이띠[2]에, 함께 있어! 돈 호세여, 당신과 함께 진군하고 있어. 왜냐하면 희망이, 마지막 노력이, 새 날이, 기타가 그대 안에 들어가기 때문이야. 그리고 영원한 동지인 우리는 지금처럼 혼혈의 쿠루빠이띠에서 그대와 함께, 부활한 재규어, 즉 아르띠가스, 디아스[3] 그리고 플로레스![4]와 함께 있을 거야. 삼위일체 요셉, 태양이 떠오르는 쪽으로 열려 있는 창문. 뒤로는, 새로운 인간, 기쁨, 공정한 결정, 석상, 물의 경계와 여름. 프란시스꼬, 솔라노, 로뻬스의 이름으로, 그렇게 될지어다!

성당의 종소리에 엘리사가 놀랐다. 엘리사는 카르티에 핸드백과 짝을 맞춘 작은 카르티에 금시계를 들여다보고 나서 외투에 팔

---

1 키클롭스(Κύκλωψ Kýklops)는 그리스 신화 및 로마 신화에 등장하는 하나의 눈을 가진 거신으로, 눈이 이마 한가운데에 있다.
2 쿠루빠이띠(Kurupayty)는 삼국동맹 전쟁 당시 파라과이 군이 승리를 거둔 곳이다.
3 디아스(José Diaz, 1833~1867)는 파라과이의 장군이자, 쿠루빠이띠 전투의 영웅이다.
4 플로레스(José Asunción Flores, 1904~1972)는 파라과이의 작곡가로, 망명 중에 사망했다.

을 집어넣으면서 달리듯 밖으로 나왔다. 대문에 서 있던 의장대원들 사이를 빠르게 지나가면서 그들이 입은 제복이 기병대의 예복과 같다는 사실을 인지했다. 그녀는 그 지방 최고위 지휘관인 고상한 곤살레스 장군이 어느 무정부주의자 이발사와 맺은 우정에 충실하려고 했다는 생각을 떨쳐 버릴 수 없었는데, 장군이 그렇게 한 이유는 아마 그 누구도 결코 알아낼 수 없었을 것이다. 엘리사가 오래된 극장 옆을 헉헉거리며 달려 내려가고 있을 때, 보행자들은 번쩍거리는 밍크코트를 입은 초록 눈의 아름다운 물라타가 미끄러지듯 지나가자 놀란 눈으로 황급히 길을 비켜 주었는데, 그녀는 그 불가사의에 대한 대답을 자신이 샌드위치 봉지를 놓아 두고 잊어버린 신전의 관들 사이에서 대수학을 동원하지 않고서 발견할 수 있을 것이라는 생각을 여전히 하고 있었다.

저 멀리 경찰 본부 문에서 아마뽈라가 솔레닷의 담요를 목에 감고 있는 모습이 보였다. 엘리사는 숨도 제대로 쉴 수 없을 정도로 급하게 아마뽈라에게 다가가면서 아마뽈라의 비통한 비명 소리를, 극도의 흥분으로 일그러진 아마뽈라의 얼굴을, 슬픔이 넘치는 손가락으로 약 6인치 길이의 거칠거칠한 나무 상자의 밀폐된 모서리를 무한한 애정을 표하며 어루만지고 있다는 사실을 감지하고 있었다. 엘리사는 숨도 제대로 쉴 수 없을 정도로 급하게 아마뽈라에게 다가가면서 아마뽈라의 비통한 비명 소리를, 극도의 흥분으로 일그러진 아마뽈라의 얼굴을, 슬픔이 넘치는 손가락으로 약 6인치 길이의 거칠거칠한 나무 상자의 밀폐된 모서리를 무한한 애정을 표하며 어루만지고 있다는 사실을 감지하고 있었다. 엘리사는 숨도 제대로 쉴 수 없을 정도로 급하게 아마뽈라에게 다가가면서 아마뽈라의 비통한 비명 소리를, 극도의 흥분으로 일그러진 아마뽈라의 얼굴을, 슬픔이 넘치는 손가락으로 약 6피트 길이의 거칠거칠한 나무 상자의 밀폐된 모서리를 무한한 애정을 표하며 어루만지고 있다는 사실을 감지하고 있었다.

제12장

"예를 들어 이 작은 시의 제목은 '카스파르 하우저'[1]예요. 그는 벌거숭이 나뭇가지에 눈이 내리는 것을 보았고, 현관의 어스름 속으로 살인자의 그림자가 스미는 것을 보았다.(게오르크 트라클[2]) 나는 그가 사악한 눈을 한 채 오고 있는 것을 보았다. 나는 그의 호주머니에서 수갑이 딸랑거리는 소리를 들었다. 그 지체장애자 사형집행인의 축축한 분위기가 나를 취하게 했다. 새들은 아침에도 여전히 노래하고 있었다. 보았어요? 솔레닷은 이 노트에 애송시를 자주 베꼈어요. 일부

---

1 카스파르 하우저(Kaspar Hauser, 1812~1833)는 19세기 초반 독일에서 발견된 고아다. 카스파르 하우저의 정체 및 출생과 비밀은 현재까지도 미스터리다. 프랑스 시인 폴 베를렌(Paul Verlaine)이 그에 관한 시를 썼다.

2 게오르크 트라클(Georg Trakl, 1887~1914)은 오스트리아의 시인이다.

시는 독일, 프랑스, 이탈리아 시인들의 시였기 때문에, 나는 이들 시를 번역해서 베끼지 않는 이유가 뭔지 솔레닷에게 물었죠. 그러면 솔레닷은 자신의 텍스트가 제사(題辭)를 바꿔 쓴 것이기 때문에 그럴 필요가 없다고 말했어요. 우리가 이중 언어를 사용할 때도 그런 문제가 발생하잖아요."

엘리사는 솔레닷의 장례를 치른 뒤 베로니까와 베로니까의 할머니가 살던 작은 집에서 커피를 마신 적이 있었다. 석회를 바른 집 벽은 하얀색이었다. 난방이 되지 않았으나 편안하게 쉴 만했다. 베로니까는 솔레닷이 직접 기타를 치며 부른 미또의 노래 「간격」을 녹음해서 자기에게 선물한 테이프를 틀었다. "그대의 머리카락은 시간의 색깔을 지닌 금속 폭포. 이슬이 내릴 때 향수가 그대를 침범하지. 그대는 그대 자신이 아니라 그대의 그림자처럼 보이네. 그대의 피부는 그 마법 같은 귀환들을 이제 잊었어. 남쪽 별들, 재로 만든 옛 범선은 조용히 죽었어. 시선들, 멜로디들이 그대의 영혼 속에 거주해. 가을은 바람이 불어오는 쪽을 바라보며 울고 있네. 내가 과거의 그대를 기억하도록 해주오. 그 음악은 베로니까에게 그 무시무시한 하늘색 재규어를 상기시켰는데, 재규어는 오빠 알베르또, 할아버지 그리고 자신의 입에서 나온 양날 검으로(「요한계시록」에서 성 요한이 말하듯이 그리고 말하지 않듯이) 부모를 죽였다.

"그거 참 묘해요, 리사. 마지막 며칠 동안 솔레닷이 자신이 추방당할 거라고 생각했던 것처럼 보이거든요. 솔레닷이 지난주에 세탁하라며 보낸 옷 속에 넣은 종이에 적은 시들이 추방과 여행을,

그리고 심지어는 기나긴 추방 뒤에 돌아오는 것을 언급하고 있거든요. 여기 있잖아요, 봐요. 종이가 조금 구겨져 있지만 솔레닷의 글씨예요. 시들을 읽어 봐요. 나는 오랜 세월이 지난 뒤에야 다시 읽을 수 있을 거예요."

동이 트기 전 밤이다. 우리 활력과 진정한 애정의 기운이 우리에게 밀려올 수 있도록 하자. 그리고 여명이 밝아올 때 우리는 타오르는 인내심으로 무장한 채, 찬란한 도시들로 들어갈 것이다.(아르튀르 랭보) 그대는 기나긴 우수를 견뎌야 할 것이다. 어떤 어둠침침한 고독. 몸을 휘감는 열병. 그대는 축축한 침묵에 익숙해져야 할 것이다. 움직이지 않는 창문에도, 비어 있는 침대에도. 그대는 혼잡한 그 거리가 계속 이어지도록 해야 할 것이다. 시끄러운 택시 미터기들. 살금살금 다니는 보행자들. 그대는 이 조급함을 받아들여야 할 것이다. 그 조급함이 어느 잊힌 못처럼 박혀서 녹슬어 있다. 하지만 영원히 그렇지는 않을 것이다. 아마도 단 한 번의 삶 동안만. 하나의 삶, 그대의 삶, 실제로는 삶이 아닌 삶. 그대는 메아리 없는 그대의 동굴 안에서 새벽을 맞이하지 않는다. 그대는 숨을 쉰다. 방치된 그대의 잉크는 이제 글씨를 쓰지 않는다. 어두워진다. 시선 없는 그대의 눈은 아무것도 발견하지 못한다. 그대의 눈은 기억한다. 그대의 분실된 손에는 애정표현이 없다. 다른 손도 없다. 하지만 영원히 그렇지는 않을 것이다. 아직은 아침이 아니다. 한 줄기 바람이, 태양 하나가, 어떤 입술이 그대의 죄를 사해 줄 가능성이 여전히 있다. 그대는 그대의 이름, 그대의 여자 친구, 그대의 시, 그대의 피, 그대의 왕래를 회복하라. 그대여 나와 함께 오라. 사랑

없이는 그대가 이 부재를 지탱시킬 수 없노라. 우리가 함께 하루를 활짝 열 것이다.

"이 같은 거짓과 신비화와 위조의 순간에 솔레닷이 한 이런 행위들은 감탄할 만하지요." 베로니까가 엘리사에게 설탕 그릇을 건네며 말했다. "그 행위자들을 없애 버리면 그들의 인간적이고 지적인 차원이 더욱더 고양될 뿐이에요. 현재 세계에서 살아가는 여성으로, 인간의 자유를 위한 모든 전선에서 고통받고 싸우는 여성으로 인식되는 솔레닷은 예술가로서 전적으로, 강력하게 자신의 존재를 맡겼고, 우리는 솔레닷의 영묘가 대리석으로 만든 집이 아니라 하나의 강의실, 하나의 인쇄물, 종이, 잉크가 되기를 바라죠. 6월에 일어난 시위들에 참여해 몽둥이질과 고문을 당한 우리 모든 동지는 솔레닷의 이름으로 이익을 얻으려 했던 '주류 신문'에 실린 부고들을 지워 버리길 원하고 있어요."

우리는 우리와 닮은 것을 사랑하고, 우리는 바람이 모래에 써 놓은 것을 이해할 수 있다.(헤르만 헤세) 우리는 그 얼굴을 결코 보지 못한다. 하지만 우리는 그가 말없이 미소짓는 방식을 기억한다. 우리는 결코 그 손을 잡지 못한다. 하지만 그 손의 가벼운 접촉은 옛 여자 친구와 같다. 우리는 그 입술을 모른다. 하지만 그 입술은 저 멀리 떨어진 강들로부터 우리의 기억을 가져와 우리의 입을 맞춘다. 그의 부주의한 걸음은 결코 우리의 문지방을 미끄러지듯 부드럽게 넘지 못했다. 그의 외로운 황혼 빛도 우리의 비밀스러운 계단을 사근사근하게 밟아 내려가지 않았다. 무단으로 홀로 된 그의 늪도 우리의 소소한 일상의 의식

(儀式)들을 침해하지 않았다. 하지만 그는 도착했다. 비록 우리가 그의 언어를 연주하는 피리를 공유하지 못한다 할지라도. 우리는 그가 인사말을 할 때 코에서 나는 메아리를 듣지도 못했다. 우리는 그가 포물선처럼 막 내뱉은, 위험을 알리는 그 쌕쌕거리는 소리를 의심하지도 않았다. 우리는 그에게 팔을 뻗친다! 그는 결코 여기에 있어 본 적이 없다! 하지만 돌아왔다! 그러고 나서 그의 실루엣이 놀라지도 않은 채 우리의 집안을 돌아다닌다. 그는 결코 상상해 본 적이 없는 집 구석구석을 알아본다. 밤에 그는 우리에게, 늘 그렇듯이, 분명치 않아 종잡을 수 없는 음절로 우리에게 이야기할 것이다. 우리는 겨울밤에 잠을 자지 않고 별들의 내밀한 침묵 아래서 자신들의 무한한 흔적을 알아내는 어린이들처럼 대화를 나눌 것이다.

"솔레닷은 자신이 문화적 'establishment(체제)'라고 부르는 것, 즉 '예술가적 삶'의 작은 세계에 항상 반대했는데, 그 세계에서는 자화자찬, 말다툼, 찬사로 보상받는 찬사들이 진부한 창조와 빈약한 이데올로기적 구성물과 함께 가장 애처롭게 패배하고 말죠." 베로니까가 계속했다. "그 순간이 되자 솔레닷은 인간의 자유를 위해 다른 사람들과 얼굴을 맞댄 채 언어나 총을 사용하고 있었을 거예요. '우리 나라에서는 정말 누군가를 사랑하고 싶어 하는 사람이 혁명가가 되어야 하는데, 그 이유는 사랑은 모든 것을 변화시키지 않고는 결코 이루어질 수 없기 때문이야'라고 솔레닷이 어느 날 내게 말했어요. 우리가 여러 가지 이상과 투쟁을 공유하는 매일의 일과를 하던 중, 솔레닷은 우리가 공격하는 바로 그 사안들에 우리가 인식하지 못한 상태로 함몰되어 버린다고 여러 차례 우리를 나무랐어요.”

엘리사는 연극이 공연되던 그날 밤에 자신이 호랑이 가죽을 쓰고서 그리스 여배우로 변장한 채 라라인을 죽였노라고 베로니까에게 고백하고 싶은 마음이었을 것이다. 엘리사가 알베르또를 구하기에는 때가 이미 늦었다. 솔레닷은 구할 용기가 없었다.

와인이든, 시든, 미덕이든 그대 마음대로다. 하지만 취(醉)하라.(샤를 보들레르) 그는 어느 밤, 어느 손, 어느 담을 잊어버렸다. 유년 시절의 행복했던 어느 오후를 잊어버렸다. 어느 등불, 어느 테이블, 어느 책을 잊어버렸다. 남쪽의 그 아득한 얼굴을 잊어버렸다. 그가 새로운 방랑벽에 빠져 있는데, 검은머리방울새, 갈증, 마을이 그의 피 속에 빈약한 우정을 제안한다. 이것들은 기억이 사라지고 남은 공간을 빼앗는다. 음악, 사람, 왕래, 이미지, 회복할 수 없는 부재, 신호등, 커피 냄새, 동전, 담배. 모든 것은 간격의 옷을 입은 채 여기에 있다. 그럼에도 그가 아침 일찍 일어나 자신의 고독한 마떼를 마실 때 그에게는 아무것도 변하지 않은 것처럼 보인다. 그는 아침에 번쩍이는 옛 빛 하나를 인식한다. 그는 결코 작별을 하지 않았던 것처럼 느낀다. 추방의 느릿한 부식과 거리의 무한한 적막감에 지친 그는 귀환과 절규, 다른 삶들 사이에서 살았던 삶에 미친 사람처럼 도취하기를 열망한다. 그래서 그는 잔잔한 향수를 느끼며 일에 몰두한다. 자신의 말없는 옷가방을 섬세하게 꾸린다. 여행을 떠나기 위한 준비가 완료되어 있다! 그가 자신의 물건들을 간수하는 동안, 그의 시선에는 특이한 미소가 어려 있다.

엘리사가 베로니까의 얼굴에서 눈물을 본 것은 그때가 처음이었는데, 아름다운 얼굴은 그녀의 몸에 꽉 끼는 빨간 셔츠 속에 있는 둥글고 큰 젖꼭지처럼 굳어 있었다.

"내가 솔레닷을 마지막으로 보고, 우리가 마지막으로 함께 있던 그날 저녁은, 우리가 학교 연극에서 했던 그 어릿광대 짓, 그 바보 같은 짓을 하기 전날 밤이었어요." 베로니까가 훌쩍거렸다. "솔레는 내가 결코 잊지 못할 어떤 걸 내게 말했어요. '나는 내가 하고 있는 것이 정말로 진실하다고 느끼고 있고, 어느 날인가, 아마도 나도 모르는 상태에서, 내가 지금도 잘 모르지만 나중에도 잘 모를 누군가가 내 시를 읽을 수도 있고, 내 감정과 닮은 감정을 갖게 될 수 있을 거라 느끼고 있어.'"

베로니까가 크게 울음을 터뜨렸다. 아주 격하게 몸을 떨고 있었기 때문에 엘리사는 진정제를 여러 알 갖고 있었음에도 불안감을 느끼기 시작했다. 엘리사는 소파의 소녀 곁에 앉아 그녀의 손을 잡았다. 엘리사가 보니 베로니까가 자기 손톱을 어찌나 물어뜯었던지 일부는 살이 드러나 있고, 색깔도 거무죽죽하게 변해 있는 것 같았다. 한참 뒤 소녀는 마음을 약간 진정시키더니 뺨으로 흘러내리는 굵은 눈물방울 사이로 엘리사를 향해 서글픈 미소를 지었다. 베로니까의 얼굴과 목은 온 힘을 다해 격렬한 운동을 한 뒤처럼 빨갛게 변해 긴장되어 있었다. 그녀가 약간 수줍어 하면서 미소를 지었으나 거의 알아들을 수 없는 쉰 목소리로 말을 마쳤다.

"결국에는 말이에요, 엘리사, 아마도 인간의 마음에 일어나는 그 격정적이고 은밀한 욕구는 희망보다 더 무한할 수 있을 거예요. 아마도 사랑은 시간보다 더 길 수도 있을 거고요."

우리가 비록 바뀌어 있을지라도, 돌아간다는 것은 가치가 있다.(체사레 빠베세). 아주 오랜 시간 뒤에 돌아가는 것은 멋질 것이다. 가슴 벅찬 환희를 표하며 우리의 사람들을 포옹하는 것은. 모든 것이 아주 많이 바뀌어 있다는 사실을 발견하는 것은. 그리고 곧, 우리가 떠난 적이 없다는 것을 발견하는 것은.

두 사람은 자신들의 삶의 끝 부분을 절망 상태로 유지하는 것을 거부했다. 또또 아수아가는 오클라호마에서 여름 학기 과정을 정확한 날짜에 시작했다. 후안 프란시스꼬 곤살레스는 계속해서 꼬리엔떼스의 기병대를 철권으로 지휘했다. 또또는 운동을 전혀 하지 않고 알코올, 지방, 담배를 남용했다. 장군은 담배를 제외하고는 해로운 것들을 결코 취하지 않았다. 술은 입에 대지도 않고, 매일 한 시간씩 운동과 사우나를 했으며, 자주 승마를 하고, 솜씨 좋게 비행기를 몰고, 체중을 불리지 않았으며, 홀아비로서 가끔씩 하는 밤일에는 늘 콘돔을 사용했다. 또또의 몸은 차츰차츰 부식되어 가고, 정신은 무너져 갔으며, 영혼은 좀먹어 갔고, 그 사이에 털사의 외과 의사들은 그의 양 다리를 잘라 갔다.

곤살레스는 그렇게 하지 않았다. 교도소에 수감되어 있는 동안 간호를 잘 받고, 경찰 병원의 집중 치료실에서 온갖 노력을 다한 응급 치료를 받았음에도 "설명 불가한 내출혈"로 사망해 시체 상태로 가족에게 되돌려진 젊은 여류 시인 솔레닷 몬또야 사나브리아 군터에 관한 모골이 송연해지는 소식들과 선정적인 사진들을 실은 꼬리엔떼스의 유일한 석간신문이 도시에 배포되던 날 오후에 곤살레스는 자기 몸에 총알 한 방을 박았다. 그의 관을 여는 것도 허용되지 않았고, 검시를 하는 것은 더더욱 허용되지 않았다.

당국이 발표한 공식적인 소견은 곤살레스 장군이 잘 알려져 있다시피 불치병을 앓고 있어서 자살했다는 것이었다. 하지만 장군의 조카딸은, 솔레닷이 건강한 몸으로 교도소를 나오게 될 것이라고 삼촌이 솔레닷의 가족에게 약속했는데, 솔레닷의 죽음으로 인한 불명예와 수치심을 견딜 수 없었다고 사회학과의 모든 사람에게 얘기했다.

군터는 자신과 이름이 똑같은 남자의 멋진 군대 예복을 보고 싶어 했을 테지만 관은 이미 밀봉되어 청색과 백색으로 이루어진 국기에 둘러싸인 채 주 청사의 2월 30일 살롱으로 옮겨져 있었다. 곤살레스는 그날 아침에 비그노네[1] 대통령이 서명한 법령에 의거해 사후에 특진했으며, 모든 이가 그에게 사단장에 준하는 경의를 표할 예정이었다.

아마뽈라는 이발사협회의 회장이 자기에게 전화를 했었다고 오빠에게 알렸다. 협회 사무국이 기병대 지휘부의 초대장을 받았는

---

1 비그노네(Reynaldo Bignone, 1928~)는 아르헨티나의 장군으로 갈띠에리가 사임하고(1982) 알폰신이 취임할 때(1983)까지 대통령을 지냈다.

데, 협회의 누군가가 장군 친구들의 이름으로 조사(弔詞)를 해달라는 것이었다. 그 이발사는 조사를 하기에 가장 적합한 사람은 바로 사나브리아겠지만, 현재 그의 처남이 꼬리엔떼스에 머물고 있는 기회를 이용해 처남이 하는 것이 좋을 것 같다고 생각하고 있었다.

"그 사람들 미쳤군." 군터가 아주 놀라서 소리쳤다. "나는 조사 같은 걸 할 줄 모르고, 세로의 팬도 아니야."

사람들이 늦어지고 있다. 장례식은 네시에 이루어진다. 공식 수행원들은 적어도 한 시간 전에 주 청사를 나오게 되어 있다. 군터, 아마뽈라, 그리고 이발사협회장은 곧바로 묘지로 가기로 결정한다. 그들은 볼보 대신에 사나브리아의 친구 소유인 브라질 산 고물 폭스바겐을 타고 간다. 먼지투성이 시끄러운 길을 따라 가는 동안 이발사는 군터더러 조문객들에게 연설을 하라고 계속해서 주장한다. 그는 그날이 자신의 생애에서 가장 중요한 날이라도 된다는 듯이 귀청이 떨어질 정도의 큰 소리로 주장을 펼친다. 아마뽈라가 상냥한 파란 눈으로 겨우 조용히 좀 해달라고 부탁한다.

그들은 묘지 옆에 차를 세운다. 차에서 내려 성당 현관까지 걸어간다. 보도 쪽으로 많은 사람이 모여 있다. 의장대와 기병대 악대는 규정에 따라 해방자 산 마르띤 대로에 정렬해서 각각 거총 자세를 취할 준비를 하고, 장송곡으로 늘 연주하던 쇼팽 대신에 베토벤을 연주할(폭스바겐의 라디오에서 들은 소식에 따르면, 장군이 베토벤을 좋아했다) 준비를 한 채 근엄한 태도로 초조하게 기다린다. 기병대의 애송이 신병들은 자신들의 망자 사령관에게 경의를 표하며 검이 장착된 총을 단단히 붙잡고 있다. 일부 군인의 뺨으로 눈물이 흐른다.

"제기랄, 하느님이 죽어도 이러지는 않겠네." 조문객들의 두 번째 줄에서 여동생과 이발사 사이에 서 있는 군터가 중얼거린다.

마침내 공식 수행원들이 화관으로 뒤덮인 영구차 뒤를 따라 걸어서 다가온다. 검은색 수말 여덟 마리와 하얀색 암말 여덟 마리가 끄는 사륜마차에 실린 프란시스꼬 하비에르 곤살레스는 다른 악대가 연주하는 블로흐의 소박하고 목가적인 춤곡에 맞추어 운구된다.[1] 보병 분대가 마차를 호위한다. 주지사, 그 밖의 군 및 교회의 수뇌부가 뒤를 따른다. 군, 신문사, 시청의 수많은 고위 인사, 주요 귀족들, 수많은 신부, 수녀, 수사가 걸어간다. 군터는 조화를 주문할 수도 있었을 것이나 하루에 두 번 치르는 장례는 너무 심했다고 기억한다. 군터는 다른 악대가 연주를 시작하자 몸을 부르르 떠는데, 악대의 트럼펫 주자인 인디오가 아구스띤 바리오의 춤곡을 연주한다.

영구마차는 끝없이 이어지는 3중 대열의 호위를 받으며 오고 있는데, 그들은 기병대의 군인들, 곤살레스의 딸들이 공부하는 수녀학교의 여학생들 그리고 아들들이 공부하는 교구 학교의 남학

---

1 이 장면은 파라과이의 소설가 아우구스또 로아 바스또스(Augusto Roa Bastos)의 소설 『나, 지존(*Yo el Supremo*)』(1974)에 등장하는 장면을 패러디한 것이다.

생들이었다. 풀 먹인 교복을 입은 학생들이 어찌나 엄숙하게 행진을 하던지 마치 군인들의 직업적인 호전성과 조화를 깨뜨리지 않으려고 애쓰는 것처럼 보였다. 군터는 사르미엔또가 아들 도밍기또[1]가 죽었을 때 파라과이 사람들과 가우초들은 오직 전쟁에만 소용되는 사람들이라고 했던 말이 옳았다고 툴툴거린다.

연병장 깜뽀 데 마르떼[2]에는 장례식 아치 네 개가 세워져 있다. 아치들 가운데 하나, 즉 '불사'의 아치에는 종려나무와 월계수 가지로 장식된 곤살레스의 관이 안치된다. 광장과 마을 전체에 사각형, 삼각형 휘장과 깃발이 세워져 있다. 연병장의 페널티킥 에어리어와 그 옆 코너킥 에어리어에 설치된 발코니는 귀부인들, 일반 조문객 남자들이 차지하고 있다. 두꺼운 면직물 망토와 조끼를 입은 불손한 태도의 하층민들도 있다. 날이 어두워지고 거리에, 공공기관 건물에, 상류층의 주택에 불이 밝혀진다. 폭죽이 공중으로 높이 솟아오르자 하늘은 멋진 안드로메다와 알데바란들로 이루어진 일종의 정원 같다.

감동한 아마뽈라와 이발사가 눈물을 흘린다. 군터는 우스워 죽을 지경이지만 그 와중에 상석에 앉은 조문객들 가운데서 땅딸막

---

1 도밍기또(Dominguito)는 도밍고 사르미엔또(Domingo Sarmiento)의 아들로, 꾸루빠이띠 전투에서 사망했다.

2 깜뽀 데 마르떼(Campo de Marte)라는 이름은 이탈리아의 '캄푸스 마르티우스(Campus Martius)'와 같다. 마르스(Mars)는 전쟁의 신 또는 군신(軍神)으로, '캄푸스 마르티우스'는 '마르스 신의 들판'이라는 뜻이다.

한 주지사, 사리아-끼로가 대령이 만나고 싶어 하지 않았던 각료들, 수많은 장군, 외교관들과 영사들임에 틀림없는 미국 시민들을 구분해 내는데, 워싱턴에서 파견한 대사는 보이지 않는다. 반면에, 군터는 키가 거의 자신만큼 크고, 구아이라[1]의 황톳빛 산들 사이에서 귀뚜라미가 울고 반딧불이가 빛을 내뿜는 초저녁처럼 딱딱하고 불가해한 늙은 주교를 보고는 놀란다.

그때 군터는 이발사의 제안을 받아들이기로 작정한다.

그는 마지막에서 두 번째로 조사(弔詞)를 한다. 경찰이 곤살레스 가족의 작은 묘역 주변으로 저지선을 쳐 놓았으나 그럼에도 사람들이 더 가까이서 보겠다고 빽빽하게 밀려들어 검은 구름 밑에서 땀을 흘리고, 마침내 약한 이슬비가 내리기 시작한다.

군터는 장례용 수사(修辭)를 어떻게 구사해야 할지 전혀 생각이 없다. 이발사가 팔꿈치로 그를 쳐서 그더러 관 옆에 서서 조사를 하라고 가리킨다. 군터는 국영 언론 매체 기자들의 사진 플래시에 눈이 부시는 상황에서 드디어 입을 열고, 목청을 가다듬으려고 잔기침을 하고, 술 한 잔이 필요하다고 생각하고, 조사를 시작한다.

"제 이름은 프란시스꼬 하비에르 군터입니다. 제가 곤살레스 장군님의 친구들을 대표해 한 말씀 드리려고 하는데, 저는 장군님을 생전에 한 번 보았고, 우리는 이름이 같습니다."

그는 모든 연설은 일종의 농담으로 시작되어야 한다는 사실을

---

1 구아이라(Guairà)는 파라과이의 동부 지역이다.

알고 있었기 때문에 주변을 둘러본다. 음울한 표정의 얼굴들이 그에게 그의 의도가 실패했다는 사실을 알린다. 그러자 그는 경제학자의 표정을 짓는다.

"저는 개인적인 얘기를 하고 싶지는 않습니다만, 곤살레스 장군님이 우정으로 제 가족을 후대해 주셨다는 사실은 지적하고 싶습니다. 아마도 그래서 장군님의 친구분들이 저더러 장군님이 지닌 충성심과 진정성에 대한 증언을 하도록 요청한 것 같습니다. 이 증언은 진정한 슬픔과 깊은 애도를 표하는 것이기도 한데요, 어머니에 이어 아버지까지 잃어 고아가 된 자제분들, 친척분들, 동료분들, 장군님이 정말 열심히 이끌었던 세로 팀의 팬들, 그리고 장군님의 삶에서 친밀하게 함께했던 모든 분께 하는 것입니다. 제 가족도 영원히 슬프게 만든 이날, 저는 곤살레스 장군님에 대한 저의 인간적인 존경심을 표하고 싶습니다. 그분은 저희를 돕기 위해 할 수 있는 모든 일을 하셨다고 확신합니다. 깜뽀 가우수에서 그분을 처음 보았을 때 제게 깊은 감동을 주었고, 그래서 저는 제 조카딸을 관심 있게 기억하실 분들 가운데 그 누구도 그분을 결코 잊지 않을 것이라고 믿습니다. 장군님과 제 조카딸은 여기 계신 많은 분이 무언가를 배울 수 있도록 많은 대가를 치렀다고 믿습니다. 저는 이발사협회도 그 어떤 다른 단체도 끌어들이지 않고서 오직 개인적인 자격으로 말씀드리고 있습니다. 그리고 여러분도 아시다시피 제가 현재 주관하고 있는 단체는 더더욱 끌어들이지 않는데요, 그 이유는 제가 파라과이에 복귀해서 파라과이를 위해 어떻게 유용한 사람이 될 수 있는지 보기 위해 오늘 아침 그 단체장을 사임했기 때문입니다. 저는 정치에 전혀 관심이 없었고, 그래서 정치가들을 이해할 수 없었습니다. 그들은 대통령이 되어 불과 몇 년 동안 자신이 가는 곳마다 자기를 위해 국가를 연주하도록 하려고 가공할 만한 희생을 평생 치르는 사람들이니까요. 저는 우리의 취약한 공화국들 가운데 어느 공화국의 대통령이 되는 것보다 4억 명의 라틴아메리카 사람들 가운데 익명의 시민이 되는 것이 더 제게 큰 만족감을 줄 수 있을 것이라고 생각합니다. 요약하자면, 파라과이가 저의 조국이기 때문에 이제 저는 파라과이로 돌아옵니다. 비가 더 거세지기 전에 제 말씀을 끝내는 것이 좋을 것 같습니다."

실제로 사람들이 우산을 펼치고, 우비의 칼라를 세우고, 인근에 있는 묘들의 짧은 처마 밑을 찾아든다. 꼬리엔떼스의 축구 리그의 대표가 말할 차례. 장례 의식이 중단되지 않고 계속된다. 투우판이 벌어진다. 화려한 가면을 쓰고 말을 탄 사람들이 식민지 시대의 마상시합에서처럼 합창대의 노래 소리에 맞춰 춤을 추듯 몸을 움직이고 회전하면서 창으로 소를 찌른다. 사라센 말과 인디오의 말처럼 화려하게 분장한 준마 50마리가 은 갈고리에 매달린 리본으로 장식된 반지를 탈취하려고 경쟁한다. 시합에 참여해 승리한 남자들이 은 침에 꿴 반지를 가지고 그리움에 복받쳐 애인들에게 건네면, 애인들은 반지를 매단 리본의 매듭을 잡아 반지를 앞가슴을 깊이 판 옷깃 속 젖가슴 사이로 떨어뜨린다. 주지사가 무뚝뚝한 자만심을 드러내며 주교에게 말한다. "영원성은 완전히 자유로운 관념인데, 존경하는 주교님은 그렇게 생각하지 않으십니까?" 주교가 특이한 미소를 머금으며 동의한다. "그렇습니다, 주지사님. 육신의 부활이 똑같은 육신을 두 번 사랑하는 것보다 더 특이하지는 않습니다."

어느 각료의 아주 아름다운 처녀(나 다름없는) 딸이 장례식에 거행되는 시합에서 눈길을 거두지 않은 채 주지사에게 인사를 한다. "주지사님께서 뭐라고 말씀하셨는지 알 수 있을까요?" 뚱보가 더위에 숨을 헐떡거리며 말한다. "아무것도 아니다, 얘야. 감각을 정지시키는 아주 아름다운 장례식의 이 순간에 네가 관심을 가질 만한 것은 전혀 없다. 창을 들고 말을 몰아 이쪽을 향해 전속력으로 달려오는 인디오 기수를 주시하거라!" 카아이구아[1]처럼 깃털로 장식하고 문신을 한 기병이 땀으로 범벅이 되어 번들거리고, 완전히 털로 뒤덮인 갈색 말 위에 선 채 주지사가 앉아 있는 의자를 향해 돌진해 온다. 현기증이 날 정도로 달리는 말의 꼬리가 혜성의 꼬리처럼 휘날린다. 호리호리하고 몸집이 큰 인디오 기병이 말 위에서 몸을 꼿꼿하게 세우고, 상체를 반듯이 펴고, 근육과 성기를 팽팽하게 긴장시킨 채 팔을 펴서 아주 긴 코코넛 가시에 빨간색 반지를 꿰어 오는데, 반지에 달린 리본이 공중에서 뱀처럼 흔들거린다. 고

---

1 카아이구아(Káaigua)는 파라과이 동부, 브라질 남서부에 거주하는 원주민 부족으로, 구아라니어를 사용하지 않는다.

삐 없는 말이 질주 충동을 완화시킨다. 말은 이제 음악 소리에 맞춰 나아간다. 말발굽 소리가 베토벤의 음악이 아니라 바리오스의 음악에 맞춰 들린다. 말의 콧구멍에서는 자줏빛 콧김이 뿜어져 나와 강한 압력으로 퍼져 나간다. 뿜어져 나온 두 줄기 콧김이 연기처럼 나선형을 그리며 말 자신의 옆구리를 스친다. 말은 혜성 꼬리 모양의 꼬리를 뒤로 치켜들면서 주지사에게 위협을 가한다. 말의 머리와 재규어의 머리를 가진 상상동물 같다.

주지사는 분노로 얼굴이 새파랗게 질린 상태로 자리에서 일어나 소리쳐 경비병들을 부르고 지팡이칼로 공기를 휘젓는다. "바알세불 마왕[1] 같은 것이! 어떤 불손한 놈이 감히 내게 이런 무지막지한 짓을 하는 거야! 호위병들 데려와! 삐라구에들 데려와! 사수(射手)들 데려와! 원숭이 머리들[2] 데려와!" 사람의 머리와 재규어의 머리를 지닌 반인반마 괴물이 연단 앞에서 갑자기 멈춘다. 앞발굽을 높이 치켜든다. 갈고리 같은 발굽으로 공기를 긁어 대고 있다. 인간의 몸 부위가 상체를 앞으로 구부리더니 주지사의 코 앞에 독사를 떨어뜨린다. "이 머저리 저격병들아, 어서 쏴!" 주지사가 분노와 공포로 이지러진 목소리로 명령한다. "이런 칠푼이 같은 상놈의 총잡이 새끼들아, 어서 쏘라니까!" 이제 갑작스러운 고요 속에서 통제력을 잃은

---

1 '바알세불 마왕'은 성경에 등장하는 악령의 우두머리다.
2 구아라니어로 아카카라하(akakaraja)인 '원숭이 머리들(monocéfalos)'은 파라과이의 어느 부대 이름이다. 이름은 그들이 머리를 원숭이 가죽으로 장식한 데서 유래한다.

주지사가 소리친다. 결국 총들이 총알을 발사한다. 가느다란 총알 소리를 들을 수 있다. 총연과 먼지 사이로 그 난폭한 기수의 이빨이 보인다. 기수의 몸에 새겨진 문신이 이슬비와 막 깔리는 땅거미 속에서 인광(燐光)을 발한다. 기수는 들고 있던 코코넛 나무 가시로 자기 목에서부터 배까지 구릿빛 피부를 긁어 버린다. 그가 밀랍으로 만든 가면을 벗자 깃털과 비늘이 무질서하게 우수수 떨어지고, 그는 야생의 '그리스도-이브'처럼 변한다. 완벽하게 하얀 소금 같다. 얼굴이 하얗다. 눈이 하얗다. '그리스도-호랑이'의 기다란 머리카락은 나사렛 사람의 머리카락 같다. 그날 아침 바로 그곳에 묻힌 솔레닷 몬또야 사나브리아 군터가 그곳에 서 있다! 그녀는 카아이구아-구알라치[1]의 족장-무녀-예언자다. "저 무녀를 결코 살려 두지 말라" 주지사가 수탉처럼 시끄럽게 악을 써댄다. 정복자들도 군인들도 그들 부족을 지배할 수 없었다. 왕자-쿠냐[2] 카라이의 말 역시 막 완전한 청록색 재규어로 변했다. 재규어의 빨갛고 촉촉한 인두(咽頭)와 상아 송곳니, 피부의 얼룩이 보름달 아래서 금속처럼 반짝거린다. 꼬리엔떼스의 대주교는 그 눈부신 환영에게 경의를 표하고, 가슴에 매단 십자가를 상처투성이 솔레닷의 반짝반짝 빛나는 몸을 향해 내보이면서 무릎을 꿇었는데, 그때 그녀의 배꼽이 지워져 버렸다. 주지사가 울부짖듯 발사 명령을 내리

---

1 구알라치(Gualachi)는 식민시대 이전과 식민시대에 현재의 브라질 남동부에 거주하던 원주민 부족으로, 구아라니어를 사용하지 않았다.

2 쿠냐(kuñá)는 구아라니어로, '여자'다.

고, 호랑이의 포효 소리에 놀란 쥐가 찍찍거리듯 비명을 지른다. 새롭게 총소리가 들리고, 벌거벗은 상태의 그 여자 시인이 엄지와 중지를 엇갈리게 마찰해 딱 소리를 낸다. 공포에 질려 있는 내빈석 위로 호랑이가 튀어 오른다. 이제 호랑이가, 갑자기 기상이 변하듯, 혜성으로 변한다. 혜성은 강을 건너고 동쪽 산맥을 넘어 하늘로 사라진다.

제13장

여러 해가 지난 뒤 엘리사는 이제 그다지 젊지 않은 상태가 되기 시작하고 오후에는 옛 음반에서 찰리 파커[1]의 음악을 듣고, 돈 알레한드리노의 제라늄을 가꾸고, 베로니까의 아이들에게 영어를 가르치는 놀이를 하면서 기분전환을 하게 되었을 때, 그 이야기의 실타래가 마드리드로 모이게 되어 있었다고 여전히 생각했을 것이다.

1983년 그 겨울 끝 무렵에 군터의 가족은 며칠 동안 워싱턴으로 돌아와 자신들의 저택을 어느 부동산 업체에 위탁하고는 파라

---

1 찰리 파커(Charlie Parker, 1920~1955)는 아프리카-아메리카 재즈 작곡가, 뮤지션이다.

과이행 비행기 표를 예약했는데, 이제는 편도뿐이었다. 엘리사는 자신들이 마지막으로 파리가 아닌 유럽 어느 나라에서 비행기를 갈아타자고 빤초에게 제안했다. 8월 중순이기 때문에 그녀는 까사 데 깜뽀[1]의 포플러 나무가 여전히 멋진 빛깔을 간직하고 있지는 않을 것이나, 원한 없는 손과 기억이 말끔하게 없어진 눈으로 빈약하지만 신선한 남쪽의 봄을 체험하기 위해 마드리드의 터널을 통과하는 것이 마차도도 용인했을 아름다운 변덕, 감동적인 바보짓처럼 보인다고 생각했다. 엘리사는 어느 특정한 상황에서 살고 있는 자신의 모습을 상상하고 싶지 않았는데, 그 이유는 그녀에게는 모든 상황이 문학적이고 터무니없게 보였기 때문이다. 그녀는 소설 같은 삶을 살고 싶은 적이 단 한 번도 없었고, 자신이 당시까지 이미 그런 삶을 살았다고, 약간의 만족감과 더불어 느끼고 있었다. 언젠가, 어느 시기 이전에, 군터는 엘리사가 문학을 아주 좋아하는데도 왜 마담 린치에 관한 소설을 끝내려 하지 않고, 또 다른 소설을 쓰려 하지 않는지 엘리사에게 물은 적이 있었고, 엘리사는 자신이 문학에 대해 관심을 갖기 전에 에스파냐어에 대한 언어적 소명이 생겼다고 대답한 적이 있다. 추상적으로 관심을 갖게 된 문학은 아마도 너무 외로운 예술이기 때문이고, 그래서 이제는 자신이 구사하는 두 개의 언어 중 그 어떤 것도 소설을 쓰려고 할 때 필요한 자연스러움을 충분히 지녔다고 생각되지 않기

---

1 까사 데 깜뽀(Casa de Campo)는 마드리드에 있는 공원이다.

때문이었다. 또한 자신이 지나친 완벽주의자이기 때문이라고도 대답했는데, 그녀는 그 밖의 다른 소설들이 단순한 문학에 불과해 보일 정도로 완벽한 이야기를 쓰겠다고 열망할 정도였다. 군터는 늘 그래왔듯이 엘리사를 이해하지 못했으나, 다행히 그녀는 감상적인 여자가 아니었다. 아니, 그녀는 자신들의 마드리드 체류를 어느 소설의 한 장처럼 하고 싶은 생각이 없었다. 반대로, 마드리드에 있게 되면 썩 놀랄 만한 일을 겪지 않은 채 그 겨울을 오랫동안 오롯하게 향유할 수 있을 것이라고 내심 생각했다. 그녀는 그 누구도, 심지어는 미겔로, 후스띠, 안또니오 같은 옛 친구들도 만나고 싶어 하지 않았고, 자신의 옛 남편은 더더욱 만나고 싶어 하지 않았다. 그리고 어떤 문화적인 행사에 참여하고 싶은 마음도 없었다. 단지 까사 데 깜뽀에서 노는 어린이들 틈새에서 공기를 호흡하고, 벤치에 앉아 아이스크림을 먹고 싶어 했고, 아마도 놀이공원에서 운행하는 미니어처 기차를 타 보고 싶어 했을 것이다. 그 어떤 서점에도 가지 않고, 음반도 사지 않을 생각이었다. 단지 아르게예스의 거리를 걸어 보고, 과거 미혼 때 처음 살았고 페르난데스 델 로스 리오스에 여전히 그대로 있는 그 아파트 앞을 걸어 보고, 자신이 결코 이해하지 못할, 상(上) 개자식인데도, 자신이 여전히 사랑하고 있는 군터의 손을 꽉 잡고 싶을 뿐이었다.

이제 바라하스 공항 위를 날고 있을 때 엘리사는 마드리드는 기억하기가 아니라 기억을 차단하기에 이상적인 곳이라는 사실을 깨달았다. 뻘라사 마요르[1] 구역의 거리들, 그리고 차마르띤[2]의 우스꽝스러운 월뿔형들 사이까지, 적어도 그녀의 아메리카적인 코에는 아주 신비롭게도 옛 냄새가 풍겼는데, 이것들을 다시 보니 추억이 그녀의 기억에서 떨어져 나와 할아버지들처럼 균열이 생기고, 자애롭고, 태연자약한 그 담들, 즉 우리가 언젠가 푸네스[3]라고 부른 적이 있던, 아이들의 눈에 보이지 않는 '스티커들'로 이루어진 다채로운 색깔의 모자이크를 이루는 담들에 영원히 남아 있을 것 같다는 인상을 주었다. 고색창연한 마드리드가 엘리사를 더 젊게 만들었고, 그녀가 그곳에서 살고 싶은 욕망이 여전히 강했기 때문에 옛 친구에게 그러듯이 자신의 추억을 마드리드에게 털어놓고 싶어졌다. 비행기가 하강하기 시작해 안전벨트를 채우는 동안, 엘리사는 대주교의 지혜롭게 보이는 강인한 손, 마치 자신이 마시는 마지막 마르가리타인 것처럼 오클라호마에서 마르가리타를 흡입하는 또또의 조바심 어린 알코올성 입술, 아마뽈라의 부드럽고 우수에 젖은 눈, 그리고 꼬리엔떼스의 영묘 베란다에 잊고 놔두고 온 햄버거 봉지를 흐릿한 이미지처럼 다시 보고 있는 것 같은 느낌이 들었다.

남편의 목소리가 그녀를 사색에서 끄집어냈다.

---

1 뻘라사 마요르(Plaza Mayor)는 '대광장'이다.
2 차마르띤(Chamartín)은 마드리드의 한 구역이다.
3 푸네스(Funes)는 호르헤 루이스 보르헤스의 단편 「기억의 천재 푸네스(Funes el memorioso)」(1942)에 등장하는 인물이다.

"이 공항에서 일어난 그 모든 사고처럼, 우리 역시 사고를 당해 골로 가게 되는지 어디 한번 봅시다." 군터가 말했다. 하지만 비행기는 정상적인 범위를 벗어나지 않을 정도로 움직여 비교적 부드럽게 착륙했다. 엘리사는 결국 자신들에게는 그런 소설적인 일이 전혀 일어나지 않도록 예정되어 있다고 생각했는데, 사실 자신들이 죽을 수도 있다는 그런 비문학적인 전망은 조금도 보이지 않았었다. 예견되었다시피 그들은 아르게예스에 대한 추억과 그란 비아의 마티니들로부터 등거리에 있는 멜리아 프린세사 호텔에 묵었는데, 그렇게 함으로써 두 사람은 과거에 자신들이 이별했던 것들을 음미할 수 있었다. 그들은 목요일부터 일요일까지 긴 주말을 보냈다. 월요일 아침 이른 시각에 엘리사는 그날 밤에 아순시온행 비행기를 타야 했기 때문에 가방을 꾸리고 있었다. 군터는 아침식사 거리와 신문을 구하러 아래로 내려간 상태였다. 군터가 방으로 들어서서 블랙커피와 크루아상이 담긴 쟁반을 침대 위에 놓고서 일요일자 〈엘 빠이스〉를 펼치더니 문화면을 엘리사에게 보여 주었다.

"봐요." 군터가 사진 하나가 들어 있는 작은 박스기사를 엘리사에게 보여 주며 말했다. "당신의 우상이 마드리드에서 돌아다니고 있어요."

엘리사는 프랑스에서 살던 브라질 출신의 그 예술가가 그날 정오에 이베로아메리카 협력협회에서 자신의 최근작 판화들을 전시할 예정이라고 알리는 기사를 읽었다.

"정말 운이 좋네!" 그녀가 말했다. "우리 관람할 수 있죠, 그렇 잖아요? 멀지 않은 곳이에요. 그렇게 해서 우리 그에게 인사나 하 자고요. 우리가 그를 언제 다시 보게 될지 누가 알겠어요?"

"그렇게 합시다." 군터가 말했다. "하지만 먼저 체크아웃을 하 는 게 좋을 거요. 프런트 데스크에 짐을 맡길 수 있으니, 그렇게 해놓았다가 오후에 공항으로 가는 길에 찾읍시다."

이베로아메리카 협력협회 4층에 있는 전시장은 그리 크지 않았 으나 탈취제를 뿌리지 않은 겨드랑이들로 가득 차 있었는데, 그들 은 입에서 풍기는 또르띠야와 하몬 세라노 냄새로 질식할 것 같았 다. 군터는 파리에 있는 누드 서점을 떠올렸고, 자신이 리비오 아 브라모를 볼 때마다 팔꿈치로 사람들을 밀쳐 길을 터갔다는 사실 을 떠올렸다. 엘리사는 키가 작았으나 2미터 높이의 전망대인 군 터를 이용하지는 않았고, 그래서 그녀는 군터더러 판화가가 사람 들 사이 어디에 숨겨 있는지 찾아보라고 부탁했다.

"저기 있네요!" 군터가 레이에스 까똘리꼬스 대로를 향해 나 있 는 커다란 창문 쪽을 로드리고 데 뜨리아나[1]처럼 손으로 가리키며 말했다. "저 털보 옆에 있어요."

군터가 부인의 허리춤을 붙잡고 반 미터 정도 들어올렸다. 엘리 사는 문화부 장관과 조용히 대화를 하고 있는 브라질 출신 판화가

---

1 로드리고 데 뜨리아나(Rodrigo de Triana, 1469~?)는 콜럼버스와 함께 항해한 선원으로, 1492년 10월 12일에 현재의 바하마에 도착했다.

를 볼 수 있었다. 군터 부부는 사람들을 더 세게 밀치고 팔꿈치로 밀어 대고 현실에 무관심한 사람의 냄새가 나는 샌들 몇 개를 밟으면서 마침내 창문에 도달했는데, 창문에는 프랑코 시대의 웅장한 태피스트리가 고야¹가 그린 음낭처럼 걸려 있었다. 돈 리비오와 문화부 장관의 눈길이 본능적으로 거대한 독일인과 매력적인 외모의 물라따를 향해 돌았다.

"아이고, 이럴 수가!" 아주 당황한 판화가가 웃으며 말했다. "여기서 뭣들 하고 있는 겁니까?"

판화가가 엘리사에게 뺨키스를 하고 군터의 손을 부여잡았고, 두 사람을 문화부 장관에게 소개했는데, 장관은 상황을 제대로 이해하지 못하고 있었다. 웨이터가 쟁반을 들고 그들에게 다가왔고, 군터는 차가운 헤레스 한 잔을 집어들 기회를 잡았다.

"좋아요, 우리는 가장 특이한 순간에 만나야 하는 사람들인 것 같군요." 엘리사가 감동에 젖어 말했다. "우리는 그냥 돌아다니고 있어요. 오늘밤에 아순시온으로 떠날 거예요."

"아하, 그래요?" 돈 리비오가 말했다. "지난번에 파리에서는 당일 밤에 당장 떠나지는 않았던 것 같은데요."

엘리사는 진지한 표정으로 말이 없었다. 돈 리비오가 그동안 일어난 모든 일을 알고 있는 걸까? 사람들이 그에게 솔레닷의 죽음과 곤살레스 장군의 자살, 군터의 사직에 관해 말해 주었을까? 엘

---

1 고야(Francisco de Goya, 1746~1828)는 에스파냐의 화가다.

리사는 판화가가 빤초의 태도, 용기, 희생, 예기치 않게 이상주의적인 인물로 재탄생한 것의 가치를 높이 평가해 주기를 간절하게 원했을 것이다! 엘리사는 몸집이 작고 성격이 부드럽지만 도덕적인 열망에서는 그 밖의 사람들과 자신에게 지독하게 굳센 그 라틴 아메리카 출신 남자가 추방자인 자신의 피곤한 어깨에, 조국의 국민 각자가 자신들의 위대한 예술가들에게 한 줌 흙처럼 얹어 놓는 양심의 뿌리와 총체를 메고 있다고 생각했다. 엘리사는 목이 왈칵 메는 것을 느꼈고, 슬픈 눈, 눈물에 젖은 눈, 아직 바위 속에 들어 있는 에메랄드처럼 야생적인 눈을 깜박거리지 않은 채 아주 오랫동안 판화가를 쳐다보고 있을 뿐이었다. 거북해진 문화부 장관이 재킷 호주머니에서 파이프담배를 찾으며 잔기침을 했다.

"좋아요, 친구." 마침내, 군터가 생 양귀비를 씹을 때의 참을 수 없는 자족감을 드러내며 말했다. "지난번에 제가 선생님을 저녁 식사에 초대했을 때 응하지 않으셨죠. 지금 우리가 그란 비아에 있는 식당에서 선생님께 빠에야를 대접하면 어떻겠습니까?"

"하지만, 빤초……." 엘리사가 더듬거렸다. "혹 리비오가 장관님과 선약이 있을 수도 있잖아요."

"저는 여러분이 원하시는 데로 가겠습니다." 털보가 말했다.

돈 리비오는 터져 나오는 너털웃음을 참았는데, 빈정대는 것처럼 들리는 것이 아니라 다정하게 들렸다.

"당연히 가야죠, 군터. 나 또한 당신이 말하는 곳으로 갈 겁니다."

프란시스꼬 하비에르 군터는 다시는 그를 만나지 못했다. 어렸을 때 루터교를 버렸던 군터는 1987년에 코코넛 꽃까지도 성스러운 물로 생기를 찾는 풍요롭고 아주 기독교적인 남아메리카의 크리스마스 시즌에 전립선암으로 사망했다. 조국에서 그의 삶은 힘들었지만 행복했다. 엘리사는 그의 무덤 가에 청록색 라빠초 한 그루를 심은 뒤에 나무에서 가지들이 나오기를 기다렸다.

〈끝〉

파라과이의 신화와 역사에 대한 포스트모더니즘적 해석

1 후안 마누엘 마르꼬스와 『군터의 겨울』

한국에 소개된 라틴아메리카 문학은 소위 '문학 강국'이라고 할 수 있는 멕시코, 콜롬비아, 페루, 칠레, 아르헨티나, 브라질 등에서 생산된 것이 거의 대부분이다. 이렇게 된 데는 몇 가지 이유가 있을 것 같다. 우선은 이들 나라의 경제·문화(학)적 저력이 다른 나라에 비해 크기 때문일 수도 있지만, 라틴아메리카 다른 국가들에서 생산된 주옥같은 작품이 한국 번역문학계에 진입하는 데는 일종의 장벽 같은 것이 있기 때문일 것이다. 전 세계에 알려진 유명 작가의 작품, 독자들이 좋아하는 특정 작가의 작품, 작품성보다는 상품성이 좋은 작품 등을 선호하는 한국 출판계의 현실 자체가 그 장벽이 될 수도 있다.

라틴아메리카의 문학 '소국' 파라과이에서 생산된 멋진 작품이 있다. 『군터의 겨울(*El invierno de Gunter*)』(1987)이다. 우선 작가부터 살펴보자. 작가 후안 마누엘 마르꼬스(Juan Manuel Marcos: 1950~)는 알프레도 스뜨로에스네르의 파시스트 독재에 가장 적극적으로 대항했던 마지막 세대 민주주의자 작가들 가운데 하나다. 그는 수도 아순시온에 있는 국립대학교에서 철학을 전공한 뒤, 인권과 자유가 보장되지 않은 파라과이의 억압적인 상황에서 특유의 지적인 성실성과 정의감을 발휘해 가며 정권의 박해, 투옥, 고문에 저돌적으로 대항하다가 정치적 압제를 피해 1973년에 에스파냐로 떠난다. 마드리드의 꼼쁠루뗀세 대학교에서 철학박사 학위를 받은 뒤 미국으로 건너간 그는 1987년까지 머물면서 피츠버그 대학교에서 문학박사 학위를 받는다. 그 후 로스앤젤레스의 캘리포니아 대학교 교수가 되는데, 1989년 스뜨로에스네르의 독재 정권이 군부 쿠데타로 붕괴되었다는 소식을 들은 뒤 교수직을 사임함으로써 자신의 학문적 입지, 경제적 풍요, 직업적 안정성을 포기한 채 조국 파라과이로 돌아간다. 쿠데타 이후 어느 정도 자유로운 환경이 조성되었다고 해도 여전히 무지, 부패, 폭력, 인간의 타락, 공식적인 거짓말의 후유증이 남아 있는 파라과이에서 진실, 존엄성, 문화적 자유를 위한 투쟁에 헌신하는 것이 위험스러운 모험일 수 있는데도 그는 하원의원, 상원의원, 교육부 고문으로 활동하면서 파라과이 사회에 널리 유포된 비열함, 정치가들의 파렴치한 태도,

그들을 옹호하고 도와주는 지적인 용렬함이 작동하지 못하도록 치열하게 작업한다. 특히 잡지 〈끄리떼리오〉와 노래운동 〈파라과이 신시가(新詩歌)〉 세대의 주요 인물로서 1970년대부터 파라과이의 현대시와 연극의 지형을 바꾸고 있으며(그는 '라틴아메리카의 목소리'로 추앙받은 아르헨티나 출신 가수 메르세데스 소사의 친구이기도 하다), 1991년에는 파라과이에 노르떼 대학교를 설립해 유능하고 혁신적인 지도자, 전문가, 연구자를 다수 배출하고, 파라과이의 음악, 오페라, 발레, 예술의 부흥을 위해 매진한다. 그동안 여러 학술·문학상을 받고, 각종 학술대회에서 수많은 논문을 발표하고, 다수의 문학작품과 논저를 출간하고, 여러 잡지와 심포지엄을 주도하면서 국제 에스파냐·라틴아메리카학 분야에서 걸출한 위치를 차지하고 있다.

『군터의 겨울』은 작가가 파라과이 군부 독재 치하의 가혹한 세월 동안 에스파냐와 미국에 머물며 정치적인 망명 생활의 격렬한 운명에서 겪었던 극적인 삶의 부침으로부터 비롯된 것이다. 그런데 이 소설이 탄생하기까지는 온갖 우여곡절이 있었다. 작가가 『군터의 겨울』을 정식으로 출간하기 전에 열 번이나 고쳐 썼던 것이다. 첫 번째 소설은 1974년에 '사랑하는 베로니까'라는 제목으로 쓴 것인데, 작가가 스뜨로에스네르의 독재에 항거하다 투옥됨으로써 결국 미완으로 남는다. 출옥한 뒤인 1977년 8월에 그는 주 파라과이 멕시코 대사관에서 정치적 망명 생활을 하면서 대사관에 있던 애거서 크리스티의 작품들을 읽는데, 이는 『군터의 겨울』

후반부에 있는 탐정소설적 장치가 만들어지는 데 영향을 미친다. 1978년, 이제 마드리드에 있게 된 그는 새로운 판본을 탈고해 에스파냐의 어느 문학상 심사에 출품한다. 소설이 상을 받지는 못했지만 영화로 만들자는 제안을 받는다. 하지만 영화를 세미포르노물로 만들려는 의도를 간파한 그는 꼼쁠루뗀세 대학교 박사학위 논문이 통과되기 전에 제안을 거부한다. 그는 1980년에 미국 피츠버그로 가서 문체를 다듬고, 등장인물, 줄거리 등을 수정한다. 파라과이 출신 시인 로우르데스 에스뻬놀라의 텍사스 집에 기거하면서 소설의 주요 줄거리에 자신의 새로운 미국 생활의 경험을 연계하기로 작정한 그는 솔 벨로의 소설 『학장의 12월』을 읽은 뒤에 프란시스꼬 하비에르 '빤초' 군터와 엘리사 린치라는 인물을 새롭게 등장시키고, 루마니아의 차우셰스쿠의 독재 치하에서 군터가 주 루마니아 미국 대사로 근무하면서 겪게 되는 에피소드를 삽입한다. '솔레닷 사나브리아 군터'라는 인물도 새로 만들어낸다. 그리고 라틴아메리카의 남단에 위치한 어느 나라의 국민이 영위했던 '가혹한' 삶에 대한 은유로 소설 제목에 '겨울'이라는 단어를 삽입한다. 결국, 『군터의 겨울』은 1987년에 아순시온에서 출간되어 '엘 렉또르(El lector)' 상을 수상하고, '올해의 책'으로 선정되는데, 작가가 미국 대학교의 교수라는 조건 때문에 당국의 검열 문제를 피할 수 있었다고 한다.

라틴아메리카 소설의 진화 과정에서 이정표가 되는 『군터의 겨울』은 지난 40년 동안 파라과이에서 출판된 소설들 가운데 최고로 평가받고, 전문가들의 광범위한 지지를 받아 파라과이 역사에서 가장 중요한 책 10권 가운데 하나로 선정된다. 뿐만 아니라 소설에 기반한 영화가 2007년에 브라질 상파울루에서 개최된 라틴아메리카 국제영화제에 출품되기도 한다.

『군터의 겨울』에는 구아라니 족의 신화, 사회 비판, 파라과이를 포함한 라틴아메리카의 역사와 정치, 사랑과 성애에 관한 이야기, 상호텍스트적 특성, 문학에 대한 성찰을 담은 메타텍스트적인 것이 뒤섞여 있다. 유머, 우리 시대의 패러독스에 관한 생생한 시선이 들어 있는 소설의 매 쪽에는 꼬리엔떼스, 아순시온, 부에노스아이레스, 멕시코, 피츠버그, 뉴욕, 오클라호마, 마드리드, 파리, 부쿠레슈티의 실제적인 무대들, 가상의 무대들이 줄줄이 등장한다.

소설의 주요 공간적 배경은 아르헨티나와 영국이 말비나스(포클랜드)에서 전쟁을 벌이던 시기, 파라과이 국경 너머에 있는 아르헨티나의 도시 꼬리엔떼스다. 소설에는 그 지역에 거주하는 두 가족의 이야기가 병치되어 있다. 하나는 아르헨티나의 마지막 군부 독재 치하에서 번성한 기회주의자 변호사 에바리스또 사리아-끼로가의 가족이다. 에바리스또는 특이한 광기에 사로잡혀 있는 부유한 농장주 부인을 이해하지 못한다. 그는 파라과이가 볼리비아와 벌인 차꼬 전쟁에 참전한 영웅이자 퇴역 대령인 아버지를 무시하는 아들이고, 소심한 아들 알베르또와 용감한 딸 베로니까에게는 가혹한 아버지다. 하지만 성년에 이른 남매는 성적인 경험을 하고, 젊은이 특유의 반항적인 태도를 보이기 시작한다. 또 하나는 프란시스꼬 하비에르 '빤초' 군터의 가족이다. 독일계 파라 과이 출신인 군터는 세계은행 총재인데, 여동생이자 무정부주의 자 이발사의 가난한 미망인인 아마뽈라의 무남독녀 솔레닷을 구 하기 위해 워싱턴에서 꼬리엔떼스로 간다. 베로니까의 절친한 친 구인 솔레닷은 친구 오빠 알베르또와 연인 사이다. 그런데 이 두 가족의 삶에 비극이 발생한다. 알베르또와 베로니까의 부모가 수 수께끼 같은 죽음을 당하고 나서 남매의 후견인인 여단장 구메르 신도 라라인이 살해되고, 범인이 누구인지 밝혀지지 않은 상태에 서 솔레닷이 혐의를 받게 된 것이다. 솔레닷은 성적, 정치적, 문학 적 탈선 혐의 또한 받는다. 이 두 가족의 불행은 미국에서 태어난 흑백 혼혈인으로, 에스빠냐 문학 교수이자 군터의 부인인 엘리사 린치, 꼬리엔떼스의 주교인 시몬 까세레스 신부, 그리고 엘리사의 동료이자 애인으로, 암에 걸려 있는 또또 아수아가 교수에게까지 영향을 미친다. 군터는 솔레닷을 구하기 위해 애를 쓰지만 솔레닷 은 군부 독재의 고문에 희생되어 죽는다. 결국, 군터는 세계은행 총재직을 사임하고 죽을 때까지 파라과이에서 거주한다.

간략하게 정리한 줄거리는 얼핏 단순해 보이지만, 소설의 씨실 과 날실에 직조된 문양은 다양하고, 복잡하고, 현란하기 이를 데 없다.

2 포스트모더니즘과 미하일 바흐찐

『군터의 겨울』은 문학 비평가인 작가가 포스트모더니즘, 미하일 바흐찐의 이론을 적용한 소설이라고 평가된다. 포스트모더니즘과 바흐찐에 관해 간략하게 언급할 필요가 있다.

일반적으로 포스트모더니즘 작가들은 작품의 통일성이나 일관성보다는 임의성 또는 유희성을 설득력 있는 예술적 원리로 받아들인다. 소위 '억압된 것들의 복귀 현상'이라는 관점에서 본다면, 그동안 '주변'에서 억압되거나, 소홀하게 취급되거나, 무시되어 온 것들이 포스트모더니즘에 이르러 새로운 의미와 가치를 인정받으면서 부상하기 시작한다. 기성 문화에 반기를 드는 청년들의 반문화, 고답적이고 엘리트적인 고급문화에 대항하는 대중문화, 주류 세계 문학에 도전하는 제3세계 문학, 가부장적 남성중심주의에 항거하는 페미니즘 문학 등이 바로 그것이다. 포스트모더니즘의 핵심적인 요소로는 상호 텍스트성, 탈장르화 혹은 장르 확산, 자기 반영성, 대중문화에 대한 관심 등이 있는데,『군터의 겨울』에는 위에 언급한 것들이 절묘하게 조화를 이루며 새롭고 다양한 의미를 창출한다.

바흐찐의 영향에 관해 언급하자면,『군터의 겨울』에서 화자와 인물들의 다의(성)적인 대화와 언술은 형이상학적이고 종교적이고 문학적이고 예술적이고 정치적이고 실존주의적인 테마들을 다룬다. 이 같은 테마들 사이에 형성된 '대화주의적' 관계는 세계에 존재하는 다양한 목소리들의 이질성을 조화롭게 지탱해 주면서 심층적으로 탐색하는 기능을 지닌다. 소설에는 다양한 형식의 언술, 즉 일상어, 교양어, 연인과 가족의 언어, 정치적 언어, 학술적 언어, 구아라니어, 영어, 프랑스어 등이 콜라주처럼 섞여 있다. 등장인물들의 생각은 단선적이지 않는데, 그 이유는 이들 모두가 각각 고유의 개성을 지니고 있으나 합쳐 놓으면, 형식에서는 다르다 할지라도 근본적으로는 유사한 문제들을 지닌, 인간들의 작은 사회를 이루기 때문이다. 등장인물들은 비인칭적인 진실을 우대하기 위해 절대적인 진실이 아니라 부분적인 진실을 표출한다. 예를 들면, 여단장 라라인의 살해 사건에 대한 직접적인 동기, 범인 등이 명쾌하게 밝혀지지 않은 채 다양한 추측을 유발한다. 염세주의, 무정부주의, 내적 침묵, 정신분열증, 무기력 등으로 특징되는 포스트모더니즘적 등장인물들이 자신들의 내면세계처럼 혼돈스럽고 불명료한 언술을 통해 존재 방식을 드러내기 때문이다.

3 이질성의 조화를 통해 창출되는 미학적 성취

여러 가지 이질적인 요소가 조화롭게 뒤섞여 있는 『군터의 겨울』이 지닌 근본적인 특장은 다양한 문학 장르 사이에 존재하는 장벽을 무화시켜 버린다는 것이다. 이것은 전통소설의 양식을 전복시키는, 지극히 복잡하지만 오히려 이 복잡성으로부터 풍요로

움을 창출하는 이 소설이 지닌 독창성이다.

상호 텍스트성: 소설의 씨줄과 날줄

문학 교수이자 작가인 후안 마누엘 마르꼬스는 『군터의 겨울』에 실험적인 서사 양식을 미학적 장치로 도입한다. 소설에는 다른 작가들의 글이 두 가지 방식으로 인용되어 있다. 하나는 인용된 글을 쓴 작가들의 이름을 드러내는 것이다. 베를렌, 호세 에르난데스, 세르누다, 랭보 같은 경우다. 다른 하나는 후안 마누엘 마르꼬스가 인용문의 실제 작가를 밝히지 않은 채 글을 변형함으로써 새로운 의미를 창출한 경우다. 예를 들어 에스파냐의 시인 페데리꼬 가르시아 로르까의 유명한 시구를 변형한 것이다. 이 두 가지 방식 외에도 단순하게 작가의 이름만 언급한 경우도 있다. 후안 라몬 히메네스, 조지 오웰, 월트 휘트먼, 어니스트 헤밍웨이, 헨리크 입센, 마리아노 호세 데 라라, 장자크 루소, 산 아구스띤, 르네 샤르, 솔 벨로, 세사레 빠베세 같은 작가다. 또한 헤겔, 마르크스, 보르헤스 등의 철학적 사고들도 소개한다. 성경의 시학적 특성과 현대 삶과 문학에 드러난 그리스 비극의 의미에 관해서도 성찰한다. 소설에 등장하는 살인 사건, 탐정소설적 책략 같은 것은 애거서 크리스티의 영향을 받은 것이다. 이들 메타픽션적 요소는 파라과이 문학의 혁신을 의미하는데, 그 이유는 당시까지 이 같은 실험주의적 작품이 채 몇 개가 되지 않았기 때문이다.

소설에는 다양한 시(詩), 시험 문제, 마침표 없이 계속되는 기나긴 문장, 고의로 말을 빠뜨린 문장, 신문체 문장, 학술적인 문장, 광고 카피 같은 문장 등이 등장한다. 등장인물들의 내면세계를 보여주기 위한 내적 독백도 등장하는데, 이는 또또 아수아가가 악(惡)이 없는 땅에 관한 구아라니 신화의 의미를 설명할 때 가끔 괄호 속에 자신의 머리에 떠오르는 생각, 즉 엘리사가 한 말을 삽입한 경우다. 베로니까가 발견한 솔레닷의 일기에 수록된 글이 곳곳에 소개되는데, 이는 그녀가 겪는 고통, 삶의 무의미성이 어느 정도인지 알려줄 뿐만 아니라 이 소설이 지닌 시적인 요소가 어떤 식으로 직조되었는지 보여준다. 소설에 등장하는 「상복이 어울리는 엘렉트라」는 아이스킬로스의 비극 『오레스테이아』를 '미국 식으로' 개작한 3부작 드라마다.

후안 마누엘 마르꼬스는 자신의 삶에서 경험한 사건들을 『군터의 겨울』에 시적인 변형을 거쳐 형상화하는데, 이는 자신이 살았던 도시들을 묘사하는 데서 관찰할 수 있다. 소설의 주 무대를 꼬리엔떼스로 설정한 이유는 독재 정권들의 후진성과 폭압성에 지배받는 파라과이와 아르헨티나의 현실을 보여주기 위한 것이다. 물론 이는 검열이 일상화되어 있는 독재 정권하에서 파라과이와 관련된 미묘한 사안들을 직설적으로 언급하지 않기 위한 작가의 치밀한 서사 전략이기도 하다.

일치들은 이 소설의 핵심 코드다. 후안 마누엘 마르꼬스는 운명의 일치들이 다양한 등장인물의 삶을 결정한다고 믿는데, 이런 점은 보르헤스의 흔적들 가운데 하나다. 등장인물들에 관한 사항이

픽션이라고 할지라도 각 인물을 실존 인물과 대비해 볼 수 있다. 소설에 등장하는 여러 장군은 파라과이의 독재 시대 주인공들인 실존 인물들을 연상시킨다. 엘리사 린치라는 이름은 파라과이 대통령을 지낸 프란시스꼬 솔라노 로뻬스의 아일랜드 출신 정부(애인) 마담 린치로부터 차용한 것이다. 하지만 엘리사 린치는 솔라노 로뻬스를 조정했던 야심찬 '창녀'로 자주 소개되는 마담 린치가 지닌 부정적인 면을 갖고 있지 않다. 후안 마누엘 마르꼬스가 미국에서 문학 교수로서 활동하면서 직접 겪고 생각한 것, 자신의 문학관 등은 피츠버그에서 태어나 워싱턴에서 살며 메릴랜드에서 문학을 가르치는 엘리사 린치라는 인물에 전사되어 있다.

이렇듯 후안 마누엘 마르꼬스의 소설에는, 자신이 깊이 연구한 파라과이의 '국민 작가' 아우구스또 로아 바스또스의 영향이 두드러지게 드러난다. 특히 『군터의 겨울』을 구성하는 복잡한 구조, 다양한 화자의 개입, 전통 역사 서사에 대한 반항 등은 아우구스또 로아 바스또스의 장편소설 『나, 지존(*Yo el supremo*)』을 생각나게 한다.

재규어 신화

소설은 에스파냐-구아라니 공동체의 역사적·신화적인 뿌리에 관해 성찰한다. 소설의 첫 부분에서 또또 아수아가 교수는 파라과이의 구아라니 신화에 관해 설명한다. 구아라니 신화에 따르면, 세상이 끝날 때 불과 거대한 하늘색 재규어가 세상을 파괴하는데,

오직 구아라니 족 인디오들만 살아남아 그들의 왕국이 도래하고 '악이 없는 땅'이 결국 그들의 진정한 거주지가 된다는 것이다. 옛 질서의 파괴와 새 질서의 생성, 정의를 상징하는 하늘색 재규어는 이 소설이 지닌 탐정소설적 특징을 강화하는 요소다.

소설에서 하늘색 재규어는 양성애적 성향을 지닌 사회운동가 시인 솔레닷 사나브리아를 지칭한다. 그녀가 하늘색 재규어와 결부되는 첫 번째 경우는 애인 알베르또가 "내 여자 친구는 하늘색 재규어"라고 언급할 때다. 꼬리엔떼스의 주교 까세레스 신부가 성경의 한 "종이쪽이 마치 재규어가 송곳니로 물어뜯어 버린 것처럼 찢겨져 있고, 피와 격노로 얼룩진 푸르스름한 이빨 자국이 남아 있는 것"을 발견하고 공포에 사로잡힌 뒤, 그 종이쪽을 찢어간 사람은 바로 솔레닷이라는 사실이 밝혀진다. "국영 라디오 방송국은 그녀가 재규어로 변신할 목적으로 세금도 내지 않고서 불법적인 샤머니즘을 행사했다며 그녀를 비난했다."는 언술도 있다. 이는 농담처럼, 그리고 정부 측의 터무니없는 비난처럼 들리기도 하지만, 소설 끝 부분에서 솔레닷이 죽은 뒤에 재규어로 변했을 것이라는 암시를 통해 독자는 솔레닷과 재규어의 연관성을 감지할 수 있다. 또한 그녀가 죽은 뒤에 부활함으로써 자신이 '정의의 사도' 역할을 하게 될 것이라는 사실을 암시한다. 까세레스 신부 또한 재규어와 연계되어 있다. "털북숭이 재규어 같은 그 남자"로 묘사되는 그는 "우리에 갇힌 재규어처럼 홀로 몸을 흔들어 대고" 있다. 이는 그가 이중적이고 불가사의한 성격을 지닌 인물로, 살인 범죄와 연관될 가능성을 암시한다. 연극에 사용되는 가면을 쓰고 여단장을 죽인 사람과 연계된, 정의를 실현하는 호랑이(재규어)에 관한 신화는 파라과이의 집단 신화를 반영한 것이다.

다양한 장치를 통해 『군터의 겨울』에 반영된 구아라니 신화의 세계관은 옛 질서를 파괴하고 새 질서를 생성하겠다는 유토피아적 비전과 맞닿아 있다고 볼 수 있다.

탐정소설

후안 마누엘 마르꼬스는 기존의 탐정소설에서는 볼 수 없는 절묘한 장치를 통해 탐정소설의 지평을 넓힌다. 『군터의 겨울』에 설정된 탐정소설적 요소는 다음과 같다. 첫째, 재규어 가면을 쓴 인물이 여단장 구메르신도 라라인을 죽인다. 둘째, 재규어와 관련된 일련의 힌트가 있는데, 이는 독자들이 소설을 읽으면서 포착해야 한다. 셋째, 주요 등장인물들의 알리바이가 설정된다. 넷째, 탐정소설에 대한 명시적인 사항들이 기술된다. 소설에서는 범인과 희생자, 범인과 조사관 사이의 대립이 두드러진다. 작가는 재규어와 관계된 힌트를 정교하게 제시한 뒤에 독자에게 라라인의 죽음에 대한 놀랄 만한 단서를 제공한다. "엘리사는 연극이 공연되던 그날 밤에 자신이 호랑이 가죽을 쓰고서 그리스 여배우로 변장한 채 라라인을 죽였노라고 베로니까에게 고백하고 싶은 마음이었을 것이다. 엘리사가 알베르또를 구하기에는 때가 이미 늦었었다. 솔레닷은 구할 용기가 없었다." 모든 조사는 범인이 누구인지 밝히는

데로 향하지만 조사의 결과, 즉 범인이 누구인지는 끝내 밝혀지지 않는다. 살인이 일어나지만, 이 소설은 탐정소설의 필요충분조건을 온전하게 보여주지 않은 것이다. 범인을 밝혀내는 데 관심이 있는 등장인물이 없음에도 불구하고, 범죄는 소설의 후반부 줄거리의 전개와 등장인물들의 행위에 영향을 미친다. 조사관 수마야는 라라인을 살해한 사람이 누구인지 알아내는 데는 관심이 없고, 솔레닷을 체포해 고문을 가함으로써, 그리고 탐정소설적인 플롯을 역사·정치소설적 장르로 바꾸면서 정부 정책의 도구로 기능한다. 군터 또한 사건을 밝히려는 의도가 없고, 투옥된 질녀의 석방에 관심을 두는데, 이로 인해 이 소설은 정치적인 특성을 드러낸다.

소설에는 독자가 수수께끼를 풀 수 있는 자료가 충분하지 않다. 소설이 기존의 범죄를 설명하는 전통적인 방식을 의도적으로 생략해 버림으로써 살인 범죄가 영원한 수수께끼로 남고, 소설의 결말이 모호하고 무한해져 버린다. 독자 스스로 이런 모호함에 대한 해결책을 찾음으로써 미완성의 구조를 완성시켜야 한다.

팝 문화와 성애

『군터의 겨울』에 등장하는 팝 문화적 요소들에는 작가가 받았을 '범문학'적 영향이 엿보인다. 사실 이 소설은 작가가 스물네 살 젊은 시절에 처음으로 쓴 것이기 때문에 젊은이들의 세계가 반영되는 것은 자연스러운 현상이라고 할 수 있다.

에바리스또 사리아-끼로가의 자녀들은 전통적인 것과 엄격한 아버지에 대한 반항 정신을 상징한다. 이들 젊은이는 마약을 흡입하고, 맥주를 마시고, 시를 읽고, 기타를 치고, 포르노 잡지를 보고, 물론 브란도 같은 유명인을 추앙하고, 팝 음악을 듣는다. 방에는 포르노 포스터, 스포츠 페넌트 같은 것이 가득하다. 만화나 텔레비전 애니메이션의 등장인물들, 버거킹 같은 햄버거 가게, 「바람과 함께 사라지다」, 「십계」 같은 영화에 관한 사항들, 월드 트레이드 센터 같은 장소들, 선술집들, 볼보와 파커 같은 브랜드, 찰리 파커의 재즈 등이 소설을 장식한다. 이런 팝 문화, 젊은이들의 삶은 이 소설이 소위 '지역 소설'의 한계를 넘어 현대 세계의 모습을 반영하고 있다는 증표다.

이들이 향유하는 성적인 자유에는 그런 반항의 핵심이 자리하고 있다. 『군터의 겨울』은 한 남자와 한 여자 사이의 성적인 관계를 단순하게 기술하는 것이 아니라, 지배적인 사회적 도덕 질서를 위반하는 인간들의 욕망, 즉 여성들의 자위, 간통, 레즈비언적 관계, 한 남자와 두 여자의 트리플 섹스 같은 것을 통해 일반적이지 않은 성적 상황을 기술한다. 알베르또의 여동생 베로니까는 자위를 하며 치삐라는 남자 친구와 성적인 관계를 시도하면서도 솔레닷과는 레즈비언적인 관계를 유지한다. 알베르또, 베로니까, 솔레닷은 여러 번에 걸쳐 트리플 섹스를 한다. 이들이 사회적으로 쉽게 받아들여지지 않은 관계를 유지하는 것은 아버지가 그들에게 강요하는 전통적인 가족의 개념에 반하는 것이다. 엘리사 린치의 경우, 작가는 그녀를 성적으로 쉽게 손에 넣을 수 있는 여자나 창녀의 전형적인 인물이 아니라 저명한 문학 교수로 설정하는데, 그녀가 표출하는 현대적인 섹슈얼리티는 여성의 성적 자유로 해석될 수 있다. 소설에 등장하는 다양한 성애, 성적 담론은 단순한 포르노그래피의 그것들과 질적으로 다르다. 작가는 성애와 등장인물들의 감각을 관능적으로, 시적으로 표현함으로써 소설의 미학적인 완성도를 높인다.

실존주의

『군터의 겨울』은 실존주의 철학의 요소를 지니고 있다. 솔레닷이 받은 고문은 군터의 실존주의적 변화를 유도한다. 파라과이에 거주하는 독일계 파시스트 부모에게서 태어나 미국의 자본주의에 의탁해 세계은행의 총재 자리에 오른 군터는 소설의 첫 부분에서는 독자들에게 호감을 유발하지도, 썩 중요해 보이지도 않은 인물로 등장하지만, 소설이 전개되면서 스스로 변화되기 시작함으로써 존재 의미가 부각된다. 질녀 솔레닷이 받은 고문과 죽음은 군터를 더 나은 인간으로 변화시키는 동기가 된다. 질녀의 투옥에 무관심하던 군터는 그녀의 자유와 구원을 위해 적극적으로 투쟁하기 시작한다. 솔레닷이 죽자 군터는 세계은행 총재직을 사임하고 조국 파라과이로 돌아가 힘들지만 행복한 삶을 영위한다. 솔레닷은 자유가 억압받는 사회의 희생자지만 군터의 선의를 통해 행복한 여성으로 바뀐다. 솔레닷의 긍정적인 희생, 그녀의 윤리적

가치를 강조하는 언술은 탐정소설적 플롯이 교묘하게 철학적인 면모를 띠게 된다는 사실을 보여준다. 이 소설이 실존주의적 면모를 드러내는 이유는 작가가 세계에서 인간의 행동과 참여의 중요성, 문학과 정치 행위의 강한 연대에 대한 믿음을 강조하기 때문일 것이다.

역사와 정치

흔히 이상주의적 주관론은 역사의 유토피아적 성격과 연결된다. 역사기들의 주요 기능들 가운데 하나가 역사의 유토피아적 의미를 실현시키는 것이라고 할 때, 역사가들은 작업은 유토피아적 특성을 지닐 수 있다.

『군터의 겨울』에는 역사의 유토피아적 의미가 담겨 있다. 소설은 역사적인 사건들을 하나의 메타포 또는 상징으로 이용한다. 라틴아메리카의 독재, 에스파냐의 프랑꼬 체제, 루마니아의 차우세스쿠 독재, 라틴아메리카 국가들에 영향력을 행사하는 미국의 자본 권력 같은 것을 언급할 뿐만 아니라 파라과이에 제도화된 부패, 스뜨로에스네르 독재의 폭력, 사회에 만연한 밀수, 군대의 타락한 권력, 예수회 신부들의 역사적인 과업, 바티칸의 정통성을 무시하는 예수회 주교 등을 등장시킨다. 특히 작가는 파라과이 정치 지도자들의 폭력으로 얼룩진 파라과이의 과거에 대해 신랄하게 비판한다. 소설에서 일어나는 정치적인 행위와 언술은 아르헨티나의 도시 꼬리엔떼스에서 이루어지고, 아르헨티나 독재 정권

의 마지막 대통령인 레오뽈도 갈띠에리 장군이 직접적으로 언급
된다. 비록 소설이 아르헨티나 군부 독재의 학정, 독재 정권이 국
민을 탄압했던 소위 '더러운 전쟁'을 언급한다 할지라도, 이는 자
연스럽게 파라과이의 스뜨로에스네르 독재 정권과 연계된다. 소
설에 등장하는 거의 모든 인물은 파라과이의 실존 인물들을 기반
으로 형성된다. 여단장 구메르신도 라라인 장군은 독재자 스뜨로
에스네르와, 곤살레스 장군은 스뜨로에스네르의 사돈이자 공범으
로서 쿠테타를 통해 스뜨로에스네르를 쫓아내고 허위로 정권을
잡은 독재자 안드레스 로드리게스 장군과, 꼬리엔떼스 대주교 까
세레스 신부는 스뜨로에스네르에 비판적이었던 대주교 이스마엘
롤론 실베로와 연계되고, 솔레닷과 베로니까가 받은 고문은 파라
과이의 정치범들이 받은 고문으로 해석될 수 있다.

후안 마누엘 마르꼬스는 몸이 고문당하고 언어가 '절단된' 어
느 사회에 진정한 민주주의를 정착시키려고 애쓰는 이야기, 다른
나라 사람들에게는 잘 알려져 있지 않은 권력의 어두운 이야기를
『군터의 겨울』을 통해 우리에게 들려준다. 그럼으로써 수정주의
에 의해 오염되어 있는 허위적인 역사를 단절시키고 새로운 역사
를 쓸 필요가 있다는 사실을 바흐쩐의 '카니발적이고 대화주의적
인' 언어를 통해 밝힌다.

4 소설의 패러다임을 바꾼 미학적 혁신

파라과이의 신화와 역사에 대한 재평가를 시도한 『군터의 겨울』은 20세기 후반부터 라틴아메리카에게 전개되기 시작한 포스트 붐 시대의 실험적 서사의 특징을 드러내는 다양한 장르가 뒤섞인 복합적이고 '총체적인' 소설이다. 1987년에 출간될 때까지 파라과이에서 보기 어려웠던 테마와 문체의 풍요로움을, 세계문학계에서도 통용될 수 있는 보편성을 지니고 있다. 전위주의 서사예술의 가장 정제된 기법들을 통해 직조되어 심오한 서정적 울림을 주고, 독자들과 국제적인 비평계의 갈채를 받은 『군터의 겨울』은 파라과이 소설뿐만 아니라 세계 소설의 패러다임을 바꾸는 '미학적 혁신'이라고 평가받는다. 라틴아메리카 대륙 남단의 강대국들 사이에 '숨어 있는' '초라한' 나라 파라과이에서 생산된 소설이 30개 이상의 외국어로 번역되었다는 사실이 이를 증명한다.

옮긴이 조구호

군터의 겨울

1판 1쇄 발행 2016년 6월 20일

지은이 | 후안 마누엘 마르꼬스
옮긴이 | 조구호
펴낸이 | 조영남
펴낸곳 | 알렙

출판등록 | 2009년 11월 19일 제313-2010-132호
주소 | 서울시 강서구 공항대로45길 101 강변샤르망 202-304
전자우편 | alephbook@naver.com
전화 | 02-325-2015
팩스 | 02-325-2016

ISBN 978-89-97779-65-9 03870